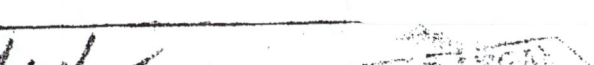

LES MAÎTRES DU LIVRE

LA FEMME
PAUVRE

ÉPISODE CONTEMPORAIN

PAR

LÉON BLOY

PARIS

LES ÉDITIONS G. CRÈS ET Cⁱᵉ

21, RUE HAUTEFEUILLE, 21

MCMXXIV

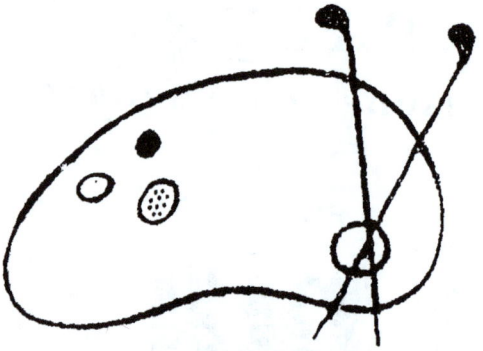

Fin d'une série de documents
en couleur

LA FEMME PAUVRE

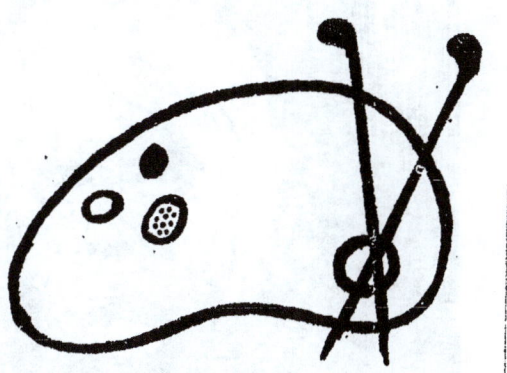

Original en couleur

NF Z 43-120-8

LÉON BLOY

—

LA FEMME
PAUVRE
ÉPISODE CONTEMPORAIN

PORTRAIT DE L'AUTEUR DESSINÉ ET GRAVÉ SUR BOIS

PAR

PAUL BAUDIER

PARIS

GEORGES CRÈS ET Cⁱᵉ

LES MAITRES DU LIVRE

21, RUE HAUTEFEUILLE, 21

MCMXXIV

Pro defunctis fratribus,
propinquis, et benefactoribus.

A Pierre Antide Edmond
BIGAND-KAIRE
CAPITAINE AU LONG COURS
—

*La voici, enfin! cette Femme pauvre que vous avez
tant désirée sans la connaître, et que j'ai placée —
comme il convenait — sous l'invocation des Défunts.*

*Je ne sais pas d'homme plus étonnant que vous, mon
cher Bigand, et cela, je l'écrirai, quelque jour, le plus
somptueusement que je pourrai.*

*Votre amitié, que je n'avais pas prévue et que j'ai dû
croire envoyée du ciel, est certainement une des rares
merveilles qu'il m'aura été donné de voir sur terre.*

*A l'exception de notre grand peintre Henry de Groux,
qui donc est descendu aussi profondément que vous et
d'aussi bon cœur dans ma fosse noire? Souvenez-vous*

que vous fûtes mon hôte, quand j'habitais la maison sans nom, la maison de putréfaction et de désespoir que j'ai essayé de peindre et dont vous avez, j'imagine, emporté l'horreur dans la splendide et sanglante Asie.

A vous donc, cher ami, ce douloureux livre qui me fut dicté par l'énergie de votre âme et qui serait, sans doute, un chef-d'œuvre, si je n'en étais pas l'auteur.

Que Dieu vous garde du feu, du couteau, de la littérature contemporaine et de la rancune des mauvais morts!

Grand-Montrouge, mercredi des Cendres, 1897.

LÉON BLOY.

Le texte du présent ouvrage a été revu sur un exemplaire de la première édition (1897), corrigé de la main de l'auteur et dont nous avons dû la communication à la bienveillance de Madame Léon Bloy. *(Note des Éditeurs.)*

PREMIÈRE PARTIE

—

L'ÉPAVE DES TÉNÈBRES

Qui erant in pœnis tenebrarum,
clamantes et dicentes : Advenisti,
Redemptor noster.

Officium Defunctorum.

I

Ça pue le bon Dieu, ici!

Cette insolence de voyou fut dégorgée, comme un vomissement, sur le seuil très humble de la chapelle des Missionnaires Lazaristes de la rue de Sèvres, en 1879.

On était au premier dimanche de l'Avent, et l'humanité parisienne s'acheminait besogneusement au Grand Hiver.

Cette année, pareille à tant d'autres, n'avait pas été l'année de la Fin du monde et nul ne songeait à s'en étonner.

Le père Isidore Chapuis, balancier-ajusteur de son état et l'un des soulographes les plus estimés du Gros-Caillou, s'en étonnait moins que personne.

Par tempérament et par culture, il appartenait à l'élite de cette superfine crapule qui n'est observable qu'à Paris et que ne peut égaler la fripouillerie d'aucun autre peuple sublunaire.

Crapule végétale des moins fécondes, il est vrai, malgré le labour politique le plus assidu et l'irrigation *littéraire* la plus attentive. Alors même qu'il pleut du sang, on y voit éclore peu d'individus extraordinaires.

Le vieux balancier, qui venait d'entr'ouvrir la crapaudière de son âme en passant devant un lieu saint, représentait, non sans orgueil, tous les virtuoses braillards et vilipendeurs du groupe social où se déversent perpétuellement, comme dans un puisard mitoyen, les relavures intellectuelles du bourgeois et les suffocantes immondices de l'ouvrier.

Très satisfait de son mot, dont quelques dévotes, qui l'examinèrent avec horreur, s'étaient effarées, il allait, d'un pas circonflexe, vers une destination peu certaine, à la façon d'un somnambule que menacerait le mal de mer.

Il y avait comme un pressentiment de vertige sur ce mufle de basse canaille couperosé par l'alcool et tordu au cabestan des concupiscences les plus ordurières.

Une gouaillerie morose et superbe s'étalait sur ce mascaron de gémonies, crispant la lèvre inférieure sous les créneaux empoisonnés d'une abominable gueule, abaissant les deux commissures jusqu'au plus profond des ornières argileuses ou crétacées dont la litharge et le rogomme avaient raviné la face.

Au centre s'acclimatait, depuis soixante ans, un nez judaïque d'usurier ponctuel où se fourvoyait le chiendent d'une séditieuse moustache qu'il eût été profitable d'utiliser pour l'étrillage des roussins galeux.

Les yeux au poinçon, d'une petitesse invraisemblable et d'une vivacité de gerboise ou de surmulot, suggéraient, par leur froide scintillation sans lumière, l'idée d'un nocturne spoliateur du tronc des pauvres, accoutumé à dévaliser les églises.

Enfin l'aspect de ce ruffian démantibulé donnait l'ensemble d'un avorton implacable, méticuleux et présent jusque dans l'ivresse, que d'anciennes aventures auraient échaudé et qui, dès longtemps, n'avivait plus son cœur de goujat qu'à l'assaut des faibles et des désarmés.

Il n'était pas absolument sans lettres, cet excellent père Chapuis. Il lisait couramment des feuilles arbitrales et décisives, telles que *La Lanterne* ou *Le Cri du peuple*, croyant fort à l'avènement infaillible de la Sociale et bafouillant volontiers, dans les caboulots, de pâteux oracles sur la Politique et la Religion, ces deux sciences débonnaires et si prodigieusement faciles, — comme chacun sait, — que le premier galfâtre venu peut y exceller.

Quant à l'amour, il le dédaignait, sans phrases, le considérant négligeable, et si, d'aventure, quelque autre docteur y faisait la moindre allusion sérieuse, aussitôt il bouffonnait et pandiculait en s'esclaffant.

C'est pourquoi l'aimable Isidore assumait la considération d'un nombre incroyable de mastroquets.

On ne savait pas exactement ses origines, quoiqu'il s'affirmât d'extraction bourgeoise et périgourdine. Extraction lointaine, sans doute, puisque le drôle était né, disait-il lui-même, au faubourg du Temple, où ses parents avaient dû pratiquer de vagues négoces très parisiens sur lesquels il n'insistait pas.

Il se réclamait donc volontiers d'une ascendance provinciale digne de tous les respects et de collatéraux innombrables répartis au loin, dont il vantait les richesses, non sans flétrir avec énergie l'orgueil de propriétaires qui leur faisait méconnaître sa blouse glorieuse de citoyen travailleur. Effectivement, on n'en avait jamais vu un seul. Cette parenté problématique était ainsi, à la fois, une ressource de gloire et une occasion de déchaînements généreux.

Mais il se déchaînait encore plus contre l'injustice de sa propre destinée, racontant, avec l'emphase des aborigènes méridionaux, la malechance damnée qui avait paralysé toutes ses entreprises et l'improbité fangeuse des concurrents qui l'avait réduit à quitter la redingote du patron pour la vareuse du prolétaire.

Car il avait été réellement capitaliste et chef d'atelier travaillant à son compte, ou plutôt faisant travailler parfois une demi-douzaine d'ouvriers pour lesquels il parut être le commandeur des croyants de la ribote et de la *vadrouille* éternelle.

Le quartier de la Glacière se souvient encore de ces ajusteurs de rigolade, à l'équilibre litigieux, qu'on rencontrait chez tous les marchands de vins, où le *singe*, toujours ivre-mort, leur promulguait habituellement sa loi.

La déconfiture assez rapide, et suffisamment annoncée

par de tels prodromes, n'étonna que Chapuis qui, d'abord, se répandit en imprécations contre la terre et les cieux et reconnut ensuite, avec une bonne foi de pochard, qu'il avait eu la bêtise d'être « trop honnête *dans* les affaires ».

Quant à la source désormais tarie de cette prospérité si éphémère, nul n'en savait rien. — Un petit héritage de province, avait dit vaguement le balancier. Certains bruits étranges, cependant, avaient autrefois couru qui rendaient assez douteuse l'explication.

On se souvenait très bien d'avoir connu cette arsouille avant les deux Sièges, entièrement dénuée de faste et trimballant d'atelier en atelier sa carcasse rebutée de mauvais compagnon.

Subitement, après la Commune, on l'avait vu riche de quelques dizaines de mille francs, dont il avait acheté son fonds.

Si la sourde rumeur du quartier ne mentait pas, cet argent, ramassé dans quelque horrible cloaque sanglant, eût été la rançon d'un prince du Négoce parisien inexplicablement préservé de la fusillade et de l'incendie, l'héroïque Chapuis ayant été commandant ou même lieutenant-colonel de fédérés.

La très mystérieuse et très arbitraire clémence, qui épargna certains factieux à l'issue de l'insurrection, s'était étendue sur lui comme sur bien d'autres plus fameux qu'on savait ou supposait détenteurs de secrets ignobles et dont on pouvait craindre les révélations.

On le laissa donc tranquillement cuver son ivresse de naufrageur et il ne fut pas même inquiété, ayant eu l'art, d'ailleurs, de se rendre parfaitement invisible pendant la période des exécutions sommaires.

Un peu plus tard, deux ou trois tentatives d'interview, pratiquées par des reporters de l'Ordre moral, ayant échoué d'une manière absolue devant l'abrutissement réel ou simulé de ce perpétuel ivrogne, on y renonça et le père Chapuis, un instant presque célèbre, réintégra pour jamais l'obscurité la plus profonde.

Il y avait ainsi sur cet homme tout un nuage de choses troubles qui lui donnait une importance d'oracle aux yeux des pauvres diables qu'il avait la condescendance de fréquenter et dont les âmes enfantines sont si aisément jugulées par tout aboyeur supposé malin. Le peuple souverain n'est-il pas devenu lui-même la Volaille sacrée des superstitions antiques pour les aruspices de cabaret dont la police, quelquefois, utilise volontiers la pénétration?

Au résumé, le vieil Isidore avait la renommée d'un « sale bougre », expression générique dont la force ne sera pas contestée.

Il appartenait, sans aucun doute, à cette lignée idéale de chenapans que la Providence institua, dès l'origine, pour l'équilibre des Séraphins.

Ne fallait-il pas cette vase au fleuve de l'Humanité pour que le trouble et la puanteur de ses ondes pût l'avertir, lorsque quelque chose tomberait du ciel? Et comment se pourrait-il qu'un cœur fût grand sans l'éducation merveilleuse de cet inévitable dégoût?

Sans Barabbas, point de Rédemption. Dieu n'aurait

pas été *digne* de créer le monde, s'il avait oublié dans le néant l'immense Racaille qui devait un jour le crucifier.

II

MALGRÉ l'irrégularité de sa démarche, il paraît que le ci-devant patron balancier avait une affaire qui ne souffrait point de retard, car il ne s'arrêta pas au *Rendez-vous des ennemis du phylloxéra* et dédaigna de répondre aux avances d'un ébéniste gueulard qui le hélait du seuil du *Cocher fidèle*.

Peut-être aussi avait-il déjà son compte, quoiqu'il fût à peine midi, car il ne se laissa tenter par aucun de ces comptoirs de délices où, d'ordinaire, il multipliait les escales. D'ailleurs, il grommelait en crachottant sur ses bottes, symptôme connu de hargneuse préoccupation que les camarades respectaient.

Ayant ainsi repoussé toute consolation, il finit par arriver à sa porte, au milieu d'une triste rue de Grenelle qu'il habitait depuis sa faillite.

Parvenu assez péniblement au cinquième étage d'un escalier suffocant où plombs et latrines répandaient leurs épouvantables exhalaisons, il heurta du coude, à la façon des ataxiques, une porte squameuse qui paraissait être la plus fâcheuse entrée de l'enfer.

Cette porte s'ouvrit aussitôt et une vieille femme apparut, le regardant avec des yeux interrogateurs.

— Eh bien? répondit-il, c'est une affaire arrangée, ça ne dépend plus que de la princesse.

Il entra et se laissa tomber sur une chaise quelconque, non sans avoir projeté dans la direction du foyer un jet de salive épaisse dont la courbe inexactement calculée s'acheva dans la ficelle d'une carpette vermiculeuse qui garnissait le devant de la cheminée.

Pendant que la vieille se hâtait d'essuyer du pied cette ordure, il graillonna surérogatoirement quelques doléances préalables.

— Ah! nom de Dieu, c'est rien loin, ce cochon de faubourg Honoré, et pas le rond pour prendre l'omnibus, sans compter qu'il a fallu poser pour l'attendre, ce peintre de mes pieds qui travaille pour les aristos. Il n'était pas encore levé à dix heures. Et pas trop poli avec ça. J'avais bonne envie de l'engueuler. Mais je me suis dit que c'était pour ta fille et que c'est pas trop tôt tout de même qu'elle nous foute un peu de galette depuis six mois qu'elle est à rien faire... Dis donc, vieille poison, y a rien à boire ici?

L'interpellée lança vers le ciel deux grands bras arides, en accompagnant ce geste d'un très long soupir.

— Hélas! mon doux Jésus, que répondrai-je à ce pauvre chéri qui se donne tant de mal pour sa malheureuse famille? Vous êtes témoin, bonne Sainte Vierge, qu'il n'y a plus rien dans la maison, que tout ce qui valait deux sous a été porté au Mont-de-piété et que toutes les reconnaissances ont été engagées pour avoir du pain. Ah! mon aimable

Sauveur, quand me retirerez-vous de ce monde où j'ai déjà tant souffert?

Le mot « souffert », visiblement *travaillé* depuis des années, expirait dans un sanglot.

Isidore, étendant la main, saisit à plein poing le jupon de la cafarde, et la secouant avec énergie :

— En voilà assez, hein? Tu sais que je n'aime pas que tu me fasses ta sale gueule de jésuite. Si c'est une danse qu'y te faut, tu n'as qu'à le dire, tu seras servie illico, et à l'œil. Et puis, c'est pas tout ça, où est-elle, ta bougresse de fille?

— Mais Zizi, tu sais bien qu'elle devait aller chez la cousine Amédée, au boulevard de Vaugirard, pour tâcher moyen de lui emprunter une pièce de cent sous. Elle m'a dit qu'elle ne serait pas plus d'une heure. Quand tu as frappé, je croyais que c'était elle qui rentrait.

— Tu ne m'avait pas dit ça, vieux corbillard. Sa cousine est une salope qui ne lui foutra pas un radis, puisqu'elle m'a refusé *à moi*, l'autre jour, en me disant qu'elle n'avait pas d'argent pour les pochardises. Je la retiens, celle-là. Ah! bon Dieu de bon Dieu! malheur de malheur! ajouta-t-il presque à voix basse, c'est bibi qui se charge de lui chambarder sa boîte à punaises, quand viendra la prochaine. Enfin, ouffit! Nous l'attendrons en suçant nos pouces et nous verrons si *Mademoiselle des Égards* veut bien faire à ses vieux parents l'honneur de les écouter.

— Raconte-moi donc plutôt ta course de ce matin, dit, en s'asseyant, la doucereuse mégère. Tu dis que ça s'est arrangé avec ce M. Gacougnol?

— Mais oui, deux francs de l'heure et trois ou quatre
heures tous les jours, si la personne le botte, bien entendu.
C'est un bon turbin, pas fatigant, qui ne l'éreintera pas,
pour sûr. Il faut que ta mauviette soit chez lui demain à
onze heures, ça se décidera tout de suite... Le chameau n'a
pas l'air commode. Il m'a fait un tas de questions. Il voulait
savoir si elle avait des amoureux, si on pouvait compter
sur elle, si elle ne se soûlait pas de temps en temps. Est-ce
que je sais, moi? j'avais envie de lui dire m. — Il paraît
qu'on ne m'aurait pas reçu sans la lettre du proprio. C'est
un peu vexant tout de même d'avoir besoin de la protection
de ces jean-foutres qui se défient de l'ouvrier comme
si c'était du caca... En revenant, j'ai patiné jusqu'à la
Croix-rouge pour taper un copain qui fait des journées
de quinze francs dans la piété. Encore un qui n'est pas
large des épaules, celui-là! Il m'a allongé trois francs
et encore j'ai payé la seconde tournée. Il est temps que
Clotilde nous vienne en aide. J'ai fait assez de sacrifices.
Et puis, moi d'abord, je suis pour la politique et la rigolade et l'atelier commence à me faire de l'effet par en
bas, zut!

Ici, la vieille fit entendre un nouveau soupir de colombe
sépulcrale et dit :

— Quatre heures à deux francs, huit francs. Ça nous
soutiendrait. Mais tu n'as pas peur que ce monsieur lui
demande des choses trop difficiles? Je te dis ça, mon
Zidore, parce que je suis sa mère, à cet' enfant. Il faudrait
lui faire comprendre que c'est pour son bien. J'y en ai parlé

ce matin. J'y ai dit que c'était pour se faire tirer en portrait par un grand artisse et ça lui a fichu le trac.

— Ah! la sacrée garce! Est-ce qu'elle va encore nous la faire à l'impératrice? Attends un peu, je vas t'en fourrer de la dignité. Quand on n'a pas d'argent, on travaille pour en gagner et pour nourrir sa famille; je ne connais que ça, moi!

Une rafale de silence vint couper le dialogue. Il semblait que ces deux êtres eussent peur de se refléter l'un dans l'autre, en trahissant les sales miroirs de leurs cœurs.

Chapuis se mit à bourrer sa pipe avec des gestes oratoires pendant que sa très digne femelle, toujours assise, les bras croisés et la tête légèrement inclinée sur l'épaule gauche, dans une attitude piaculaire d'hostie résignée, se tapotait du bout des doigts les os des coudes, en laissant flotter son regard dans la direction des cieux.

III

Le tabernacle était sinistre, éclairé par le livide plafond de ce ciel glacé de fin d'automne. Mais on peut supposer que le soleil rutilant des Indes l'aurait fait paraître encore plus horrible.

C'était la noire misère parisienne attifée de son mensonge, l'odieux bric-à-brac d'une ancienne aisance d'ouvriers bourgeois lentement démeublés par la noce et les fringales.

D'abord, un grand lit napoléonien qui avait pu être beau

en 1810, mais dont les cuivres dédorés depuis les Cent
Jours, le vernis absent, les roulettes percluses, les pieds
eux-mêmes lamentablement rapiécés et les éraflures sans
nombre attestaient la décrépitude. Cette couche sans
délices, à peine garnie d'un matelas équivoque et d'une
paire de draps sales insuffisamment dissimulés par une
courte-pointe gélatineuse, avait dû crever sous elle trois
générations de déménageurs.

Dans l'ombre de ce monument, qui remplissait le tiers
de la mansarde, s'apercevait un autre matelas, moucheté
par les punaises et noir de crasse, étalé simplement sur le
carreau. De l'autre côté, un vieux voltaire, qu'on pouvait
croire échappé au sac d'une ville, laissait émigrer ses
entrailles de varech et de fil de fer, malgré l'hypocrisie
presque touchante d'une loque de tapisserie d'enfant.
Auprès de ce meuble que tous les fripiers avaient refusé
d'acquérir, apparaissait, surmontée de son pot à eau et de
sa cuvette, une de ces tables minuscules de crapuleux
garnc, qui font penser au Jugement dernier.

Enfin, au devant de l'unique fenêtre, une autre table
ronde en noyer, sans luxe ni équilibre, que le frottement le
plus assidu n'aurait pas fait resplendir, et trois chaises de
paille dont deux presque entièrement défoncées. Le linge,
s'il en restait, devait se fourrer dans une vieille malle poilue
et cadenassée sur laquelle s'asseyaient parfois les visiteurs.

Tel était le mobilier, assez semblable à beaucoup d'autres
dans cette joyeuse capitale de la bamboche et du désarroi.

Mais ce qu'il y avait de particulier et d'atroce, c'était la prétention de dignité fière et de *distinction* bourgeoise que la compagne sentimentale de Chapuis avait répandue, comme une pommade, sur la moisissure de cet effroyable taudis.

La cheminée, sans feu ni cendres, eût pu être mélancolique, malgré sa laideur, sans le grotesque encombrement de *souvenirs* et de bibelots infâmes qui la surchargeaient.

On y remarquait de petits globes cylindriques protégeant de petits bouquets de fleurs desséchées; un autre petit globe sphérique monté sur une rocaille en béton conchylifère, où le spectateur voyait flotter un paysage de la Suisse allemande; un assortiment de ces coquillages univaives dans lesquels une oreille poétique peut aisément percevoir le murmure lointain des flots; et deux de ces tendres bergers de Florian, mâle et femelle, en porcelaine coloriée, cuits pour la multitude, on ne sait dans quelles manufactures d'ignominie.

A côté de ces œuvres d'art, se découvraient des images de dévotion, des colombes qui buvaient dans un calice d'or, des anges portant à brassées le « froment des élus », des premiers communiants très frisés, tenant des cierges dans du papier à dentelles, puis deux ou trois *questions du jour :* « Où est le chat? Où est le garde champêtre ? » etc., inexplicablement encadrées dans des passe-partout.

Enfin des photographies d'ouvriers, de militaires ou de négociants respectables des deux sexes. Le nombre était incroyable de ces effigies qui montaient en pyramide jusqu'au plafond.

Çà et là, le long des murs, dans les intervalles des guenilles, quelques cadres étaient appendus. Évidemment, on
se serait indigné de n'y pas trouver la fameuse gravure, si
chère aux cœurs féminins, *Enfin, seuls!* dans laquelle on
ne s'arrête pas d'admirer un monsieur riche qui serre,
décidément, dans ses bras, sous l'œil de Dieu, sa frémis-
sante épousée.

Cette gravure de notaire ou de fille en carte était la
gloire des Chapuis. Ils avaient amené un jour un cordonnier
de Charenton pour la contempler.

Le reste, — d'effrayantes chromolithographies achetées
aux foires ou délivrées dans les bazars populaires, — sans
s'élever jusqu'à ce pinacle esthétique, ne manquait pas
non plus d'un certain ragoût, et, surtout, de cette distinction plus certaine encore dont la mère Chapuis raffolait.

Cette gueuse minaudière était une des plus découra-
geantes incarnations de l'orgueil imbécile des femmes, et
la carie contagieuse de cet « os surnuméraire », suivant
l'expression de Bossuet, aurait fait reculer la Peste.

Elle était enfant naturelle d'un *prince*, disait-elle mystérieusement, d'un très noble prince, mort avant d'avoir pu
la reconnaître. Elle n'avait jamais voulu dire le nom du
personnage, ayant déclaré sa résolution d'ensevelir ce secret
glorieux dans le plus intime de son cœur. Mais toutes ses
hauteurs de chipie venaient de là.

Personne, bien entendu, n'avait entrepris la vérification
de cette origine. Il fallait pourtant qu'il y eût quelque chose
de vrai, car la quinquagénaire faisandée qui concubinait

avec l'immonde Chapuis avait été une femme assez aristo-
cratiquement belle, supérieure par comparaison aux milieux
ouvriers dans lesquels elle avait toujours vécu.

Fille d'une ravaudeuse quelconque et d'un père inconnu,
elle s'était trouvée, à dix-huit ans, soudainement accommo-
dée d'une petite fortune et mariée presque aussitôt à un
respectable industriel de la rue Saint-Antoine.

Il est vrai que l'éducation première avait manqué d'une
façon indicible. Ayant à peine connu sa mère prématuré-
ment ravie à la prostitution clandestine, elle avait été
recueillie et adoptée par une matelassière de Montrouge.

Cette marâtre, suscitée par l'influence probable du
fameux « prince », l'éleva soigneusement, dans la rue.
Elle n'aurait pu, d'ailleurs, lui conférer, avec des gifles
quotidiennes, que sa personnelle expérience du crin végé-
tal et de la filasse, initiation que ne mentionnait pas, sans
doute, le programme d'études.

Elle envoya donc l'enfant à l'école où les acquisitions
de ce jeune esprit ne dépassèrent pas, en plusieurs années,
l'art d'écrire sans orthographe et de calculer sans exactitude. Mais la vase de divers égouts n'eut pas de secrets
pour elle. Le biceps arithmétique ne devait se développer
que plus tard, c'est-à-dire à l'arrivée de l'argent.

Lorsque ce visiteur fut annoncé, sous la réserve condition-
nelle de l'acceptation d'un certain mari, la touchante vierge
lacédémonienne, oublieuse des renards qui avaient pu
ravager son flanc, découvrit en elle, tout à coup, les germes
auparavant ignorés de la plus âpre vertu, et le négociant

2

qui l'épousait, heureux d'une caissière légitime qui ferait prospérer son comptoir, n'en demanda pas davantage.

Elle devint, alors, la Bourgeoise, pour le temps et l'éternité.

Son langage, par bonheur, conserva la succulence faubourienne. Elle disait fort bien : *donnez-moi-z-en* et *allez-leur-z-y-dire*. Mais, en même temps que changeait son destin, son âme se trouva miraculeusement purifiée de l'escafignon des rues de Paris et de la gravéolence des banlieues infâmes où s'étaient pourries les tristes fleurs de sa misérable enfance. Assainissement et oubli complets.

En un mot, elle fut une épouse irréprochable, ah! juste ciel! et qui devait attirer, pour sûr, les bénédictions les plus rares sur la boutique de l'heureux époux qui ne comprenait pas son bonheur.

Naturellement, elle avait *de la religion*, parce qu'il est indispensable d'en avoir, quand on est « du monde bien », une religion raisonnable, cela va de soi, sans exagération ni fanatisme.

On était en plein règne de Louis-Philippe, roi citoyen, et c'était à peine si toutes les vaches universitaires ou philosophiques de cette époque lumineuse pouvaient suffire au vaccin qu'on inoculait à l'esprit français pour le préserver des superstitions de l'ancien régime.

Toutefois, la jeune madame Maréchal, — tel était le nom de cette chrétienne, — n'endurait pas les plaisanteries sur la piété, et son mari, qui adorait la gaudriole de Béranger, dut être souvent ramené, de façon sévère, au sentiment des convenances de sa position.

Car, il est temps de le déclarer, cette personne vraiment ineffable était, avant tout, une *âme poétique*. Le trésor de poésie qui gisait en elle lui avait été révélé par quelques *Méditations* de Lamartine, qu'elle appelait « son divin Alphonse », et par deux ou trois élégies farinières de Jean Reboul, telles que *L'Ange et l'Enfant :* « Charmant enfant qui me ressemble... la terre est indigne de toi. » Quand elle eut une fille, après deux ans de mariage, ce bégueulisme s'exaspéra jusqu'à produire la plus haïssable et la plus rechignée de toutes les pécores. En conséquence, le quartier était unanime et n'avait qu'un cri pour célébrer l'impeccable rigidité de ses mœurs.

Une fois, pourtant, l'envié Maréchal surprit sa femme en compagnie d'un gentilhomme peu vêtu. Les circonstances étaient telles qu'il aurait fallu, non seulement être aveugle, mais sourd autant que la mort, pour conserver le plus léger doute.

L'austère matrone, qui le cocufiait avec un enthousiasme évidemment partagé, n'était pas assez littéraire pour lui servir le mot sublime de Ninon : « Ah! vous ne m'aimez plus! vous croyez ce que vous voyez et vous ne croyez pas ce que je vous dis! » Mais ce fut presque aussi beau.

Elle marcha sur lui, gorge au vent, et d'une voix très douce, d'une voix profondément grave et douce, elle dit à cet homme stupéfait :

— Mon ami, je suis-t-en affaires avec *Monsieur le Comte,* allez donc servir vos pratiques, n'est-ce pas? Après quoi elle ferma sa porte.

Et ce fut fini. Deux heures plus tard, elle signifiait à son mari de n'avoir plus à lui adresser la parole, sinon dans les cas d'urgence absolue, se déclarant lasse de condescendre jusqu'à son âme de boutiquier et bien à plaindre, en vérité, d'avoir sacrifié ses espérances de jeune fille à un malotru sans idéal qui avait l'indélicatesse de l'espionner. Elle n'oublia pas, en cette occasion, de rappeler sa naissance illustre.

A dater de ce jour, l'épouse exemplaire ne marcha plus qu'avec une palme de martyre et l'existence devint un enfer, un lac de très profonde amertume pour le pauvre cocu dompté qui se mit à boire et négligea ses affaires.

La vie est trop courte et le roman trop précaire pour que le poème de cette décadence commerciale puisse être ici raconté. Voici l'épilogue.

Au bout de quatre ans, la faillite était consommée, le mari enfermé dans un asile de gâteux, et, ruinée du même coup, la femme avec l'enfant logée d'une manière quelconque au fond du faubourg Saint-Jacques, où la clémence d'un créancier lui avait permis d'apporter quelques-uns de ses anciens meubles.

La martyre vécut là jusqu'en 1872, époque mémorable où elle fit la connaissance de Chapuis. Ses ressources étant nulles, elle subsista, néanmoins, assez confortablement, de ses travaux prétendus d'aiguille, qu'elle exécutait, il faut croire, à la satisfaction des personnes, puisqu'elle se disait accablée de commandes, quoique on ne la vît coudre que très rarement dans sa chambre. Mais il faut supposer aussi qu'elle s'exténuait en ville, car elle rentrait ordinairement fort tard et souvent même ne rentrait pas du tout.

La pauvre enfant grandissait comme elle pouvait dans une crainte horrible de sa mère, qui la contraignait quelque-fois à passer la nuit pour l'attendre, ayant besoin, disait-elle, de trouver au logis des preuves d'affection et de dévouement, après une journée saintement accomplie dans le travail.

Cette petite fille, qui devint ainsi, peu à peu, une jeune fille et même une femme, bien que mal nourrie et plus mal vêtue, conserva longtemps une tremblante admiration pour sa mère, qui ne la battait pas trop, qui l'embrassait même, de loin en loin, dans des jours de crise maternelle et dont la mise, inquiétante pour une ouvrière, l'étonnait.

Elle croyait naïvement à la réalité des insondables souffrances de cette sacrilège farceuse qui la conduisait une fois par an sur la tombe de son père mort « sans repentir » et lui racontait, avec la voix des saintes veuves agonisantes, le châtiment rigoureux de cet impie qui avait méconnu et brisé son cœur.

La lumière vint plus tard, extrêmement tard, lorsque, travaillant elle-même d'une façon très réelle et très dure, et nourrissant à peu près sa mère qui commençait proba-blement à dégoûter le trottoir, elle la vit, lâchant tout à coup ses airs augustes, devenir la femelle et la concubine attitrée du sinistre voyou dont le seul aspect l'emplissait d'horreur.

La veuve Maréchal ainsi transformée en femme Chapuis,

désignée même quelquefois sous le nom plus euphonique de mère Isidore, avait, dès lors, vieilli salement sous la botte active du chenapan qui l'assommait volontiers.

L'odieuse créature qui n'avait jamais aimé personne l'adorait inexplicablement, lui appartenait corps et âme, jouissait d'être rossée par lui et aurait fait calciner sa fille pour lui plaire. Elle n'était humble que devant lui, ayant gardé avec tous les autres ses anciennes manières d'autruche qui la faisaient exécrer.

Physiquement, elle était devenue hideuse, au désespoir du ruiné Chapuis, qui n'aurait pas abhorré de liciter sa tendre compagne, mais qui ne pouvait plus l'offrir désormais qu'en qualité de guenille bonne à laver les dalles des morts dans un hôpital de lépreux.

IV

LA porte s'ouvrit enfin et Clotilde parut. Ce fut comme l'entrée d'avril dans la cale d'un ponton.

Clotilde Maréchal, « la fille à Isidore », comme on disait dans Grenelle, appartenait à la catégorie de ces êtres touchants et tristes dont la vue ranime la constance des suppliciés.

Elle était plutôt jolie que belle, mais sa haute taille, légèrement voûtée aux épaules par le poids des mauvais jours, lui donnait un assez grand air. C'était la seule chose qu'elle tînt de sa mère, dont elle était le repoussoir angélique, et qui contrastait avec elle en disparates infinies.

Ses magnifiques cheveux du noir le plus éclatant, ses vastes yeux de gitane captive, « d'où semblaient couler des ténèbres », mais où flottait l'escadre vaincue des Résignations, la pâleur douloureuse de son visage enfantin dont les lignes, modifiées par de très savantes angoisses, étaient devenues presque sévères, enfin la souplesse voluptueuse de ses attitudes et de sa démarche lui avaient valu la réputation de posséder ce que les bourgeois de Paris appellent entre eux une *tournure espagnole*.

Pauvre Espagnole, singulièrement timide! A cause de son sourire, on ne pouvait la regarder sans avoir envie de pleurer. Toutes les nostalgies de la tendresse — comme des oiselles désolées que le bûcheron décourage, — voltigeaient autour de ses lèvres sans malice qu'on aurait pu croire vermillonnées au pinceau, tellement le sang de son cœur s'y précipitait pour le baiser.

Ce navrant et divin sourire, qui demandait grâce et qui bonnement voulait plaire, ne pouvait être oublié, quand on l'avait obtenu par la plus banale prévenance.

En 1879, elle avait environ trente ans, déjà trente ans de misères, de piétinement, de désespoir! Les roses meurtries de son adolescence de galère avaient été cruellement effeuillées par les ouragans, dans la vasque noire du mélancolique jardin de ses rêves, mais, quand même, tout un orient de jeunesse était encore déployé sur elle, comme l'irradiation lumineuse de son âme que rien n'avait pu vieillir.

On sentait si bien qu'un peu de bonheur l'aurait rendue ravissante et qu'à défaut de joie terrestre, l'humble créature aurait pu s'embraser peut-être, ainsi que la torche amoureuse de l'Évangile, en voyant passer le Christ aux pieds nus !

Mais le Sauveur, cloué depuis dix-neuf siècles, ne descend guère de sa Croix, tout exprès pour les pauvres filles, et l'expérience personnelle de l'infortunée Clotilde était peu capable de la fortifier dans l'espoir des consolations humaines.

Quand elle entra, la vue de Chapuis la fit reculer instinctivement. Ses jolies lèvres frémirent et elle parut sur le point de prendre la fuite. Cet homme était, en effet, le seul être qu'elle crût avoir le droit de haïr, ayant souffert par lui d'une épouvantable façon.

Elle referma la porte, cependant, et dit à sa mère, en jetant sur la table une pièce de cinquante centimes :

— Voilà tout ce que marraine a pu faire pour nous. Elle allait se mettre à table et son déjeuner sentait bien bon. Mais je savais que tu m'attendais, petite mère, et je n'aurais pas osé lui dire que j'avais très faim.

Isidore se mit à beugler.

— O la vache ! Et tu ne lui as pas foutu ça par la figure, à cet'Héloïse du champ de navets, qui a gagné plus de cent mille francs à se mettre sur le dos avec sa sale carne à cochons ? Vrai ! t'es pas dégourdie, ma fille.

Il s'était levé de sa chaise pour dilater son gueuloir et la doléance apitoyée de la fin fut accompagnée d'une gesticulation de vieux paillasse, à décourager la muse de l'ignominie.

Les joues pâles de Clotilde étaient déjà pourpres et les sombres lacs de ses yeux si doux flamboyèrent.

— D'abord, cria-t-elle, je ne suis pas votre fille, Dieu merci! et je vous défends de me parler comme si vous étiez mon père. Et puis, ma marraine est une honnête femme que vous n'avez pas le droit d'insulter. Elle nous a rendu assez de services, depuis longtemps. Si elle n'est pas plus généreuse aujourd'hui, c'est que vous l'avez dégoûtée par votre hypocrisie et votre fainéantise de pochard, entendez-vous? J'en ai assez, moi aussi, de votre insolence et de vos méchancetés et si vous n'êtes pas content de ce que je vous dis, j'aurai bientôt fait de partir et de quitter cette baraque de malheur, quand je devrais mourir dans la rue!

La vieille, à son tour, s'élança entre les deux adversaires et profita de l'occasion pour dégainer le grand jeu pathétique inventé par elle, qui consistait à roucouler sur divers tons, en ramant de ses deux mains jointes, du haut en bas et d'Orient en Occident.

— O mon enfant! est-ce ainsi que tu oses parler à celui que le ciel nous a envoyé pour adoucir les derniers jours de ta pauvre mère qui s'est sacrifiée pour toi? Moi aussi, j'ai été belle dans ma jeunesse et j'aurais pu m'amuser comme tant d'autres, et courir le monde comme une fille de rien, si j'avais écouté le Tentateur. Mais j'ai su me ranger à mon devoir et je me suis immolée à ton père. Que le bon

Dieu et tous ses saints me préservent d'accuser le malheureux devant sa fille! Mais je prends le ciel à témoin des
douleurs que m'a fait endurer cet homme sanguinaire qui
se baignait dans mes larmes et se repaissait de mes tourments. Ce que mon cœur a souffert, c'est un secret que
j'emporterai avec moi dans la tombe. O Clotilde! épargne
le cœur brisé de ta sainte mère. N'augmente pas son
martyre. Respecte aussi les cheveux blancs de ce noble
ami qui doit me fermer les yeux. Et toi, mon consolateur,
mon dernier amour, pardonne à cette enfant qui ne te
connaît pas. Montre-toi généreux pour qu'elle apprenne à
te chérir et à t'adorer. O mon Zizi, ô ma Cloclo bien-aimée,
vous m'abreuvez de fiel et d'absinthe, vous rouvrez toutes
mes blessures, vos querelles redoublent en moi le désir de
mon éternelle patrie, où les anges tressent ma couronne.
Tuez-moi plutôt. Tenez! je m'offre en holocauste. Me voici
entre vous deux!

Et la papelarde sinistre abaissant son chef déplumé
dans la direction présumée de son fameux cœur, se tenant
debout au pied d'une croix invisible, lança ses immenses
bras vers l'un et l'autre horizon, geste suprême et définitif
qui la fit ressembler à quelque potence géminée d'une
ancienne fourche patibulaire.

Chapuis, manifestement embêté, n'avait aucun désir bien
actuel de tuer qui ce fût. En l'absence de Clotilde et surtout, en d'autres circonstances, une claque certaine aurait
arrêté, dès le début, le tragique monologue. Mais il comptait agir sur la volonté de la jeune femme qu'une brutalité

nouvelle pouvait rendre indomptable et qui aurait assurément défendu sa mère contre lui, malgré sa honte infinie
de la trouver si menteuse et si ridicule. Il prit, en conséquence, le parti d'adopter une conciliante et persuasive
bonhomie.

— Allons! c'est bien, la vieille, tu peux aller t'asseoir.
Personne n'a envie de te démolir. On a le temps d'y penser
jusqu'à Noël, si tu peux mettre, d'ici là, un peu de marga-
rine sur tes abatis. Mademoiselle Clotilde, ajouta-t-il avec
une pointe de blague aussitôt réprimée, donnez-vous donc
la peine de prendre une chaise, vous savez qu'on ne les
paie pas. Vous m'avez mécanisé tout à l'heure, mais je ne
vous en veux pas. On a besoin de s'engueuler de temps en
temps, n'est-ce pas, la mère? Ça entretient l'amitié. Vous
m'avez traité de pochard. Mon Dieu! Je ne dis pas, je ne
me fais pas meilleur qu'un autre. Mais on se doit des hon-
nêtetés entre camarades, quand on n'est pas des sauvages,
et un petit verre par-ci, par-là, ça ne fait de tort à personne.
Ta mère non plus ne crache pas dessus, quand ça se rencontre. Mais c'est pas ça que j'avais à te dire. Il y a que je
t'ai trouvé une position, du bon travail bien payé. Ça ne te
crèvera pas de faire voir ta peau à un peintre et de poser
en petite bonne vierge pour ses tableaux. Deux francs de
l'heure, c'est à regarder quand on est dans la mélasse. Et
puis, faut pas croire à des bêtises. D'abord, la vieille
n'aurait pas voulu et je ne suis pas un marlou, peut-être. On
aime à lever le coude, c'est possible, mais on a sa dignité.
Si ce particulier te manquait de respect, il aurait à faire

à moi, Isidore Chapuis! Tu pourras lui dire ça de ma part.

Sur ce dernier mot, ayant redressé crânement son torse d'insecte et frappé de la main ses côtes sonores, il s'arrêta un instant pour cracher de nouveau dans la cheminée et reprit en montrant l'odieux galetas :

— Reluque-moi le belvédère! C'est coquet pour des marquises! Est-ce qu'on peut recevoir quelqu'un ici? On ne demande pas la chambre des pairs, mais, tout de même, on se plairait ailleurs que dans un pareil goguenot. Seulement, il ne faudrait pas faire ta tête de *Mademoiselle Tout-en-noir*. On ne veut pas te manger. On ne te demande que d'être une bonne fille bien raisonnable, et de nous aider à ton tour. C'est juste, pas vrai? On t'a pas laissé manquer du nécessaire, depuis que t'es sortie de l'hôpital et que tu te croises les bras toute la sainte journée...

La tremblante Clotilde était comme une hirondelle dans la main d'un vagabond. La scène grotesque de sa mère avait éteint sa faible colère et glacé son âme. Un dégoût immense et une humiliation infinie la tenaient immobile sous le regard désormais triomphant du misérable dont le langage l'épouvantait en la profanant.

Il y avait en elle une trop ancienne acceptation des amertumes pour que ses révoltes fussent désormais autre chose que de très pâles et de très rapides éclairs.

Puis, les derniers mots l'accablaient. Elle s'accusait d'avoir été inutile pendant plusieurs mois, d'être restée étendue et sans force des journées entières, et d'avoir mangé le pain de cet homme abominable.

Il fallait donc, — ô Dieu de miséricorde ! — avaler encore cette ignominie, devenir un modèle d'atelier, de la chair à palette, faire toiser son corps du matin au soir, par des peintres ou des sculpteurs !

Ce n'était peut-être pas aussi déshonorant que la prostitution, mais elle se demandait si ce n'était pas encore plus bas. Elle se souvenait très bien d'en avoir vu, de ces femmes, en passant, le matin, devant l'École des Beaux-Arts, avant l'ouverture des ateliers. Elles lui avaient paru horribles de canaillerie, d'impudeur professionnelle, de lâche torpeur accroupie, et il lui avait semblé que le dernier échelon de la misère eût été de ressembler à ce bétail de l'académie et du chevalet que le vieux Dante eût pensivement examiné en revenant de son enfer.

Il le fallait bien, sans doute, puisqu'elle avait dû renoncer à son métier de doreuse, qui avait failli lui coûter la vie, et qu'ayant perdu force et courage elle n'était plus bonne à rien qu'à souffrir et à être traînée par les pieds ou par les cheveux dans les immondices.

Elle ne répondit pas, s'étonnant elle-même d'être sans un mot de protestation. Accablée de lassitude, elle parut s'incliner.

La mère, alors, estimant la bataille gagnée, vint lui prendre la tête entre ses bras, de manière à pouvoir joindre ses mains sur le chignon et, dans cette posture, exhala vers le ciel d'actives actions de grâces pour le remercier, comme il convenait, d'avoir attendri le cœur de sa fille.

A ce spectacle, Chapuis se souvint aussitôt d'un rendez-vous important dont l'urgence était extrême et disparut, laissant quelques centimes, pour ne rentrer qu'à trois heures du matin, complètement soûl.

V

ON a deviné que le matelas étalé par terre, dont il fut parlé plus haut, appartenait à Clotilde.

Il serait facile de passer pour un narrateur infiniment vraisemblable en supposant une couche moins romantique et plus douce. Mais telles sont les mœurs d'un certain monde populaire et cette histoire douloureuse n'est que trop véridique en ses détails.

Elle dormait là, depuis deux ans, c'est-à-dire depuis la ruine de Chapuis. Auparavant, on habitait un appartement assez confortable aux environs du parc Montsouris, et Clotilde avait sa chambre.

Mais la culbute soudaine et totale du balancier n'avait pas permis qu'on y restât plus longtemps qu'il ne fallait pour trouver un nouveau gîte qui fût un peu moins inclément que l'hôtellerie de la lune.

A la réserve de six semaines passées à l'hôpital et qui, par comparaison, lui avaient paru bienheureuses, la pauvre fille avait donc couché là deux ans, derrière l'ordure de ces deux vieillards infâmes dormant auprès d'elle, roulée dans ses guenilles, en proie aux affres d'un dégoût mortel, que l'accoutumance n'avait pu guérir.

Elle ne dormit guère cette nuit-là. Ses pensées la faisaient trop souffrir. Elle avait froid, aussi, et grelottait
sous la ficelle de ses haillons, car l'effrayant hiver de cette
année, si funeste aux pauvres, commençait déjà.

Elle songeait, en regardant les ténèbres, que c'était
pourtant bien cruel de n'avoir pas même le droit de pleurer
dans un misérable coin. Car, en supposant que l'horreur
de salir ses larmes ne l'eût pas empêchée de les répandre
quelquefois sur le fumier de cette étable à cochons, une
effusion si mélancolique eût été blâmée à l'instant comme
une preuve d'égoïsme et de lâcheté criminelle.

Chapuis n'aurait pas manqué de lui prodiguer l'ironie
de ses consolations ordurières et la martyre eût réavalé
devant elle son vieux calice, au milieu d'une bourrasque
de soupirs, en la suppliant, au nom du ciel, de vouloir bien
comparer ses douleurs aux siennes.

Dès son enfance la plus lointaine, cette chenille du Pur-
gatoire avait exigé rigoureusement qu'elle ne se plaignît
jamais, prétendant qu'une enfant doit être la récompense
et la « couronne » d'une mère. Elle avait même là-dessus
d'humides phrases empruntées à la rhétorique jaculatoire
des images de dévotion qu'elle idolâtrait.

Le cœur de la malheureuse fillette, comprimé dans un
étau implacable, avait donc résorbé silencieusement ses
peines, sans avoir jamais pu se barricader ni s'endurcir.

Quoi qu'on pût lui faire, elle agonisait de la soif d'amour
et, n'ayant personne à chérir, elle entrait parfois, au milieu
du jour, dans les pénombrales églises, pour y sangloter à

l'aise au fond de quelque chapelle tout à fait obscure...

Pauvre être abandonné! C'était dur de penser qu'elle n'avait pas eu d'autres joies dans son enfance ni dans les plus fraîches années de sa jeunesse! Sans doute, elle avait bien essayé de se lier avec les apprenties qu'elle avait connues à son atelier de dorure. Mais sa timidité presque maladive leur avait déplu, sa douceur extrême et la noblesse ingénue de son maintien avaient révolté ces petites souillasses qui la traitèrent de « poseuse », en même temps qu'une pudeur instinctive la préservait de leurs putréfiants exemples.

Ah! certes, elle avait tout appris et ses oreilles ne lui avaient guère permis d'ignorer les fanges les plus intimes de l'humanité d'en bas! Mais le ramage vicieux de ces impubères ne pénétrait pas son âme, qui demeurait aussi chaste que le rosaire d'une visitandine.

C'est pour cela qu'elle allait offrir ses larmes au Dieu des églises, sans savoir qu'elle accomplissait ainsi le grand sacrifice, la béatifique et la formidable Offrande qui a beaucoup plus, sans doute, que le pouvoir de déplacer les constellations, puisque le Seigneur Jésus n'a pas obtenu de boisson meilleure pour le réconforter dans la Sueur de Sang et dans l'Agonie.

Elle n'était pourtant pas ce que les Éaques des sacristies appellent une *pieuse enfant*. Elle avait reçu le semblant d'instruction religieuse que confèrent ordinairement, dans les paroisses de Paris, les entrepreneurs de catéchisme.

Sa mère qui ne se livrait à d'autres pratiques dévotieuses que l'invocation postiche d'un ciel décousu et qui pensait, comme toute vraie guenon bourgeoise, que « les simagrées offensent notre Créateur », n'était pas précisément le modèle qu'il aurait fallu pour l'acheminer à la perfection chrétienne.

Elle lui avait « fait faire » sa première communion, à l'exemple de toutes les paillardes femelles de boutiquiers, parce que c'était l'occasion d'un exceptionnel déploiement de sensibilité maternelle. Mais elle aurait improuvé les exagérations superstitieuses de la prière et surtout l'inutile effusion des larmes dans des endroits écartés.

Scrupuleusement, elle observait la profonde liturgie des détaillants orthodoxes, laquelle consiste à *tirer* les Rois, à manger de la merluche le Vendredi Saint, des crêpes à la Saint-Jean, de la cochonnaille à Noël et surtout, oh! surtout, à porter des fleurs aux « chers absents », le Jour des Morts. Le paroxysme du délire eût été de lui demander davantage.

Oui, ces heures d'attendrissement avaient été les meilleures de la vie de Clotilde et le simulacre de passion qui lui était venu plus tard ne les avait certes pas values.

Au moins, elles ne lui avaient pas laissé d'amertume, ces heures bénies, où les sources de son cœur invoquaient silencieusement les sources du ciel.

Elle se souvenait d'avoir senti la Douceur même et quand elle fondait en pleurs, c'était comme une impression très lointaine, infiniment mystérieuse, un pressentiment *anonyme* d'avoir étanché des soifs inconnues, d'avoir consolé. Quelqu'un d'ineffable...

Un certain jou..., ah! ce souvenir ne s'effacerait jamais, un Personnage lui avait parlé, un prêtre à longue barbe blanche de patriarche, portant la croix pectorale et l'améthyste et qui paraissait venir de ces solitudes situées aux confins du monde où se promènent, sous des cieux terribles, les lions évangéliques de l'Épiscopat.

Voyant pleurer une si jeune fille, il s'était approché, la considérant avec bonté. Il l'avait bénie d'une très lente bénédiction, en remuant doucement les lèvres, et lui posant ensuite la main sur la tête, à la façon d'un dominateur des âmes :

— Mon enfant, avait-il dit, pourquoi pleurez-vous?

Elle l'entendait encore, cette voix calme et pénétrante qui lui avait paru la voix d'un être surhumain. Mais qu'aurait-elle pu répondre, en un tel moment, sinon qu'elle se mourait du désir de vivre? Elle le regarda seulement de ses grands yeux de chevrette perdue, où se lisait si bien sa peine.

C'est alors que l'étranger ajouta ces paroles étonnantes qu'elle ne devait jamais oublier :

— On a dû, quelquefois, vous parler d'Ève, qui est la Mère du genre humain. C'est une grande Sainte aux yeux de l'Église, quoiqu'on ne l'honore guère dans cet Occident où son nom est souvent mêlé à des réflexions profanes. Mais on l'invoque toujours, dans nos chrétientés du vieil Orient, où les traditions antiques se sont conservées. Son

Nom signifie la *Mère des Vivants*... Dieu, qui fait toutes nos pensées, a voulu, sans doute, que je me souvinsse d'Elle en vous voyant. Adressez-vous donc à cette mère qui vous est plus proche que celle qui vous engendra. Elle seule, croyez-moi, peut vous secourir, puisque vous ne ressemblez à personne, pauvre enfant qui avez soif de la Vie!... Peut-être aussi l'Esprit-Saint vous a-t-il marquée de son redoutable Signe, car les voies sont bien inconnues... Adieu, ma douce fille, je repars dans quelques instants pour des contrées éloignées d'où je ne reviendrai probablement jamais, à cause de mon très grand âge... Cependant, je ne vous oublierai pas... *Quand vous serez dans les flammes*, souvenez-vous du vieux missionnaire qui priera pour vous au fond des déserts.

Et il était parti, en effet, après avoir laissé une pièce de vingt francs, sur l'accoudoir du prie-Dieu, où Clotilde resta clouée par l'étonnement et par le respect le plus indicible.

Incapable de se renseigner sur-le-champ, elle ne sut rien de ce vieillard qu'elle crut avoir été envoyé tout exprès par le Père des enfants qui souffrent. Il fut pour elle, simplement, le « Missionnaire ».

En souvenir de lui, elle s'adressait souvent avec une tendresse naïve à cette Mère commune dont nul autre prêtre, assurément, ne lui eût ainsi parlé et souvent aussi elle se demanda ce que pouvaient bien signifier ces « flammes » au milieu desquelles il faudrait, un jour, qu'elle se souvînt de son visiteur...

Elle se fit naturellement voler les vingt francs par sa

mère *qui ne demanda pas d'explication* et qui lui laissa même un peu plus de liberté qu'auparavant, jusqu'au jour où, ne voyant décidément pas affluer de nouveaux trésors, elle redevint la duègne farouche et lui déclara qu'elle était trop « sotte » pour qu'on lui permît de s'exposer aux séductions et aux aventures. L'innocente fille ne connaissait pas alors cette horrible vieille, ainsi qu'on l'a fait observer, et ne devait sentir que plus tard l'abomination de ses calculs.

Tout le passé remontait ainsi dans sa mémoire, pendant cette insomnie douloureuse. Elle avait à peine seize ans à l'époque du Missionnaire et, depuis, qu'était-elle devenue, grand Dieu !

Elle qui avait cru sangloter dans les bras des anges et à qui le Seigneur même voulut envoyer un messager, dans quel abîme de profanation n'était-elle pas descendue ! Elle n'arrivait pas à comprendre cette chute affreuse. N'aurait-elle donc pu, s'appuyant sur la prière, sur les sacrements, sur tous les pilastres des lieux saints où le Sauveur agonise, échapper à cette infâme espérance de bonheur terrestre qui l'avait si férocement déçue ?...

Car les faits sont inexorables, ils ne connaissent point la pitié, et l'oubli même, — si on pouvait l'obtenir, — est sans pouvoir pour anéantir leur témoignage accablant...

— Toute la puissance des cieux ne pourrait faire que je n'aie pas appartenu volontairement à cet homme et que je ne sois pas souillée de lui jusque dans la mort ! O mon Dieu ! mon Dieu !

VI

GÉMISSANTE, elle s'était dressée dans les ténèbres. Elle devenait folle d'angoisse, quand cette idée reparaissait avec précision.

Son aventure avait été d'une banalité désespérante. Elle avait succombé, comme cent mille autres, à l'inamovible trébuchet de la séduction la plus vulgaire. Elle s'était perdue simplement, bêtement, avec un Faublas de ministère qui ne lui avait rien promis ni rien donné, pas même le plaisir d'une heure, et dont elle n'avait elle-même rien espéré ni rien attendu.

La vérité crucifiante, c'est qu'elle s'était livrée à un bellâtre quelconque, parce qu'il s'était trouvé sur son chemin, parce qu'il pleuvait, parce qu'elle avait le cœur et les nerfs malades, parce qu'elle était lasse à mourir de l'uniformité de ses tourments et, probablement aussi, par curiosité. Elle ne savait plus. C'était devenu tout à fait incompréhensible.

Et quelle odieuse platitude en cette intrigue de stations d'omnibus et de restaurants à prix fixe! Sa meilleure amouse, peut-être, avait été, — comme toujours, hélas! — l'illusion facilement procurée à une fille si malheureuse par un homme bien vêtu et dont la politesse paraissait exquise, — mirage de vie supérieure qui, pendant une minute, alla jusqu'à l'éblouissement.

La liaison avait duré quelque temps et, par noblesse de

cœur, par fierté, pour ne pas être une prostituée, bien qu'il la secourût à peine, elle s'était efforcée consciencieusement d'aimer ce garçon dont elle sentait si bien l'égoïsme et la prétentieuse médiocrité.

C'était difficile, mais elle croyait avoir réussi, sans doute par un effet de cette impulsion, plus mystérieuse qu'on ne le suppose, qui ramène si souvent les abandonnées ou les fugitives au premier homme qui les posséda.

Mais maintenant, ah! maintenant, surtout, après des années, c'était bien fini. Il ne lui restait plus qu'un intolérable dégoût pour le misérable amant dont elle aurait accepté l'âme étroite, mais dont l'étonnante lâcheté l'avait saturée de tous les crapauds du mépris et de l'aversion.

Le triste roman s'était ainsi dénoué. Chapuis, non encore complètement ruiné, et, d'ailleurs, indifférent, mais poussé par la vieille qui s'avisa tout à coup de l'improductive contamination de son enfant, vint trouver un jour le jeune homme à son bureau et, d'un air très doux, lui notifia qu'on aurait le regret de compromettre son avancement par un esclandre fabuleux, s'il n'offrait pas un *dédommagement* à la famille respectable « au sein de laquelle il avait introduit la honte et le déshonneur ».

On n'exigeait pas précisément le mariage, parce qu'on avait des vues plus hautes que l'alliance d'un petit employé sans fortune et sans avenir, mais le vieux renard avait apporté du papier timbré.

Le suborneur, plein d'inexpérience et d'effroi, souscrivit

d'étranges billets payables de mois en mois pour une somme assez fantastique, — *valeurs reçues en marchandises,* — dont le recouvrement s'opéra d'une façon régulière, jusqu'au jour où les parents du jeune homme intervinrent et menacèrent à leur tour le balancier de désobligeantes poursuites en escroquerie.

La honte et le désespoir de Clotilde furent infinis, car Chapuis, espérant, vraisemblablement, une défaite plus avantageuse de la jolie fille dont il se croyait l'armateur, avait exigé la rupture immédiate sous forme de lettre insultante que le Lauzun de la Sandaraque avait noblement écrite sous sa dictée.

Trahie, vendue, outragée et goujatement lapidée d'ordures par celui même à qui elle avait sacrifié son unique fleur, quel châtiment rigoureux pour la folie d'un seul jour!

Et sa mère, dont elle voyait la main dans tout cela, son horrible mère, qui avait fait semblant de ne rien savoir, aussi longtemps qu'elle avait ignoré l'insignifiance *commerciale* de ces déplorables amours, — pourquoi fallait-il que la plus diabolique nécessité la contraignit à vivre encore auprès d'elle?

Il y eut une scène affreuse où la puante mégère, acculée à l'aveu de ses infamies, imagina de se réfugier en d'effroyables clameurs d'agonie qui firent penser aux voisins que le balancier assommait sa femme.

Le drôle, au contraire, menaçait de tuer Clotilde qui s'en prenait surtout à lui dans le déchaînement de sa colère, la plus grande peut-être, sinon la première qu'elle eût jamais eue.

Puis, ce fut fini. La profonde personnalité de la jeune fille continua de subsister par-dessous les ensablements monotones et les marécages désolés de son apparente vie terrestre, et par-dessous les effrayantes eaux souterraines de son repentir, — semblable à ces cryptes miraculeuses qui sont cachées au centre du globe et qu'une seule goutte de lumière ferait autant resplendir que les basiliques des cieux.

Elle parut avoir tout oublié. Sa douceur devint plus touchante, surtout lorsqu'elle parlait à sa mère en baissant les yeux pour ne pas la voir, ce qui lui valut de cette digne salope le surnom de fille hypocrite.

Seulement, à force de souffrir, sa grande vigueur s'altéra. Les stryges de l'anémie dévorèrent ses couleurs charmantes et elle devint pâle comme l'humilité même. Elle n'eut bientôt plus la force de supporter les fatigues de cet écrasant métier de vendeuse dans un grand bazar qui avait remplacé l'intoxication quotidienne de la dorure.

Enfin, on dut l'emporter à l'hôpital, où le chef de service qu'elle intéressait dit un jour sévèrement à Chapuis, venu pour la voir, que cette jeune fille étant malade, et même assez gravement, par suite des chagrins qu'on lui faisait endurer dans sa famille, il lui conseillait, à l'avenir, de prendre garde, — pour lui-même, — aux conséquences redoutables de brutalités nouvelles.

Cet avertissement eut l'effet céleste d'épargner, un peu

plus tard, à la convalescente, les scènes ou les injures abominables que n'aurait pas manqué de lui attirer sa faiblesse extrême, et c'est ainsi qu'elle avait pu croupir de longs mois dans le vermineux taudion.

VII

Mais maintenant, que devenir? Est-ce que vraiment elle ne pourrait pas échapper à la chose odieuse dont avait parlé ce bandit?

Un modèle d'atelier! Était-ce possible? Elle avait pourtant bien promis qu'aucun homme, désormais, ne la *verrait* plus. Mais les pauvres ne possèdent même pas leurs corps, et quand ils gisent dans les hôpitaux, après que leur âme désespérée s'est enfuie, leurs pitoyables et précieux corps promis à l'éternelle Résurrection, — ô douloureux Christ! — on les emporte sans croix ni oraison, loin de votre église et de vos autels, loin de ces beaux vitraux consolants où vos Amis sont représentés, pour servir, comme des carcasses d'animaux immondes, aux profanations inutiles des corbeaux de la science humaine.

La loi des malheureux est par trop dure, en vérité! C'est donc tout à fait impossible qu'une fille indigente échappe, de manière ou d'autre, à la prostitution!

Car enfin, qu'elle vende son corps, la nudité de son corps, pour ceci ou pour cela, c'est bien toujours la prostitution. Les yeux des hommes sont aussi dévorants que leurs mains impures et ce que les peintres font passer sur leurs toiles, c'est la pudeur même qu'il a fallu renier pour leur servir de modèle.

Oui, certainement, la *pudeur* même. On leur donne cela, aux artistes, pour un peu d'argent. On leur vend précisément l'unique chose qui ait le juste poids d'une rançon dans la balance où le Créateur équilibre ses nébuleuses... Ne comprend-on pas que cela, c'est plus bas encore que ce qu'on appelle communément la prostitution?

Ruisselant de perles ou d'ordures, le vêtement de la femme n'est pas un voile ordinaire. C'est un symbole très mystique de l'impénétrable Sagesse où l'Amour *futur* s'est enseveli.

L'amour seul a le droit de se dépouiller lui-même et la nudité qu'il n'a point permise est toujours une trahison. Cependant, la dernière des prostituées pourra toujours en appeler de la Justice la plus rigoureuse, en alléguant qu'après tout elle n'a pas dénaturé son essence et que les saintes Images n'ont pas été déplacées par elle, puisqu'elle n'était qu'un simulacre de femme à la dévotion d'un simulacre d'amour. La nature même de l'*illusion* qu'elle offrit aux hommes peut, en désespoir de cause, arracher à Dieu son pardon.

La profession de modèle, au contraire, destitue la femme complètement et l'exile de sa personnalité, pour la reléguer dans les limbes de la plus ténébreuse inconscience.

Clotilde, assurément, ne raisonnait pas ces choses, mais son âme vive lui en donnait l'intuition très claire. Si cet abandon de sa propre chair pouvait être sans péché, comment avaler le dégoût d'une innocence plus dégradante, lui semblait-il, que le péché même?

Que dirait le « Missionnaire »? Que dirait-il, ce beau vieillard qui avait si bien vu qu'elle agonisait de la soif de vivre?... Le souvenir de cet inconnu la fit pleurer silencieusement dans l'ombre.

— Hélas! pensait-elle, il aurait grande pitié de son enfant, il me sauverait, sans doute! Mais vit-il encore, seulement? depuis tant d'années, et dans quel endroit du monde peut-il être, vivant ou mort?

Elle se prit alors à songer, comme font les malheureux, à tous les sauveurs possibles que peut rencontrer une créature au désespoir et qui, jamais, au grand jamais, ne sont rencontrés par personne!

Elle se souvint d'une image qu'elle avait admirée autrefois, dans la boutique du doreur, et qu'elle eût été ravie de posséder. Cette image représentait une scène de mauvais lieu, quelques hommes à figures de malandrins, assis et buvant avec des filles crapuleuses. A droite, l'un des murs de cette caverne avait disparu pour faire place à une vision lumineuse. Le doux Christ galiléen environné de sa gloire, tel qu'il apparut à Madeleine au jardin de la Résurrection, se tenait immobile dans la clarté, sa Face douloureuse exprimant une pitié divine, et tendait ses mains pleines de pardon à l'une des femmes, une toute jeune fille qui s'était détachée du groupe et se traînait sur ses genoux, en l'implorant avec ferveur.

Combien de fois, se souvenant de cette lithographie
d'encadreur, avait-elle eu soif de le rencontrer, ce miraculeux Ami qu'on ne voit plus dans les villes ni dans les
campagnes, et qui parlait familièrement, autrefois, aux
pécheresses bienheureuses de Jérusalem!

Car elle ne se jugeait pas meilleure que les plus perdues. Sa faute ayant été sans ivresse, rien n'était capable
d'en atténuer l'amertume et l'humiliation. Cette récurrence
perpétuelle l'hypnotisait, l'immobilisait, la faisait paraître
stupide quelquefois, avec ses paniques yeux de Cassandre
du Repentir, fixement ouverts.

Elle avait donné irrévocablement, pour toute la durée
des éternités, son unique bien, le plus précieux trésor
qu'une femme puisse posséder, — cette femme s'appelât-
elle l'Impératrice de la Voie Lactée! Elle avait donné cela,
à qui? et pourquoi?...

A présent, les Trois Personnes pouvaient faire ce qu'Elles
voudraient, raturer la création, congédier le temps et l'espace, repétrir le néant, amalgamer tous les infinis, cela ne
changerait absolument rien à ceci : qu'à une certaine
minute, elle était vierge, et qu'à la minute suivante, elle
ne l'était plus. Impossible de décommander la métamorphose.

Lorsque Jésus descendra enfin de sa croix, il pourra la
trouver tout de suite, la profanée, en suivant la pente
facile du Calvaire qui mène sûrement au quartier des infi-
dèles. Elle pourra, de son côté, lui baigner et lui parfumer
les pieds, comme cette grande Madeleine qui fut appelée

l'Épouse magnifique. Mais il ne lui sera pas possible, —
fût-ce avec des tenailles de diamant! — d'arracher une
seule des épines de son front criblé!

Cet Époux famélique devra se contenter des restes de
l'impur festin où nul n'aura gardé la robe nuptiale, et respirer les lys flétris de ses déloyales amoureuses.

— Que puis-je donc offrir, maintenant ? murmurait-elle.
En quoi suis-je préférable à la première venue que les
hommes roulent du pied dans leurs ordures? Quand
j'étais sage, il me semblait que je gardais des agneaux
très blancs sur une montagne pleine de parfums et de
rossignols. J'avais beau être malheureuse, je sentais qu'il
y avait en moi une fontaine de courage pour défendre
cette chose précieuse dont j'étais la dépositaire et que le
Seigneur, désormais, ne trouvera plus quand il en aura
besoin. Aujourd'hui, ma source est tarie, ma belle eau
limpide est devenue de la boue et les plus affreuses bêtes
y pullulent... Moi qui aurais pu devenir une sainte aussi
claire que le jour et prier avec les anges sur le bord du
tapis des cieux, je n'ai même plus le droit d'être aimée
d'un honnête homme qui serait assez charitable pour vouloir de moi!...

A cet instant, les pensées de la jeune femme se figèrent
comme le sang des morts. L'ivrogne rentrait à tâtons,
bousculant tout, rotant le blasphème et l'ordure et finale-
ment se vautrait, en grognant à la manière d'un porc, à
côté de sa venimeuse femelle qui fit entendre quelques
comateux soupirs.

Le voisinage de cette brute était pour Clotilde un intolérable supplice. Elle s'étonnait souvent de n'être pas morte de dégoût et de désespoir, depuis tant de mois qu'elle était forcée de le subir.

Non seulement il y avait l'horreur de cette promiscuité infamante, avec tout le sale poème des épisodes ou péripéties accessoires, mais un autre souvenir, plus atroce encore et toujours évoqué, l'obsédait comme un cauchemar sans trêve.

Un jour, quelques années auparavant, lorsqu'on habitait encore Montsouris, la splendeur de Chapuis n'étant pas éteinte, l'immonde personnage, profitant d'une absence très longue et, peut-être *concertée*, de la mère avait essayé de la violer.

Clotilde était, à cette époque, très innocente, mais très renseignée. La lutte fut tragique et presque mortelle entre cet ivrogne exaspéré et cette fille vigoureuse dont l'indignation décuplait les forces. Ayant réussi à lui faire lâcher prise, une seconde, en le mordant avec la plus sauvage cruauté, elle eut le temps de bondir sur un fer à repasser et lui en asséna sur la tête un coup si terrible que Chapuis, aux trois quarts assommé, garda le lit pendant près d'un mois.

Cette affaire s'arrangea très bien et la vie commune continua. Clotilde était sans ressources pour prendre la fuite et l'imagination du lâche pandour, non moins vigoureusement frappée que son crâne, suffisait, à coup sûr, pour le dissuader de toute entreprise nouvelle. Une crainte obscure lui resta même de cette vierge aux yeux si doux,

qu'il n'aurait pas crue capable d'une si fougueuse intrépi-
dité.

Celle-ci, d'ailleurs, était à cent lieues de soupçonner sa
mère, à qui le malade parut avoir expliqué sa blessure
par un accident vulgaire que l'aléa d'une soulographie
perpétuelle rendait très plausible. Mais elle eut toujours
devant les yeux l'ignoble scène, et l'ébranlement profond
qui en résulta ne fut pas l'une des moindres causes de sa
propre chute, qui survint quelque temps après.

— Allons! se dit-elle enfin, j'irai là puisqu'il est impossible de faire autrement. Une honte de plus ou de moins,
qu'importe? Je ne pourrai jamais me mépriser plus que
maintenant. Et puis, mon travail, ce joli *travail!* paiera,
sans doute, les « tournées » de M. Chapuis et les « petites
douceurs » de maman. C'est à considérer, cela! Ne pense
donc plus à rien et tâche de dormir, pauvre petite chienne
perdue que ne réclamera personne. Ta destinée, vois-tu,
c'est de souffrir. C'est à peu près cela qu'il m'a dit, le
Missionnaire,... mon bon vieux Missionnaire qui aurait bien
dû m'emporter avec lui dans ses déserts et qui pleure,
peut-être, en me regardant du fond de sa tombe.

VIII

LES pauvres sont exacts. A onze heures du matin, Clotilde était en haut du faubourg Saint-Honoré et sonnait à la porte de M. Pélopidas-Anacharsis Gacougnol.

C'est l'auteur du groupe célèbre intitulé : *la Victoire du Mari*, où l'on voit un personnage moderne à figure de chocolatier mélancolique, donnant à manger à douze ou quinze petits faunes manifestement illégitimes. Tel est le genre d'imagination de cet artiste.

A la fois peintre, sculpteur, poète, musicien et même critique, l'universel Gacougnol paraît avoir pris à forfait l'illustration de tous les proverbes et de toutes les métaphores sentencieuses. Il s'enflamme sur des maximes telles que le *castigat ridendo mores* et affiche la prétention d'être puissamment satirique.

Les seules moralités de La Fontaine ont défrayé quinze de ses tableaux et lui ont fourni la matière d'une demi-douzaine de bas-reliefs apophtegmatiques.

C'est lui et non pas un autre qui a inventé le buste *milésien*, c'est-à-dire la configuration en marbre ou en bronze d'un homme illustre, depuis la pointe des cheveux jusqu'au nombril inclusivement, — en ayant soin de couper les bras, — ce qui, dans sa pensée, donne à l'effigie la haute allure d'une impassibilité formidable.

C'est lui encore qui, dans un journal illustré, publia cette série de caricatures en escalier dont Paris fut désopilé. Cela consistait, on s'en souvient, à remonter du cochon par exemple, en passant par toutes les bêtes supposées intermédiaires, jusqu'aux faces callipyges d'Ernest Renan, ou de Francisque Sarcey, envisagées comme pinacles de sélection.

En poésie, en musique surtout, il est plutôt sentimental

et pleure volontiers sur son piano, en chantant des niaiseries, d'une voix très belle.

Gascon toulousain et fort en gueule, frotté d'ail et d'esthétique, artiste par la racine et jocrisse par la frondaison, barbu comme un Jupiter Pogonat et coiffé dans les ouragans, il affecte habituellement la brutalité sublime d'un Encelade ravagé.

Nul ne parvint jamais à détester ce bon garçon, aussi incapable de méchanceté que de modestie et dont le réel talent, stérilisé par la dissémination perpétuelle de sa fantaisie, ne peut offusquer personne. Il attendrit, d'ailleurs, et désarme complètement les camarades les plus anfractueux ou les plus retors par la surhumaine cocasserie de quelques-unes de ses conceptions.

Au coup de sonnette, il vint ouvrir en personne.

— Qu'est-ce que vous voulez, vous, encore? cria-t-il, voyant une femme en cheveux au seuil de son atelier. C'est toujours la même chose, n'est-ce pas? Votre mari a toujours son fameux rhumatisme articulaire qu'il a pincé en réparant l'obélisque, et vous avez certainement cassé le biberon de votre petit dernier. Voilà le quatorzième que je paie depuis un mois!... Ah! jour de Dieu! vous n'êtes pas étouffés par l'imagination, du côté des Ternes. Enfin, entrez tout de même, je vais voir si j'ai de la monnaie... Eh! bien, mon gentilhomme, tu peux te vanter d'en avoir de la chance d'être un salaud et de ne jamais donner un sou à personne. On ne t'embête pas.

Cette additionnelle congratulation s'adressait à un

4

troisième personnage, d'aspect bizarre, qui s'inclina, sans dire un seul mot.

— Figure-toi bien, poursuivit Pélopidas, que c'est comme ça toute la journée. Quand j'ai donné quatre sous à un de ces bougres, il ne me lâche plus, et m'envoie toute sa famille... Allons, bon! Où diable ai-je fourré mon porte-monnaie, maintenant? Mais, milliard de Dieux! fermez donc votre porte, là-bas. Il ne fait pas déjà trop chaud dans cette lanterne.

Clotilde, fort ahurie d'un tel accueil, obéit machinalement, puis, appelant tout son courage, dit enfin :

— Monsieur, vous vous trompez, je ne suis pas une mendiante, je suis la personne dont on vous a parlé et que vous attendiez ce matin à onze heures. Et elle lui tendit sa carte.

Pauvre carte unique, découpée, pour la circonstance, avec des ciseaux, dans le coin le moins sale d'une feuille de gros papier jaune et sur laquelle elle avait écrit son nom : *Clotilde Maréchal.*

— Ah! vous êtes le modèle, très bien! Alors, déshabillez-vous.

Et, comme si c'était la chose la plus simple, il reprit aussitôt la conversation interrompue, un instant, par l'arrivée de cet « accessoire ».

— Pour en revenir à tes blagues sur le grand art, mon petit Zéphirin, nous en reparlerons quand tu auras quelque chose de neuf à me révéler. Jusque-là tu m'embêtes et je ne te l'envoie pas dire. Tout ce que tu me dégoises, depuis

une heure, me fut enseigné avec beaucoup de soin par de
vénérables ganaches, lorsque tu tétais encore ta nourrice.
Je suis pour l'art personnel, moi, quel que soit le nom
qu'on lui donne ; je n'appartiens à aucune autre école que
la mienne,... et encore ! Mon ambition, c'est d'être Pélopidas Gacougnol, pas un autre ; un foutu nom, si tu veux,
mais il me fut donné par mon brave homme de père et
j'y tiens... Pour ce qui est de ton « Androgyne » ou de tes
« Enfants des Anges », c'est de l'esthétique de pissotières
et il ne m'en faut pas. Les maîtres n'ont pas eu besoin de
toutes ces cochonneries pour sculpter ou peindre des merveilles, et le grand Léonard aurait été dégoûté de son œuvre,
s'il avait pu prévoir ta sale façon de l'admirer... Tiens ! veux-
tu que je te dise, vous êtes tous des esclaves, les jeunes,
avec vos airs de tout inventer, et vous marcheriez très bien
à quatre pattes devant le premier venu qui aurait le pouvoir
de vous sabouler. Il vous manque d'être des hommes, rien
que ça ! Je veux bien que le diable m'emporte si on peut
trouver une idée dans votre sacrée littérature de gueusards
prétentieux et tarabiscotés... Toi, tu es le malin des malins,
tu as trouvé le troisième sexe, le mode angélique, ni mâle
ni femelle, pas même châtré. Joli ! On s'embêtait, c'est un
filon d'ordures qui va certainement enrichir quelques cra-
poussins de lettres, à commencer par toi, qui es l'initiateur
et le grand prophète. Seulement, vois-tu, ça ne suffit pas
pour être un critique et tu peux te vanter d'avoir écrit de
belles âneries sur la peinture !...

A cet endroit de son discours, que soulignait la plus

méridionale gesticulation, les yeux de Pélopidas tombèrent
sur Clotilde exactement pétrifiée et paraissant regarder
avec stupeur la flottante crinière de ce personnage volubile
qui lui avait dit de se déshabiller. Déjà entraîné, il éclata :

— Ah! çà, qu'est-ce que vous foutez là, vous, à me
regarder avec des yeux comme des portes cochères ? Il
s'agit de vous mettre à poil tout de suite, j'ai à travailler.
Tenez! là,... là! derrière ce paravent; et que ça ne traîne
pas, s'il vous plaît.

La pauvre fille, au comble de la terreur, disparut immédiatement.

— Et toi, bambino des anges, petit Delumière de mon
cœur, tu vas me faire le plaisir d'aller voir dehors si j'y
suis. Ta conversation est aussi ravissante que nutritive,
mais j'en ai assez pour quelque temps. Tu viendras me
voir, quand je n'aurai rien à faire... Là! c'est bien, prends
ton chapeau et bonsoir à tes poules... Je ne te reconduis
pas.

Zéphyrin Delumière, le fameux hiérophante romancier,
promu récemment à d'obscures dignités dans les conciles
interlopes de l'Occultisme, prit, en effet, son chapeau et
— la main sur le bouton de cuivre de la serrure, d'une de
ces voix mortes au monde qui ont toujours l'air de sortir
du fond d'une bouteille, — laissa tomber, en guise d'adieu,
ces quelques paroles adamantines :

— Au revoir donc, ou jamais plus, comme il vous plaira,
peintre malgracieux. Il me serait trop facile de vous punir
en vous effaçant de ma mémoire. Mais vous flottez encore

dans l'amnios de l'irresponsable sexualité. Vous en êtes pour combien de temps! aux hésitations embryogéniques du Devenir et vous croupissez dans l'insoupçon de la Norme lumineuse où se manifeste le Septenaire. C'est pourquoi vous œuvrez inférieurement dans la ténèbre du viril terrestre conculqué par les Égrégores. Et c'est aussi pourquoi je vous pardonne en vous bénissant. Vous finirez par comprendre un jour.

Ainsi posé, le devisant mystagogue était bien la plus exorbitante et supercoquentieuse figure qu'on pût voir, avec sa tignasse graisseuse de sorcier cafre ou de talapoin, sa barbe en mitre d'astrologue réticent et ses yeux de phoque dilatés par de coutumières prudences, à la base d'un nez jaillissant et obéliscal, conditionné, semblait-il, pour subodorer les calottes les plus lointaines.

Affublé d'un veston de velours violet, gileté d'un sac de toile brodé d'argent, drapé d'un burnous noir en poils de chameau filamenté de fils d'or et botté de daim, — mais probablement squalide sous les fourrures et le paillon, — il apparaissait comme un abracadabrant écuyer de quelque Pologne fantastique.

Tout à coup, un éclat de rire immense, formidable, et qui semblait devoir tout fracasser, fit explosion.

Le caricaturiste, qui ne sommeille jamais longtemps chez cet excellent Gacougnol, venait d'être atteint en pleine poitrine par le ridicule tout-puissant que dégage, vingt-quatre heures par jour, la personnalité de Delumière.

Il se laissa tomber sur un divan et se tordit dans les

convulsions et les pâmoisons de l'allégresse la plus délirante.

Quand l'accès eut pris fin, le grotesque, un moment cloué par la surprise, était parti, dédaigneux et blême.

— Ah! l'animal! exhala enfin le rieur, après un bruyant soupir de satisfaction, et se parlant à lui-même, suivant sa coutume, il me fera mourir un de ces jours. J'ai beau le soupçonner des plus sales manigances, c'est à peine si j'ai le courage de le flanquer à la porte... Vraiment, c'est à payer sa place. Le vilain bougre! m'a-t-il fait rire avec ses bottes à la Franconi et sa gueule de marlou circassien, vues dans la pénombre!... Le père que j'ai connu pion à Toulouse n'était pourtant pas si drôle. Il passait pour un honnête marchand de soupe légèrement toqué de prophéties royalistes et assez mal vu du clergé qu'il prétendait éclairer. Mais cela ne dépassait pas la mesure d'un bon ridicule de province. Il faut croire que son fils tient plutôt de l'aïeule gargotière, la *Mère des compagnons*, comme on disait, laquelle ne paraissait pas descendue précisément des « Elohim », ainsi qu'il nomme ses ancêtres d'avant le Déluge... Enfin, ne pensons plus à ce polisson qui m'a fait perdre encore une heure, ce matin, et voyons un peu ce modèle... Dites donc, Mademoiselle, vous seriez bien aimable de presser un peu le déshabillage...

A ce moment, quelque chose passa, qui n'était ni un bruit, ni un souffle, ni une lueur, ni rien de ce qui peut ressembler à un phénomène quelconque. Peut-être même ne passa-t-il absolument rien.

Mais Gacougnol eut un frisson et, vivement impressionné,

sans savoir pourquoi, demeura une minute silencieux, la bouche entr'ouverte, les yeux fixés sur le paravent.

— Eh bien! qu'est-ce que j'ai donc? murmura-t-il. Est-ce que cet idiot serait contagieux, par hasard?

Il s'approcha et, prêtant l'oreille, perçut comme un faible râle, très étouffé, très lointain, semblable à celui de ces apocryphes défunts que le poète des épouvantes entendait agoniser sous la terre.

Écartant brusquement le léger meuble, il vit alors la malheureuse, agenouillée, les épaules nues et le visage enfoui dans un misérable fichu de laine bleue, la seule pièce de son vêtement qu'elle eût enlevée.

Évidemment, le cœur lui avait manqué tout de suite, elle s'était affaissée de désespoir et, depuis un quart d'heure environ, elle étouffait, de ses deux mains, d'horribles sanglots qui la secouaient tout entière.

Gacougnol, surpris et apitoyé, fut aussitôt saisi de cette pensée que son rire de tout à l'heure avait été l'accompagnement de ces larmes extraordinaires et se penchant avec émotion sur la douloureuse :

— *Mon enfant*, dit-il, *pourquoi pleurez-vous?*

IX

Ces simples mots eurent l'effet d'une percussion magnétique. D'un mouvement d'animal rapide, Clotilde releva la tête et regarda follement cet homme qui venait

de lui faire entendre la même question qu'en un pareil
déconfort lui avait autrefois adressée le Missionnaire.

Dans le trouble de son étonnement, elle avait cru reconnaître la voix même de ce cher vieillard qui représentait
pour elle l'unique rafraîchissement terrestre qui lui eût été
accordé.

Du même coup, elle se sentit transportée d'espoir et
son visage exprima ce sentiment, — tout son beau visage
ruisselant de pleurs que le peintre admirait silencieusement.

L'ayant à peine regardée, lorsqu'elle était survenue au
milieu d'une oiseuse discussion qui l'exaspérait, il la
trouvait maintenant très touchante et presque sublime,
dans le décor de son affliction.

L'indifférence eût été, d'ailleurs, assez difficile. Il sortait
de cette physionomie comme une main de douceur qui
tirait l'âme de ses enveloppes et la colloquait dans une
prison de cristal.

Ce n'était pas la traditionnelle Pécheresse de l'Évangile
dont le sacrilège paganisme de la Renaissance a tant
abusé. Ce n'était pas non plus, cependant, la sœur de ces
frêles Bienheureuses qui se consument, depuis deux mille
ans, dans l'interminable procession des Saints, comme les
flambeaux intangibles d'une Chandeleur éternelle.

Il n'y avait pas, en cette fille prosternée, beaucoup plus
qu'une pauvre petite chair amoureuse, pétrie par les
Séraphins de la Misère et parée seulement des plus pâles
myosotis de la Douleur. Holocauste résigné de la vie

banale que n'éclairait aucun nimbe et que n'avait pas transpercé la foudre des tourments divins !

Mais la magnificence paradoxale de sa chevelure en désordre, le sombre velours de ses adorables yeux d'antilope où naufrageait la lumière, et ce visage de chrétienne dévorée que la chaude pluie des larmes semblait avoir essuyé de sa pâleur, — tout cela donnait l'impression du rêve...

Gacougnol en était d'autant plus frappé que, depuis quelque temps, il se taraudait l'encéphale pour arriver à construire une sainte Philomène menacée par plusieurs lions, qu'il comptait offrir à un bonhomme d'archiprêtre toulousain qui lui avait fait avoir des commandes.

Toutefois, en cet instant, l'admiration sans calcul et la pitié seules agissaient immédiatement sur lui. Voyant Clotilde suffoquée, incapable de répondre, il lui tendit les deux mains pour l'aider à se relever et lui parlant avec une sorte de tendresse :

— Couvrez vos épaules, dit-il, ma petite amie, et venez vous asseoir près du feu. Nous allons causer bien tranquillement, comme de vieux camarades. Ne me parlez pas encore, épongez seulement vos yeux une bonne fois, je vous prie. J'ai beau être une espèce de brute, je ne peux pas voir pleurer. C'est plus fort que moi... Voyons ! ça vous fait peur de poser pour l'*ensemble*, n'est-ce pas ? Je comprends, et si je vous avais mieux regardée quand vous êtes venue, je vous aurais parlé autrement. Il ne faut pas m'en vouloir. C'est le métier qui veut ça. Si vous saviez les traînées qui viennent ici pour poser et pour tout ce qu'on

veut! Ah! elles ne pleurent pas, celles-là, pour ôter leur
chemise, je vous en   ponds, et ce n'est pas toujours très
beau ni très ragoûtant... Sans compter qu'on est embêté
d'une autre manière. Vous m'avez vu tout à l'heure avec
un fier imbécile. Que voulez-vous? On finit par prendre
des habitudes de cheval, à force de cultiver tous ces chameaux et, quelquefois, on tombe assez mal... Enfin, vous
n'êtes plus fâchée, dites?

Ah! certes non, elle n'était plus fâchée, la pauvre fille, si
elle avait pu l'être. Elle sentait si bien la pitié de ce brave
homme qui s'accusait lui-même pour la rassurer! Mais il
ne lui laissa pas le temps d'exprimer sa reconnaissance.

— Et puis, s'il faut tout vous dire, vous étiez assez mal
recommandée par l'individu qui est venu hier. Ce n'est
pas votre père, n'est-ce pas?...

— Mon père! cria-t-elle en bondissant, lui! le misérable!... Est-ce qu'il a osé vous le dire...

— Non, calmez-vous, il ne me l'a pas dit, mais il ne m'a
pas dit, non plus, le contraire... Oui! j'y suis. C'est le consolateur de madame votre mère. Ah! ma pauvre enfant!... Il
était très saoûl, le monsieur, et sans la lettre de votre propriétaire, qui est mon vieil ami, je ne l'aurais certes pas
reçu. Le drôle parlait de vous comme d'une marchandise.
J'ai même cru démêler d'obscures intentions qui ne m'ont
pas paru fleurer la plus fine bergamote. Il a fini par essayer
de me soutirer de l'argent et je m'admire de ne l'avoir
pas jeté plus rudement à la porte. Vous comprendrez, ma
chère petite, que ce préambule me disposait mal à vous

octroyer de superlatives révérences... Mais n'en parlons plus. Voici ce que je vous propose. Voulez-vous poser pour la tête seulement? Vous avez une figure de sainte que je cherche depuis des mois. Je vous offre trois francs par heure. Ça vous va-t-il? Remarquez bien que c'est un service que je vous demande...

Clotilde croyait sortir des cavernes de l'âge de pierre. Sans l'honnête et bonasse physionomie de cet étonnant Gacougnol, qu'on prendrait quelquefois pour le marguillier de Notre-Dame des Paternités, elle n'aurait pu s'empêcher de craindre, une minute, quelque hideuse mystification.

— Monsieur, dit-elle enfin, je suis une très pauvre fille et je ne sais pas m'exprimer convenablement. Si vous pouviez voir dans mon cœur, si vous connaissiez ma vie surtout, vous comprendriez ce que j'éprouve. J'avais si grand peur de vous! Je suis venue comme les damnés vont dans l'enfer. Pardonnez-moi de vous avoir ennuyé de mon pleurnichage, et si vous pouvez vous contenter de ma figure triste, je suis bien, bien heureuse! Pensez donc, jamais on ne m'adresse une parole de bonté!

Et tout de suite, sans que Gacougnol pût le prévoir ni l'empêcher, elle lui prit la main et la baisa.

Ce mouvement fut si vrai, si gracieux, si touchant, que le digne Pélopidas, complètement désorienté, craignit, à son tour, de laisser voir un attendrissement peu compatible avec la sérénité d'un Dominateur de lui-même et, brusquement, retira sa lourde patte.

— Allons! allons! c'est bien. Pas de sentiment, s'il vous

plaît, Mademoiselle, et au travail! Venez par ici, en pleine lumière, que j'étudie votre pose. Levez les yeux et fixez avec attention cette solive qui est là, au-dessus de votre tête... Oui... ce n'est pas mal, c'est même très bien, mais quel poncif! mes enfants! Quelle bondieuserie déchaînée! Il y a peut-être cinq cent mille paires d'yeux comme ça, en peinture, qui contemplent le séjour des élus! Que diable pourrais-je bien lui faire regarder à sainte Philomène? Le truc des visions célestes est insoutenable... C'est tout de même dur à peindre, un sujet pareil, quand on n'a jamais été le spectateur d'aucun martyre! Lui ferai-je regarder la multitude, en ayant l'air de demander grâce? Stupide! D'ailleurs, il n'y a pas moyen, puisqu'on veut que tous les chrétiens livrés aux bêtes aient ardemment désiré de leur servir de pâture. Il est vrai qu'en la supposant incapable de crainte, j'aurais encore la ressource de lui faire exhorter le populo... Ce n'est pas non plus très inédit, sans compter que les personnages qui font des discours dans les tableaux ne sont pas précisément irrésistibles... Alors, quoi? pas moyen d'échapper aux yeux vers le ciel. Évidemment, c'est encore ce qu'il y a de plus propre à considérer... Et puis, après? Elle est debout, c'est entendu; on ne leur apportait pas de fauteuils. Sans doute, mais qu'est-ce que je vais faire des bras? des deux bras? ô juste Juge!... Impossible de les couper. On me demanderait si c'est le martyre de la Vénus de Milo... Liés? croisés? étendus en croix? levés au ciel? Toujours le ciel! Ah! zut... Dites-moi, mon enfant,... quel est donc votre nom, déjà?

— Clotilde, Monsieur.

— Eh bien! Mademoiselle Clotilde, ou Clotilde tout court, si vous le permettez, vous allez peut-être me donner une idée. J'ai à peindre une petite martyre qui va être mangée par les lions. Mettez-vous à sa place? Que feriez-vous si vous étiez *exactement* à sa place? Faites bien attention qu'il s'agit d'une vraie sainte, qui est déjà aussi dévorée que possible par le désir d'entrer dans le Paradis, avec une belle palme, et qui n'a pas peur du tout de ces animaux. Encore une fois, que feriez-vous en attendant le premier coup de griffe?

Clotilde put à peine s'empêcher de sourire en songeant à sa mère dont le célèbre martyre avait saturé son enfance. A son propre insu, l'horreur perpétuelle de ce *praticable* d'hypocrisie, déployé au fond de toutes les scènes de sa vie, avait mis en elle une convoitise extrême, un besoin famélique de simplicité et de vérité. Sa naïve réponse ne se fit donc pas attendre.

— Ma foi! Monsieur Gacougnol, je n'ai jamais pensé à rien de semblable. Même quand j'étais meilleure que je ne suis aujourd'hui, je n'ai jamais cru que Dieu pourrait m'appeler à lui rendre gloire de cette manière. Cependant, la chose que vous me demandez me paraît bien simple. Si j'étais une sainte, comme vous dites, une de ces filles généreuses qui ont aimé leur Sauveur plus que tout au monde, et qu'il me fallût mourir sous la dent des bêtes, je crois, malgré tout, que j'aurais très peur. Seulement, étant sûre d'entrer, aussitôt après, dans la gloire de mon Bien-Aimé,

je penserais que ce n'est pas bien difficile ni bien long de
me donner la mort et je prierais les lions, au Nom de Jésus,
de ne pas me faire trop longtemps souffrir. Je suppose que
ces animaux féroces me comprendraient, car je leur parlerais avec une grande foi. Ne le croyez-vous pas?

La joie de Pélopidas fut extrême et se manifesta spontanément par des cris et des gambades.

— Ma petite Clotilde, beuglait-il, vous êtes simplement
ravissante et je vous adore. Moi, je suis un idiot, vous
m'entendez bien, un triple idiot. Jamais je n'aurais trouvé
ça. Grâce à vous, je vais pouvoir faire quelque chose de
propre. Voyez-vous, mon petit corbeau noir, nous sommes
si crétins, dans l'huile, que nous n'arrivons jamais à nous
mettre au vrai point de vue. Nous ne savons pas être
simples comme il faudrait, parce que nous voulons être
spirituels et faire entrer nos idées de deux sous dans la
tire-lire du Bon Dieu, et porter nos têtes de cochons,
comme des saints Sacrements de bêtise, à quarante pas
devant nous, dans les processions des imbéciles! Je dis ça
pour les plus malins autant que pour moi-même... Votre
idée me transporte et, tenez! je m'en vais la fixer tout de
suite.

A ces mots, il se précipita sur un carton, s'empara fou-
gueusement d'une vaste feuille de papier qu'il boucla sur
un châssis et se mit à dessiner à grands traits, sans inter-
rompre le monologue.

— Vous allez voir. Restez là, ma bonne fille, je n'ai pas
besoin de la pose. Je vais tâcher, d'abord, de bâtir un peu

mon affaire. Nous allons leur parler à ces lions, ne craignez
rien... Naturellement, nous sommes en plein cirque romain...
De ce côté-ci, la canaille, dans le lointain. On la verra si
peu que ce n'est pas la peine d'en parler... Ici, vous, c'est-
à-dire Philomène, avec le Bon Dieu qu'on ne voit pas, mais
dont il faudra faire sentir la présence, si je ne suis pas une
bourrique... Au fait. combien nous faut-il de lions? Si j'en
mettais quarante? Une académie de lions!... Non, décidément, ce serait trop spirituel. Contentons-nous de quatre.
Ça fera penser aux vertus cardinales : justice, prudence,
tempérance et force. Entre parenthèse, je vous conseillerais de vous adresser particulièrement à la dernière, quand
vous leur ferez votre petit discours. Je me défierais des
autres... A propos de discours, il y a bien toujours l'inconvénient de faire parler une figure peinte, avec cette dia-
blesse de bouche ouverte pour le silence éternel, — ce qui
fera le désespoir des nobles cœurs jusqu'à la consomma-
tion des siècles. Tant pis! je vous fermerai la bouche. On
supposera naturellement que la conversation est finie et,
d'ailleurs, les lions n'exigent pas qu'on leur parle comme
à des hommes. C'est surtout avec leurs yeux qu'ils
écoutent, ce dont la brute humaine est presque toujours
incapable. Nous en savons quelque chose... Bien... Nous les
voulons énormes, n'est-ce pas? Les lions de Daniel, par
Victor Hugo... Non? Vous ne connaissez pas? Des lions
qui causent entre eux, mon enfant. Il y en a même un qui
parle comme un âne. N'importe! ils ont de l'allure. Tenez!
voyez-vous celui-là. Il a l'air assez bon garçon. Si vous lui

passiez la main sur la crinière, ça le flatterait peut-être. Essayons... Tiens! tiens!... Ce petit geste étonne sans doute nos Vestales. Au fond, je m'en fiche, de ces prêtresses ; oui, mais les dames du vernissage, — ces vestales de mes petits boyaux, — si elles allaient trouver ça gentil, maintenant ? Ah! Diable! non, par exemple, nous tomberions dans la crucherie sentimentale. Cherchons autre chose...

Soudainement il se dressa, les cheveux épars, en secouant tout l'Olympe de ses pensées.

— Mais, sacrebleu! s'écria-t-il, je n'ai jamais fait de lions, moi! Je ne les ai pas du tout dans l'œil, ces fauves! Regardez-moi celui-là qui nous tourne le dos au premier plan. On le prendrait pour une vache, les yeux fermés. Il faudra que j'aille les étudier au Jardin des Plantes... Une idée! Si j'y allais avec vous, aujourd'hui même ? J'aime les choses qui se font tout de suite. Il est à peine midi. C'est bien décidé, n'est-ce pas ? vous m'accompagnez ? Alors, partons.

X

CINQ minutes plus tard, on était dans la rue et Gacougnol hélait un fiacre.

— Au *Bon Bazar!* cria-t-il, et vivement.

Puis, ayant fait monter Clotilde, il se laissa tomber à côté d'elle et continua de parler avec abondance pendant que roulait la voiture.

— Avant tout, ma chère enfant, vous allez me promettre

de me laisser faire tranquillement ce qui me plaira. Je suis un animal qu'il ne faut pas contrarier. Vous êtes venue chez moi pour vous mettre à mes ordres, je suppose. Par conséquent, vous devez m'obéir bien gentiment. Vous comprenez que je ne peux pas vous emmener dans ce costume... Nous allons donc passer par cette halle qui est sur notre chemin et vous ferez un peu de toilette. Oh! soyez tranquille, ce n'est pas un cadeau. Je n'ai pas le droit de vous en faire. C'est tout simplement un petit acompte sur nos séances... D'abord, vous savez, moi, je n'aime pas les pauvres, je ne peux pas les sentir, j'ai l'inspiration trop décorative et je ne pourrais rien faire avec un modèle de tête qui ne serait pas vêtu convenablement... Puis, nous déjeunerons quelque part. Je crève de faim et vous aussi, peut-être. Nous tâcherons de ne pas nous embêter... Ah! par exemple, vous seriez aimable de ne pas vous habiller pendant deux heures. Je suis sorti pour voir des animaux distingués et je voudrais bien ne pas arriver trop tard. J'ai besoin d'une masse de croquis...

Clotilde eût été fort embarrassée s'il avait fallu répondre. Gacougnol débobinait sa palabre la plus active et se parlait surtout à lui-même. La malheureuse était, d'ailleurs, peu capable de former une idée quelconque. Elle se croyait en plein rêve et n'avait pas trouvé un seul mot depuis que ce diable d'homme s'emparait, en claironnant comme un chef barbare, de sa flexible volonté.

Naïvement, elle *obéissait*, suivant l'instinct des êtres profonds. Son âme supérieure lui disait d'accueillir cette aubaine incroyable, avec la même douceur qu'elle eût accepté les avanies.

Semblable à tous les souffrants qui croient surprendre un sourire à la bouche de bronze de leur destin, elle s'abandonnait délicieusement à l'illusion d'avoir obtenu sa grâce.

Et puis, cette pensée qu'elle allait enfin être habillée, la suffoquait, l'étranglait, lui serrait le cœur. Sortir une bonne fois de ces affreuses guenilles que les mendiantes auraient méprisées! Ne plus sentir sur elle cette robe infâme qui la salissait, qui la flétrissait, dont le voisinage aurait fait mourir les fleurs! — robe de tristesse et d'ignominie que son misérable amant lui avait donnée autrefois et qu'elle portait, uniquement parce qu'il n'avait jamais été possible de la remplacer.

Oh! cette robe d'un rouge vomi de mastroquet en déconfiture, délavée par les pluies de vingt saisons, mangée par tous les soleils, calcinée par toutes les fanges, effiloquée jusqu'à l'extinction du tissu et ravaudée, semblait-il, par la couturière des balafres ou des autopsies!... En être débarrassée, délivrée, ne plus la voir, la jeter, en fuyant, dans quelque ruisseau où les ramasseurs d'ordures la dédaigneraient!...

Était-ce possible qu'il y eût des hommes si généreux! Certes, oui, qu'elle allait poser de bon cœur, tant qu'on voudrait, et ce ne serait pas sa faute, à elle, si cet artiste ne faisait pas un chef-d'œuvre, car elle poserait comme personne, assurément, n'avait jamais pu poser! Elle serait de pierre sous son regard.

Oui, sans doute... mais les bottines, il lui en faudrait aussi, car elle en était à marcher dans des chaussons!... Et du linge, donc! Comment s'en passer, puisqu'elle était complètement nue sous ses loques? Et un corset! et un châle! et un chapeau! Tout cela est nécessaire à une femme pour être vêtue « convenablement », comme il avait dit... Quelle dépense! mais il avait de l'argent, pour sûr, beaucoup d'argent, et il ne voudrait pas faire les choses à moitié.

— Mon Dieu! dire pourtant que je serai comme cela, tout à l'heure, pensait-elle, en regardant les petites bourgeoises qui trottaient dans la rue du Bac. Je crois que je vais devenir folle.

Il lui semblait que, pour rien au monde, elle n'aurait consenti à parler, de peur de laisser échapper quelque chose de sa joie.

Gacougnol, désespérant d'obtenir l'attention de sa compagne, avait cessé de monologuer à haute voix. La main dans sa barbe copieuse, il la considérait en souriant.

— Pauvre créature! se disait-il, je suis Dieu pour elle, en ce moment, Dieu le Père! Si le bonheur avait des propriétés lumineuses, notre sapin serait le char du prophète Élie, car elle transsude la jubilation. Faut-il qu'elle en ait eu de la misère, celle-là, pour qu'il soit si facile de lui procurer l'extase!... Je savais bien, moi, que j'allais faire sortir la femme de ma petite sainte de tantôt! Ce miracle-là va me coûter dans les cinq ou six louis, tout au plus. Il les vaut, ma foi!... C'est drôle, tout de même, la puissance de l'argent!... Cependant, mon vieux, ne t'emballe pas trop sur cette idée. Évidemment ma pauvresse n'est pas la première venue. C'est une chrysalide joyeuse de se transformer. Où donc est le mal ? Elle obéit à sa nature. Eh! bien, après? Pourquoi sa figure mentirait-elle ? Jamais une farceuse, même en espérance, ne pourrait se réjouir avec un pareil abandon. Elle ne manquerait pas de me faire sentir que ça lui est dû et m'offrirait, pour me gratifier de mon zèle, une très belle gueule en mastic où sa dignité serait empreinte. L'enfantillage de cette grande fille me ravit au contraire, et c'est bien possible, après tout, qu'elle ait un cœur adorable. « Plus une femme est sainte, me disait une fois Marchenoir, et plus elle est femme. » Il doit avoir raison, comme toujours. Celle-là n'est peut-être pas tout à fait une sainte et, certainement, elle n'est pas neuve. Elle se sera fait prendre et lâcher salement par quelque Capétien de la pommade ou quelque fugace trouvère du petit négoce. Éternelle histoire de ces lamentables toquées! Mais il se peut que le colimaçon ait glissé sur elle sans laisser la nacre malpropre de son souvenir. D'ailleurs, je m'amuserai à la faire parler en déjeunant et je verrai bien la couleur de ses pensées.

Comme il en était là de ses propres réflexions, la voiture s'arrêta devant la porte monumentale du Temple de notre vraie foi.

— Ah! mon enfant, reprit-il aussitôt d'une voix très distincte, nous sommes arrivés, descendez la première et dépêchons-nous, s'il vous plaît!

XI

LES incertitudes que l'honnête peintre aurait pu conserver encore se dissipèrent au déjeuner.

La métamorphose avait été aussi rapide que merveilleuse. Pélopidas, qui paraissait au courant des choses, ayant muni d'instructions très spéciales une habilleuse de la maison, la tremblante et joyeuse Clotilde avait disparu dans les profondeurs.

Cinquante minutes plus tard, le caricaturiste, qui ne s'ennuyait pas du tout dans ce lieu de pèlerinages, avait vu venir à lui une jeune femme très bien mise qu'il n'avait pas reconnue du premier coup et qui lui avait serré très doucement les deux mains, en silence, avec une expression sublime.

Clotilde était si naturellement, si *simplement* supérieure à sa condition que, même averti, l'observateur parisien le plus pénétrant n'aurait pas découvert la plus légère disparate pouvant déceler une transformation si soudaine.

Gacougnol, qui s'était malicieusement préparé à étudier les points de suture, en avait été pour ses frais et s'était senti pénétré d'une stupeur vraiment extraordinaire.

Et maintenant, dans ce café restaurant du boulevard Saint-Michel, où le cocher venait de les déposer, il cherchait encore à s'expliquer le miracle d'une distinction native dont le germe insoupçonné, charrié dans le courant mystérieux des descendances, après avoir traversé combien d'amalgames impurs! avait fini par se développer en cette créature délicieuse.

La toilette de Clotilde était assurément sans aucun faste. C'était la mise la plus ordinaire d'une de ces trois cent mille piétonnes de Paris qui ont conquis l'univers sans dépasser les boulevards extérieurs. Costume noir de la plantigrade sans remords ou de la passante laborieuse que vingt mille romans ont décrit et dont le prix ne défraierait pas le déjeuner d'une souillonne Impératrice des Indes.

Mais elle portait cet attirail de guerre civile avec la même grâce naturelle que les libellules portent leur corselet de turquoise et d'or. Sa taille s'était redressée. L'armature impérieuse du vêtement féminin relevait désormais son buste et poussait en haut sa tête soucieuse que les mains pénitentielles de la Pauvreté avaient si longtemps courbée.

Le peintre critique, au comble de l'étonnement, braquait en vain toute son analyse, il ne trouvait pas l'ombre d'un écart véniel, d'une discordance ou d'un heurt dans les attitudes ou les façons.

Même la redoutable épreuve du déjeuner ne donnait aucun résultat désenchanteur. Il voulut savoir si elle levait le petit doigt de la main droite en portant son verre à ses lèvres. Elle ne le levait pas. Il ne remarqua pas non plus qu'elle éprouvât le besoin de se cacher la moitié du visage avec sa serviette, en parlant au garçon qui les servait, ni qu'elle fît entendre une petite toux mélodieuse en rompant son pain. Elle ne s'écriait pas sur la nouveauté des choses, se bornant à demander, avec l'ingénuité la plus rapide, les indispensables explications et ne s'excusant pas d'avoir bravement faim et soif, ainsi qu'il convenait à une robuste fille dont la faiblesse actuelle était surtout la conséquence de beaucoup d'années de privations et de chagrins noirs.

Enfin, tout en elle évoquait l'image d'une vive aiglonne grandie jusqu'alors dans les lieux obscurs, et reconnaissant aussitôt *son* ciel.

Dans sa parole et dans son visage, il y avait tout juste comme une impression de rapatriement et de renouveau.

Elle disait les mêmes choses qu'elle aurait pu dire quelques heures auparavant, étant toujours prisonnière dans le même cerceau d'idées pâles, circonscrites par un polygone de ténèbres. Mais elle les disait d'une voix plus ferme, que les imbéciles n'auraient pas manqué de croire ambitieuse, précisément parce qu'elle était timbrée d'une humilité plus profonde.

Sa physionomie n'était pas moins touchante et moins douce, et ses sublimes yeux avaient toujours leur intraduisible expression d'*après l'orage*, mais son sourire était à peine un peu moins navré.

On voyait qu'une peine immense persistait au fond de sa joie qui ne serait peut-être que d'un jour et bâtie avec l'illusion de l'illusion, comme les châteaux de vapeurs des enfants des pauvres.

Cependant l'excellent repas que lui donnait Gacougnol, et, surtout, le très bon vin de Bourgogne qu'il fit apporter, dissipèrent ou, du moins, refoulèrent jusqu'à la base du cimier noir de sa chevelure, le nuage mobile de son tourment.

— Ma chère Clotilde, disait Gacougnol, les anciens juifs avaient un nom pour chacun des deux crépuscules. Celui du matin s'appelait le crépuscule de la Colombe et celui du soir le crépuscule du Corbeau. Votre visage de mélancolie me fait penser à ce dernier... Je veux faire sur vous une grande épreuve. Supposez-moi, pour un instant, un très vieil ami que vous auriez perdu l'espérance de revoir et que vous avez eu la joie de rencontrer, il y a deux heures. Dites-vous, même, si vous le préférez, que je suis peut-être, qui sait? le bonhomme providentiel, l'instrument désigné pour transformer votre existence, de même que j'ai transformé votre costume, — je ne sais pas comment, par exemple, — et racontez-moi bonnement votre histoire. Elle est douloureuse, j'en suis persuadé, mais je devine qu'elle n'est pas très compliquée ni très longue, et nous aurons encore le temps d'arriver au Jardin des Plantes. Est-ce trop vous demander?... Vous comprenez bien, mon enfant, que j'ai besoin de vous mieux connaître. Je ne sais de vous que votre nom et c'est à peine si j'entrevois très confusément votre situation... Je me suis quelquefois amusé, comme tant d'autres, à faire raconter leur histoire à de malheureuses diablesses qui me débitaient d'immenses bourdes, me prenant de bonne foi pour quelque jobard, sans se douter que j'étudiais précisément leur façon de mentir... Avec vous, Clotilde, c'est autre chose.

Je sens que vous ne devez pas mentir et je vous croirai. S'il y a quelque circonstance que vous ne vouliez pas ou que vous ne puissiez pas me dire, je vous en prie, ne mettez rien à la place. Deux lignes de points et passez outre. Voulez-vous?

Et il env loppa d'un regard avide cette Singulière qui déconcertait son expérience.

Clotilde l'avait écouté avec une émotion qui faisait battre ses artères. D'abord, une aspiration brusque lui avait entr'ouvert la bouche, comme si quelque vision passait devant elle, puis une fumée rose avait paru flotter un instant sur son visage et maintenant, elle regardait Gacougnol d'une manière si vraie, si candide qu'un rayon de lune, semblait-il, aurait pu descendre jusqu'à son cœur.

— J'y pensais, répondit-elle simplement.

Puis, vidant d'un trait sa petite coupe de vieux Corton et posant sa serviette sur la table après s'être essuyé les lèvres, elle se leva et vint s'asseoir sur le divan rouge à côté du peintre qui l'avait placée devant lui, en pleine lumière, pour l'étudier à son aise.

— Monsieur, dit-elle gravement, je crois, en effet, que vous avez été mis sur mon chemin par la volonté divine. Je le crois profondément. Je suis très sûre aussi que nul ne sait *jamais* ce qu'il fait, ni pourquoi il le fait, et j'ignore même si quelqu'un pourrait dire, sans craindre de se tromper, *ce qu'il est* exactement. Vous parliez d'un ami, d'un « vieil ami » que j'aurais pu perdre et que je croirais retrouver en vous. Cette parole était bien étonnante pour moi, je vous assure. Vous en jugerez vous-même, car je vais vous parler comme vous désirez que je vous parle, — comme je parlerais à cet absent que vous m'avez tant rappelé ce matin, aussitôt que vous avez eu compassion de ma peine. Je vais tout vous dire... S'il y a de la honte, ajouta-t-elle d'une voix un peu altérée, tant pis pour moi!

Alors, sans autre préambule, sans aucun lyrisme élégiaque et sans nul détour, sans atténuation ni apologie, elle raconta sa vie déflorée qui ressemblait à dix mille vies.

— Mon existence est une campagne triste où il pleut toujours...

Son voisin ne songeait plus à l'observer. Dompté par une simplicité inconnue, il savourait en silence, dans la région de son âme la plus ignorée de lui-même, la magique et paradoxale suavité de cette candeur sans innocence.

Pour la première fois, peut-être, il se demandait à quoi pouvait bien servir d'être si malin et d'avoir bêtement galvaudé sa vie dans les expérimentations ou les sondages les plus ambitieux, pour arriver à découvrir à fleur de trottoir, sous un pavé de la voie banale, cette source de cristal qui chantait si bien sa fraîche complainte.

— ... Les paroles de ce Missionnaire, disait-elle, furent pour moi comme des oiseaux du Paradis qui auraient fait leur nid dans mon cœur...

Sans le vouloir et sans le savoir, elle ruisselait de ces familières images si fréquentes chez les écrivains mystiques. Le tissu léger de son langage qui laissait voir les formes pures de sa pensée, n'était presque rien de plus qu'un rappel constant des humbles choses de la nature qu'elle avait pu voir.

Cette Primitive se peignait naïvement elle-même avec les couleurs en très petit nombre qu'elle possédait, sans égard aux lois perspectives et aux différentes valeurs, ne craignant pas de faire avancer monstrueusement un horizon ou d'éclabousser de lumière certains points obscurs. Mais, toujours, elle apparaissait lointaine, minuscule, obombrée, comme exilée de son propre drame, — errante et perdue dans des sillons noirs, une petite lampe à la main.

Parfois, cependant, elle avait des mots étranges qui déchiraient ainsi que des éclairs, le fond de son âme : — J'ai cherché l'amour comme les mendiants cherchent les vipères ! — Quand j'ai frappé monsieur Chapuis, j'ai cru qu'il me poussait un chêne dans le cœur !... Et c'était tout. La transparente rivière continuait à travers les bocages de manceniliers ou les clairières dangereuses de son récit.

Rien ne fut omis. Sa chute vulgaire fut racontée sans excuse, avec toutes les circonstances qui pouvaient la faire détester. Elle montra sa mère telle qu'elle était, sans amertume ni ressentiment, rappelant même deux ou trois conjonctures anciennes où cette sorcière avait paru l'aimer sans calcul.

Enfin, elle ondoya de la plus insolite poésie son auditeur, à qui elle apparut telle qu'une incroyable virtuose du Renoncement chrétien.

— Maintenant, dit-elle en finissant, vous savez tout ce que vous avez voulu savoir. Je ne pourrais pas être plus vraie si j'étais interrogée par Dieu. Pour que rien ne manque à ma confession, j'ajoute ceci. Lorsque, dans la voiture, vous m'avez dit que j'allais être habillée, après m'avoir fait mourir de peur en me disant exactement le contraire, une demi-heure auparavant, je vous assure que j'ai complètement perdu la tête, à force de joie. J'ai eu comme un éblouissement de folie et de cruauté. Nous allions très vite. Cependant j'aurais voulu que le cocher déchirât son pauvre cheval pour aller plus vite encore... Mais depuis que ce rêve s'est réalisé, je suis plus calme et j'espère que vous me trouverez tout à fait raisonnable.

Gacougnol fit un signe pour qu'on lui apportât l'addition, puis, ayant congédié l'homme à la soucoupe, se tourna vers Clotilde et lui tendant une honnête main qu'elle prit aussitôt, lui parla ainsi :

— Mon enfant, ou plutôt Mademoiselle, décidément — car je commence à me trouver ridicule d'être si paternel ou si familier, — j'ai connu de très hautes dames à qui j'enverrais bien volontiers vos hardes de ce matin. Votre confidence m'a donné pour vous une estime sans bornes, en même temps qu'un plaisir extrême que vous ne pouvez guère comprendre, car je vous ai écoutée en *artiste* et je passe pour un public assez difficile. Je suis donc peu capable de regretter ma curiosité. Cependant, elle a dû vous faire souffrir et je vous prie de me la pardonner... Ne me dites plus un mot, nous manquerions nos bêtes.

En voiture, l'infatigable parleur était devenu silencieux. Il regardait Clotilde avec une sorte de respect vague mélangé d'une évidente perplexité. Deux ou trois fois, il entr'ouvrit la bouche et la referma immédiatement comme la porte d'un mauvais lieu, sans avoir proféré une syllabe.

La jeune femme, attentive au mouvement de la rue, observait la consigne du parfait silence, et ils arrivèrent ainsi, pleins de leurs pensées, à la grille du Jardin des Plantes.

XII

GACOUGNOL s'étant débarrassé de son cocher, ils marchèrent dans la direction présumée du pavillon des grands fauves. Mais l'un et l'autre connaissaient peu ce Jardin célèbre que fréquentent seuls les Parisiens du voisinage ou les étrangers et, naturellement, ils s'égarèrent.

Chemin faisant, Clotilde admira les zèbres et les antilopes qu'elle s'arrêta pour contempler amoureusement.

— Vous aimez beaucoup les bêtes? lui dit le peintre, la voyant caresser un de ces charmants êtres dont les yeux ressemblaient aux siens.

— Je les aime de tout mon cœur, répondit-elle; je voudrais qu'il me fût permis de les soigner et de vivre près d'elles dans une de ces petites maisons ravissantes qu'on leur a bâties. Leur voisinage me serait plus doux que celui de monsieur Chapuis.

Ce mot parut agir sur Gacougnol, qui se préparait

visiblement à dire quelque chose de considérable, lorsqu'une main se posa familièrement sur son épaule.

— Tiens! c'est vous, Marchenoir! cria-t-il en se retour-
nant. Je pensais à vous, il n'y a qu'un instant. Comment
diable êtes-vous ici?

— J'y suis presque tous les jours, répliqua le nouveau
venu. Mais comment y êtes-vous vous-même? Je vous
assure que votre présence m'étonne...

A ce moment, ses yeux rencontrèrent Clotilde et devinrent légèrement interrogateurs. Gacougnol fonctionna
sur-le-champ.

— Ma chère Clotilde, permettez-moi de vous présenter
un de nos plus redoutables écrivains, Caïn Marchenoir.
Nous l'appelons, entre nous, le grand Inquisiteur de France.
Caïn, je recommande à votre admiration mademoiselle
Clotilde... Maréchal, une amie que j'ai rencontrée ce matin,
mais que j'ai dû connaître vers l'An Mil, dans un pèlerinage antérieur. C'est la poétesse de l'Humilité.

Marchenoir s'inclina profondément et dit à Clotilde :

— Mademoiselle, si mon ami ne se moque pas de moi,
vous êtes ce qu'il y a de plus grand au monde.

— Alors, Monsieur, il se moque de vous, n'en doutez pas,
répondit-elle en riant, et cela me surprend, car vous avez
un nom terrible... Caïn? ajouta-t-elle, dans une sorte
d'effroi rêveur; il n'est pas possible que ce soit votre vrai
nom.

— Ma mère m'a fait baptiser sous le nom de Marie-
Joseph, mais celui de Caïn figure très réellement sur le

registre municipal, par la volonté formelle de mon père. Je
signe Caïn quand je fais la guerre aux fratricides et je
garde Marie-Joseph pour parler à Dieu... M'expliquerez-
vous, mon cher Gacougnol, cette randonnée au Jardin des
Plantes ?

— Je suis venu pour les lions, dit à son tour l'interpellé. J'ai quelques croquis à prendre et précisément nous
cherchons leur tanière.

— S'il en est ainsi, vous ne m'aurez pas rencontré inutilement, car vous ne me paraissez pas très au fait et vous
auriez certainement perdu la demi-heure de jour qui vous
reste. En ce moment, les animaux féroces ne sont pas
visibles pour la multitude. Mais je vais vous introduire
dans leur maison. C'est un peu chez moi, vous savez.

Quelques minutes après, Marchenoir, ayant frappé trois
coups maçonniques à la porte du « palais », entrait avec
ses deux compagnons dans la galerie intérieure où les
fauves achevaient leur repas du soir.

— Voici les lions, dit-il à Gacougnol, croquez-les à votre
aise. Le belluaire en costume de garçon de bureau que
vous voyez là fera semblant de vous oublier une demi-
heure. Je viens d'arranger cela. Il compte bien entendu,
que vous ne l'oublierez pas vous-même en sortant. Je vais
causer un peu avec Mademoiselle.

S'éloignant alors de Pélopidas, qui avait déjà tiré son
carnet, il emmena Clotilde à quelque distance et la mit en
face d'un tigre superbe envoyé tout récemment par le
gouverneur de Cochinchine.

Ils étaient à deux pas de la bête, séparés d'elle seulement par une chaîne tendue au-devant de la formidable cage.

— Ne craignez rien, dit-il à sa compagne qui tremblait un peu, vous êtes hors de portée et, d'ailleurs, ce tigre est mon ami. Il est ici depuis trois semaines environ et il ne se passe guère un jour sans que je vienne le voir et le consoler. Oh! notre conversation est ce qu'elle peut. Je ne me flatte pas de parler le tigre sans fautes, mais on se comprend. Voyez plutôt l'aimable accueil!

Le tigre qui, d'abord, s'était dressé de toute sa taille contre les barreaux, avait, en effet, paru se calmer à la voix de son visiteur. Il retomba sur ses pattes antérieures, éteignit la puissante rumeur de ses cordes, et parcourut sa cage d'une extrémité à l'autre, évoluant, chaque fois, par le train de derrière, de façon à ne pas perdre un instant de vue Marchenoir qu'il fixait de ses yeux d'avare défiant, particuliers à cette race de félins et qui lui ont valu, en grande partie, son exceptionnelle réputation de cruauté.

Enfin, sur un regard plus appuyé du dompteur, il se retourna et s'étendit de son long, adossé au pied de la grille. Alors, à l'inexprimable terreur de Clotilde, qui n'eut pas même la force de pousser un cri, Marchenoir, penché sur la mobile barrière, passa la main sur le dos de la bête formidable qui s'étira voluptueusement sous la caresse, en exhalant un rauquement prolongé dont frémirent toutes les parois.

— Vous le voyez, Mademoiselle, dit-il après avoir accompli cette politesse, on calomnie beaucoup ces créatures admirables, que j'excuserais, pourtant, d'être enragées de leur ignoble prison. Pensez-vous que ce pauvre tigre soit si effrayant? Il était dans sa belle forêt de l'Inde, il y a quelques mois à peine, et maintenant, il meurt de froid et de chagrin sous les yeux de la canaille. C'est pour cela que nous nous aimons. Quelque chose l'avertit, sans doute, que je ne suis pas moins triste et moins exilé que lui-même. Mais nous avons encore d'autres affinités. Le nom diffamé de sa race correspond à celui de Caïn, dont vous me savez accoutré, et mon autre nom de Joseph n'implique-t-il pas la belle robe rayée du patriarche enfant dont vous voyez que ce captif est revêtu? Je ne saurais vous dire à quel point je me sens solidaire de la plupart des animaux qui sont ici et qui me semblent, en vérité, bien plus près de moi que beaucoup d'hommes. Il n'y en a pas un seul, je crois, dont je ne puisse dire qu'il m'a secouru dans la détresse du cœur ou dans la détresse de l'esprit. On ne remarque pas que les bêtes sont aussi mystérieuses que l'homme et on ignore profondément que leur histoire est une *Écriture* en images, où réside le Secret divin. Mais aucun génie ne s'est encore présenté, depuis six mille ans, pour déchiffrer l'alphabet symbolique de la Création...

Cet étrange Marchenoir ayant été fort décrit dans un autre livre[1], il serait oiseux de réitérer ici sa peinture.

1. *Le Désespéré.* (Édition Soirat, la seule approuvée par l'auteur.)

Mais l'ignorante Clotilde, qui le voyait et l'entendait pour la première fois, s'étonna d'un homme qui avait l'air de parler du fond d'un volcan et qui naturalisait l'Infini dans les conversations les plus ordinaires.

L'instruction très primaire de la jeune femme, et surtout l'horrible dénûment intellectuel de son entourage, l'avaient peu préparée aux incartades souvent inouïes de ce contemplateur nostalgique, de qui certaines aperceptions *en arrière* étaient quelque chose de déconcertant.

Néanmoins, la droiture de sa raison l'avertissait d'une présence intellectuelle qu'il ne fallait pas mépriser. Instinctivement, elle devinait là de la profondeur et de la grandeur et, bien qu'elle eût à peine compris, elle sentit tout à coup la joie d'une pauvresse morfondue qui s'appuierait, sans le savoir, au mur d'un four seigneurial où cuirait le pain des mendiants.

— La Création ! dit-elle.. Je sais que l'esprit humain ne peut la comprendre. J'ai même entendu dire qu'aucun homme ne pouvait rien comprendre parfaitement. Mais, Monsieur, parmi tant de mystères, il y en a un surtout qui me confond et me décourage. Voici, par exemple, une belle créature, innocente, malgré sa férocité, puisqu'elle est privée de raison. Pourquoi faut-il qu'elle soit, en même temps, privée de sa liberté ? Pourquoi les animaux souffrent-ils ? J'ai vu souvent maltraiter les bêtes et je me suis demandé comment Dieu pouvait supporter cette injustice exercée sur de pauvres êtres qui n'ont pas mérité, comme nous, leur châtiment.

— Ah ! Mademoiselle, il faudrait demander auparavant où est la *limite* de l'homme. Les zoologistes qui font leurs petites étiquettes à deux pas d'ici vous apprendraient exactement les particularités naturelles qui distinguent de toutes les espèces inférieures l'animal humain. Ils vous diraient que c'est tout à fait essentiel de n'avoir que deux pieds ou deux mains et de ne posséder, en naissant, ni des plumes ni des écailles. Mais cela ne vous expliquerait pas pourquoi ce malheureux tigre est prisonnier. Il faudrait savoir ce que Dieu n'a révélé à personne, c'est-à-dire quelle est la place de ce félin dans l'universelle répartition des solidarités de la Chute. On a dû vous enseigner, ne fût-ce qu'au catéchisme, qu'en créant l'homme, Dieu lui a donné l'empire des bêtes. Savez-vous qu'à son tour Adam a donné un nom à chacune d'elles et qu'ainsi les bêtes ont été créées à l'image de sa raison, comme lui-même avait été formé à la ressemblance de Dieu ? car le nom d'un être, c'est cet être même. Notre premier ancêtre, en nommant les bêtes, les a faites siennes, d'une manière inexprimable. Il ne les a pas seulement assujetties comme un empereur. Son essence les a pénétrées. Il les a fixées, cousues à lui pour jamais, les affiliant à son équilibre et les immisçant à son destin. Pourquoi voudriez-vous que ces animaux qui nous entourent ne fussent point captifs, quand la race humaine est sept fois captive ? Il fallait bien que tout tombât à la même place où tombait l'homme. On a dit que les bêtes s'étaient révoltées contre l'homme, en même temps que l'homme s'était révolté contre

Dieu. Pieuse rhétorique sans profondeur. Ces cages ne sont ténébreuses que parce qu'elles sont placées au-dessous de la Cage humaine qu'elles étançonnent et qui les écrase. Mais, captifs ou non, sauvages ou domestiques, très près ou très loin de leur misérable sultan, les animaux sont forcés de souffrir sous lui, à cause de lui et par conséquent *pour* lui. Même à distance, ils subissent l'invincible loi et se dévorent entre eux, — comme nous-mêmes, — dans les solitudes, sous prétexte qu'ils sont carnassiers. La masse énorme de leurs souffrances fait partie de notre rançon et, tout le long de la chaîne animale, depuis l'homme jusqu'à la dernière des brutes, la Douleur universelle est une identique propitiation.

— Si je vous comprends, Monsieur Marchenoir, dit Clotilde en hésitant, les souffrances des bêtes sont justes et voulues par Dieu qui les aurait condamnées à porter une très lourde partie de notre fardeau. Comment cela se peut-il puisqu'elles meurent sans espérance ?

— Pourquoi donc, alors, existeraient-elles et comment pourrions-nous dire qu'elles souffrent, si elles ne souffraient pas *en nous* ? Nous ne savons rien, Mademoiselle, absolument rien, sinon que les créatures, déraisonnables ou sages, ne peuvent souffrir en dehors de la volonté de Dieu et, par conséquent, de sa Justice... Avez-vous observé que la bête souffrante est ordinairement le reflet de l'homme souffrant qu'elle accompagne ? En quelque lieu de la terre que ce soit, on est toujours sûr de rencontrer un esclave

triste suivi d'un animal désolé. L'angélique chien du Pauvre, par exemple, dont les guitares de la romance ont tant
abusé, ne vous semble-t-il pas une représentation de son
âme, une perspective douloureuse de ses pensées, quelque
chose enfin comme le mirage extérieur de la conscience
de ce malheureux? Quand nous voyons une bête souffrir,
la pitié que nous éprouvons n'est vive que parce qu'elle
atteint en nous le pressentiment de la Délivrance. Nous
croyons sentir, comme vous le disiez à l'instant, que cette
créature souffre sans l'avoir mérité, sans compensation
d'aucune sorte, puisqu'elle ne peut espérer d'autre bien
que la vie présente et qu'alors c'est une effroyable injustice. Il faut donc bien qu'elle souffre *pour* nous, les
Immortels, si nous ne voulons pas que Dieu soit absurde.
C'est Lui qui donne la Douleur, parce qu'il n'y a que Lui
qui puisse donner quelque chose, et la Douleur est
si sainte qu'elle idéalise ou magnifie les plus misérables êtres! Mais nous sommes si légers et si durs
que nous avons besoin des plus terribles remontrances
de l'infortune pour nous en apercevoir. Le genre humain paraît avoir oublié que tout ce qui est capable de
pâtir depuis le commencement du monde est redevable
à lui seul de soixante siècles d'angoisses, et que sa
désobéissance a détruit le précaire bonheur de ces
créatures dédaignées par son arrogance d'animal divin.
Encore une fois, ne serait-il pas bien étrange que la
patience éternelle de ces innocents n'eût pas été calculée
par une infaillible Sagesse, en vue de contrepeser, dans les

plus secrètes balances du Seigneur, l'inquiétude barbare
de l'humanité ?

La voix de cet avocat des tigres était devenue vibrante
et superbe. Les bêtes féroces le regardaient curieusement
de tous les points de la galerie sombre et le vieil ours
canadien lui-même parut attentif.

Clotilde, profondément étonnée, laissait aller toute son
âme à cette parole qui ne ressemblait à rien de ce qu'elle
avait entendu. Elle écoutait des pieds à la tête, incapable
d'une objection, configurant, comme elle pouvait, sa pensée
à la pensée de ce pathétique démonstrateur.

A la fin, pourtant, elle se hasarda :

— Il me semble, Monsieur, que vous devez être assez
rarement compris, car vos paroles vont plus loin que les
idées ordinaires. Les choses que vous dites paraissent
venir d'un monde étranger que ne connaîtrait personne.
J'ai donc beaucoup de peine à vous suivre et, je l'avoue,
le point essentiel est toujours obscur pour moi. Vous affir-
mez que les bêtes partagent la destinée de l'homme qui
les entraîna dans sa chute ! Soit. Vous ajoutez qu'étant
privées de conscience et n'ayant pas à souffrir pour elles-
mêmes, puisqu'elles n'ont pu désobéir, elles souffrent
nécessairement à cause de nous et *pour* nous. Cela, je
le comprends moins. Cependant, je peux encore l'admettre comme un mystère qui n'a rien de révoltant pour
ma raison. J'entends bien que la douleur ne peut
jamais être inutile. Mais, au nom du ciel! ne doit-elle
pas profiter aussi à l'être qui souffre ? Le sacrifice,

même involontaire, n'appelle-t-il pas une compensation ?

— En un mot, vous voudriez savoir quelle est leur récompense ou leur salaire. Si je le savais pour vous l'apprendre, je serais Dieu, Mademoiselle, car je saurais alors ce que les animaux sont *en eux-mêmes* et non plus, seulement, par rapport à l'homme. N'avez-vous pas remarqué que nous ne pouvons apercevoir les êtres ou les choses que dans leurs rapports avec d'autres êtres ou d'autres choses, jamais dans leur fond et dans leur essence? Il n'y a pas sur terre un seul homme ayant le droit de prononcer, en toute assurance, qu'une forme discernable est indélébile et porte en soi le caractère de l'éternité. Nous sommes des « dormants », selon la Parole sainte, et le monde extérieur est dans nos rêves comme « une énigme dans un miroir ». Nous ne comprendrons ce « gémissant univers » que lorsque toutes les choses cachées nous auront été dévoilées, en accomplissement de la promesse de Notre Seigneur Jésus-Christ. Jusque-là, il faut accepter, avec une ignorance de brebis, le spectacle universel des immolations, en se disant que si la douleur n'était pas enveloppée de mystère, elle n'aurait ni force ni beauté pour le recrutement des martyrs et ne mériterait même pas d'être endurée par les animaux.

A ce propos, j'aimerais à vous dire une singulière histoire, une bien singulière et bien triste histoire... Mais j'aperçois Gacougnol qui nous fait des signes. S'il veut m'honorer de la même attention que vous, je pense qu'il me sera profitable à moi-même de la raconter.

XIII

Garçon! un madère et deux absinthes! commanda Gacougnol qui venait de s'installer avec Clotilde et Marchenoir dans un café proche de la grande entrée du Jardin.

La prompte nuit de décembre étant venue sur les animaux et les hommes, les visiteurs avaient décidé de s'asseoir dans ce lieu banal en écoutant le récit de Marchenoir.

— Avant tout, dit encore le peintre, permettez que j'écrive quelques mots. Garçon! vous avez un bureau télégraphique à deux pas d'ici. Vous allez porter une dépêche immédiatement. Donnez-moi du papier.

Alors, abritant la feuille de sa main gauche, il écrivit rapidement ces simples mots: *Clotilde ne rentre pas.* Gacougnol. Ce télégramme, adressé à « Madame Chapuis », disparut à l'instant même.

— Maintenant, je suis tout oreilles. Vous savez, Marchenoir, que vous êtes à peu près le seul parmi nos contemporains que je puisse écouter longtemps avec plaisir. Alors même que je ne vous comprends pas tout à fait, je sens votre force et cela me suffit pour être heureux de vous entendre.

— Mon cher Gacougnol, répliqua Marchenoir, ne me flattez pas, s'il vous plaît, et ne vous flattez pas vous-même. C'est surtout pour Mademoiselle que je vais parler.

Et regardant Clotilde :

— Je ne sais si le nom d'histoire convient exactement à ce que j'ose vous offrir. C'est plutôt un souvenir de voyage, une impression ancienne, demeurée très vive et très profonde, que je voudrais vous faire partager. Vous allez voir que c'est une suite à notre conversation sur les bêtes...

Vous avez certainement entendu parler de la Salette, du pèlerinage de Notre-Dame de la Salette! Vous n'ignorez pas qu'il y a bientôt un demi-siècle la Vierge Marie est apparue sur cette montagne à deux enfants pauvres. Naturellement, on a tout fait pour déshonorer par le ridicule ou la calomnie cet événement prodigieux. Ce n'est pas le moment de vous développer les raisons d'ordre supérieur qui me forcent à l'envisager comme la plus accablante manifestation divine depuis la Transfiguration du Seigneur — que Raphaël, avec son imaginative de décorateur profane, a si peu comprise... Ceci est pour vous, Pélopidas.

— J'entends bien, dit l'autre. Mais je ne suis pas un fanatique de Raphaël. J'admire en lui tout ce qu'on voudra, excepté l'artiste religieux. Sa seule Vierge tolérable est celle de Dresde, et encore, c'est une rosière. Quant à sa *Transfiguration*, voici mon très humble postulat. Depuis trois cent cinquante ans qu'elle existe, un seul homme a-t-il jamais pu *prier* devant cette image ? A l'aspect de ces trois gymnastes en peignoir qui s'enlèvent symétriquement sur le tremplin des nuées, je déclare qu'il me serait tout à fait impossible de bafouiller la moindre oraison.

— Savez-vous pourquoi ? reprit Marchenoir. C'est que Raphaël, au mépris de l'Évangile, qui n'en dit pas un seul mot, a tenu à faire *planer* ses trois personnages lumineux, obéissant à une peinturière tradition d'extase infiniment déplacée dans la circonstance. L'ancêtre fameux de notre bondieuserie sulpicienne, qui feuilletait plus souvent les draps de sa boulangère que les pages du Livre saint, n'a pas compris qu'il était absolument indispensable que les Pieds de Jésus touchassent le sol pour que sa Transfiguration fût terrestre et pour que la parole de Simon-Pierre offrant les trois tabernacles ne fût point une absurdité. Vous parlez de la prière. Ah! c'est, en effet, le vrai point. Une œuvre d'art prétendu religieux qui n'inspire pas la prière est aussi monstrueuse qu'une belle femme qui n'allumerait personne. Si nous n'étions pas hébétés par la consigne des traditionnelles admirations, nous n'arriverions pas à concevoir, que dis-je ? nous serions épouvantés d'une Madone ou d'un Christ qui n'aurait pas le pouvoir de nous mettre à deux genoux.

Or, voici le châtiment, plus terrible qu'on ne pourrait le supposer. Les sublimes imagiers du Moyen Age demandaient souvent, au bas de leurs œuvres, très humblement, qu'on priât pour eux, espérant ainsi d'être mêlés aux balbutiements des extases que leurs naïves représentations excitaient. Au contraire, l'âme désolée de Raphaël flotte en vain, depuis trois siècles, devant ses toiles d'immortalité. La cohue des générations qui l'admirent ne lui fera jamais d'autre aumône que l'inutile suffrage qu'il a demandé... Peut-être, un jour, sera-t-il permis enfin d'affirmer que la peinture dite religieuse des Renaissants n'a pas été moins funeste au Christianisme que Luther même, et j'attends le poète *clairvoyant* qui chantera le « Paradis perdu » de notre innocence esthétique. Mais fermons cette parenthèse et revenons à notre sujet.

J'ai donc fait un jour le pèlerinage de la Salette. J'ai voulu voir cette montagne glorieuse que les Pieds de la Reine des Prophètes ont touchée et où le Saint-Esprit a proféré, par sa Bouche, le cantique le plus formidable que les hommes aient entendu depuis le *Magnificat*. Je suis monté vers ce gouffre de lumière, un jour d'orage, dans la pluie furieuse, dans l'effort des vents enragés, dans l'ouragan de mon espoir et le tourbillon de mes pensées, l'oreille rompue des cris du torrent... Je compte bien ne pas mourir sans avoir fixé dans quelque livre d'amour le ressouvenir surhumain de cette escalade où j'offrais toute mon âme à Dieu dans les cent mille mains de mon désir... J'ai beau patauger, depuis vingt ans, dans les immondices de Paris, je n'arrive pas à découvrir de quels amalgames de résidus sébacés, de quelles balayures cérémonielles marinées dans les plus fétides croupissoirs, purent être formés les sales enfants de bourgeois que l'événement de la Salette scandalisa et qui inventèrent je ne sais quelles turpitudes pour le décrier. Mais je témoigne qu'à l'endroit même où l'Esprit redoutable s'est manifesté, j'ai senti la commotion la moins douteuse, le choc le plus terrassant qui puisse écraser un homme. Sur l'honneur, j'en tressaille encore.

— En effet, dit Gacougnol, si vous voulez parler, comme je le suppose, d'une caresse d'en haut, elle a dû être des cinq doigts de la main divine, car vous êtes une manière de rhinocéros qu'il n'est pas facile d'assommer. Puis, si je suis bien informé, vous devez être fièrement blasé sur les émotions ordinaires...

— Oui,... je devrais l'être. Ce voyage à la Salette était peu de temps après la mort inexplicable de mon pauvre petit André...

Ici, la voix du conteur parut s'étrangler. Clotilde qui, depuis une heure, vivait par cet inconnu dont la parole agissait sur elle avec une puissance inouïe, involontairement avança la main, comme si elle avait vu tomber un enfant. Mais ce geste fut aussitôt réprimé par un autre geste de Marchenoir, suivi d'un appel vibrant de sa soucoupe heurtée contre le marbre de la table.

— Garçon! cria-t-il, renouvelez... Je continue. Vous devinez que je pouvais être dans un joli état d'âme. J'étais venu là sur l'avis ancien d'un sublime prêtre, mort depuis des années, qui m'avait dit : « Quand vous penserez que Dieu vous abandonne, allez vous plaindre à sa Mère sur cette montagne. » *Turris Davidica!* pensais-je. Il ne me fallait pas moins que les « mille boucliers suspendus et toute l'armature des forts » dont a parlé Salomon. Jamais je ne pourrais être assez cuirassé contre mon épouvantable chagrin. Et voici que, déjà, sur le chemin où je venais de

m'élancer, malgré la tempête et les conseils, j'étais indici-
blement transporté!

Que vous dirai-je? Quand je fus au sommet et que
j'aperçus la Mère assise sur une pierre et pleurant dans
ses mains, auprès de cette petite fontaine qui semble lui
couler des yeux, je vins tomber aux pieds des barreaux et
je m'épuisai de larmes et de sanglots, en demandant grâce
à Celle qui fut nommée : *Omnipotentia supplex*. Combien
dura cette prostration, cette inondation du Cocyte? Je
n'en sais rien. A mon arrivée, le crépuscule commençait à
peine; quand je me relevai, aussi faible qu'un centenaire
convalescent, il faisait complètement nuit et je pus croire
que toutes mes larmes étincelaient dans le noir des cieux,
car il me sembla que mes racines s'étaient retournées en
haut.

Ah! mes amis, que cette impression fut divine! Autour
de moi, le silence humain. Nul autre bruit que celui de la
fontaine miraculeuse à l'unisson de cette musique du Paradis que faisaient tous les ruissellements de la montagne et
parfois, aussi, dans un grand lointain, les claires sonnailles
de quelques troupeaux. Je ne sais comment vous exprimer
cela. J'étais comme un homme sans péché qui vient de
mourir, tellement je ne souffrais plus! Je brûlais de la joie
des « voleurs du ciel » dont le Sauveur Jésus a parlé. Un
ange, sans doute, quelque séraphin très patient avait décroché de moi, fil à fil, tout le tramail de mon désespoir, et
j'exultais dans l'ivresse de la Folie sainte, en allant frapper
à la porte du monastère où les voyageurs sont hébergés.

XIV

MARCHENOIR, ce perpétuel vaincu de la vie, avait reçu le privilège ironique d'une éloquence de victorieux. Il n'était pas seulement un de ces Ravisseurs évangéliques rappelés par lui, à qui ne résistent pas les Légions des Cieux. Il était encore, et beaucoup plus même, un de ces Doux à qui la Terre fut concédée.

Quelle que fût l'occasion de son discours et l'objet dont il s'occupât, on regardait généralement comme une chose difficile de résister à ce nouveau Juge d'Israël qui combattait des deux mains. Du premier coup, il vous bondissait sur le cœur.

L'image continuelle et qui jaillissait sans effort se précisait par la voix ou par l'attitude, avec une vigueur spontanée qui déconcertait la défensive.

De même que la plupart des grands orateurs, il apparaissait aussitôt en plein conflit, se grandissant de sa colère contre des ennemis invisibles, et tout le temps qu'il parlait, on voyait en lui s'agiter son âme, — comme on verrait une grande Infante prisonnière venir coller sa face aux vitraux d'un Escurial incendié.

Clotilde extasiée pensait au prédicateur tout-puissant qu'il aurait pu devenir, et Pélopidas confondu le contemplait ainsi qu'une fresque très ancienne, à la fois sanguinolente et fuligineuse, où quelque siècle très défunt aurait revécu — prodigieusement, — ses adorations ou ses fureurs.

Le narrateur s'était arrêté un moment. Le digne peintre en profita pour parler un peu, dans l'espérance de cacher son trouble.

— Ne pensez-vous pas, Marchenoir, que, pour éprouver de telles émotions religieuses, à la Salette ou ailleurs, il faudrait précisément se trouver dans la situation d'esprit qui fut la vôtre, ce jour-là, et avoir passé par les mêmes déchirements?

— Mon ami, j'attendais presque cette objection. Voici ma réponse qui sera claire. Nous sommes tous des misérables et des dévastés, mais peu d'hommes sont capables de regarder leur abîme... Ah! oui, j'ai traversé de sacrées douleurs, articula-t-il d'une voix profonde qui leur secoua les entrailles à tous deux, j'ai connu le *vrai* désespoir et je me suis laissé tomber dans les mains de ce Pétrisseur de bronze; mais ne me faites pas l'honneur de me croire si étonnant. Mon cas ne paraît exceptionnel que parce qu'il m'a été donné de sentir un peu mieux qu'un autre l'indicible désolation de l'amour... Vous qui parlez, vous ne savez pas votre propre enfer. Il faut être ou avoir été un dévot pour bien connaître son dénûment et pour dénombrer la silencieuse cavalerie de démons que chacun de nous porte en soi.

Mais, en attendant que vous arrive cette vision d'épouvante, gardez-vous de croire que le secours puisse être indifféremment obtenu dans tel ou tel lieu. « A la Salette ou ailleurs », avez-vous dit. Eh bien! moi, je vous affirme que cet endroit est particulièrement fréquenté par les

Tonnerres de l'Apocalypse et qu'il n'y a pas d'autre point du globe où puissent aller ceux qu'intéresse le dénouement à venir de la Rédemption. C'est à la Salette, et non pas ailleurs, que peuvent être fortifiés ceux qui savent que *tout n'est pas accompli* et que la grand'messe du Consolateur n'a pas commencé.

Encore une fois, ce n'est pas ici l'occasion d'entrer dans ces insolites considérations. Écoutez mon anecdote. Je crois inutile de vous dire, Gacougnol, que je ne m'attendais pas à trouver dans cette auberge, que l'industrie pieuse a bâtie à quelques pas du lieu de l'Apparition, de puissantes ressources pour mon enthousiasme. Je suis de ceux dont la voix n'a point d'écho, surtout parmi les raisonnables chrétiens que le Surnaturel incommode. Le pèlerinage de la Salette est desservi par de pratiques missionnaires qui ne s'égarent pas dans les sentiers du sublime, je vous en réponds. Ils trempent la soupe des voyageurs pour le ciel et logent à pied la vertu sans extravagance. Les exercices pieux ou les labiales exhortations, encadrées avec sagesse, ne nuisent jamais au fonctionnement latéral de la table d'hôte et du perchoir. La computation des ordinaires et des *suppléments* fusionne avec les cantiques et les litanies sur cette montagne, aussi effrayante que l'Horeb, où Notre-Dame des Glaives est apparue dans le buisson flamboyant de ses Douleurs. Il est effarant de songer que cette fabuleuse Congrégation ne sait absolument pas ce qui s'est passé et que le plus grand effort de ces vachers du Sacerdoce est probablement de supposer que la puissance divine s'est manifestée pour qu'ils existassent. Il faut entendre leurs explications du Miracle, cet identique boniment qui se débite chaque jour, près de la fontaine, à l'heure de la digestion!...

Me voici donc à table, à cette table d'hôte que je viens de nommer, en compagnie d'une vingtaine de pèlerins quelconques. Les pèlerines sont accueillies dans l'aile opposée du bâtiment, l'un et l'autre sexe étant ainsi répartis de chaque côté du sanctuaire.

Deux ou trois prêtres peu ravagés par les travaux apostoliques, puis je ne sais quels visages, quels ventres, quelles mains! Tout cela mangeant et buvant, sans visible souci de quoi que ce soit. Enfin, la tablée vulgaire de n'importe quelle hôtellerie provinciale. Il me sembla même qu'on gueulait un peu.

J'avais à peine franchi le seuil que déjà j'entendais nommer Marseille. Cette mention géographique émanait d'un très gros homme barbu, à la face congestionnée, évidemment résolu à ne pas laisser ignorer une origine que, d'ailleurs, son crapuleux accent dénonçait. Mais j'avais de si sonores clairons dans le cœur que je l'entendis à peine et je ne songeais même pas à me demander ce que ces gens étaient venus faire en un tel lieu. Je mangeais automatiquement ce qu'on me servait, les convives étant séparés de moi comme par l'embrun d'un Océan. Il est vrai que mon équipage de piéton ruisselant et couvert de boue ne pouvait agir puissamment sur le clavier sympathique de ces dîneurs. Aucun d'eux ne m'avait parlé et le bavardage

ne s'était pas ralenti une seconde à mon entrée, le goujatisme contemporain ne comportant pas la déférence pour
l'Étranger.

Je pensais précisément à la Troisième Personne divine,
lorsqu'une main me toucha l'épaule. M'étant retourné, je
vis un personnage à figure triste, vêtu comme un campa-
gnard, qui me dit avec douceur :

— Monsieur, vos vêtements sont mouillés et vous devez
avoir très froid. Voulez-vous prendre ma place qui est
moins loin du poêle? *Je vous en prie.*

Il y avait une prière si vraie dans son expression, ses
yeux me disaient si bien qu'il se serait cru coupable de
tout coryza dont j'aurais pu être victime, que j'acceptai
sur-le-champ sa place avec la même simplicité qu'il me
l'offrait. Cet échange me valut un peu d'attention. L'obèse
marseillais, qui était désormais en face de moi, daigna me
regarder de ses gros yeux en faïence, au bord desquels un
liquide avait été mis par la volupté d'engloutir.

— Eh! là-bas, l'homme aux bêtes, beugla-t-il, s'a-
dressant à mon ami inconnu, c'est comme ça que vous
nous brûlez la politesse? Vrai! c'est pas zentil de votre
part.

J'eus exactement la sensation d'une porte de latrines
qu'on aurait ouverte. Le ton de ce mercanti avait quelque
chose de si nauséeux et sa grossièreté cossue paraissait
tellement assise dans la graisse d'une prospérité de verrat
que, du premier coup, la suffocation commença. Les
mésanges bleues du ravissement s'envolèrent et je fus

aussitôt replongé dans l'ignoble réalité, dans la très puante et très maudissable réalité.

L'interpellé ne répondit pas. Se penchant alors vers son voisin, qui était une des soutanes entrevues à mon arrivée :

— Monsieur l'abbé, souffla le gros homme, c'est tout de même veçant qu'il ait sanzé de place, ça commençait à devenir drôle. Puis, élevant de nouveau sa voix odieuse :

— Dites donc, mon garçon, vous ne savez peut-être pas que ze suis de Marseille, moi. Eh! bien, ze vous l'apprends. Si vous aviez eu le bonheur de fréquenter cette « métropole », vous auriez appris que toute question honnête vaut une réponse. Ze vous ai demandé pourquoi vous nous avez quittés comme un lavement. Monsieur qui vous remplace a l'air très aimable, ze ne dis pas non, mais nous étions habitués à votre binette, et ça nous zêne de ne plus la voir.

Toute la table, déterminée à se divertir bravement aux dépens d'un pauvre diable, faisait silence.

— Monsieur, répondit enfin ce dernier, je suis fâché de vous avoir privé de ma *binette*, pour me servir de votre expression; mais le pèlerin qui m'a remplacé avait froid et, comme j'ai eu le temps de me réchauffer depuis que vous me faites l'honneur de vous amuser de moi, j'ai cru qu'il était de mon devoir de lui céder ma place.

Cela fut dit sans ironie et sans amertume, d'une manière extraordinairement humble, dans une douceur d'accent presque bizarre, dont je ne saurais vous traduire l'effet. Si je vous priais d'imaginer, par exemple, un enfant mourant que vous entendriez parler à travers un mur, ce serait absurde et, pourtant, je ne trouve pas mieux. Bref, j'eus l'intuition de quelque chose de très rare et je devins plus attentif.

Je vous épargne les gargouillades facétieuses de chemisier pour ecclésiastiques, dont l'individu placé devant moi ne négligea pas de nous saturer, à l'extrême satisfaction des mandibules sacerdotales ou laïques. Voici la cause de cette allégresse. Le pauvre être qui servait de plastron à ces brutes était une espèce de végétarien apostolique, perpétuellement travaillé du besoin d'expliquer son abstinence. Sous quelque prétexte que ce fût, Mademoiselle, il n'admettait pas qu'on tuât les bêtes et, par conséquent, il s'interdisait de manger leur chair, ne voulant pas se rendre complice de leur massacre. Il le disait à qui voulait l'entendre, sans que nulle moquerie fût capable de le retenir, et on sentait qu'il aurait donné sa propre vie pour cette idée.

A la fin, l'un des prêtres, un long soutanier qui paraissait avoir enseigné très spécialement la raison dans quelque prytanée de haute sagesse, prit la parole en ces termes :

— Je vous demande comme une faveur de répondre à une simple question que je vais vous poser. Vous portez des souliers de cuir, un chapeau de feutre, des bretelles peut-être, vous vous servez en ce moment d'un couteau

dont le manche est en os. Comment pouvez-vous conci-
lier de tels abus avec les sentiments *fraternels* que vous
venez d'exprimer ? Songez-vous qu'il a fallu égorger d'innocents quadrupèdes pour que ce faste criminel vous fût
accordé ?

Je n'essaierai pas de vous dépeindre l'enthousiasme de
l'auditoire. Ce fut une clameur générale, un délire. On
applaudissait, on trépignait, on aboyait, on imitait des cris
d'animaux. Juste le succès d'un cabotin de café-concert.
Lorsqu'un peu de calme se fut rétabli dans la fourrière,
la première parole articulée qui se fit entendre sortait du
groin désopilant et fariboleur de mon vis-à-vis. Il gueulait
ceci :

— Ah ! pour le coup, mon bonhomme, tu as ton compte.
(Il en était au tutoiement.) Il n'y a pas à dire : mon bel
ami ! Cette fois, c'est un théolozien qui t'interroze, un
ministre des autels, milledioux ! Qu'est-ce que tu vas lui
répondre, viédase ?

La réponse fut telle qu'un silence général succéda. A
l'exception du dernier chenapan qui avait parlé, tous les
fronts se penchèrent sur les assiettes, visiblement inquiets
d'une plaisanterie qui allait si loin. J'avançai la tête pour
voir le souffre-douleur. Il pleurait, le visage dans ses deux
mains.

Vous savez, Gacougnol, si c'est dans ma nature de supporter que les faibles soient opprimés devant moi. Je me
levai donc, au milieu de la stupeur, et faisant le tour de la
table, je vins frapper du plat de la main l'épaule du

mastodonte. La claque, je crois, fut assez retentissante et faillit lui faire perdre l'équilibre.

— Debout! dis-je. Il se retourna d'un bloc, en grognant comme un sanglier, mais s'il eut quelque velléité d'indignation, je vous jure qu'aussitôt après m'avoir regardé il perdit tout besoin d'évacuer ce sentiment généreux. Je le contraignis à se lever et l'amenant jusqu'à sa victime qui pleurait toujours et qui n'avait pas relevé la tête, je lui dis encore :

— Vous avez insulté bassement et ignoblement un chrétien qui ne vous faisait aucun mal. Vous allez, n'est-ce pas? lui demander pardon. Ce sera, peut-être, une leçon profitable pour quelques-uns des lâches qui nous écoutent. Comme il faisait mine de protester, je lui replantai la main dans la nuque avec une telle furie d'autorité qu'il tomba sur ses genoux aux pieds du bonhomme glacé de stupéfaction.

— Maintenant, ajoutai-je, vous allez, à haute et distincte voix, vous humilier devant celui dont vous êtes l'offenseur, sinon je jure Dieu que je vous arracherai la peau avant que nous sortions de cette écurie... Quant à vous, Monsieur, laissez-moi faire, j'accomplis un acte de justice, non pour vous, mais pour l'honneur de Marie qu'on outrage un peu trop ici.

J'expérimentai une fois de plus, en cette occasion, l'étonnant pouvoir d'un seul homme qui déploie son âme et l'incomparable couardise des blagueurs. Celui-là demanda pardon à genoux comme je l'avais exigé, ajoutant, pour sauver au moins une plume de sa dignité de plaisant cafard, qu'il n'était pas un « Cosaque » et qu'il n'avait pas eu l'intention de faire souffrir. L'autre le releva, en le serrant dans ses bras, et j'allai me coucher. Telle est la première partie de mon aventure qui sera, si vous le permettez, un diptyque.

XV

Notre conteur vous plaît-il ? demanda Gacougnol à Clotilde.

Pour toute réponse, elle eut le geste universel — qui fit sourire Marchenoir, — de rapprocher vivement les deux mains et de les porter au-dessus du sein gauche, en élevant un peu les épaules.

De fait, la transformée subissait une violence extraordinaire. La rencontre de Marchenoir était pour elle une révélation, une sortie du néant. Ce n'était pas précisément les choses qu'il disait, mais sa grande façon de les dire qui la pénétrait.

Jusqu'alors, elle avait profondément ignoré qu'il y eût de tels hommes. La notion même de ce genre de supériorité lui était inconnue. Et voilà que, n'ayant jamais rien soupçonné de ses propres facultés intellectuelles, du premier coup, elle se voyait sous l'action du maître le plus capable de les dilater instantanément.

Cette action souveraine était si sûre qu'il suffisait à l'excitateur de dire n'importe quoi, pour qu'elle se sentît transportée au-dessus d'elle-même. Elle ne s'étonnait déjà plus d'avoir pu trouver quelque objection plus ou moins valable, quand il lui parlait seul à seule au Jardin des Plantes. Évidemment, ne fût-ce que pour une heure, il devait élever à lui ceux qui l'écoutaient avec attention.

En un mot, la charmante fille avait été tellement préservée par sa nature de la moutarde contagieuse des rues de Paris qu'à trente ans elle avait encore la fleur d'enthousiasme de l'adolescence la plus généreuse.

— N'est-ce pas touchant, disait encore Pélopidas, de la voir écouter ainsi ? Plût à Dieu que mes pauvres œuvres fussent contemplées avec la même affection ! Mais il est exaspérant de penser, mon pauvre *Bouche-d'or*, que les sales crapauds qui vous envient ce don-là soient précisément consolés par votre mépris. Car il se dit un peu partout que vous ne vous prodiguez pas.

— Laissons cela, je vous prie. Vous savez mes sentiments sur ce point. J'écris le moins sottement que je puis ce que j'estime devoir être notifié à notre génération vomitive. Pour ce qui est de la palabre conférencière ou politique, raca ! En supposant que ma parole fût aussi puissante que certains entrepreneurs de démolitions me l'ont affirmé et qu'elle eût le pouvoir de « changer la forme des montagnes », comme le vent de feu qui souffla contre Sodome, je n'échangerais pas ma rêverie solitaire contre le tréteau d'un flagorneur de la populace. J'aime mieux parler aux bêtes. Ce soir, c'est à vous que je parle, et surtout à Mademoiselle, avec le plus grand plaisir.

Gacougnol se mit à rire, et s'adressant à Clotilde, restée sérieuse :

— Mon enfant, si vous connaissiez le barbare qui nous honore de ce madrigal, vous sauriez qu'il n'y a que lui au monde qui ait le secret de dire à ses amis tout ce qu'il lui plaît de leur dire, sans les offenser.

Clotilde parut surprise de l'observation.

— Et comment Monsieur Marchenoir pourrait-il nous offenser? Je vois bien qu'il n'est pas à la même place que les autres hommes et quand il parle aux bêtes, je devine bien que c'est à Dieu qu'il parle.

— Mademoiselle, intervint Marchenoir, si j'avais eu quelques doutes, ce dernier mot me prouverait que vous méritez la fin de l'histoire.

Le lendemain du petit drame que je viens de vous raconter, la première personne que j'aperçus près de la fontaine fut mon protégé. Il priait en grand recueillement et je pus l'observer. C'était un homme d'aspect vulgaire, vêtu de façon presque misérable. Il devait avoir dépassé cinquante ans et portait déjà les marques d'une caducité prochaine. On devinait aisément que toutes les giboulées du malheur s'étaient acharnées sur lui. Sa figure timide et souffreteuse eût été complètement insignifiante sans une expression de joie singulière qui paraissait être l'effet d'un colloque intérieur. Je voyais ses lèvres s'agiter faiblement et, parfois, sourire de ce doux et pâle sourire de quelques idiots ou de certains êtres pensants dont l'âme serait immergée dans un gouffre de dilection.

Ses yeux, surtout, m'étonnèrent. Fixés sur la Vierge lamentatrice, ils lui parlaient comme cent bouches auraient parlé, comme tout un peuple de bouches suppliantes ou laudicènes! J'imaginai, — sur le registre divin où les vibrations des cœurs seront, un jour, transposées en ondulations sonores, — tout un carillon de louanges, de divagations amoureuses, de remerciements et de désirs. Il me sembla même, — et depuis des ans je garde cette impression, — que du milieu des montagnes environnantes, ceinturées alors d'éclatants brouillards, mille fils de lumière, d'une ténuité et d'une douceur infinies, venaient aboutir au visage calamiteux de cet adorant, autour de qui je crus voir flotter un très vague effluve... Le Jeannotin de la veille avait, comme vous voyez, quelque peu grandi.

Quand il eut fini sa prière, ses yeux rencontrèrent les miens. Il vint à moi et se découvrant :

— Monsieur, dit-il, je serais heureux de vous entretenir un moment, voulez-vous me faire l'honneur de m'accompagner quelques pas?

— Très volontiers, répondis-je.

Nous allâmes nous asseoir derrière l'église, au bord du plateau, en face de l'Obiou, dont le soleil, encore invisible sous les vapeurs, éclaboussait, en ce moment, la cime neigeuse.

— Vous m'avez fait beaucoup de peine, hier soir, commença-t-il. Je n'ai pu vous arrêter, malheureusement, et j'en suis très affligé. Vous ne me connaissez pas. Je ne suis pas un individu à défendre. Autrefois, quand je ne m

connaissais pas encore moi-même, je me défendais tout seul.
J'étais un héros. J'ai tué un ami en duel pour une plaisanterie. Oui, Monsieur, j'ai tué un être formé à la ressemblance
de Dieu qui ne m'avait pas même offensé. On appelle ça
une affaire d'honneur. Je l'ai frappé en pleine poitrine et
il est mort en me regardant, sans dire un mot. Ce regard
ne m'a pas quitté depuis vingt-cinq ans et, au moment où
je vous parle, il est là-haut, juste devant moi, sur cette
vieille colonne du firmament!... Quand je me représente
cette minute, je suis capable de tout endurer. Ma seule
consolation et mon seul espoir, c'est qu'on se moque de
moi, qu'on m'insulte, qu'on me traîne le visage dans les
ordures. Ceux qui font ainsi, je les aime et je les bénis
« de toutes les bénédictions d'en bas », parce que, voyez-
vous, c'est la justice, la *vraie* Justice. Vous vous êtes mis
en colère et vous avez abusé de votre force contre un pauvre
homme dont je ne mérite pas certainement de décrotter la
chaussure. Vous m'avez forcé à prier pour lui toute la nuit,
étendu devant sa porte ainsi qu'un cadavre et, ce matin, je
l'ai supplié, par les Cinq Plaies de notre Sauveur, de me
marcher sur la figure. Vous m'avez vu pleurer et c'est cela
qui vous a ému, parce que vous êtes généreux. J'ai eu tort,
mais je ne peux pas m'en empêcher, quand c'est un prêtre
qui me parle, parce qu'alors je vois en lui un juge qui me
rappelle que je suis un assassin et la dernière de toutes les
canailles...

Oh! Monsieur, n'essayez pas de me justifier, je vous en
conjure! *Ne me dites rien d'humain*, je vous le demande

pour l'Amour de Dieu qui s'est promené sur cette montagne! Tout ce qui peut colorer une infamie, croyez-vous que je ne me le sois pas dit à moi-même et que d'autres encore ne me l'aient pas dit, jusqu'au jour où il me fut donné de comprendre que j'étais un abominable?... Cet homme que j'ai assassiné avait une femme et deux enfants. La femme est morte de chagrin, entendez-vous? Moi, j'ai donné un million pour les orphelins. Si je n'ai pas tout donné, c'est que des raisons de famille s'y opposaient. Mais j'ai promis à la douce Vierge de vivre, jusqu'à ma dernière heure, à la façon d'un mendiant. J'espérais ainsi que la paix reviendrait en moi, comme si la vie d'un membre de Jésus-Christ pouvait être payée avec des écus! C'est l'argent des princes des prêtres que j'ai donné à ces pauvres enfants, traités en petits Judas par le meurtrier de leur père. Ah! bien oui, elle n'est jamais revenue, la paix divine, et je suis crucifié tous les jours!

Je vous dis cela, Monsieur, parce que vous avez eu de la pitié et que vous pourriez concevoir de l'estime. Je suis encore trop lâche pour raconter ma vie à tout le monde, ainsi que je le devrais peut-être et comme faisaient les grands pénitents du Moyen Age. J'ai voulu me faire trappiste, puis chartreux. On m'a déclaré partout que je n'avais pas la vocation. Alors je me suis *marié* pour souffrir tout mon soûl. J'ai pris une vieille prostituée de bas étage dont les matelots ne voulaient plus. Elle me roue de coups et m'abreuve de ridicule et d'ignominie... Je ne la laisse manquer de rien, mais j'ai mis en lieu sûr les

débris de ma fortune qui fut assez considérable. C'est le
bien des pauvres, sur lequel je prélève de faibles sommes
pour mes voyages. L'année dernière, j'étais en Terre Sainte.
Aujourd'hui je suis à la Salette, pour la trentième fois. On
doit me connaître. C'est ici que j'ai reçu les plus grands
secours et j'engage tous les malheureux à faire ce pèlerinage. C'est le Sinaï de la Pénitence, le Paradis de la Douleur, et ceux qui ne le comprennent pas sont bien à plaindre.
Moi, je commence à comprendre et, quelquefois, j'obtiens
d'être délié pendant une heure...

Il s'arrêta et je me gardai bien de rompre ses pensées.
J'eusse été, d'ailleurs, assez peu capable de proférer un seul
mot qui ne m'aurait pas semblé ridicule en présence de ce
forçat volontaire, de ce Stylite colossal de l'Expiation.

Quand il se remit à parler, au bout d'un instant, j'eus
la surprise d'une transformation inouïe. Au lieu de ce
pathétique formidable qui venait de me serrer toutes les
fibres autour du cœur, à la place de cette houle de remords,
de ce volcan de plaintes qui lançait partout ses laves d'angoisse, la voix humble et mystérieusement placide que
j'avais entendue la veille.

— On me raille souvent, disait cette voix, à propos des
bêtes. Vous en avez été le témoin. Je crois deviner en vous
un homme d'imagination. Vous pourriez soupçonner, par
conséquent, — me supposant un zèle admirable, peut-être,
mais indiscret, — que je me suis donné ce ridicule à plaisir.
Il n'en est rien. Je suis véritablement fait comme cela.
J'aime les animaux, quels qu'ils soient, presque autant

qu'il est possible ou permis d'aimer les hommes, quoique je sache très bien leur infériorité. J'ai quelquefois désiré, je l'avoue, d'être tout à fait imbécile, afin d'échapper complètement aux sophismes de l'orgueil, mais, ce désir ne s'étant pas réalisé jusqu'ici, je n'ignore nullement ce qui peut être l'occasion du mépris dans cette manière de sentir qui va chez moi jusqu'à la passion et que des personnes très sages ont réprouvée. N'est-ce point un malentendu ? Serait-ce que la plupart des hommes ont oublié qu'étant eux-mêmes des créatures ils n'ont pas le droit de mépriser l'autre côté de la Création ? Saint François d'Assise, que les plus impies ne peuvent se défendre d'admirer, se disait le très proche parent, non seulement des animaux, mais des pierres et de l'eau des sources, et le juste Job ne fut pas blâmé pour avoir dit à la pourriture : « Vous êtes ma famille ! »

J'aime les bêtes parce que j'aime Dieu et que je l'adore profondément dans ce qu'il a fait. Quand je parle affectueusement à une bête misérable, soyez persuadé que je tâche de me coller ainsi plus étroitement à la Croix du Rédempteur dont le Sang, n'est-il pas vrai ? coula sur la terre, avant même de couler dans le cœur des hommes. Elle était bien maudite pourtant, cette mère commune de toute l'animalité. Je sais aussi que Dieu nous a livré les bêtes en pâture, mais il ne nous a pas fait un commandement de les dévorer au sens matériel, et les expériences de la vie ascétique, depuis quelques dizaines de siècles, ont prouvé que la force du genre humain ne réside pas dans cet aliment. On ne connaît pas l'Amour, parce qu'on ne voit pas la réalité sous les figures. Comment est-il possible de tuer un agneau, par exemple, ou un bœuf, sans se rappeler immédiatement que ces pauvres êtres ont eu l'honneur de prophétiser, en leur nature, le Sacrifice universel de Notre Seigneur Jésus-Christ ?...

Il me parla ainsi très longtemps, avec une grande foi, un grand amour et, je vous prie de le croire, avec une science ou plutôt une divination merveilleuse du symbolisme chrétien que j'étais infiniment éloigné d'attendre de lui. Plût à Dieu qu'il me fût possible de vous redire exactement toutes ses paroles !...

Je dois beaucoup à cet homme simple qui me donna, en quelques entretiens, la clef lumineuse d'un monde inconnu... Vous le savez, Mademoiselle, toute cette histoire est venue à propos des bêtes. Eh bien ! je vous assure qu'il était prodigieux quand il en parlait. Plus rien des grands éclats déchirants de sa première confidence, plus de tempête, plus de météore douloureux. Un calme divin et quelle candeur ! Paisiblement, il s'allumait comme une toute petite lampe d'accouchée dans une demeure gardée par les anges. En l'écoutant, je me souvenais de ces Bienheureux qui furent les premiers compagnons du Séraphique, dont les mains pleines de fleurs ont parfumé l'Occident ; et je revoyais aussi tous ces autres Saints de jadis dont les pitoyables pieds nous ont laissé quelques grains du sable des cieux.

Le peu que je vous ai rapporté de ses discours a dû vous faire entrevoir qu'il ne s'agissait pas de ces transports imbéciles qui sont, peut-être, le mode le plus dégoûtant de l'idolâtrie. Les animaux étaient pour lui les signes alphabétiques de l'Extase. Il lisait en eux, — comme les élus dont j'ai parlé, — la seule histoire qui l'intéressât, l'histoire sempiternelle de la Trinité qu'il me faisait épeler dans les caractères symboliques de la Nature... Mon ravissement fut inexprimable. A ses yeux, l'empire du monde perdu par le premier Désobéissant ne pouvait être reconquis que par la restitution *plénière* de tout l'ancien Ordre saccagé.

— *Les animaux,* me disait-il, *sont, dans nos mains, les otages de la Beauté céleste vaincue...*

Parole étrange dont je n'ai pas encore mesuré toute la profondeur ! Précisément, parce que les bêtes sont ce que l'homme a le plus méconnu et le plus opprimé, il pensait qu'un jour Dieu ferait par elles quelque chose d'inimaginable, quand serait venu le moment de manifester sa Gloire. C'est pourquoi sa tendresse pour ces créatures était accompagnée d'une sorte de révérence mystique assez difficile à caractériser par des mots. Il voyait en eux les détenteurs inconscients d'un Secret sublime que l'humanité aurait perdu sous les frondaisons de l'Éden et que leurs tristes yeux couverts de ténèbres ne peuvent plus divulguer depuis l'effrayante Prévarication...

Marchenoir ne disait plus rien. Accoudé sur la table et se pressant les tempes du bout des doigts, dans une de ses attitudes familières, il regardait vaguement devant lui ayant l'air de chercher au loin quelque grand oiseau de proie désespéré d'être sans capture, qui reflétât sa mélancolie.

Timidement, Clotilde lui présenta la question qu'on voyait errer sur les lèvres de Pélopidas.

— Qu'est devenu ce monsieur?

— Ah! oui... mon histoire ne serait pas complète. Je ne l'ai jamais revu et j'ai appris sa mort, un an plus tard, par un de mes compatriotes établi dans la petite ville qu'il habitait en Bretagne, au bord de la mer. Il est mort de la façon la plus terrible et, par conséquent, la plus désirée par lui, c'est-à-dire, dans sa maison, sous l'œil de l'abominable Xantippe qu'il avait choisie tout exprès pour le torturer. Frappé de paralysie peu de temps après notre rencontre, il ne voulut pas qu'on le transportât dans quelque maison de santé où il eût pu être exposé à s'éteindre en paix. Ayant vécu en pénitent, il lui plut de râler et de mourir en pénitent. Il paraît que sa femme le faisait coucher dans les ordures. Les détails sont affreux. On crut même, un instant, qu'elle l'avait empoisonné. Il est certain qu'elle devait être impatiente de sa mort, espérant hériter de lui. Mais les précautions étaient prises depuis longtemps, ainsi qu'il me l'avait dit, et le reste de son patrimoine est allé dans les mains des pauvres. Le bail de cette cuisinière de son agonie expirait naturellement avec lui.

Maintenant, mon histoire est tout à fait finie. Vous voyez qu'elle n'était pas très compliquée. Je voulais simplement vous faire voir, tel que je l'ai vu moi-même, incomplètement, hélas! un être humain tout à fait unique, dont je suis persuadé qu'il n'existe pas d'autre exemplaire dans le monde entier. Sans la lettre trop précise de mon

8

correspondant de Bretagne, je serais, parfois, tenté de me demander si tout cela fut bien réel, si cette rencontre fut vraiment autre chose qu'un mirage de mon cerveau, une espèce de réfraction intérieure du Miracle de la Salette qui se serait ainsi modifié en passant à travers mon âme. Le pauvre homme est resté là comme une similitude parabolique de ce christianisme gigantesque d'autrefois dont ne veulent plus nos générations avortées. Il représente pour moi la combinaison surnaturelle d'enfantillage dans l'amour et de profondeur dans le sacrifice qui fut tout l'esprit des premiers chrétiens, autour desquels avait mugi l'ouragan des douleurs d'un Dieu. Bafoué par les imbéciles et les hypocrites, indigent volontaire et triste jusqu'à la mort quand il se regarde lui-même, fiancé à tous les tourments et compagnon satisfait de tous les opprobres, ce brûlant de la Croix est, à mes yeux, l'image et le raccourci très fidèle de ces temps défunts où la terre était comme un grand vaisseau dans les golfes du Paradis!

XVI

On décida de dîner sur place. Gacougnol ne demandait qu'à prolonger la séance, naïvement heureux d'avoir pu rencontrer, le même jour, et d'avoir mis face à face deux personnages aussi rares que Clotilde et Marchenoir.

Ce dernier, stimulé par la présence de la jeune femme, dont il devinait la nature exquise, donna ce qu'il avait de

meilleur dans l'esprit et dépensa plus d'éloquence que
l'émancipation d'un peuple n'en réclame. Il étonna même
Gacougnol en déployant une robuste gaîté connue seulement de ses plus intimes et que le peintre était loin de
supposer à l'imprécateur.

— J'ai plusieurs mois de silence à récupérer, disait-il,
plusieurs mois prêtés au labeur le plus *improbe* et je viens
d'accoucher d'une œuvre prodigieusement inutile. Aujour-
d'hui, j'ai la fièvre puerpérale. Ceux qui me tombent sous
la main doivent se résigner.

Cette soirée parut divine à Clotilde qui aurait bien
voulu qu'elle durât indéfiniment pour ne s'achever que le
jour où, devenue très vieille, elle aurait pu s'en aller sans
amertume dans un cercueil trop étroit...

Mais il était déjà tard, il faisait nuit depuis longtemps et
ce fut avec un sursaut de désespoir qu'elle se souvint qu'il
fallait rentrer. Rentrer à Grenelle, dans cette horrible chambre où elle avait cru tant de fois mourir! Il lui faudrait subir
les questions venimeuses de sa mère, et, — à moins qu'il
ne fût ivre-mort et vomissant, — les réflexions de ce bandit,
plus salissantes que son ivresse... Sa toilette, il faudrait pourtant l'expliquer, et comment ces âmes ignobles, étroites
comme le péché, pourraient-elles croire à son innocence?

Et tout cela n'était rien encore. Il y avait ce lit, cet épouvantable lit, ce matelas de pourriture et d'horreur! Est-ce
qu'elle allait y coucher de nouveau, maintenant? Ah!
non, par exemple. Ce matin, cela se pouvait, c'était tout
simple, puisqu'elle était elle-même une ordure au fil de

l'égout. Mais, après une telle journée, c'était impossible!

Elle le sentait bien, parbleu! cette jolie toilette avait modifié son cœur. On ne se transforme pas seulement au dehors. C'est une sottise de le prétendre. Et puis, ce monsieur Marchenoir, que paraissait admirer lui-même son protecteur bénévole et dont les paroles inouïes se répandaient en elle comme de la lumière et des parfums, ne lui avait-il pas fait l'honneur incroyable de lui parler amicalement, de la traiter en *égale?* Ne faisait-il pas exactement pour son âme, depuis trois heures qu'on était ensemble, ce que monsieur Gacougnol avait fait pour son pauvre corps de mendiante guenilleuse, affamée et désespérée?... Son épouvante et son dégoût furent si énormes que la pensée lui vint de ne pas rentrer du tout, de marcher toute la nuit, toutes les nuits, et de supplier Gacougnol, puisqu'elle irait chez lui tous les jours, de la laisser dormir une heure dans un coin.

Elle en était là de ses pensées, lorsque des consommateurs nouveaux apparurent. La malheureuse ne put retenir un cri d'effroi.

Ces arrivants frappaient du pied sur le seuil et secouaient leurs vêtements couverts de neige. C'était la première de ce crucifiant hiver parisien où les balayeurs municipaux se virent contraints de l'entasser sur les boulevards, à la hauteur d'un premier étage.

Gacougnol, qui observait attentivement sa tremblante amie et qui pénétrait, en souriant, son inquiétude, s'empressa de la rassurer.

— Ma chère Clotilde, lui dit-il, ne vous tourmentez donc pas, je vous en prie. Cette neige n'a rien de menaçant pour vous. Croyez-vous, par hasard, que je vais vous abandonner? Prenez plutôt un petit verre de cette excellente chartreuse. C'est ce qu'il y a de meilleur contre la neige... De quel côté allez-vous, Marchenoir?

— Oh! ne vous occupez pas de moi, mon domicile est à deux pas, à l'extrémité de la rue de Buffon. Quittons-nous ici. J'irai vous voir prochainement, puisque je suis enfin débarrassé de mon livre. Vous reverrai-je, mademoiselle?

— Je l'espère, monsieur, répondit Clotilde, peu capable, en ce moment-là surtout, de fourbir un protocole. Je pense que vous me reverrez chez monsieur Gacougnol. Vous m'avez rendue très heureuse ce soir. C'est tout ce que je peux vous dire et vous avez une grande place dans mon cœur.

— Elle est délicieuse! pensait Marchenoir en s'éloignant. D'où vient-elle? Il n'est pas possible qu'elle soit la maîtresse de ce gros fantassin de Pélopidas. Il ne me l'aurait certes pas caché... Comme elle m'écoutait! Il y a donc encore des âmes sur la terre!...

XVII

Ma chère enfant, dit Gacougnol, en s'asseyant auprès de Clotilde dans une nouvelle voiture qui les emporta sans bruit sur la neige; il est temps de vous faire connaître mes intentions. J'ai envoyé une dépêche à votre mère.

— Ah!...

— Oui. Cette dépêche, qu'elle a dû recevoir, il y a au moins deux heures, l'informait que vous ne rentreriez pas... Silence! que diable! Laissez-moi m'expliquer. Vous comprenez bien, ma pauvre petite, que je ne vous ai pas fait raconter votre histoire uniquement pour m'amuser. J'avais besoin de vous connaître. Or, j'ai pris la résolution de m'occuper de vous très sérieusement. Pour commencer, vous ne pouvez pas rentrer dans cette volière à cochons. J'ai mes raisons pour croire que vous méritez qu'on s'intéresse à votre personne et, à moins que vous ne l'exigiez d'une manière absolue, je ne vous laisserai certes pas retourner à Grenelle, auprès de monsieur Chapuis, pour y crever de dégoût et de froid. Regardez cette neige. On nous annonce un hiver atroce et le voici qui commence... Écoutez bien. Je connais une maison honorable où je vais vous conduire. C'est dans l'avenue des Ternes, pas très loin de mon atelier. Une pension décente que dirige une de mes vieilles amies, institutrice un peu ridicule, mais supportable, qui vous fera, je pense, le plus doux accueil, vous voyant amenée et recommandée par moi. Ses pensionnaires sont de jeunes personnes étrangères venues de diverses parties du monde, à qui elle serine un peu de français et dont elle décrasse l'imagination. Vous n'aurez rien à démêler avec cette école. Vous aurez votre chambre, comme à l'hôtel, vous prendrez vos repas à la table commune et nous travaillerons ensemble dans l'après-midi. Cela vous convient-il?

Elle ne répondit pas, mais il l'entendit pleurer.

— Qu'avez-vous encore? Voyons, je ne peux donc pas vous parler sans que vous fondiez en larmes?

— Monsieur, dit-elle enfin, je suis trop heureuse et c'est pour cela que je pleure. Vous avez deviné juste. La pensée de retourner à Grenelle me désespérait. Après cette journée délicieuse que vous m'avez fait passer, après avoir entendu monsieur Marchenoir, l'idée de revoir l'horrible Chapuis me rendait folle... Pensez donc! Je ne suis pas habituée à tout cela, moi. Je n'entends jamais que des malédictions ou des saletés. J'étais presque décidée à marcher toute la nuit, en pensant à ce pauvre homme dont votre ami nous a raconté l'histoire. Mais je ne sais si j'en aurais eu la force. Maintenant, vous m'offrez un refuge, après m'avoir donné tant de choses. Comment pourrais-je refuser? Seulement...

— Seulement, vous avez une objection, n'est-ce pas? Eh bien! la voici votre objection. Vous ne savez pas de quel droit ni à quel titre je me mêle de vous protéger. Mais, mon amie, c'est bien simple. Je suis chrétien. Un fichu chrétien, c'est vrai, mais tout de même, un chrétien. Et comme je vois très clairement que vous êtes en danger de mort, si vous continuez l'existence entre votre bonne mère et son aimable compagnon, je serais une canaille si je ne vous en retirais pas. Mes ressources me le permettent, soyez sans craintes à cet égard. Je ne suis pas un million-naire, Dieu merci! mais j'ai le moyen de secourir les autres, quand l'occasion s'en présente et vous ne serez pas la première. Puis, encore une fois, remarquez bien que je ne vous fais pas l'aumône. N'oubliez pas que nous devons travailler ensemble.

D'un autre côté, vous pouvez craindre certaines interprétations. Eh! ma pauvre enfant, prenez donc avec simplicité ce qui vous arrive d'heureux et moquez-vous du reste. Si vous connaissiez le monde! Je le connais, moi, et il y a belle lurette que je me gausse éperdument de tout ce qu'on peut débiter sur mon compte, — à condition, toutefois, qu'on ne vienne pas me chatouiller la membrane pituitaire, parce qu'alors je casse la gueule tout de suite. On le sait, d'ailleurs, et on ne m'embête pas... Voici. Dans un instant, je vous présente à mademoiselle Séchoir. Je lui déclare simplement que vous êtes une jeune amie que je me suis chargé d'installer. Un point, c'est tout. Elle n'a pas le droit de vous en demander davantage. On essaiera de vous tirer les vers du nez, ne vous prêtez pas à l'opération.

Clotilde ne trouva rien à répondre. Elle prit seulement la main de Pélopidas, ainsi qu'elle avait déjà fait le matin même, et la porta à ses lèvres par un mouvement instinctif qui la fit ressembler à quelque innocente captive invraisemblablement affranchie par un musulman généreux.

Il était près de dix heures quand Gacougnol sonna à la porte de mademoiselle Virginie Séchoir, au troisième étage d'une des plus belles maisons de l'avenue des Ternes.

— Comment! c'est vous, monsieur Gacougnol, à pareille heure! quel bon vent vous amène? s'écria, du fond d'une chambre voisine, la maîtresse du lieu accourant à la voix du peintre qui parlementait avec la bonne.

La personne qui s'offrit alors avait été comparée quelquefois par celui-ci, avec plus d'exactitude que de respect, à un sac de pommes de terre à moitié vide. Elle en avait la tournure et, si on peut dire, la démarche.

Du premier coup, on sentait une de ces vertus fortifiées qui ne pardonnent pas. Quelques vieillards affirmaient qu'elle avait été jolie, mais imprenable, et il coulait d'elle une si abondante mélasse de pudeur qu'il fallait être Gacougnol pour en douter.

Elle ne paraissait pas avoir beaucoup plus de quarante ans, mais son visage, boucané par l'expérience et passé à l'encaustique de la dignité professionnelle, donnait à conjecturer une maturité indicible.

Cependant, elle accueillit Pélopidas de façon cordiale et même avec un certain élan de frégate qui largue ses voiles pour se précipiter au-devant du chef d'escadre. Évidemment, l'artiste était en posture de haute considération.

— Chère amie, dit-il, j'espère que vous voudrez bien me pardonner de venir si tard, quand vous saurez ce qui m'amène. Souffrez, avant tout, que je vous présente mademoiselle Clotilde Maréchal, une jeune personne à laquelle je m'intéresse très vivement et que je recommande à vos bons soins. Pouvez-vous, ce soir même, lui donner l'hospitalité?

A la vue de Clotilde s'approchant d'un air timide, mademoiselle Séchoir prit son attitude suprême qui consistait

à redresser le torse en ramenant le train de derrière pour
appuyer le mouvement de bascule des vertèbres cervicales,
et regarda cette étrangère avec des yeux morts où toutes
les lampes des vierges sages auraient pu s'éteindre.

Ces yeux, de la couleur de l'eau des lavoirs, avaient la
langueur pâmée des sentimentales *professoresses* du Sep-
tentrion. Il aurait fallu être aveugle pour n'y pas déchiffrer
l'habitude sublime de noyer toutes les trivialités de la vie
dans l'intime joie des spéculations transcendantes et des
attendrissements supérieurs.

Ce fut donc avec ce mélange de rondeur amicale pour
Gacougnol et de condescendance polaire pour Clotilde,
qu'elle daigna parler après avoir superbement désigné des
sièges.

— Soyez la bienvenue, Mademoiselle... Ma foi! monsieur
et cher ami, vous tombez on ne peut mieux. J'ai justement
une chambre toute prête destinée à une pensionnaire amé-
ricaine que j'attendais et qui vient de me télégraphier de
Nice qu'elle n'arrivera qu'au printemps. Notre hiver parisien lui fait peur. Quelle neige! ce soir... Eh bien! vilain
homme, pourquoi ne vous voit-on plus? Où en êtes-vous
de vos chefs-d'œuvre? Allez-vous enfin publier ces poésies
adorables dont je ne connais malheureusement que deux
ou trois? Et la musique? Et la peinture? Et la sculpture?
Car vous êtes universel, comme *nos* maîtres de la Renaissance... Si je ne craignais pas certaines rencontres bizarres
qu'on peut faire chez un artiste, j'irais bien voir votre atelier, qui doit être plein de merveilles.

En même temps qu'elle roucoulait cette dernière phrase les yeux de la tourterelle parurent errer dans la direction de sa nouvelle pensionnaire. Toutefois, si ce regard impliquait la centième partie d'une allusion, ce fut si vague, si lointain, que la susceptibilité la plus ombrageuse n'aurait pu s'en alarmer.

Est-il besoin d'ajouter que sa voix correspondait à sa physionomie ? Elle avait cette espèce de prononciation rengorgée de certaines volailles qui ne cuisent bien qu'au bois vert, s'évadant parfois, il est vrai, comme une petite folle, dans les arpèges les plus éoliens, quand il s'agissait de prouver un peu d'enjouement; puis redescendant aussitôt, quatre à quatre, l'escalier des sons pour se tapir dans la catacombe sévère d'un contralto mélodieux.

Accablé de tant de questions, Pélopidas se contenta de répondre qu'une telle visite, assurément, serait la plus enivrante faveur qu'il pût souhaiter, mais qu'en effet il lui serait, hélas! impossible de cautionner absolument la modestie des individus qu'elle s'exposerait à rencontrer en venant chez lui.

— Allons! soupira-t-elle, c'est encore une fête à laquelle il faut renoncer... Mais, j'y pense, Mademoiselle a, sans doute, besoin de repos, surtout si elle vient de faire *un long voyage*... Une tasse de thé vous serait-elle agréable? Non. Alors voulez-vous me suivre ? je vais vous montrer votre chambre. Monsieur Gacougnol, je ne sais si je dois vous permettre de nous accompagner. Peut-être aimeriez-vous à voir l'installation de votre *protégée*, à moins que Mademoiselle ne trouve cela peu convenable...

— Mais, Madame, dit Clotilde qui n'avait pas encore ouvert la bouche, cela me paraît la chose du monde la plus simple. Je désire, au contraire, que monsieur Gacougnol sache comment je suis installée chez vous.

Les trois personnages arrivèrent enfin à une [chambre des plus confortables.

— J'espère, mademoiselle, dévidait l'hôtelière [dont s'appareillait l'institutrice, que vous serez satisfaite. Vous avez une vue ravissante, le soleil se couche au-dessus de votre lit et les petits oiseaux le saluent de leur chant tout autour de la maison, jusque dans les mois les plus rigoureux. Il y a même un nid d'hirondelles, sous le balcon supérieur, presque à portée de votre main. En qualité d'amie de monsieur Gacougnol, vous devez avoir l'*âme poétique.*

Cela, qui rappelait inopinément la mère Isidore, fut souligné d'un profond sourire de penseuse qui sait à quoi s'en tenir sur toutes les blagues dont s'accommode le vulgaire.

Pélopidas impatienté tira sa montre et fit observer à son tour que la nouvelle venue devait avoir besoin de sommeil.

— Bonsoir, mon enfant, dit-il en serrant la main à Clotilde, dormez bien et que les anges de Dieu soient avec vous. N'oubliez pas que, demain, je compte sur votre exactitude... Et vous, Mademoiselle, soyez assez bonne pour me mettre à la porte.

Clotilde, restée seule, se demanda, pour la première fois
de sa vie, ce que pouvaient être les Anges de Dieu!...

XVIII

MONSIEUR, vous êtes beau comme un ange. — Madame,
vous avez de l'esprit comme un démon.

S'il y eut jamais un champ de manœuvres où se soient
exercés avec ampleur les instincts de prostitution particuliers à la race humaine, c'est assurément le royaume des
esprits célestes ou le sombre empire des intelligences
réprouvées.

On a tellement compris que l'habitacle cellulaire de la
Désobéissance est rempli de compagnons invisibles, qu'on
a voulu, dans tous les temps, les associer en quelque
manière aux actes visibles qui s'accomplissaient dans les
divers cabanons.

Alors, on s'est appelé : mon chérubin! ou mon petit satan!
et toutes les cochonneries sublunaires, aussi bien que les
sottises les plus triomphales, ont été pratiquées sous
d'arbitraires invocations qui déshonoraient à la fois le ciel
et l'enfer. Et pour assouvir les cœurs en travail de déman-
geaisons sublimes, la poésie et l'imagerie plastique se sont
évertuées aux apothéoses!

Ils sont Sept, — ô mon tendre amour! — qui vous
regardent curieusement des sept encognures de l'Éternité!
On les croirait sur le point de coller leurs bouches aux

épouvantables Olifants du rappel des morts et leurs indicibles mains, que n'inventerait aucun délire, sont déjà crispées autour des sept Coupes de la fureur.

Que la petite lampe qui brûle devant le plus humble autel de la chrétienté leur fasse un signe, et les habitants du globe voudront sauter dans les planètes pour échapper à la plaie de la terre, à la plaie de la mer, à la plaie des fleuves, à l'hostilité du soleil, aux immigrations affreuses de l'Abîme, à l'effarante cavalerie des Incendiaires et surtout à l'universel regard du Juge!

En vérité, ce sont « les Sept, qui se tiennent en la présence de Dieu », nous dit l'Apocalyptique et c'est tout ce qu'on en peut savoir. Mais il n'est pas défendu de supposer, — comme pour les étoiles, — qu'il y en a des millions *(milliards)* d'autres, dont le moindre est capable d'exterminer, en une seule nuit, les cent quatre-vingt-cinq mille Assyriens de Sennachérib; — sans parler de ceux-là qu'on nomme précisément les démons et qui sont, au fond des puits du chaos, l'image renversée de tous ces flambeaux crépitants du ciel.

Si la vie est un festin, voilà nos convives; si elle est une comédie, voilà nos comparses; et tels sont les formidables Visiteurs de notre sommeil, si elle n'est qu'un rêve!

Lorsqu'un entremetteur d'idéal barytonne les splendeurs *angéliques* de Célimène, sa sottise a pour témoins les Neuf multitudes, les Neuf cataractes spirituelles que Platon ne connaissait pas : Séraphins, Chérubins, Trônes, Dominations, Vertus, Puissances, Principautés, Archanges et

Anges, parmi lesquels il faudrait peut-être choisir... Si c'est l'*enfer* qu'on invoque, c'est, — à l'autre pôle, — exactement la même aventure.

Et pourtant, ils sont nos très proches, les voyageurs perpétuels de la lumineuse échelle du Patriarche, et nous sommes avertis que chacun de nous est avaricieusement gardé par l'un d'entre eux, comme un inestimable trésor, contre les saccages de l'autre abîme, — ce qui donne la plus confondante idée du genre humain.

Le plus sordide chenapan est si précieux qu'il a, pour veiller exclusivement sur sa personne, quelqu'un de semblable à Celui qui précédait le camp d'Israël dans la colonne de nuées et dans la colonne de feu, et le Séraphin qui brûla les lèvres du plus immense de tous les prophètes est peut-être le convoyeur, aussi grand que tous les mondes, chargé d'escorter la très ignoble cargaison d'une vieille âme de pédagogue ou de magistrat.

Un ange réconforte Élie dans son épouvante fameuse; un autre accompagne dans leur fournaise les Enfants Hébreux; un troisième ferme la gueule des lions de Daniel; un quatrième enfin, qui se nomme « le Grand Prince », disputant avec le Diable, ne se trouve pas encore assez colossal pour le maudire, et l'Esprit-Saint est représenté comme le seul miroir où ces acolytes inimaginables de l'homme puissent avoir le désir de se contempler.

Qui donc sommes-nous, *en réalité*, pour que de tels défenseurs nous soient préposés et, surtout, qui sont-ils eux-mêmes, ces enchaînés à notre destin dont *il n'est pas dit* que Dieu les ait faits, comme nous, à sa Ressemblance et qui n'ont ni corps ni figure?

C'est à leur sujet qu'il fut écrit de ne jamais « oublier l'hospitalité », de peur qu'il ne s'en cachât quelques-uns parmi les nécessiteux étrangers.

Si tel vagabond criait tout à coup : « Je suis Raphaël! Je paraissais boire et manger avec vous; mais ma nourriture est invisible et ce que je bois ne saurait apparaître aux hommes »; qui sait si la terreur du pauvre bourgeois ne s'étendrait pas aux constellations?

Fumant de peur, il découvrirait que chacun vit à tâtons dans son alvéole de ténèbres, sans rien savoir de ceux qui sont à sa droite et de ceux qui sont à sa gauche, sans pouvoir deviner le « nom » véritable de ceux qui pleurent en haut ni de ceux qui souffrent en bas, sans pressentir *ce qu'il est lui-même*, et sans comprendre jamais les murmures ou les clameurs qui se propagent indéfiniment le long des couloirs sonores...

XIX

LE réveil de Clotilde fut délicieux comme l'avait été son sommeil. La pauvre fille naissait au bien-être, à la confortable vie qu'elle n'osait même plus rêver depuis bien longtemps.

Elle comprit d'abord qu'il lui faudrait beaucoup plus d'un jour pour s'habituer à son bonheur, pour le réaliser en esprit. Quelle inconcevable différence entre la veille et ce lendemain! Oh! la douceur d'avoir bien dormi, d'avoir chaud, de trouver autour de soi des objets propres, de ne plus sentir cet horrible voisinage, de ne plus commencer la sainte journée par un long sanglot silencieux!

Elle se baignait dans cette pensée, elle s'y plongeait comme dans une source lustrale capable de purifier jusqu'à sa 'mémoire. A peine sortie, — par quel miracle! — de la forêt des soupirs où l'avait menée perdre son cruel destin, combien lui paraissait évidente cette vérité si élémentaire, si parfaitement ignorée du Riche, que le cœur des pauvres est un donjon noir qu'il faut emporter à l'arme blanche et qui ne peut être forcé que par une balistique d'argent!

Et cela ne signifie pas du tout que la pauvreté soit avilissante. Elle ne peut pas l'être, puisqu'elle fut le manteau de Jésus-Christ. Mais plus sûrement que n'importe quel supplice, elle a le pouvoir de faire sentir aux êtres humains la pesanteur de la chair et la servitude lamentable de l'esprit. C'est une atrocité de pharisiens d'exiger des esclaves le désintéressement spirituel qui n'est possible qu'aux affranchis.

Clotilde, certes! aurait pu dire ce que l'argent d'un brave homme avait fait en elle, l'argent seul, hélas! le mystérieux, exécrable et divin Argent qui avait transformé sa vie et son âme en un clin d'œil.

Un attendrissement presque amoureux lui naissait, déjà, pour ce peintre qui l'avait sauvée du dragon et dont les

9

plus miséricordieuses paroles n'auraient pu produire un tel résultat, si l'étrange force représentée par ce *métal* n'avait pas été dans ses mains.

Sans doute, elle ne croyait pas du tout que sa reconnaissance exaltée pour Gacougnol pût jamais devenir l'amour et il suffisait de les voir ensemble pour que cela parût, en effet, assez peu probable. En supposant que le carillon passionnel menaçât d'ébranler sa tour, le grandiloque Marchenoir eût été assurément beaucoup plus capable de le susciter.

Tout de même, son libérateur pouvait compter sur une amitié fameuse et cela, encore une fois, c'était l'œuvre de cet effrayant Argent, plus formidable que la Prière et plus conquérant que l'Incendie, puisqu'il en a fallu si peu pour acheter la Seconde Personne divine et qu'il en faudra moins encore, peut-être, pour surprendre le grand Amour, quand il descendra sur la terre!

Elle s'étonna de ne sentir aucun trouble en se souvenant de Grenelle. Elle savait exactement que son découcher serait expliqué de la façon la plus insultante et que sa nouvelle existence ne manquerait pas d'être imputée par sa mère au dévergondage le plus fangeux. Mais sachant aussi que la sainte vieille chercherait à l'instant même le moyen de tirer profit de ses dérèglements prétendus, elle s'avoua, sans pâlir, que cela ne lui faisait absolument rien.

Depuis la veille, il s'opérait, tout au fond de cette endormie, une révolution si totale, tant d'idées confuses, tant de désirs d'âme très anciens, qui ressemblaient à la soif qu'on a dans les songes, s'étaient éveillés en elle qu'elle ne pouvait plus retrouver le faux équilibre de ses désespoirs antérieurs.

Froidement, elle résolut d'en finir. De quelle manière ? Elle l'ignorait. Mais il le fallait, et très sûre, désormais, qu'elle avait le devoir de considérer comme un don du ciel ce changement si soudain, elle se sentit comblée de vigueur pour défendre son indépendance.

Comme elle achevait de s'habiller, la bonne vint l'avertir que son premier déjeuner l'attendait. Ayant, par ignorance, laissé passer l'heure, elle eut la satisfaction d'être seule à table et de méditer à son aise en savourant ce « juste, subtil et puissant » café des Parisiennes, — trop souvent, hélas ! obscurci par la déloyale chicorée, — qui « bâtit sur le sein des ténèbres, avec les matériaux de leur imagination, des cités plus belles que Babylone ou Hécatompylos ».

Elle jouit de ce breuvage qui lui retendait les fibres. Ses sensations étaient presque celles d'une épousée, en examinant la salle à manger peu princière, mais assez vaste et témoignant d'une certaine pratique de cette ample vie matérielle qu'elle avait toujours ignorée, dont la révélation soudaine produit infailliblement, chez les vrais pauvres, une espèce de trouble nerveux assez analogue au spasme déterminé par une brusque étreinte.

Cette secousse banale, mais si faiblement observée par les analystes les plus forts, la traversa comme l'éclair, et ce fut fini. Elle était trop lucide pour ne pas sentir bientôt

le néant de cette mangeoire prétentieuse, évidemment calculée pour l'attraction des pensionnaires exotiques.

Cela tenait du buffet de gare, de la loge de concierge et du
salon de lecture d'un établissement de bains. Il y avait au
mur les éternels chromos évoquant les délices de la table
par l'ostentation des gibiers rares et des fruits de Cha-
naan, les excitantes photographies de divers transatlan-
tiques naviguant au milieu des vertes vagues, dans la direction des golfes d'azur; quelques médaillons, quelques
plâtres ou mastics destinés à rappeler à tout venant que
« l'art est long si la vie est brève » et qu'on aurait eu le
plus grand tort de se croire chez des bourgeois. Enfin les
vitraux postiches dont s'honore l'archaïsme des limona-
diers. C'était à peu près tout et il n'y avait pas de quoi,
vraiment, perturber, deux minutes, ne fût-ce qu'une petite
princesse de l'hôpital et du crève-cœur.

Elle vit donc là tout juste ce qu'il y avait à voir, c'est-à-
dire un endroit quelconque où il lui serait permis de
manger et, très humblement, se demanda ce que la Providence allait exiger en retour de cette favorable péripétie.

Vers midi, ce fut Mademoiselle Séchoir elle-même qui
vint la chercher dans sa chambre. Mais à la grande surprise de Clotilde, un commissionnaire l'accompagnait,
chargé d'une malle et se déclarant envoyé par Gacougnol.

Elle eut la présence d'esprit de ne pas laisser paraître
son émotion qui était assez vive et, malgré son impatience
d'inventorier, redescendit à la salle commune, répondant

machinalement aux politesses mécaniques de l'hôtelière, les oreilles bourdonnantes et la gorge en feu.

Après d'emphatiques présentations qui ne laissèrent dans son esprit la trace d'aucun des noms barbares qu'on lui notifiait, elle se vit à table, en compagnie d'une demi-douzaine d'étrangères, de virginité imprécise, perchées sur divers barreaux de l'échelle du temps.

Mademoiselle Séchoir, très digne, culminait à la pointe de sa quarantaine. La plus jeune, une Suédoise érubescente et enchifrenée, placée à la droite de Clotilde, paraissait avoir vingt ans et n'ouvrait la bouche que pour engloutir. Les autres, dispersées à la façon des Curiaces, ramifiaient au petit bonheur, entre vingt-cinq et trente, et se manifestaient plus loquaces. Riches et laides, ainsi qu'il convient aux passagères studieuses de l'allégorique vaisseau parisien, la très pauvre fille des galetas ressemblait, au milieu d'elles, à une œuvre d'art oubliée dans une basse-cour.

Naturellement, avant même de s'asseoir, elle avait déjà déplu. Du premier coup, on avait senti que la nouvelle pensionnaire était marquée du grand anathème, qu'elle n'était pas *comme tout le monde*, et peut-être l'aimable Séchoir en avait-elle, dès le matin, prévenu tout son poulailler.

L'une de ces dames, petite Anglaise ronde et folâtre, qu'on aurait pu croire farcie par quelque rôtisseur frénétique, tellement on la voyait luire, s'avisa bientôt de l'interpeller.

— Mademoiselle, permettez-moi de demander à vous si vous êtes peintre?

— Non, Mademoiselle, répondit Clotilde, qui, s'avisant à son tour du peu de sympathie que sa présence excitait et se rappelant les recommandations de Gacougnol, résolut de ne pas livrer le plus mince atome d'elle-même.

— Aoh! bien ennuyant, mais vous étudiez la peinture?

— Non, Mademoiselle, je n'étudie pas la peinture.

— Miss Pénélope, intervint alors la Séchoir, est passionnée pour les arts, et comme je me suis permis de lui dire que vous connaissiez M. Gacougnol, qui vient quelquefois ici, elle en a conclu que vous étiez une de ses élèves.

Clotilde s'inclina sans dire un mot, désirant, au fond de son cœur, qu'on daignât l'oublier complètement. Mais la volaille anglaise, encouragée sournoisement par un clin d'œil de la maîtresse du lieu, ne se tint pas pour battue et revint à la charge dans son patois, qu'il serait puéril de fac-similer plus longtemps.

— Oh! oui, Mademoiselle, j'aime beaucoup les arts. Si vous saviez! Vous êtes bien heureuse d'être en relations avec M. Gacougnol. Je vous envie d'être admise dans son atelier où il est si difficile de pénétrer. C'est pour cela que je voudrais tant devenir votre amie. Je vous supplierais de me présenter.

— Voyons, ma chère miss, dit encore la raisonnable Virginie, vous allez trop vite. Je vous ai dit que Mademoiselle était en fort bons termes avec notre grand artiste, mais je ne vous ai pas dit qu'elle eût la permission de pénétrer dans le sanctuaire, à plus forte raison, d'y faire pénétrer les autres.

Clotilde, pour avoir la paix, déclara qu'ayant des habitudes de vie solitaire elle craignait de ne pouvoir dignement répondre à l'amitié précieuse qu'on voulait bien lui offrir, ajoutant qu'à la vérité l'atelier de Gacougnol lui était ouvert, mais qu'elle n'avait le droit d'y conduire personne.

Les questions directes prirent fin. Seulement le bavardage des pécores évolua autour du peintre-sculpteur et du poète-musicien sur lequel de contradictoires jugements furent exprimés, dans l'espoir vain de surprendre la jeune femme qui s'efforça de penser à autre chose et, ce jour-là, comprit un peu mieux la force inégalable du silence.

Les convives durent s'avouer qu'elles ne « liraient pas plus avant » dans cette âme, et Mademoiselle Séchoir elle-même fut légèrement désarçonnée par la précision coupante et la fermeté singulière d'une personne qu'elle aurait crue si timide !...

Ce repas fut pour Clotilde un second avertissement de se tenir sur ses gardes avec le plus grand soin et de défendre l'inestimable trésor de sa merci contre les entraînements possibles de son imagination vers des étrangers ou des étrangères qui ne seraient pas *évidemment,* — comme ce peintre qu'on osait juger devant elle, — les ministres plénipotentiaires de son destin.

Elle quitta la table aussitôt que possible et courut à sa

chambre pour examiner la caisse envoyée par Gacougnol. Elle contenait toutes les sortes de linge nécessaire à une femme, divers objets de toilette et quelques livres. Le brave homme était sorti de bonne heure, c'était bien clair, et il avait couru les magasins tout exprès pour qu'elle eût cette surprise avant de venir chez lui.

Un tel empressement, une si rare sollicitude pouvaient-ils s'expliquer par la seule charité chrétienne que l'artiste avait invoquée la veille pour justifier sa munificence? Nul docteur n'eût osé s'en porter garant. Clotilde était une fille simple comme la ligne de l'horizon et, par conséquent, très capable de discerner ou de pressentir la plus lointaine déviation; mais elle vibrait encore de la veille et le soup-çon qui voltigea une seconde, autour de sa jolie tête, repoussé victorieusement par les fluides généreux de l'en-thousiasme, ne put l'atteindre. Les âmes droites sont réser-vées à de rectilignes tourments.

Entendant sonner une heure, elle s'élança enfin dans la direction de l'atelier de son protecteur, où elle arriva quelques minutes après que sa mère venait d'en sortir.

XX

U NE parenthèse est ici nécessaire. Les bonnes gens qui n'aiment pas la *digression* ou qui regardent l'Infini comme un hors-d'œuvre sont dévotement suppliées de ne pas lire ce chapitre qui ne modifiera rien ni personne et qui sera probablement regardé comme la chose la plus vaine qu'on pût écrire.

A tout prendre, ces gracieux lecteurs feraient encore mieux de ne pas ouvrir du tout le présent volume qui n'est lui-même qu'une longue digression sur le mal de vivre, sur l'infernale disgrâce de subsister, sans groin, dans une société sans Dieu.

L'auteur n'a jamais promis d'amuser personne. Il a même quelquefois promis le contraire et a fidèlement tenu sa parol . Aucun juge n'a le devoir de lui demander davantage. La fin de cette *histoire* est, d'ailleurs, si sombre, — quoique illuminée de bien étranges flambeaux, — qu'elle viendra toujours assez tôt pour l'attendrissement ou l'horreur des sentimentales punaises qui s'intéressent aux romans d'amour.

Il est incontestable que le fait de recevoir des présents, et surtout ce qu'on est convenu d'appeler des *cadeaux utiles,* est, aux yeux du monde, l'effet évident d'une monstrueuse dépravation, quand la femme qui les reçoit est disponible et que l'homme, célibataire ou non, qui a l'audace de les offrir, n'est ni son proche parent ni son fiancé. Mais la dépravation, de simplement monstrueuse qu'elle était, devient *excessive* si les objets — offerts d'une part et franchement acceptés de l'autre — sont d'usage intime et, conséquemment, significatifs de turpitudes. L'oblation d'une chemise, par exemple, crie vers le ciel...

A ce point de vue l'indéfendable Clotilde eût été réprouvée par les moralistes économes, avec une énergie presque surhumaine. Du côté des femmes, cependant, les plus hautes bégueules eussent été forcées de reconnaître, au cours de leurs anathèmes, que Gacougnol avait fait à peine son devoir et que ses dons, quels qu'ils fussent, — en supposant même la magnificence de plusieurs califes, — n'auraient jamais pu être qu'une défectueuse et insuffisante offrande.

Les femmes sont universellement persuadées que *tout leur est dû*. Cette croyance est dans leur nature comme le triangle est inscrit dans la circonférence qu'il détermine. Belle ou laide, esclave ou impératrice, chacune ayant le droit de se supposer la FEMME, nulle n'échappe à cet instinct merveilleux de conservation du sceptre dont la Titulaire est toujours attendue par le genre humain.

L'affreux cuistre Schopenhauer, qui passa sa vie à observer l'horizon du fond d'un puits, était certes bien incapable de soupçonner l'origine *surnaturelle* du sentiment dominateur qui précipite les hommes les plus forts sous les pieds des femmes, et la chiennerie contemporaine a glorifié sans hésitation ce blasphémateur de l'Amour.

De l'Amour, assurément, car la femme ne peut pas être ni se croire autre chose que l'Amour lui-même, et le Paradis terrestre, cherché depuis tant de siècles, par les dons Juans de tous les niveaux, est sa prodigieuse Image.

Il n'y a donc pour la femme, créature temporairement, *provisoirement* inférieure, que deux aspects, deux modalités essentielles dont il est indispensable que l'Infini s'accommode : la Béatitude ou la Volupté. Entre les deux, il n'y a que l'*Honnête Femme*, c'est-à-dire la femelle du Bourgeois, réprouvé absolu qu'aucun holocauste ne rédime.

Une sainte peut tomber dans la boue et une prostituée monter dans la lumière, mais jamais ni l'une ni l'autre ne pourra devenir une honnête femme, — parce que l'effrayante vache aride qu'on appelle une honnête femme, et qui refusa naguère l'hospitalité de Bethléem à l'Enfant Dieu, est dans une impuissance éternelle de s'évader de son néant par la chute ou par l'ascension.

Mais toutes ont un point commun, c'est la préconception assurée de leur dignité de dispensatrices de la Joie. *Causa nostræ lætitiæ! Janua cœli!* Dieu seul peut savoir de quelle façon, parfois, ces formes sacrées s'amalgament à la méditation des plus pures et ce que leur mystérieuse physiologie leur suggère!...

Toutes — qu'elles le sachent ou qu'elles l'ignorent, — sont persuadées que leur corps est le Paradis. *Plantaverat autem Dominus Deus paradisum voluptatis a principio: in quo posuit hominem quem formaverat.* Par conséquent, nulle prière, nulle pénitence, nul martyre n'ont une suffisante efficacité d'impétration pour obtenir cet inestimable joyau que le poids en diamants des nébuleuses ne pourrait payer.

Jugez de ce qu'elles donnent quand elles se donnent et mesurez leur sacrilège quand elles se vendent!

Or voici la conclusion tirée des Prophètes. La femme a RAISON de croire tout cela et de prétendre tout cela.

Elle a infiniment raison, puisque son corps, — cette partie de son corps ! — fut le tabernacle du Dieu vivant et que nul, pas même un archange, ne peut assigner des bornes à la *solidarité* de ce confondant mystère !

XXI

ON a vu plus haut que Gacougnol était sorti dès le matin et qu'il avait déployé pour Clotilde une activité extraordinaire.

Au retour, il trouva devant sa porte une vieille qu'il prit de loin, étant un peu myope, pour un très long prêtre desséché par d'apostoliques travaux et profondément affligé de la pestilence des cœurs.

La mère Chapuis, vêtue de noir, s'abritait, en effet, sous un immense chapeau en calèche, d'une antiquité fabuleuse, qu'elle avait dû découvrir sur des alluvions d'immondices, et se tamponnait activement les yeux avec un sordide mouchoir à carreaux qui eût été fort à sa place dans quelque rigole de faubourg.

Ce fut d'une voix agonisante qu'elle se fit connaître au peintre dont la première pensée fut de l'envoyer au diable, mais qui se ravisa en songeant à la tranquillité de Clotilde que pouvait rendre impossible cette mère ignoble.

Il se résigna donc à la faire entrer, se disant qu'une pareille ordure, après tout, ne tiendrait pas une place énorme et qu'ensuite on pourrait brûler quelque parfum.

L'ingression de la chipie fut, d'ailleurs, une belle chose qui le récompensait déjà de sa vertu. Elle parut glisser, s'appuyant au mur, comme ne pouvant plus porter son fardeau, en même temps qu'elle ouvrait une large écluse de ces gloussements singultueux qui donneraient à penser à tout l'univers que les forces d'une pauvre mère sont décidément épuisées, qu'il n'y a plus moyen du tout de soutenir une croix si pesante et que si le secours d'en haut se fait plus longtemps attendre, elle va succomber dans quelques instants.

A tout autre moment, l'énorme dégoût d'une telle présence eût été plus fort que le sentiment même du ridicule et Pélopidas aurait, à coup sûr, manqué de douceur. Mais il avait l'âme joyeuse, ayant fait exactement ce qui lui plaisait, et le caricaturiste l'emporta.

— Madame, dit-il, soyez persuadée que votre visite me plonge dans le ravissement. Par malheur, mes travaux ne me permettant pas de m'abandonner plus de cinq minutes aux délices probables de votre conversation, je vous serais infiniment obligé de vouloir bien me dire en deux mots votre petite affaire.

Arrivée au centre de la vaste pièce, la mère Chapuis s'arrêta, laissant tomber ses deux mains ouvertes, la paume en dehors, à l'extrémité de ses deux longs bras collés aux flancs, dans la posture soigneusement étudiée d'une chrétienne généreuse devant un farouche proconsul.

Simultanément, son menton, par deux savantes oscillations, décrivait une courbe rentrante sur sa gorge avachie d'antique farceuse, élevant à droite et à gauche une gueule de Cymodocée des anciens trottoirs, aspirant à la céleste patrie.

— Ma fille ? expira-t-elle enfin, qu'avez-vous fait de ma pauvre enfant ? Et cette réclamation maternelle était comme le plus suprême des souffles passant à travers une flûte parthénienne.

Pélopidas, que l'aspect de cette vieillarde confite emplissait provisoirement de cocasseries, eut, une minute, la tentation de lui adresser la même parole qui avait produit, vingt-quatre heures auparavant, un si surprenant effet et fut sur le point de lui crier : « Déshabillez-vous ! » Mais aussitôt une horrible peur lui vint d'être pris au mot et il se contenta de cette réponse :

— Votre fille est chez elle, probablement. Comme j'aurai besoin de sa pose très souvent et que votre quartier est au diable, je lui ai conseillé de vivre désormais un peu moins loin. C'est pour cela que je vous ai envoyé une dépêche hier soir.

A ces mots, la martyre parut chanceler. Se prenant le front à deux mains, elle poussa ce cri pathétique :

— Ah ! mon Dieu, c'est le dernier coup. Cette fois, c'est bien la fin. Vous me punissez, doux Jésus, pour avoir trop aimé mon enfant. Oh ! mon pauvre cœur !

Ce précieux organe étant devenu, apparemment, trop onéreux pour sa faiblesse, elle jeta autour d'elle des yeux égarés et, aucune âme charitable ne se hâtant de lui présenter un siège, s'avança dans la direction du canapé, imitant avec succès les petits pas ataxiques des cabotins de mélodrame.

L'effroi du peintre fut extrême à la pensée que cette houri de cauchemar allait se vautrer sur le meuble confident de ses méditations les plus sublimes. Il se précipita et, la saisissant par l'os du coude qui coupait autant qu'un silex, la retourna vers la porte.

— Ah! ça, dites donc, chère Madame, est-ce que vous vous croyez à la Morgue, par hasard? J'ai eu l'honneur de vous exprimer, le plus respectueusement que j'ai pu, mon sensible chagrin de ne pouvoir vous écouter avec tout le recueillement imaginable. J'ai moins encore le temps de contempler vos grimaces de désespoir, bien qu'elles soient exécutées assez proprement, je le reconnais. Si donc vous n'avez rien à me notifier de plus palpitant je vous conjure de vouloir bien disparaître.

La vieille, comprenant qu'elle allait être jetée dans la rue et qu'avec un tel homme il ne fallait pas compter exclusivement sur des effets pathétiques, prit le parti de se déclarer.

— Monsieur, gémit-elle, rendez-moi ma fille! C'est la seule consolation de mes vieux jours. Vous n'avez pas le droit de séparer une mère de son enfant. Elle doit être cachée dans votre maison, puisqu'elle n'a pas d'argent pour vivre à l'hôtel... Mon Dieu, je n'y verrais pas encore trop de mal si ce cher trésor avait trouvé une *bonne amitié*. Je vois bien que vous êtes un brave et honnête monsieur qui savez vivre, et vous ne voudriez faire de tort à personne, n'est-ce pas ? Seulement, voyez-vous, c'est une enfant qui n'a pas d'expérience et rien ne remplace les conseils d'une tendre mère. Le ciel m'est témoin que je l'ai élevée saintement!... Vous ne voudriez pas la tromper, vous êtes trop consciencieux pour ça, je vois bien que vous êtes un peintre loyal. Et puis, on peut toujours s'entendre, quand on est des personnes bien. Moi, voyez-vous, Monsieur, j'ai connu l'adversité, mais vous comprenez que je ne suis pas la première venue. Oh! j'ai une belle naissance, allez! On voit bien que je ne suis pas une femme du peuple. J'ai du savoir-vivre et des manières comme il faut. Le malheur a voulu que j'aie épousé un homme indigne de moi, qui a fait le deuil de ma vie et qui m'a couronnée d'épines. Mais tout le monde pourra vous dire que j'ai noblement supporté l'infortune. Je n'ai rien à me reprocher, j'ai toujours marché droit et j'ai donné le bon exemple à ma fille...

Tenez! ajouta-t-elle, transportée soudain et comme une femme qui ne résiste plus à son cœur, en ouvrant les bras à Pélopidas qui recula terrifié, si vous vouliez nous serions si heureux ensemble! On ne se séparerait plus, je viendrais vivre auprès de vous *avec mon chéri* et ce serait la famille du bon Dieu !

Le coup était direct et atteignit en plein le destinataire dont toutes les patiences furent au moment de chavirer. Cependant, l'oblation imprévue du père Chapuis, envisagé comme futur compagnon d'une existence familiale, raviva une minute sa gaîté.

— En effet, dit-il, gravement, c'est un avenir. Ce chéri dont vous me parlez, c'est sans doute le joli garçon qui était ici avant-hier ? Je vous fais mon compliment ; vous avez bon goût pour une femme comme il faut et vous êtes parfaitement assortis. Il vous roule à coups de bottes, n'est-ce pas ?

— Oh ! Monsieur, pouvez-vous dire ? Un si noble cœur et qui aime tant *notre* chère Clotilde !

— Oui, et qui voudrait bien coucher avec, hein ? pendant que la vertueuse mère tiendrait la chandelle... Ah ! vieille sorcière, cria-t-il, enfin déchaîné, vous êtes venue pour essayer de me vendre votre fille que vous avez peut-être volée autrefois, car il n'est pas croyable qu'elle soit jamais sortie de votre paillasse à vermine. Ce serait à déconcerter le tonnerre de Dieu ! Et vous espérez me carotter de l'argent, pas vrai ? ma belle. Vous avez fait ce joli calcul avec votre voyou, que la pauvre fille était devenue ma maîtresse et qu'on pourrait me taper à volonté en me faisant des scènes à domicile. Vous me prenez donc pour un conscrit !... Écoutez-moi bien, une bonne fois pour toutes. Je ne vais pas perdre mon temps à vous expliquer que Mlle Clotilde n'est et ne doit être pour moi qu'une amie. Vous ne comprendriez jamais qu'une jeune fille élevée par vous puisse être autre chose qu'une putain. Mais comme vous croyez avoir des droits sur elle, ce qui est vraiment bien drôle, je vous avertis, dans votre intérêt, qu'il n'y a rien à faire avec moi, rien de rien, et que je ne suis pas de ceux qui se laissent embêter. Votre fille ira vous voir, si

10

elle veut, ça la regarde. Pour moi, je vous *dé-fends* de remettre les pieds ici. Mon atelier n'est pas un salon de roulures et je ne suis pas patient tous les jours. Quant à votre salaud, je l'engage à se tenir tranquille, s'il tient à sa carcasse. Maintenant, assez causé. Foutez le camp et tâchez de filer raide, sinon je vous fais ramasser par les sergots. Allons, houp !

La porte se referma et la femelle d'Isidore, transférée magiquement sur l'asphalte, s'enfuit, larmoyante et enragée, mais comblée d'une crainte salutaire par ce diable d'homme dont la voix sonnait comme les cymbales de Josaphat.

XXII

A dater de ce jour, une grande douceur tomba sur Clotilde. Sa vie coula comme une jolie rivière sans cascatelles ni tourbillons. Elle accepta la paix, du même cœur qu'elle avait accepté les tourments, avec la volonté tranquille et forte de ne pas se laisser ravir son trésor. Ce bonheur ne dût-il être qu'une simple trêve, elle voulut en jouir pleinement et s'approvisionner au moins de courage en vue des tribulations ultérieures.

Elle passait, chaque jour, quelques heures à l'atelier de Gacougnol qu'elle émerveillait de plus en plus et qui avait entrepris, avec un zèle incroyable, son éducation. La pose de la *Sainte Philomène* n'avait pu se prolonger au delà de quelques séances, mais il déploya du génie pour donner à cette compagne charmante l'illusion d'être indispensable.

Il eut l'originalité de l'utiliser en qualité de *lectrice*, pendant qu'il travaillait à son chevalet, sous le prétexte linéamentaire que les vers de Victor Hugo ou la prose de Barbey d'Aurevilly soutenaient son inspiration, comme s'il avait entendu les plus suggestives mélodies de Chopin ou de Beethoven.

Étant, ainsi que la plupart des méridionaux cultivés, un assez bon virtuose de lecture, il en profitait pour lui apprendre cet art difficile, si profondément méprisé par les gazouillards de la Comédie-Française et les liquidateurs de diphtongues du Conservatoire, — lui révélant de la sorte les plus hautes créations littéraires, en même temps qu'il lui donnait le secret d'en exprimer la substance : — Le sublime et la manière de s'en servir! disait-il.

Un jour qu'il lui avait fait lire entièrement *Britannicus*, édulcorant, par de fréquentes interruptions, l'effrayant ennui de ce chef-d'œuvre, il la conduisit au Théâtre Français, où l'on jouait précisément la tragédie dont elle bourdonnait encore.

A l'extrême stupéfaction de son écolière, il lui fit remarquer que pas un seul vers du poète, pas un seul mot n'est *prononcé*, mais que les comédiens fameux, nourris dans les gueuloirs de la tradition, juxtaposent au texte une espèce de contre-point déclamatoire, absolument étranger, qui ne laisse pas transparaître un atome du poème vivant qu'ils ont la prétention d'interpréter.

Il lui montra de quelle manière le public, enlevé au troisième ciel de la Rengaine et hypnotisé par les mots de « diction », de « syntaxe phonétique », d' « intonations émotionnelles », etc., comme par des bouchons de carafe, croit sincèrement entendre du Racine que les acteurs, encore plus sincères, croient lui débiter.

Ce peintre singulier découvrit alors en lui-même de miraculeuses facultés pédagogiques auparavant insoupçonnées. Il savait à peu près un assez grand nombre de choses, mais lorsque sa clergie était en défaut, les lucides explications qu'il offrait de son ignorance paraissaient plus profitables que l'objet même dont il s'avouait indigent.

Il disait, par exemple, n'avoir jamais rien compris à ce qu'on est convenu d'appeler la philosophie, n'ayant pu arriver à la préalable conception du toupet des cuistres qui osent tenter la mise en équilibre des conjectures sur les hypothèses et des inductions sur les postulats. A ce propos, il se répandait en malédictions contre l'Allemagne, qu'il accusait avec justice d'avoir, de son lourd esprit domestique, attenté au bon sens des races latines éternellement désignées, malgré tout, pour la domination sur cette racaille.

— Laissez-moi donc tranquille! criait-il à Clotilde qui ne le tourmentait guère pourtant, il n'y a que deux philosophies, si on tient absolument à ce mot ignoble : la spéculative chrétienne, c'est-à-dire la théologie du Pape, et la torcheculative. L'une pour le midi, l'autre pour le nord.

Voulez-vous que je vous fasse en deux mots cette histoire de dégoûtation ? Avant votre Luther, on n'était pas déjà trop brillant dans le monde germanique. Quand je dis *votre*, j'entends le Luther de cette nation crapuleuse. C'était une ingouvernable pétaudière de cinq ou six cents États dont chacun représentait un grouillis de caboches obscures, imperméables à la lumière, dont les descendants ne peuvent être orientés ou disciplinés qu'à coups de trique. L'autorité spirituelle était là-dessus comme l'abeille sur le fumier. Luther eut cet avantage suprême d'être le Salaud attendu par les patriarches de la gueuserie septentrionale. Il incarnait à ravir la bestialité, l'inintelligence des choses profondes et le croupissant orgueil de tous les buveurs de pissat de vache. Il fut adoré, naturellement, et tout le nord de l'Europe s'empressa d'oublier la Mère Eglise pour aller dans les fientes de ce marcassin. Le mouvement continue depuis bientôt quatre siècles et la philosophie allemande, exactement qualifiée par moi tout à l'heure, est la plus copieuse ordure tombée du protestantisme. Ça se nomme l'esprit d'examen, ça s'attrape avant de naître, aussi bien que la syphilis, et il se trouve de petits français assez engendrés au-dessous des dépotoirs pour écrire que c'est tout à fait supérieur à l'intuition de notre génie national.

Cette méthode abréviative convenait admirablement à la droite et rapide intelligence de la jeune femme qui s'assimilait sur-le-champ, et de la manière la plus heureuse, toutes les notions essentielles, qu'elles fussent

transcendantes ou élémentaires. En somme, le touchant
Pélopidas lui donnait de véritables aliments, malgré le
désordre parfois héroïque des aperçus.

La science conférée par ce maître était pour elle comme
du pain boulangé par quelque mitron somnambule, dans
lequel il y aurait eu des pierres, des clous, du papier, des
rognures de pantalon, des bouts de ficelle, des tuyaux de
pipe, des arêtes de poisson et de pattes de scarabée, —
mais, tout de même, du vrai pain de froment qui la for-
tifiait.

— Qu'est-ce que le Moyen Age? lui demanda-t-elle
une fois, après la lecture d'un fameux sonnet de Paul
Verlaine.

Ce jour-là, Gacougnol sortit de lui-même et fut magnifique. Il se leva de son tabouret, déposa sa palette, ses
pinceaux, son brûle-gueule, tout ce qui peut empêcher un
homme de se mettre au diapason du sublime et, debout
au milieu de l'atelier, prononça ces paroles dignes du
grand marquis de Valdegamas :

— Le Moyen Age, mon enfant, c'était une immense
église comme on n'en verra plus jusqu'à ce que Dieu
revienne sur terre, — un lieu de prières aussi vaste que
tout l'Occident et bâti sur dix siècles d'extase qui font
penser aux Dix Commandements du Sabaoth! C'était
l'agenouillement universel dans l'adoration ou dans la terreur. Les blasphémateurs eux-mêmes et les sanguinaires
étaient à genoux, parce qu'il n'y avait pas d'autre attitude
en la présence du Crucifié redoutable qui devait juger

tous les hommes... Au dehors, il n'y avait que les ténèbres pleines de dragons et de cérémonies infernales. On était toujours à la Mort du Christ et le soleil ne se montrait pas. Les pauvres gens des campagnes labouraient le sol en tremblant, comme s'ils avaient craint d'éveiller les trépassés avant l'heure. Les chevaliers et leurs serviteurs de guerre chevauchaient silencieusement au loin, sur les horizons, dans le crépuscule. Tout le monde pleurait en demandant grâce. Quelquefois une rafale subite ouvrait les portes, poussant les sombres figures de l'extérieur jusqu'au fond du sanctuaire, dont tous les flambeaux s'éteignaient, et on n'entendait plus qu'un très long cri d'épouvante répercuté dans les deux mondes angéliques, en attendant que le Vicaire du Rédempteur eût élevé ses terribles Mains conjuratrices. Les mille ans du Moyen Age ont été la durée du grand deuil chrétien, de votre patronne sainte Clotilde à Christophe Colomb, qui emporta l'enthousiasme de la charité dans son cercueil, — car il n'y a que les Saints ou les antagonistes des Saints capables de délimiter l'histoire.

Un jour, il y a beaucoup d'années, je fus le spectateur d'une des grandes inondations de la Loire. J'étais très jeune, par conséquent imbécile et aussi peu croyant qu'on peut l'être, quand on est mordu par tous les scorpions de la fantaisie. J'avais voyagé vingt-quatre heures dans ces joyeuses campagnes tourangelles, remplies alors des vibrations du tocsin. Aussi loin que mes regards pouvaient aller, sur tous les chemins et tous les sentiers, à travers

les vignobles et les bois, j'avais été le contemplateur de la
panique d'une population au désespoir fuyant devant la
grande folle meurtrière qui avalait les villages, arrachait
les ponts, charriait des pans de forêts, des montagnes de
débris, des granges pleines de moissons, des troupeaux
avec leurs étables, et tordait tous les obstacles en mugis-
sant comme une armée d'hippopotames. Cela sous un ciel
jaune et sanguinolent qui avait l'air d'un autre fleuve en
colère et paraissait annoncer un supplément d'extermina-
tion. J'arrivai enfin à une petite ville éperdue et je suivis
une foule pâle qui se ruait dans une église des temps
anciens, dont toutes les cloches sautaient à la fois.

Je n'oublierai jamais ce spectacle. Au milieu de la nef
obscure, une vieille châsse en ruines, tirée de quelques
dessous d'autel, avait été déposée par terre et huit bra-
siers rouges, allumés dans des grilles ou des réchauds,
l'éclairaient en guise de cierges au niveau du sol. Tout
autour, des hommes, des femmes, des enfants, un peuple
entier prosterné, vautré sur les dalles et les mains jointes
au-dessus des têtes, suppliaient le Saint dont les ossements
étaient là de les délivrer du fléau. La houle des gémissements était énorme et se renouvelait à chaque instant
comme la respiration de la mer. Déjà fort ému par tout
ce qui avait précédé, je me mis à pleurer et à prier en
union de cœur avec cette multitude et je connus alors, par
les yeux de l'esprit et par les oreilles de l'âme, ce qu'avait
dû être le Moyen Age!

Un recul soudain de mon imagination me transporta

au milieu de ces temps lointains où on ne s'interrompait de souffrir que pour implorer. La scène que j'avais sous les yeux fut pour moi le type certain de cent mille scènes identiques réparties sur trente générations malheureuses dont l'étonnante misère est à peine mentionnée dans les histoires. Depuis Attila jusqu'aux incursions musulmanes et de la célèbre « fureur des Normands » à la rage anglaise qui dura Cent ans, je calculai que des millions d'infortunes s'étaient ainsi répandues partout devant les reliques sacrées des Martyrs ou des Confesseurs que l'on disait être les seuls amis de l'indigent et du lamentable.

Nous autres, la canaille, nous sommes les fils de cette patience merveilleuse et lorsque, après Luther et sa séquelle de raisonneurs, nous reniâmes les grands Seigneurs du Paradis qui avaient consolé nos pères, il était juste que nous fussions retranchés, comme des chiens, du banquet de poésie où furent conviées si longtemps les simples âmes. Car ces hommes d'oraison, ces ignorants, ces opprimés sans murmure que méprise notre suffisance d'idiots, portaient, dans leurs cœurs et dans leurs cerveaux, la Jérusalem céleste. Ils traduisaient, comme ils pouvaient, leurs extases, dans la pierre des cathédrales, dans les vitraux brûlants des chapelles, sur le vélin des livres d'heures et tout notre effort, quand nous avons un peu de génie, c'est de remonter à cette source lumineuse...

Marchenoir, qui est une espèce d'homme du Moyen Age, vous dirait ces choses beaucoup mieux que moi, Clotilde. Il a les sentiments et les pensées du onzième siècle et je me le représente très bien à la première Croisade, en compagnie de Pierre l'Ermite ou de Gautier *Sans avoir*. Interrogez-le quelque jour.

On le voit, l'enseignement de Gacougnol était surtout esthétique. Ayant découvert en son élève une appétence extraordinaire du Beau en toutes choses, il portait là tout son zèle et ne lui présentait jamais un autre objectif, assuré que cet esprit vierge, qui frémissait comme les libellules dans la lumière, comprendrait toujours ce qu'on écrirait pour lui sur le rayon d'or.

La culture intellectuelle de la pauvre fille, bien entendu, était à peine rudimentaire. Elle avait reçu le degré d'instruction des ouvrières les plus humbles et ce n'était pas le voisinage du couple Isidore qui aurait pu la développer. Quelques misérables romans de cabinet de lecture avaient été sa seule ressource et la généreuse nature avait fait le reste.

Conformément au vœu non exprimé de Gacougnol, un violent désir d'augmenter son âme lui vint au contact du peintre et de ses amis, car il recevait à peu près exclusivement trois ou quatre personnages assez remarquables, parmi lesquels Marchenoir, et l'intérêt grandissant de ces visiteurs pour la nouvelle unité de leur groupe ne se dissimulait pas. Elle se voyait admise dans un milieu rare que la seule présence de l' « Inquisiteur » illustrait à ses yeux prodigieusement.

Elle pria donc, dès les premiers jours, son maître enchanté de lui procurer les manuels élémentaires qu'il lui fallai pour l'acquisition de l'orthographe, de la géographie et de l'histoire générale, — les trois connaissances, lui avait dit Marchenoir, qui doivent suffire, après le catéchisme, à une femme vraiment supérieure, — et se mit au travail avec ardeur, donnant à l'étude tout le temps que ne lui demandait pas Gacougnol, qu'elle eut d'abord une peur naïve d'encombrer inutilement. Elle se trompait en ce point. Il en était venu bientôt à ne plus pouvoir se passer d'elle et n'avait pas pris la peine de le lui cacher.

— Ma chère amie, avait-il répondu à une question pleine d'inquiétude qu'elle lui posait le jour où, son rôle de modèle étant épuisé, il venait de la promouvoir à la supérieure fonction de lectrice, mettez-vous bien dans l'esprit que je suis un homme tenace et que je ne vais pas vous lâcher, à moins que ma société ne vous dégoûte, ce qui est, hélas! possible. Je ne me flatte pas d'être toujours un compagnon ravissant. Mais si vous pouvez me supporter, je vous affirme sur l'honneur que vous m'êtes beaucoup plus qu'utile.

D'abord, vous me lirez des livres que j'aime. Je les reverrai à travers vous, ce qui ne sera pas médiocrement important pour moi, je vous prie de le croire, car vous avez le don presque inouï de n'être pas une vulgaire. Et puis, quand même vous ne me rendriez aucun service positif, ayant une dénomination précise dans le dictionnaire, n'est-ce rien de me garder contre l'ennui de mon existence qui n'est pas très drôle?... Je suis une espèce de grand homme raté, je le sais mieux que personne et je ne me l'envoie pas

dire. Vous comprendrez mieux plus tard ce qu'il y a
d'amertume dans cette parole...

J'ai donc besoin d'une *dame de compagnie*. Ça ne se
fait pas, cette drôlerie. Raison de plus. J'ai passé ma vie à
faire, par choix, ce qui ne se faisait pas. Vous voyez donc
que vous êtes à mon égard dans l'attitude la plus correcte.

Je suppose, d'ailleurs, ma pauvre petite, que vous avez
pris votre parti des suppositions ou des potins qui peuvent
avoir lieu à Grenelle. Vous feriez n'importe quoi dans ma
maison que votre respectable mère et son digne compagnon ne diraient pas moins que vous êtes ma maîtresse.
Je ne vous ai pas caché qu'elle était venue ici, dès le
premier jour, pour chercher dans mes draps de lit sa
drachme perdue.

Tenez-vous donc en paix, ainsi que je vous l'ai déjà
recommandé, et si j'ai l'honneur d'être pour vous une
image plus ou moins comique de la Providence, dites-vous
bien que je reçois peut-être beaucoup plus que je ne
donne et ne me harcelez pas de vos scrupules.

La situation de Clotilde vis-à-vis de sa mère avait été
réglée le lendemain de la fameuse visite rappelée par Gacougnol. Sur son conseil, elle avait écrit froidement sa résolution de vivre seule désormais et sa volonté formelle de
se dérober à toute entrevue, jusqu'au jour où le Chapuis
aurait été irrévocablement congédié. Le délicieux couple,
évidemment déchiré par une ingratitude si noire, n'avait
fait aucune réponse et la paix de la fugitive parut être
assurée, de ce côté-là, pour un temps indéterminé.

XXIII

L ES histoires vraisemblables ne méritent plus d'être
racontées. Le naturalisme les a décriées au point de
faire naître, chez tous les intellectuels, un besoin famélique d'hallucination littéraire.

Nul ne contestera que Gacougnol est un artiste impossible et Clotilde une jeune personne comme on n'en voit
pas. La pédagogie et le platonisme réciproque de leurs
façons outragent évidemment la psychologie publique. Marchenoir, depuis longtemps présenté, n'a jamais paru très
plausible et les gens qui vont survenir ne seront que très dif-
ficilement estimés probables. Un tel récit, par conséquent,
s'offre de lui-même, au suffrage des réfractaires, de moins
en moins clairsemés, qui réclament le droit de pâture hors
des limites assignées par les législateurs de la Fiction.

Au mépris des molécules passionnelles, rien ne présa-
geait encore, après deux mois, que le protecteur et la protégée dussent entrer bientôt dans les bras l'un de l'autre
et coucher bonnement ensemble.

Si Gacougnol avait des projets, il n'en soufflait mot et
n'y faisait pas la moindre allusion. De son côté, Clotilde
flottait à plusieurs millions de lieues du soleil de la convoitise, comme une petite lune blanche heureuse de refléter
innocemment un peu de lumière.

La décisive épreuve du bonheur était, d'ailleurs, complètement à son avantage et ne changeait rien à ses

manières de brebis respectueuse. Indifférente à l'étonnement qu'elle excitait dans la pension, elle allait, chaque
matin, passer une heure à l'église des Ternes, demandant
à Dieu de lui conserver, quelque temps encore, sa toison
et de la remplir de courage pour les tontes futures dont
elle avait le pressentiment. Car elle ne pouvait croire que
l'état actuel pût être autre chose qu'une halte rafraîchis-
sante, qu'une fantaisie passagère de sa destinée qui s'interrompait un instant de la tourmenter, pour aiguiser à
loisir ses jolis couteaux.

Elle se rappelait avec angoisse les paroles mystérieuses
du Missionnaire qu'elle avait pris l'habitude de regarder
comme un avertissement prophétique et qui semblaient
annoncer des douleurs extraordinaires, différentes, à coup
sûr, des banales tribulations de son passé.

— *Quand vous serez dans les flammes,* se demandait-
elle, que signifie cette parole et pourquoi le bon père me
l'a-t-il dite? Mon Dieu, vous savez que je n'ai pas le cœur
d'une martyre et que j'ai très peur de ces flammes qui me
sont promises.

Elle se courbait alors, se faisait toute petite sous les
souffles embrasés du désert de feu qu'elle imaginait entre
elle et le Paradis.

Elle se souvenait d'Ève aussi, de cette « Mère des vivants »,
que l'évêque des sauvages lui avait recommandé de prier
avec ferveur, lui assurant que cette première des femmes
était sa vraie mère et qu'elle seule avait le pouvoir de la
secourir.

Voici donc sa prière d'*enfant* qui eût certainement effaré les confiseurs de litanies dans tous les laboratoires de la dévotion achalandée :

— Ma Mère bien-aimée, qui avez été trompée par le Serpent dans le beau Jardin, je Vous prie de me faire aimer la Ressemblance de Dieu qui est en moi, afin que je ne sois pas trop malheureuse quand je me regarderai souffrir.

S'il y a quelque reptile dangereux dans mon voisinage, avertissez-moi par pitié. Mettez-lui sur la tête une couronne de charbons ardents pour que je le reconnaisse à force d'en avoir peur.

Ne souffrez pas que je sois trompée à mon tour sur la qualité d'une humble joie dont la nouveauté m'enivre et qui ne durera peut-être pas autant de jours qu'il en faudrait pour me désaccoutumer de l'humiliation.

Je sais bien, pauvre Mère, qu'on ne Vous aime pas beaucoup dans ce monde que Votre Curiosité a perdu et je me désole en songeant que Votre Nom magnifique est si rarement invoqué.

On oublie que Vous avez dû porter à l'avance *tous* les repentirs de l'Humanité et que c'est une chose épouvantable d'avoir tant d'enfants ingrats...

Mais depuis que Vous me fûtes montrée par le bon vieillard, je Vous ai toujours parlé avec affection et j'ai senti Votre compagnie dans les heures les plus douloureuses.

Je me rappelle qu'en mon sommeil Vous me preniez par la main et qu'on allait ensemble dans un pays admirable où les lions et les rossignols périssaient de mélancolie.

Vous me disiez que c'était le Jardin perdu, et Vos grandes larmes, qui ressemblaient à de la lumière, étaient si pesantes qu'elles m'écrasaient en tombant sur moi.

Cela me consolait, pourtant, et je m'éveillais en me sentant *vivre*. M'abandonnerez-Vous aujourd'hui, parce que d'autres ont eu pitié de Votre enfant ?...

Certes, les dévotes bourgeoises du quartier devaient former de singulières et malveillantes conjectures à l'aspect de cette inconnue qui ne parlait jamais à personne et qui ressemblait si peu aux poulardes édifiantes qu'on voit ordinairement picorer dans les sacristies.

Elle n'était pas encombrante, cependant, et ne cherchait guère l'attention. Mais il jaillissait de sa jolie face immobile une candeur offensive qui bousculait les consciences. Elle avait l'originalité de prier, les bras croisés, à la manière des matelots ou des galériens, ce qui laissait à découvert son visage entier, où l'on voyait l'enthousiasme religieux promener sa torche.

Elle était alors si charmante et parfois si belle que les cinq ou six paroissiennes effeuillées qui la voyaient à la même place tous les jours adoptèrent charitablement l'hypothèse explicative d'une « cocotte andalouse et superstitieuse ».

Clotilde ignora profondément cette popularité. Elle venait voir ses pensées devant le Saint Sacrement, comme les enfants du peuple vont voir passer les soldats, — rapportant à l'atelier de Pélopidas, aussi bien qu'à la nourricière pension Séchoir, une âme souple et retrempée dans son propre éclair, non moins difficile à rompre que ces sublimes épées mozarabes forgées sous le Magnanime, avec lesquelles on pouvait étrangler un taureau des Asturies.

XXIV

MARCHENOIR avait beau être l'ami de Gacougnol, une intimité véritable n'avait jamais pu exister entre eux. Leurs relations, quoique très cordiales, n'avaient pas la bonne estampille. Ils ne gravitaient pas harmoniquement.

Les allures de Soldat-Prêtre ou de Chevalier Teutonique de cet écrivain sans merci, que Pélopidas appelait le « grand Inquisiteur de France », plaisaient sans doute à l'imagination d'un artiste aussi fortement épris du Moyen Age. Il avait même épousé la plupart de ses idées avec enthousiasme et le défendait généreusement lorsqu'on attaquait devant lui sa réputation.

Mais l'esprit de vagabondage esthétique et de fantaisie perpétuelle de l'excellent peintre était opprimé par l'*absolu* qui se dégageait sans cesse du rectangulaire Marchenoir. Ce pétrisseur des autres n'avait jamais été pétri par personne, malgré certaines influences qui avaient autrefois

11

paru l'égarer, et on était sûr de le trouver toujours à la même place, ayant son vrai centre au dehors de toutes les circonférences.

Au fond, il intéressait surtout Gacougnol parce qu'il ne ressemblait à aucun autre et qu'une effroyable injustice avait bassement écarté de lui l'attention des contemporains. Mais il y avait trop peu de retour, l'éloquent réfractaire n'ayant jamais pris au sérieux les élucubrations multiformes de ce paternel bon enfant.

Heureusement, un troisième personnage déterminait entre eux le parfait équilibre sentimental. Personnage plus qu'étrange, celui-là, et qu'il n'était pas facile d'expliquer.

Léopold, — on ne le connaissait pas sous un autre nom, — pratiquait l'art oublié de l'Enluminure et ressemblait à un corsaire. On ne savait rien de son passé, sinon qu'il avait fait partie d'une malheureuse expédition africaine où deux cents hommes avaient été massacrés aux environs du Tanganika et dont il avait ramené les misérables débris à travers quatre cents lieues de périls mortels et de privations au-dessus des forces de l'homme. Il en avait même gardé une espèce de lividité douloureuse qui descendait jusqu'à la nuance des fantômes, quand une émotion violente *précisait* sa physionomie.

La manière dont il parlait de ce pèlerinage d'agonie et aussi certaines expressions vagues donnaient à penser que ce casse-cou privilégié s'était précipité volontairement aux plus sombres aventures, moins encore pour échapper à la platitude contemporaine qui l'exaspérait, que dans l'espoir de se dérober à lui-même.

Malheur ou crime, on pouvait tout supposer à l'origine des vicissitudes connues de cette existence hermétique. S'il n'avait pas laissé sa peau dans les *brousses* de l'Afrique centrale, c'est qu'il y avait autour de lui des hommes à sauver et que, sa nature de chef parlant d'une voix plus haute que le désespoir actuel ou le désespoir antérieur, il s'était traîné lui-même par les cheveux à la délivrance, en même temps qu'il y traînait ses compagnons.

Chacun de ses gestes écrivait le mot *Volonté* sur la rétine du spectateur. Suivant l'expression superbe d'un romancier populaire, auteur de quarante volumes, qui ne rencontra jamais que ce seul trait, « c'était un de ces hommes qui ont toujours l'air d'avoir les mains pleines du toupet de l'occasion ». En le voyant, on pensait à ces flibustiers légendaires du Honduras qui épouvantaient une flotte espagnole avec trois chaloupes.

De taille moyenne, sa maigreur nerveuse le faisait paraître grand. Les membres attachés finement jouaient avec souplesse et le geste avait, par moments, une rapidité fougueuse d'autant plus inquiétante que les moindres fibres avaient l'air de lui galoper jusqu'au bout des doigts, cependant que tous les muscles observaient une formidable consigne. On sentait que ces longues mains d'étrangleur pouvaient être le réceptacle soudain de l'homme entier accoutumé à y projeter toute sa puissance, et qu'à une époque elles avaient dû se crisper terriblement autour d'une arme quelconque de pirate ou de chevalier. C'était un perpétuel frémissant autour de qui la fureur semblait toujours voltiger.

Quand il entrait quelque part et disait : *Bonjour*, de sa voix claire, le plus amicalement du monde, en promenant autour de lui ses calmes yeux du bleu le plus pâle, on croyait presque entendre : « Que personne ne sorte » ou « Feu sur qui bouge », et lorsqu'il prenait un cocher qu'il avait l'instinct de choisir aussi patibulaire que possible, dans l'espoir toujours déçu d'une insolence à rémunérer, le pauvre diable tremblant croyait traîner dans son char toute l'autorité répressive des potentats. L'ambition de réduire en esclavage cette classe de citoyens était presque un trait de son caractère.

Aucun téméraire aliéné par la passion la plus déchaînée n'aurait pu se désintéresser plus complètement des consé-quences de ses actes que ne le faisait, à l'état placide, cet énigmatique Léopold, avec un bonheur qui n'avait jamais été démenti.

On ne savait pas ce que cet homme avait dans le cœur.

Un jour, Gacougnol, au comble de la stupéfaction, avait vu passer, comme un projectile, une voiture emportée par deux chevaux enragés que sabrait à coups de manche de fouet un effervescent Automédon, debout au-devant du siège, pendant que son ami, commodément installé sur la banquette et aussi froid que l'ennui même, regardait fuir la multitude. Au risque d'écraser dix personnes, il avait fait passer dans le ventre du premier cocher venu tous les

démons de sa volonté, invinciblement résolu à ne pas
manquer un train pour Versailles dont le départ était
imminent, — tour de force dangereux que l'énormité de la
course rendait à peu près impossible. Il eut la chance
inouïe de ne tuer personne, d'échapper à tout embargo
des agents protecteurs de la voie publique et de pouvoir
sauter dans le train, non sans avoir bousculé divers
employés, une seconde après qu'il venait de se mettre en
marche.

On ne pouvait pas dire qu'il fût beau. Quelquefois on
l'aurait cru décroché de quelque potence. La ligne impérieuse du nez aquilin, dont les ailes battaient continuellement, ne tempérait pas la dure expression des yeux et la
bouche toujours fermée, toujours serrée en dedans, jusqu'à l'inclusion des lèvres, était inflexible. Le front très
noble, cependant, méritait bien de dominer sur cette face
de commandement qui avait l'air d'appeler la foudre.

Une telle physionomie, fascinante par l'intensité, devait
impressionner sûrement les âmes de moindre énergie et
il se disait autour de lui que les femmes ne résistaient guère à
ce victorieux incapable d'attendrissement ou d'imploration.

Ce qui confondait, par exemple, c'était qu'un art aussi
pacifique et méticuleux que l'Enluminure pût être l'occu-
pation d'un tel forban disponible, à qui Marchenoir avait
adapté le mot de l'historien Mathieu sur le Téméraire :
« Celuy qui hérita de son lit dut le bailler pour faire dormir,
puisqu'un Prince de si grande inquiétude avait bien pu y
sommeiller. » Le contraste saisissait à ce point qu'il fallait

réitérer l'assertion quand on présentait Léopold à des
étrangers.

Or, il n'était pas seulement un enlumineur, il était le
rénovateur de l'enluminure et l'un des plus incontestables
artistes modernes.

Il racontait qu'ayant fait, dans sa première jeunesse,
d'assez fortes études de dessin, cette vocation singulière
lui fut révélée beaucoup plus tard, lorsqu'au retour de ses
expéditions et son patrimoine ayant disparu, la misère la
plus impérieuse le contraignit à chercher quelque moyen
de gagner sa vie.

A toutes les époques, cet homme d'action, enchaîné sur
le gril de ses facultés, avait machinalement essayé de les
décevoir par l'application de sa main à des ornementa-
tions hétéroclites, dont il surchargeait, en ses heures de
pesant loisir, les billets d'un laconisme surprenant qu'il
écrivait à ses amis ou ses maîtresses.

On montrait de lui des messages de trois mots notifiant
des rendez-vous, dans lesquels l'amplification amoureuse
était remplacée par une broussaille d'arabesques, de feuillages impossibles, d'enroulements inextricables, de figures
monstrueuses insolitement coloriées où les quelques syllabes exprimant son bon plaisir s'imposaient rudement à
l'œil en onciales carlovingiennes ou caractères anglo-
saxons, les deux écritures les plus énergiques depuis la
rectiligne capitale des éphémérides consulaires.

Un mépris gothique pour toutes les manigances contemporaines lui avait donné le besoin, le goût passionné de

ces formes vénérables dans lesquelles il faisait entrer sa pensée, comme il aurait fait entrer ses membres dans une armure.

Peu à peu la lettre ornée lui avait inspiré l'ambition de la lettrine *historiée,* puis de la miniature détachée du texte, avec toutes ses conséquences, — conformément à la progression de cet art primordial et générateur des autres arts, commençant à la pauvre transcription des moines mérovingiens pour aboutir, après une demi-douzaine de siècles, à Van Eyck, Cimabue et Orcagna, qui continuèrent sur la toile, avec des couleurs plus matérielles dont la Renaissance allait abuser, les traditions esthétiques du spirituel Moyen Age.

Son habileté devint prodigieuse aussitôt qu'il eut décidé d'en tirer parti, et il apparut un artiste merveilleux, de l'originalité la plus imprévue.

Il avait étudié avec soin et consultait sans cesse les monuments adorables conservés à la Bibliothèque Nationale ou aux Archives, tels que les évangéliaires de Charlemagne, de Charles le Chauve, de Lothaire, le psautier de saint Louis, le sacramentaire de Drogon de Metz, les célèbres livres d'heures de René d'Anjou, d'Anne de Bretagne et les miniatures sublimes de Jehan Fouquet, peintre attitré de Louis XI.

Il avait fait presque des bassesses pour obtenir de l'ignoble duc d'Aumale, trente fois millionnaire, l'autorisation de copier gratuitement quelques scènes bibliques et quelques paysages dans les Heures magnifiques du frère de Charles V, possédées indûment par le crasseux académicien de Chantilly.

Enfin, un jour, il avait accompli le coûteux pèlerinage de Venise, uniquement pour y étudier ce miraculeux bréviaire de Grimani, auquel Memling passe pour avoir collaboré et dont s'inspira Dürer.

Toutefois, il ne reproduisait jamais, ne fût-ce que par fragments juxtaposés, l'œuvre de ses devanciers du Moyen Age. Ses compositions, toujours étranges et inattendues, qu'elles fussent flamandes, irlandaises, byzantines ou même slaves, étaient bien à lui et n'avaient d'autre style que le sien, le « style Léopold », comme l'avait dit exactement Barbey d'Aurevilly, dans un feuilleton extraordinaire qui commença la réputation de l'enlumineur.

Dédaigneux des chloroses de l'aquarelle, son unique procédé consistait à peindre à la gouache, en pleine pâte, en exaspérant la violence de ses reliefs de couleur par l'application d'un certain vernis dont il était l'inventeur et qu'il ne livrait à l'analyse de personne.

Ses enluminures, par conséquent, avaient l'éclat et la consistance lumineuse des émaux. C'était une fête pour les yeux, en même temps qu'un ferment puissant de rêveries pour les imaginations capables de faire reculer la croupe de la Chimère et de réintégrer les siècles défunts.

Cet individu extraordinaire, ami ancien de Pélopidas, était passionné pour Marchenoir, qu'il consultait souvent et dont il accueillait avec une sorte de vénération les moindres avis. Il eût été dangereux d'en parler irrespectueusement devant lui, et il avait l'originalité sans exemple de considérer comme un outrage toute commande, quelque avantageuse qu'elle fût, qui n'était pas faite par un admirateur déclaré de ce proscrit. On racontait les scènes les plus bizarres. Gacougnol, exceptionnellement jugé digne, ne l'avait connu que par lui.

L'occasion peu banale de la première entrevue de Léopold et de Marchenoir avait été, quelques années auparavant, un article de revue où le critique redoutable réclamait, au nom des bourgeois, les supplices les plus rigoureux pour ce Léopold, qui menaçait de ressusciter un art défunt dont les gens d'affaires n'avaient jamais entendu parler. Cet art qu'on devait croire emmailloté dans les cryptes du Moyen Age, allait-il donc vraiment renaître par l'insolente volonté d'un homme étranger aux acquisitio: s modernes et s'ajouter aux autres chimères dont les va-nu-pieds de l'enthousiasme ont la sottise de se prévaloir ? L'urgence d'une répression étant manifeste, Marchenoir énumérait, avec la précision d'un charcutier de Diarbekir ou de Samarcande, les superfins et précieux tourments supposés capables d'étancher la vindicte boutiquière et de faire équilibre à l'énormité de l'attentat.

Cette sorte d'ironie si souvent pratiquée par le pamphlétaire allait à un tel point d'exaspération et de frénésie, finissait par devenir une spirale si furieuse de sarcasmes, de contumélies, de grincements, que Léopold, jusqu'alors assez peu frotté de littérature, eut comme une révélation de la puissance des mots humains.

Il se persuada que l'art de son étrange défenseur correspondait mystérieusement au sien. La violente couleur de
l'écrivain, sa barbarie cauteleuse et alambiquée ; l'insis-
tance giratoire, l'enroulement têtu de certaines images
cruelles revenant avec obstination sur elles-mêmes comme
les convolvulacées ; l'audace inouïe de cette forme, nombreuse autant qu'une horde et si rapide, quoique pesam-
ment armée ; le tumulte sage de ce vocabulaire panaché
de flammes et de cendres ainsi que le Vésuve aux derniers
jours de Pompéi, balafré d'or, incrusté, crénelé, denticulé
de gemmes antiques, à la façon d'une châsse de martyr ;
mais surtout l'élargissement prodigieux qu'un pareil style
conférait soudain à la moins ambitieuse des thèses, au postulat le plus infime et le plus acclimaté ; — tout cela parut
à Léopold un miroir magique où bientôt il se déchiffra lui-
même, avec le hoquet de l'admiration.

— Vous êtes un enlumineur beaucoup plus fort que moi,
avait-il dit simplement à Marchenoir, et je sollicite vos
conseils.

— Pourquoi pas ? avait répondu celui-ci. Ne suis-je pas
le contemporain des derniers hommes du Bas-Empire ?

XXV

Et il s'était expliqué :
— On oublie toujours que le Moyen Age a duré mille
ans. De Clovis et d'Anastase jusqu'au Christophore, en

passant par Jeanne d'Arc et le dernier Constantin, la mesure est pleine. Mille ans! N'est-ce pas inintelligible?

Quand on nous dit que le soleil est quatorze cent mille fois plus gros que la terre et qu'un gouffre de trente-huit millions de lieues nous en sépare, ces chiffres nous paraissent absolument dénués de sens. Même observation pour la durée de telle ou telle période historique. L'homme est si surnaturel que ce qu'il réalise le moins, ce sont les notions de temps et d'espace.

Dix siècles! cent soixante papes, six cents rois ou empereurs, sans compter les princes barbares, trente ou quarante dynasties et à peu près autant de révolutions qu'il y eut de batailles! Allez donc vous y reconnaître, fussiez-vous archange!

Massacres, dévastations, villes en feu, villes en prière, populations suspendues à la frange de la robe des thaumaturges, carillons et tocsins, pestes et famines, interdits et tremblements, cyclones d'enthousiasme et trombes d'épouvante; pas de halte, même sous les pieds des trônes, nul refuge certain, même dans la Maison de Dieu! Les Saints, il est vrai, poussent dans les ruines et font ce qu'ils peuvent pour que « ces jours soient abrégés », mais ce sont des jours de vingt-cinq ans, hélas! et il n'en faut pas moins de quarante.

Carême sans exemple dont la durée, plus encore que la rigueur, met en désarroi la faculté de penser. On conçoit que certains désespérés demandant à Dieu si cette pénitence incomparable était simplement pour aboutir aux alléluias dérisoires de la Renaissance et à la vacherie chrétienne de ce dernier siècle !

Moi, Marchenoir, je ne puis former une pareille interpellation, puisque, comme je viens d'avoir l'honneur de vous le dire, je suis un contemporain des derniers hommes du Bas-Empire et, par conséquent, fort étranger à ce qui a suivi la ruine de Byzance. Il me suffit de croire que tant de souffrances furent endurées pour que vînt un jour la merveilleuse passiflore du Moyen Age qui s'est appelée Jeanne d'Arc, après laquelle, vraiment, le Moyen Age pouvait bien mourir.

Il râla, cependant, jusqu'au Christophore qui devait le porter en terre et, seulement alors, l'abjecte modernité eut la permission d'apparaître. Mais la prise de Constantinople est la grande ligne de démarcation.

Le Moyen Age sans Constantinople parut aussitôt comme un arbre immense dont on aurait tranché les racines. Pensez que c'était le Reliquaire du monde, l'œcuménique Châsse d'or, et que les ossements dispersés de ses vieux Martyrs, où l'Esprit-Saint s'était reposé parmi tant d'ingrates générations, ont pu couvrir toutes les villes de l'Occident d'une lumineuse poussière !

Elle avait beau être schismatique et très perfide, polluée d'ignominies, ruisselante d'yeux crevés et de sang pourri, elle avait beau faire horreur aux Papes et aux Chevaliers, c'était, quand même, la porte de Jérusalem où les bons pêcheurs avaient tous l'espoir de mourir d'amour. Une porte si belle qu'elle éblouissait les chrétiens jusqu'en

Bretagne, jusqu'au fond des golfes Scandinaves! Quelque chose enfin comme un soleil qui ne se serait jamais couché!

Dites-vous, Monsieur l'enlumineur, que les somptueuses applications d'or qui font la gloire des missels du très vieux temps ne sont pas moins que le reflet de l'inimaginable Byzance dans le crépuscule de ces monastères de l'Irlande ou de la Gothie, autour desquels les loups affamés accompagnaient de leurs hurlements le chant des moines implorant Dieu pour les pèlerins du Saint Tombeau. Ainsi parle Orderic Vital, qui fut un conteur d'une ingénuité sublime.

Depuis le jour où l'empereur Anastase avait affublé Clovis des insignes de la dignité consulaire, il est bien certain que tout ce qui pouvait avoir en Europe quelque vibration de poésie s'était tourné vers cette Ville étrange, la *seule* au monde que le déluge barbare n'eût pas engloutie.

Rome, cela va sans dire, demeurait toujours la Mère. C'était là que résidait le Geôlier de Béatitude qui tient les Clefs en sa main, qui lie et qui délie. Oui, sans doute, mais ce Siège de l'incontestable Primauté, à force d'outrages, avait perdu tout son décor, tandis que de l'autre, la rivale de l'Éternelle, n'avait eu qu'à étendre les mains, un peu au-dessus de ses imprenables murs, pour tirer à elle toute la magnificence du globe. Comment des peuples si jeunes auraient-ils pu se défendre contre cette prostituée qui ensorcelait les califes ou les rois persans, et dont le mirage seul a fait sortir la Reine de l'Adriatique du sein des eaux?

L'art de l'Enluminure, je l'ai déjà dit, fut une diffusion
photogénique de Byzance à travers l'âme rêveuse et mélancolique des Occidentaux; le miroir à contre-jour, et miraculeusement adouci par une enfantine foi, de ses mosaïques,
de ses pierreries, de ses palais, de ses dômes peints, de
sa Corne d'Or, de sa Propontide et de son ciel. Il fut, par
excellence, l'Art du Moyen Age et devait nécessairement
finir avec lui. Lorsque Byzance devint l'auge à cochons
des Musulmans, le prestige qui l'avait fait naître s'évanouit
et les rêveurs au désespoir tombèrent dans l'encre indélébile de Gutenberg ou dans l'huile épaisse des Renaissants.

Ce devait être la fin de tout pour un individu tel que
moi et pour la demi-douzaine de maniaques dont je suis
frère. Vous avez l'avantage d'être un de ceux-là, mon cher
monsieur Léopold, et si vous m'avez compris, nous pouvons attendre le Jugement universel en nous serrant
affectueusement la main.

XXVI

G RANDE soirée chez Gacougnol. A l'exception de Clotilde, il n'y a que des hommes. Une dizaine d'hommes, en comptant pour tel un serpent à moitié coupé, de
l'espèce la plus venimeuse, lequel rampe habituellement
dans les crachoirs de divers bureaux de rédaction, et que
sa langue féroce a rendu célèbre. On ne le désigne que
par le sobriquet diagnostique d'Apémantus. On lui a,

autrefois, cassé les reins à coups de canne et, depuis cette
époque, il vaque à ses insolences coutumières en traînant
le râble, assez conforme à une cucurbite où se distilleraient
de très sûrs poisons.

Réunion bizarre, si on peut dire avec profondeur que
quelque chose soit bizarre. C'est la fantaisie de Gacougnol
de grouper ainsi, de temps en temps, les individus les plus
disparates.

Qui n'admirerait, par exemple, dans le voisinage immédiat de Léopold et de Marchenoir, la cocasse enveloppe
du vieux graveur Klatz, youtre crasseux et puant, mais
irréparablement dénué de génie, dont le bafouillage apoph-
tegmatique de brocanteur alsacien est apprécié comme un
pharmaque sans rival contre toutes les mélancolies?

Il fut beau, dit-on. A quelle époque? justes cieux! car
on lui donnerait bien cent ans. La première fois qu'il est
rencontré, on peut se croire en présence d'Ahasvérus. Sa
barbe longue, dont le blanc terreux ferait peur à la cendre
des os des morts, paraît avoir traîné dix-neuf siècles sur
tous les chemins et tous les tombeaux. Malgré leur vivacité
apparente, les yeux sont si lointains qu'un télescope,
semble-t-il, serait expédient pour les observer. Peut-être,
alors, qu'on découvrirait, — tout au fond, — la face morose
du *bon* Titus regardant mourir Jérusalem.

Assurément, de tels yeux durent ensorceler, autrefois,
les filles folles de Tyr ou de Mésopotamie, qui venaient jouer
de la cithare et du tympanon jusque sous les murs de
l'imprenable tour d'Hippicos, pour la damnation du peuple

de Dieu. Mais, depuis ces temps reculés, que de poussières! que de pluies sur ces poussières! que de vents brûlants ou glacés pour tout calciner, tout disséminer, tout abolir!

Enfin, ce personnage, qui a toujours l'air de chercher l'Arche d'alliance dérobée par les Philistins, quand il pénètre dans un lieu quelconque, doit réaliser, pour des ethnologues chenus, le définitif résultat de la plus irréfutable sélection juive.

Le nez lévitique implique, à lui seul, nécessairement, le *Veelle Schemoth*, le *Schofetim*, le *Schir-Haschirim* ou les Lamentations du Prophète, et la crasse de soixante générations vénérables que toutes les ruines planétaires ont saupoudrées, lui est acquise.

Zéphyrin Delumière n'est pas exclu. Ce mystagogue sans courroux a très certainement oublié l'accueil disgracieux de Pélopidas raconté plus haut. La mémoire des images est inapte à retenir ce qui n'est pas occulte. Celui-ci, d'ailleurs, se cramponne, depuis quelque temps, au bonhomme Klatz dont le remugle sémite le délecte et qui, par surcroît, lui infibule quelques mots hébreux.

Mais l'éclectisme de Gacougnol est attesté surtout par la présence de Folantin, le peintre naturaliste et préalable dont le succès, longtemps captif, se déchaîne.

On trouverait malaisément une chose plus instructive que le calendrier de ses produits.

Après une série liminaire de petits paysages pisseux égratignés avec labeur dans des banlieues sans verdure; après le demi-triomphe d'un tableau de genre, où les

amours indécises d'un jeune maçon et d'une brocheuse
dessalée, au sein d'un garno, se coagulaient sous les
yeux en mastic blafard, ainsi qu'un fromage visité déjà;
Folantin, lassé de ne paraître point un penseur, s'avisa
de répandre un peu de morale philosophique sur ses
enduits.

On vit poindre alors, à l'inexprimable découragement
de plusieurs fantoches de l'appui-main, la surprenante
image d'un cocu en cassonade reconduisant, bougeoir
en main, avec la plus froide politesse, un individu sébacé
qu'il vient de surprendre, après minuit, aux bras de sa
femme. Cela s'appelait : *En ménage!* Mais la louange
fut moindre que pour le garno dont la vogue, hélas! péri-
clitait, et il fallut trouver autre chose.

Changeant tout à fait son tube d'épaule, il peignit, décidément, un grand seigneur, un enfant de tous les preux
dont il étudia le type chez un authentique gentilhomme
qui s'est donné la fonction de ramasser les bouts de cigares
de la Poésie contemporaine sans parchemins.

L'optimate fut représenté, bien malgré lui, sur un bidet,
lisant des vers de vingt-cinq pieds. Or, il arriva, contre
toute attente sublunaire, que ce portrait allégorique fut
une manière de bas chef-d'œuvre, et la noblesse de France,
— la première du monde, jadis, — une fois de plus, se
vérifia si charogne que le simulacre engendré par Folantin,
confronté à l'original, procura quelques instants, l'hallucination de la force.

L'heureux peintre érigea son front parmi les étoiles et

12

put s'annexer quelques disciples. Impossible de le nier. Si ennemi qu'on pût être de Folantin et de son odieuse peinture documentée à la manière d'un roman de la sotte école, son personnage avait une tenue équestre sur ce vase devenu comme un piédestal.

A partir de cet instant, le maître nouveau repoussa du pied les châssis de faible étendue et se précipita aux vastes toiles.

On s'est bousculé autour de sa *Messe noire* et de ses *Trappistes en prière*, crépis énormes, léchotés au petit blaireau, qu'il faut scruter par centimètre carré, au moyen d'une loupe de géologue ou de numismate, sans espoir de réaliser la vision béatifique d'un ensemble.

Le premier de ces engins paraît avoir été calculé pour le branle et pour le brandon d'une récente portée de bourgeois que démange la convoitise des lubricités de l'enfer. L'habile homme, toutefois, se croyant, quand même, désigné pour instruire ses contemporains, c'est, en même temps, le prodige d'une sorte de jocrisserie peinturière s'exaspérant jusqu'à devenir tourbillon, mais tourbillon noir, combien fétide et profanant!

Les *Trappistes en prière* ont voulu être le contre-pied, le rebrousse-poil de la précédente révélation. Folantin, dont la crête augmente et dont la moutarde s'affiche de plus en plus, tenait à montrer comment un artiste assez audacieux pour baiser le croupion du Diable savait, en revanche, tripoter l'extase.

Folantin, tout à coup sorcier, découvrit le Catholicisme!

Clairvoyance peu récompensée. La vindicative bondieuserie de Saint-Sulpice, appelée en duel, lui passa son
goupillon au travers du cœur. Cette fois encore, pourtant,
il bénéficia du renouveau de crédit que semblent avoir les
préoccupations religieuses, aux approches de la fin du
siècle, et sa robe d'initiateur n'est pas devenue l'humble
veste qu'on aurait pu croire, après un tel coup.

La forme extérieure de ce pontife est analogue à celle
d'un de ces arbres très pauvres, noyers d'Amérique ou
vernis du Japon, dont l'ombre est pâle et le fruit vénéneux
ou illusoire. Il est fier, surtout, de ses mains qu'il juge
extraordinaires, « des mains de très maigre infante, aux
doigts fluets et menus ». Telles sont ses amicales expressions, car il ne se veut aucun mal.

— Je me fais à moi-même, déclarait-il à un reporter,
l'effet d'un chat courtois, très poli, presque aimable, mais
nerveux, prêt à sortir ses griffes au moindre mot.

Le chat paraît être, en effet, *sa bête*, moins la grâce de
ce félin. Il est capable de guetter indéfiniment sa proie, et
même la proie des autres, avec une douceur féroce que
ne déconcerte nul outrage. Il accueille tout sur la pointe
d'un demi-sourire figé, laissant tomber, de loin en loin,
quelques minces phrases métalliques et tréfilées qui font,
parfois, les auditeurs incertains d'écouter un être vivant

Il est celui qui « ne s'emballe pas ». Le pli dédaigneux de
sa lèvre est acquis, pour l'éternité, à tout lyrisme, à tout
enthousiasme, à toute véhémence du cœur, et sa plus visible
passion est de paraître un fil de rasoir dans un torrent.

— Celui-là, c'est l'Envieux! dit, un jour, avec précision, Barbey d'Aurevilly qui l'assomma de ce mot.

Sa malignité, cependant, est circonspecte. Très soigneux de sa renommée, qu'il cultive en secret, comme un cactus frileux et rare, il ne néglige pas de prendre contact avec des journalistes qu'il pense avoir le droit de mépriser ou avec certains confrères pleins de candeur dont il subtilise les conceptions. On tient pour sûre l'histoire malpropre de cette esquisse de la *Messe noire* carottée pour quelques louis à un artiste mourant de misère, — ébauche superbe qu'il se hâta d'avilir de son pinceau, après avoir ignominieusement congédié le malheureux qui lui faisait une telle aumône.

Il pourra paraître peu croyable que l'indépendant Gacougnol reçoive chez lui un personnage si fait pour l'exaspérer. Mais le brave homme, on l'a vu, ne connaît que son bon plaisir et c'est à coup sûr dans l'espoir de quelque conflit qu'il a réuni sous le même toit des antagonismes si certains.

D'ailleurs, sans parler de Léopold, de Marchenoir ou de lui-même, n'y a-t-il pas là Bohémond de L'Isle-de-France et Lazare Druide, et l'excessive répulsion que peut inspirer un Folantin ne doit-elle pas être vingt fois contrebalancée par ces deux êtres lumineusement sympathiques?

Le premier est connu de toute la terre, c'est-à-dire des quelques centaines de songeurs éparpillés pour qui chante un vrai poète, et c'est à peine si celui-ci, qu'on nomme parmi les plus grands, chante pour lui-même. Persuadé que le silence est sa vraie patrie, il emprunte volontiers le cri des aigles, parfois même le barrissement d'un rhinocéros écorché, pour informer toutes les étoiles qu'il est en exil.

Accoutré, pour la risée de la populace littéraire, d'un nom sublime dans lequel il meurt, tout son effort est de s'élancer hors de l'affreux monde où une Providence carnassière le claquemura.

On pourrait le comparer à un de ces diptères éblouissants, éclos, semble-t-il, dans le lit des fleuves de la lumière, qui se précipitent jusqu'à en mourir, mais toujours frémissants du même espoir, sur la vitre sans compassion qui les sépare de leur ciel. Un cloporte, sûrement, trouverait une autre issue. Lui ne la cherche même pas. Il s'acharne à l'évasion impossible, précisément parce qu'il la sait impossible et que c'est sa loi de n'entreprendre que ce qui est tout à fait déraisonnable.

On connaît sa haine d'archange pour le Bourgeois, la férocité de templier qu'il tient en réserve pour les occasions de confondre ce Réprouvé honorable, ce « Tueur de cygnes », ainsi qu'il le qualifie, dont Satan même doit rougir dans son enfer. C'est au point qu'il ne paraît pas concevoir une autre manière de se sanctifier.

— Ah! je suis forcé de subir ton voisinage, se dit-il, je suis condamné à entendre ta voix goujate, l'expression ridicule de tes idées basses, tes maximes d'avare et l'ignominie sentencieuse de ta vomitive sagesse. Nous allons donc pouvoir rire un peu! Tu ne sortiras pas de mon sarcasme!

Alors, il se fait, une minute, l'ami du bourgeois, son ami

très cher, son plus proche parent, son disciple, son admirateur. Affectueusement il l'invite à répandre son âme, à dérouler devant lui ses intestins, l'amène peu à peu aux aveux complets, puis, démasquant son étincelante armure, le transperce d'un mot vengeur.,.

La raillerie blanche de ce collatéral des Dominations égarées descend, quelquefois, à une telle profondeur, que les victimes ne s'en aperçoivent même pas. N'importe, il lui suffit que cela soit enregistré par les Invisibles.

Encore un peintre, ce Lazare Druide qui l'accompagne, mais jusqu'à ce jour peu célèbre et aussi différent de Folantin qu'un encensoir balancé devant l'autel est différent d'un pot de moutarde anglaise dans la salle à manger d'un négociant.

Il est peintre, celui-là, comme on est lion ou requin, tremblement de terre ou déluge, parce qu'il est absolument indispensable d'être ce que Dieu a voulu et pas autre chose. Seulement, il faudrait un peu plus que le langage des hommes pour exprimer combien Dieu a voulu qu'il fût peintre, le malheureux! car il semblait que tout en lui dût s'opposer à cette vocation.

Ah! il peut faire tout ce qu'il voudra, il peut affoler d'admiration ou d'effroi une horde plus ou moins nombreuse d'intellectuels et de passionnés; probablement même lui arrivera-t-il, un prochain jour, d'éclater sur la multitude par quelque trouvaille gigantesque; — eh bien! non, quand même, ce n'est pas cela.

On peut se le représenter vagabond, chef de brigands

incendiaire, pirate sans merci, combattant des deux mains comme ce flibustier de cauchemar qui ne bondissait sur les galions de Vera-Cruz ou de Maracaïbo qu'après avoir allumé une chandelle dans chacune des boucles de ses interminables cheveux noirs. Il est encore plus facile de le rêver bonnement gardant des pourceaux sous les chênes de quelque vieux monastère, en un paysage de vitrail, et la tête coiffée du nimbe des saints bergers, car c'est une âme d'une simplicité adorable.

Mais la peinture, ou si on préfère, la syntaxe de la peinture, ses préceptes et ses méthodes, ses lois, ses canons, ses rubriques, ses dogmes, sa liturgie, sa tradition, rien de tout cela n'a jamais pu dépasser son seuil.

Au fait, ne serait-ce pas là une manière sublime de concevoir et de pratiquer l'art de peindre, analogue à l'évangélique perfection qui consiste à se dépouiller de tout ?

On lui reproche, comme à Delacroix, l'indigence de son dessin et la frénésie de sa couleur. On lui reproche surtout d'exister, car vraiment il existe trop. Ceux de ses confrères dont l'imagination est une source de colle ne s'expliquent pas un bouillon de vie aussi impétueux. Comment pourrait-il s'attarder à une exactitude rigoureuse, même si elle était indispensable, dans l'exécution de ses tableaux ? Ne voit-on pas qu'il risquerait de ne plus rattraper son âme qui galope toujours devant lui sur une cavale sans frein ?

Eh ! oui, justement, il n'a que cela, son âme, la plus généreuse et la plus princesse des âmes ! Il s'en empare, il la baigne, il la trempe dans un sujet digne d'elle et la jette ruisselante sur une toile. C'est tout son « métier », cela, tout son procédé, tout son truc, mais c'est si puissant qu'on en crie, qu'on en pleure, qu'on en sanglote, qu'on en prend la fuite, en levant les bras !

N'a-t-on pas vu ce prodige se réaliser à l'exposition de son *Andronic livré à la populace de Byzance?* Il est impossible d'oublier une telle œuvre, quand on l'a vue, fallût-il traîner encore cent ans sa carcasse dans les sales chemins qui sont au-dessous du ciel !

Ce tableau, qui l'a fait connaître, est ainsi ordonnancé. L'horrible Andronic premier, bourreau de l'Empire, inopinément jeté à bas de son trône, est abandonné à la racaille de Constantinople. Et quelle racaille ! Toutes les écumes de la Méditerranée : bandits venus de Carthage, de Syracuse, de Thessalonique, d'Alexandrie, d'Ascalon, de Césarée, d'Antioche ; matelots génois ou pisans ; aventuriers cypriotes, crétois, arméniens, ciliciens et turcomans ; sans parler de ce grouillement barbare, de cette vase dangereuse du Danube qui empuantit la Grèce depuis le Bulgaroctone.

On a jeté le prince infâme dans ce chaos, dans cette cohue effroyable, comme on jette un ver dans une fourmilière. On a dit au peuple : — Voici ton empereur, mange-le, mais sois équitable. Il faut que chaque chien ait son lambeau. Et ce peuple immonde, exécuteur d'une justice qu'il ignore, désarticule et grignote son empereur pendant trois jours.

Andronic, dit-on, souffrit en paix jusqu'à la fin, se

bornant à soupirer, de temps en temps : — *Seigneur, ayez pitié de moi, pourquoi froissez-vous encore un roseau déjà brisé ?*...

La misère de ce creveur d'yeux, parricide et sacrilège, est si profonde et sa *solitude* si parfaite, qu'on croirait vraiment qu'il assume, à la façon d'un Rédempteur, l'abomination de la multitude qui le déchire. Ce monstre est si seul qu'il ressemble à un Dieu qui meurt. Sa face pleine de sang oriente les outrages de tout un monde et il traîne la douleur universelle comme un manteau.

Puisse la racaille, quand son œuvre sera finie, emporter dans ses yeux féroces l'éblouissement de ce soleil de tortures qui a étonné l'histoire ! Il fallait, sans doute, la sublimité piaculaire d'une telle horreur pour que l'écroulement du vieil empire fût retardé trois cents ans.

Que dire d'un peintre capable de suggérer de telles pensées ? Et la suggestion est si forte, une, fois de plus, si spontanée, si victorieuse, que le cadre, tout démesuré qu'il soit, éclate, et que le drame pantelant s'échappe, se déroule, ainsi qu'un dragon, sur les spectateurs épouvantés.

La physionomie de l'homme, très jeune encore, est tumultuaire autant que ses œuvres. Jamais un artiste n'a pu porter plus que lui son art sur chacun des traits de son visage. On y peut lire l'enthousiasme continu, perpétuel, un enthousiasme comme il n'y en a plus ; la générosité merveilleuse, le zèle dévorant pour la Beauté où s'appareille à ses yeux la sainte Justice ; l'intuition d'éclair sur les somptuosités de la Douleur; une indignation de fleuve

contre la sottise qui lui fait obstacle; et tout cela en capi-
tales hautes comme des tours.

Aussi prompt et non moins sonore que les volcans,
lorsqu'un maroufle est irrespectueux, sa colère, immédiatement pathétique, s'élance, à la confusion du Philistin,
des entrailles d'une politesse tellement exquise que le
grand maître des cérémonies de l'Escurial, comparé à lui,
tombe sur-le-champ au niveau d'un débardeur.

XXVII

L E prétexte avoué de ce groupement insolite, de cet
invraisemblable synode machiné par le protecteur de
Clotilde, était l'exhibition de Rollon Crozant, musicien
brucolaque, fameux depuis, mais, à cette époque, beso-
gneux encore d'être inventé.

L'intention réelle de Pélopidas était d'offrir à la jeune
femme le rare divertissement d'une mêlée d'animaux
féroces, triés par lui avec une sagacité de vénitien.

L'aimable créature, innocente de ce complot, ayant
servi avec beaucoup de grâce quelques rafraîchissements
préliminaires et l'encens de plusieurs cigares parfumant
déjà le tabernacle, Crozant s'assit au piano, non sans avoir
attentivement vérifié son lest, comme un voyageur installé
pour toute la nuit dans un train rapide.

Il chanta longtemps, d'une voix aussi souple que le corps
d'un clown, on ne sait quelles traductions mélodiques

de quelques-uns des plus douloureux poèmes de Bau-
delaire. Il se montra le virtuose frénétique et dépra-
vant de la tristesse qui étouffe, du désespoir noir, de la
démence cuisinée par les démons. Il fit entendre des cris
de damnés, des plaintes de fantômes, des vagissements de
goules. On ne sortit pas de la griffe des mauvais morts et
de la plus basse peur. Incapable de débrouiller le spiritua-
lisme chrétien du haut poète qu'il croyait interpréter en
lui supposant son âme, il paralysa bientôt un auditoire
qui n'exigeait pourtant pas des cataplasmes de népenthès.

En dépit de quelques rythmes de bravoure frappés
avec une certaine puissance, malgré même d'incontestables éclairs de simplicité, cette musique de vertige et de
tétanos, qui devait assurer à son producteur le suffrage de
toutes les névroses contemporaines, parut, ce soir-là, très
puérile et, pour tout dire, la virtuosité du chanteur fit à
quelques-uns l'effet d'une acrobatie qui ne méritait pas de
pardon.

La séance, d'ailleurs, à l'insu du ménestrel, ne s'était pas
ainsi prolongée sans quelques gloses. Folantin, perclus
d'ennui, mais intéressé plus qu'un autre à ne laisser paraître aucun trouble, avait exhalé à demi-voix, dans un accès
de rage lucide, sa préférence d'une lecture silencieuse des
Fleurs du Mal au coin de son feu.

— Au coin de votre pot-au-feu, voulez-vous dire, avait
aussitôt rectifié Apémantus, qui feignit un instant l'admiration pour le roucouleur funèbre.

— Tout ça est chentil, disait à Delumière le vieux Klatz,

en fouillant sa barbe vermineuse, mais ché né fois pas très pien pourquoi ce cheune homme fait te la mussique chez les prâfes chens. Chai connu autrefois un chôli carsson qui téterrait les catâfres tans les cimetières pour les mancher. Ah! ah! c'était pien plus trôle!

Le silencieux Léopold n'avait pas desserré les lèvres et Marchenoir avait fini par s'emparer d'un carton qu'il feuilletait dans l'ombre de Gacougnol.

Celui-ci, exclusivement occupé d'observer Clotilde, regardait passer les navires de l'émotion sur ce visage limpide où se peignirent successivement la surprise, l'effroi, la tristesse, le dégoût et, peu à peu, quelque chose qui ressemblait à l'humiliation.

Interrogée, elle lui répondit: — *J'ai honte de la mort*, tellement votre chanteur la profane et l'avilit.

Sur ce mot, lo maître du lieu se leva et s'approchant du piano:

— Mon cher Monsieur Crozant, dit-il, vous nous voyez à moitié défunts, à force de joie. Vous devez avoir besoin de repos. Nous serions, d'ailleurs, ambitieux, je ne saurais vous le cacher plus longtemps, d'apprendre de votre bouche la genèse d'un art aussi extraordinaire que le vôtre. Je devine que vous tenez en réserve des explications peu banales.

— Ah! oui, peu banales, vous pouvez le dire! s'écria aussitôt le musicien qui, évoluant sur le tabouret, rejeta en arrière, d'un mouvement de bélier, son abondante chevelure; cligna des yeux trois ou quatre fois; fit exécuter au petit doigt de sa main gauche une danse furieuse dans le vestibule probablement cérumineux de son oreille; tira de la poche de son gilet une tabatière gallicane dans laquelle il puisa copieusement selon tous les rites, à la surprise des assistants alarmés de voir monter tant de poudre noire dans un nez si jeune; enfin se mit en posture pour un de ces prônes esthétiques dont il avait pris le besoin dans les caboulots du quartier latin, où il était regardé comme un beau parleur.

— J'ai été élevé, commença-t-il, sur les genoux de Mme Sand...

A ce moment, Bohémond de L'Isle-de-France, qui s'agitait sur sa chaise depuis une demi-heure en faisant des gestes inexplicables à son voisin Druide, et qui, par miracle, n'avait pas encore proféré un monosyllabe, se frappa tout à coup le haut du front comme un Archimède qui vient d'enfanter.

— Tout s'explique! déclara-t-il avec rondeur, en s'accompagnant d'un de ces redoutables sourires à demi gâteux dont il masque son visage de dieu Vulcain abandonné par ses cyclopes, quand un malicieux esprit l'aiguillonne. Tout s'éclaire! Monsieur Crozant a, sans doute, l'avantage d'être possédé de quelques démons? Mes compliments bien sincères. Je ne connais rien de tel pour faire passer le temps de la vie. Combien de fois n'ai-je pas rêvé d'être moi-même le domicile de plusieurs archanges tombés autrefois du ciel, et d'aller ainsi par les grenouillères de cette vallée, à la confusion d'une prêtraille morose qui paraît avoir perdu le secret de leur pourchas!... La digne personne qui vous a élevé sur ses genoux, cher monsieur, dut encourager, cela va sans dire, vos premières tentatives de musique noire?

— Oh! n'en croyez rien, répondit l'autre, qui ne sentait pas le repli de blague féroce. Bien au contraire, je pourrais montrer des lettres où elle me conseillait, par exemple, de rafraîchir le répertoire mélodique des premières communiantes: — *Mon bien-aimé ne paraît pas encore, — Le temps de la jeunesse passe comme une fleur, — C'en est donc fait! adieu plaisirs volages,* à moins que je ne préférasse travailler dans les romances d'amour à l'usage des ouvrières pauvres dont la vertu est en péril, et qui ont besoin des consolations de la musique.

Bohémond parut alors attendri, presque sur le point de verser des larmes.

— Ah! que la voilà bien! comme c'est elle! Quel cœur! quel cerveau! Non contente d'avoir enrichi tous nos cabinets de lecture de *La Petite Fadette*, du *Péché de Monsieur Antoine* et de combien d'autres poèmes que les couturières ne pourront jamais assez lire, elle voulut encore susciter à notre laborieuse patrie le musicien qui convenait à cette littérature admirable! Vous avez essayé, n'est-ce pas?

— A contre-cœur, je l'avoue, et sans succès. Assurément, je n'avais pas le droit de mépriser les avis de Mme Sand, en qui je voyais une âme jumelle de cet adorable Chopin qui fut sa dernière tendresse, mais un autre souffle me poussait. Il me fallait le fantastique, le macabre, les ténèbres denses, la peur verte, et j'ai compris de bonne heure que je ne devais pas répercuter autre chose que des hurlements de damnation.

— Sans doute! conclut Gacougnol, on fait ce qu'on peut. Je vous en prie, mon cher Bohémond, ne retardez pas davantage Monsieur Crozant.

— Oh! ce ne sera pas long, reprit celui-ci. Je n'ai nommé l'illustre et le lucide écrivain, dans les jupes de qui je m'honore d'avoir passé une partie de mon enfance, que pour expliquer précisément l'espèce de méthode qu'on peut entrevoir dans ma fureur démoniaque. Monsieur de L'Isle-de-France a touché le vrai point, quand il a parlé de possession. Je suis réellement un *possédé*. Mes hôtes habituels sont le démon des Apparences lugubres, le démon des Inhumations équivoques et des poings rongés dans les tombeaux, le démon des Cryptes marécageuses et des Puits noirs, enfin le démon de la Panique, du Trac sans mesure et perpétuel que rien ne pourrait guérir.

— Il pourrait ajouter le diable de la Sottise! murmura Druide à l'oreille de Bohémond.

XXVIII

— CETTE manière d'être, moins rare qu'on ne l'imagine, est due, très certainement, à ce que je demande la permission de nommer la *complicité des ambiances*. Oui, Monsieur, insista l'orateur, s'adressant à Druide cabré

soudain et dont les yeux venaient de s'ouvrir démesuré-
ment, je maintiens le mot. Nous sommes environnés de
choses inanimées en apparence, mais qui, en réalité, nous
sont hostiles ou favorables. La plupart des catastrophes
ou des découvertes fameuses ont été produites par la
volonté malveillante ou bénigne des objets inertes mystérieusement coalisés autour de nous. En ce qui me concerne,
je suis persuadé qu'une compréhension intégrale de ma
musique est rigoureusement interdite à n'importe quel
artiste, fût-il le plus intuitif du monde, qui ne saurait pas
dans quel milieu extraordinaire je reçus les initiales et
définitives impulsions.

Je vais donc essayer de vous décrire en quelques mots la
maison de mon père, dans une campagne léthargique du
Berry, non loin de la Creuse méchante et sauvage, sur les
berges de laquelle j'ai cru voir souvent, au crépuscule, d'effrayants pêcheurs à la ligne qui ressemblaient à des morts.

De la grande route où ne passe jamais personne, on
aperçoit cette maison au fond d'un jardin tellement funèbre qu'un certain jour, un étranger, fatigué de vivre, vint
sonner à la grille pour demander qu'on l'y enterrât. Il n'y
a pourtant ni cyprès ni saules pleureurs. Mais l'ensemble
offre cet aspect. Des légumes tristes, des fleurs navrées
y végètent à l'ombre de quelques fruitiers avares,
« dans une terre grasse et pleine d'escargots » d'où s'ex-
halent des effluences de putréfaction ou de moisissure, et
l'humidité de ce jardin est telle que les plus fortes chaleurs
de l'été n'y changent rien.

La tradition s'est conservée, parmi les paysans, d'on ne sait quel crime effroyable accompli autrefois en ce lieu, bien longtemps avant que la maison existât, vers l'époque noire de Bertrand de Got et de Philippe le Bel. Enfin, la maison elle-même passe pour être *visitée*.

Vous pensez, Messieurs, que si quelqu'un a lu Edgar Poé et Hoffmann, ce doit être moi. Eh bien! ils n'ont jamais inventé rien de plus sinistre. J'ose dire que j'ai vécu là, en commerce ininterrompu avec les ombres damnées et les plus opaques esprits de l'enfer!

Je savais à quelle phase de la lune et à quelle heure devait infailliblement se produire telle commotion, tel sursaut, tel phénomène d'optique, et c'était mon délice d'en crever de peur à l'avance.

Autour de moi tout conspirait à me noyer l'âme d'une terreur exquise; tout était hagard, biscornu, falot, monstrueux ou dément. Les murs, les parquets, les meubles, les ustensiles avaient des voix, des formes inattendues qui me ravissaient d'effroi.

Mais comment exprimer mon allégresse, mon délire, lorsque, pour la première fois, je sentis tressaillir en moi les mauvais anges qui m'avaient élu pour leur demeure! Que vous dirai-je? Il me sembla que je connaissais enfin la jubilation maternelle! J'ai même reçu le pouvoir de discerner, par une sorte d'affinité ou de sympathie, la présence du diable chez quelques-uns, car, je vous l'ai dit, mon cas n'est pas extrêmement rare, ajouta-t-il, fixant Folantin qui parut incommodé.

13

Vous avez maintenant toute la genèse de mon art, Monsieur Gacougnol. Pour parler avec précision, vous savez ce que j'ai dans le ventre. Ma musique vient d'en bas, je vous en réponds, et quand j'ai l'air de chanter moi-même, soyez sûr que c'est *un autre* qui chante en moi!

— Mademoiselle, voulez-vous que je le jette par la fenêtre ?

Cette question était faite, presque à haute voix, par Léopold, qui n'avait rien dit encore et qui venait de s'approcher de Clotilde, tout exprès pour dire cela.

La pauvre fille étonnée se hâta de répondre qu'elle ne voulait rien de semblable, que ce monsieur lui paraissait plutôt avoir besoin d'être traité avec douceur. Mais le flibustier de l'enluminure nia l'efficacité du traitement, affirmant que le plus sûr des exorcismes, pour cette sorte de bougres, était une râclée suprême et qu'il ne comprenait pas Gacougnol de leur avoir infligé ce saltimbanque. Il consentit, néanmoins, à se tenir tranquille.

— Monsieur Crozant, dit Gacougnol, je vous remercie d'avoir pris la peine de nous éclaircir votre cas. Personnellement il ne me coûte rien de croire que vous avez le droit de vous nommer hautement *Légion,* aussi bien que le démoniaque féroce de l'Évangile. Mais je ne savais pas recevoir tant de monde et vous me voyez confus. Je m'étonne, cependant, souffrez que je vous en fasse l'aveu, de vous constater si joyeux d'une pareille garnison. Elle passe généralement pour importune et je me rappelle

avoir lu dans le Rituel romain, à la rubrique des exorcismes un choix d'épithètes qui ne donnent pas une idée
gracieuse de vos locataires.

— Sans compter, fit observer Apémantus, que les
cochons doivent se méfier de vous. C'est la vie impossible, tout simplement.

— Notre excellent Apémantus a raison, reprit Bohémond déterminé à ne pas lâcher son os. Je n'y avais pas
songé. Les porcs doivent se souvenir du mauvais tour qui
leur fut joué dans le pays des Géraséniens. Saint Marc
assure qu'il ne fallut pas moins de deux mille verrats pour
loger les esprits immondes sortis d'un seul possédé. C'est
un chiffre, cela ! On pense bien que la fin malheureuse de
ces quatre mille jambons de Galilée n'a pas manqué de
laisser une forte empreinte et que la tradition s'en est
conservée dans toute la race, malgré la longueur des
siècles. Les charcutiers eux-mêmes paraissent en avoir
gardé une crainte obscure dans les circonvolutions ténébreuses de leurs encéphales et c'est pour cela, sans doute,
qu'ils s'obstinent à détailler à l'infini la chair de ces animaux, à la mélanger cauteleusement avec d'autres chairs,
sous prétexte de les *assortir*, comme s'ils avaient l'anxiété
de quelque panique soudaine qui dégarnirait leurs comptoirs.

Mais tous les porcs ne sont pas chez ces négociants
honorables. On en rencontre à chaque pas qui ne sont
pas *débités* et qui ne peuvent pas l'être, à cause de la
multitude des lois. Il est trop clair, en effet, que ceux-là

ne doivent pas être sans tablature dans le voisinage de monsieur Crozant. Je me demande si la circonstance de la musique n'est pas précisément ce qu'il y a de plus efficace pour aggraver leur tintouin. Ah! on ne saura jamais ce que pensent les cochons!...

— Si on tient à se servir de ce mot, dit à son tour Marchenoir, je suppose qu'ils *pensent* exactement ce que penseraient les lions eux-mêmes. Il est prouvé que les bêtes sentent le Diable, toutes les bêtes, à ce point que les rats et jusqu'aux punaises délogent précipitamment d'une maison hantée. Je ne crois pas qu'il y ait d'exemple d'un démoniaque déchiré par les animaux féroces dans les lieux déserts où l'Esprit du Mal entraînait ces malheureux. Les pauvres lunatiques recommençaient à leur insu, la destinée de Caïn que le Seigneur, par une sollicitude mystérieuse, avait marqué d'un *signe* inconnu pour que sa carcasse fût épargnée. Les fauves, autant que la vermine, se retirent devant la face du Prince de ce monde. Je dis la *face*, parce que les bêtes, étant sans péché, n'ont pas, comme nous, perdu le don de *voir* ce qui paraît invisible. A l'autre pôle de la mystique, l'histoire des Martyrs et des Solitaires est pleine d'exemples de carnassiers affamés qui refusaient de leur nuire et léchaient humblement leurs pieds. Miracle tant qu'on voudra. Moi, je ne peux voir là qu'une restitution naïve du Paradis terrestre qui n'existe plus, depuis six mille ans, que dans la rétine inquiète et douloureuse de ces inconscients. C'est là, sans doute, que Dieu sera forcé d'aller le reprendre, quand sonnera l'heure du retour à l'Ordre absolu. Nos premiers Parents durent consommer la Prévarication effroyable dans une solitude infinie. La présence du Démon avait dû mettre tellement tous les animaux en fuite qu'il fallut, je pense, que les Désobéissants expulsés fissent trois ou quatre fois le tour de la terre pour les retrouver à l'état sauvage.

— Oserai-je vous demander, Monsieur Folantin, interrogea l'excellent Apémantus, si vous avez quelque objection à ce renouveau de l'Éden que nous promet Marchenoir?

— Pas du tout, répondit aigrement l'interpellé. Marchenoir est un homme de génie, c'est incontestable, et, par conséquent, ne peut se tromper. Je suis peu exigeant, d'ailleurs, en matière de paradis. Je tiendrais pour tel un endroit quelconque où on me servirait, dans de la vaisselle propre, des biftecks tendres et cuits à point.

— Vous vous passeriez même des houris de Mahomet? lança Druide.

— Oh! très facilement, je vous assure.

— S'il était cras, grommela le bonhomme Klatz, qui songeait aux eunuques obèses des estampes, le clope te la terre ne pourrait plus le porter.

Le paradis des biftecks avait jeté Clotilde hors d'elle-même.

— S'il vous faut absolument une victime, dit-elle spontanément à Léopold, qui avait toujours l'air de quêter un holocauste, je vous abandonne volontiers ce monsieur. Exécutez-le, si cela vous amuse; mais sans violence, je vous en prie.

XXIX

Sans violence. Ce n'était pas exactement la spécialité de l'enlumineur. Enfin, on ferait ce qu'on pourrait.

Léopold n'avait rien d'un orateur. Il ne fallait pas espérer de lui l'ampleur sereine, la puissante nappe de Marchenoir, non plus que le facile bavardage du bon Gacougnol. Il parlait sec, décochant des phrases de jet, brèves et dures, qui coupaient comme du silex, en homme accoutumé à faire marcher des animaux et des esclaves.

— Vous ne me paraissez pas avoir les qualités d'un explorateur, commença-t-il brusquement, s'adressant à Folantin.

— D'un explorateur? Ah! non, par exemple. L'Afrique centrale, n'est-ce pas? un ciel d'indigo, un soleil ignoble qui vous mange la cervelle, cinquante ou soixante degrés à l'ombre et le bain de siège dans la culotte, perpétuellement; les moustiques, les serpents, les crocodiles et les nègres, merci! Je préférerais le Groenland ou le Cap Nord, si on pouvait y aller sans changer de place. Là, du moins, on est sûr de ne pas être embêté par le soleil ni par aucune végétation emphatique.

On sait, d'ailleurs, ce que je pense du Midi, en général. Je hais plus que tout les choses excessives et les individus exubérants. Or, tous les méridionaux gueulent, ont un accent qui m'horripile et, par-dessus le marché, ils font des gestes. Non, entre ces gens qui ont de l'astrakan bouclé

sur le crâne et des palissades d'ébène le long des joues, et
de flegmatiques et silencieux Allemands, mon choix n'est
pas douteux. Je me sentirai toujours plus d'affinité pour
un homme de Leipsick que pour un homme de Marseille.
Je ne parle, bien entendu, que des méridionaux de la
France, puisque je ne connais pas ceux de la zone torride,
mais je les suppose volontiers de plus en plus odieux à
mesure qu'on s'approche de l'astre exécrable.

— Comme ce voyou parle du soleil! souffla derechef à
Bohémond l'impétueux Druide, qui adore provisoirement
ce luminaire et dont la patience ne tenait plus qu'à un
léger fil.

— Regardez donc ses mains! dit en manière de réponse
le poète, absent déjà. Des mains d'infante! cela! Allons
donc! Des mains de bossu, mon cher!

— Tiens! mais, intervint alors Gacougnol, si j'en juge
par vos sympathies allemandes, vous dûtes, en 1870, vous
tenir à une certaine distance des champs de bataille?

— Aussi loin que possible, n'en doutez pas. Je ne me
cache pas d'avoir eu la foire tout le temps et on ne vit que
moi dans les hôpitaux. *Sac au dos!* Je me charge de documenter un bon disciple de Zola qui ne dédaignerait pas
d'écrire, sous ce titre excitant, mon épopée, et je vous
jure que la conclusion ne serait pas pour rallumer l'enthousiasme des combats. Au surplus, si chacun avait été
dans les mêmes dispositions, la guerre aurait été finie tout
de suite, et j'imagine qu'elle aurait coûté moins cher.

— Beaucoup moins cher, en effet, approuva Apémantus.

Hé! hé! c'est un point de vue. On aurait acheté des pots de chambre et des astringents au lieu de se ruiner en canons. C'eût été une sorte de patriotisme, moins héroïque peut-être, mais plus éclairé. Puis, nous n'aurions pas cette occasion nouvelle de dévoiement que nous procure la seule idée d'une revanche.

— Le patriotisme! reprit Folantin qui était décidément en verve, encore une bien bonne blague lyrique! C'est — comme l'*or des blés* que j'ai toujours vus couleur de rouille et de pissat d'âne, ou encore comme les abeilles du doux Virgile, ces « chastes buveuses de rosée » qui se posent quelquefois, dit-on, sur des charognes ou des excréments, — une vieille panne romantique rapetassée par les rimailleurs et les romanciers de l'heure actuelle!

Voulez-vous le connaître, mon patriotisme? Eh bien! je suis si loin de gémir sur l'Alsace et la Lorraine perdues, que je déplore de ne pas voir les Prussiens à Saint-Denis ou au Grand Montrouge, où je pourrais, sans déplacement coûteux, boire de la bière allemande — en Allemagne.

Druide et Marchenoir se préparaient, du même élan, à relever l'ignominieuse boutade, lorsque Léopold, d'un geste, les arrêta.

— Monsieur Folantin, déclara-t-il, vous me désarmez. Quand je vous ai dit, il y a quelques minutes, que vous ne me paraissiez pas explorateur, comme je vous aurais dit n'importe quoi, j'avoue que j'étais un peu excité par vos biftecks. Je voulais vous faire jaillir de votre écaille. Mais, ma foi! j'ai tellement réussi que vous me rendez l'excellente humeur qui était sur le point de me fuir. J'ai même acquis une lumière sur votre peinture que je comprenais mal avant de savoir votre attitude pendant la guerre. Je vous conseillerais, néanmoins, de réserver l'expression de vos sentiments patriotiques pour un très petit nombre d'élus. On ne sait pas dans quel tuyau cela peut tomber, et j'ai connu des amants de Terpsichore qui eussent mal digéré votre bière allemande.

Pour revenir à vos biftecks, savez-vous de quelle sorte de viande se nourrissent des hommes, de vrais hommes, vous m'entendez bien, dans une immense région désolée, au Sud-Ouest du Tanganika? Ces malheureux, toujours vagabonds, observent continuellement le ciel, guettant les vautours qui planent pour partager avec eux les charognes sur lesquelles ces oiseaux vont s'abattre. J'ignore si cette pitance d'hyène est pour eux un rappel ou une suggestion du Paradis, mais j'en ai goûté et je suis sûr que vous l'auriez, comme moi, trouvée délicieuse, monsieur Folantin. Cela tient, sans doute, à ce qu'on est forcé de se souvenir, en de tels moments, qu'on est soi-même un peu moins que de la vermine.

Ce discours que Folantin écouta en souriant, avec la patience dont il est parlé au Commun des Martyrs Pontifes, était si différent des manières habituelles de Léopold et parut à Gacougnol si surnaturellement inspiré par le désir de plaire à Clotilde que le pauvre bon garçon en devint songeur.

XXX

L<small>A</small> soirée se prolongea. Tout ce qui peut être dit en quelques heures et dans un tel groupe, fut dit par ces gens étranges dont deux ou trois étaient hommes à mettre en branle et à faire pleurer dans leurs tours les plus puissantes cloches de l'alarme ou de la prière, s'ils avaient pu être moins captifs au fond des bastilles d'une silentiaire démocratie. Le chanteur macabre était oublié, mis au rancart.

Après maints détours et d'inextricables circuits ; après force randonnées paradoxales où l'accord semblait unanime sur ce seul point de mettre en défaut toute velléité de logique ou d'enchaînement rudimentaire dans les confabulations ; après qu'en réponse à d'illicites audaces Bohémond eut évacué un certain nombre de ces *paraboles* célèbres dont l'incohérence pleine d'acrimonie étonne la littérature depuis vingt ans ; après qu'une moitié de la troupe eût été abasourdie, domptée, concréfiée pour quelques instants ; lorsqu'enfin les seuls molosses furent en présence, Marchenoir venait de s'asseoir, mèche allumée, sur le baril de poudre à canon de Jean Bart.

— Pour qui me prends-tu ? disait-il, ô Bohémond ! Suis-je un artiste pour que ta musique de Wagner me déséquilibre et me jette en bas ? Je crains, Dieu me pardonne ! que tu ne puisses prononcer ce nom sans être en danger de perdre le tien, tellement tu l'idolâtres ! Et pourquoi ?

justes cieux! pourquoi? Diras-tu que c'est parce qu'il fut
le plus grand ou l'unique musicien d'un siècle qui a entendu
Beethoven? Vraiment j'ai peine à le croire. Prétendras-tu,
au mépris de ma face, que ses insupportables poèmes
puissent être lus par un homme qui fait quelque usage de
la licence de ne pas périr d'ennui?

Tu as, depuis longtemps, arrêté dans tes conseils que le
monstrueux amalgame de christianisme et de mythologie
scandinave présenté par cet Allemand n'est rien moins
que le déchirement du voile des Cieux. La magnificence
divine fut ignorée sur la terre avant *Tannhæuser* et *Lohen-
grin*, voilà qui est bien entendu, n'est-ce pas? et cet antique
frémissement de l'Esprit-Saint à travers les os des morts
qui fut toute la mélodie religieuse du Moyen Age doit
céder, sans doute, au contre-point fracassant de ton enchan-
teur... On assure, mon cher poète, que tu possèdes une
intelligence merveilleuse de la musique, aussi bien que de
tel autre de ces prestiges par lesquels on espéra, dans
tous les temps, de récupérer quelque rayon pâle de la Substance. Étranger à tous les grimoires de l'art et plus étranger, s'il est possible, à tout rituel de discussion, je serais
donc mal venu d'engager avec toi un corps à corps esthétique. Mais, je le confesse, il est au-dessus de mon pouvoir
d'endurer que le dramaturge lyrique, dont la génération
nouvelle est en train de s'affoler, soit *tenté* par toi comme
le Fils de Dieu lui-même, lorsque Satan, l'ayant porté sur
la plus haute montagne, lui montra tous les royaumes du
monde et toute leur gloire.

— Plusieurs respects me rendent chère ta personne, ô Marchenoir, riposta Bohémond, empruntant à Balzac l'ancien cette formule précieuse. Je n'ignore pas que tu es un chrétien d'une puissance verbale extraordinaire. Mais tu abuses ici de ta force... Je n'ai pas oublié le catéchisme, veuille le croire. On sait que, vers l'époque si intellectuelle du plébiscite, je ne craignis pas d'offrir ma candidature, *pour les curés,* à un banc de maquereaux dans une piscine de la Villette et que, durant une heure environ, je haranguai avec splendeur, mais non sans danger, cette laitance. Où prends-tu que je songe à faire un quadrille de la Très-Sainte Trinité en lui annexant Richard Wagner ? Depuis quand l'admiration pour un artiste est-elle un acte d'idolâtrie ?

Tu te déclares toi-même étranger à l'art, ce qui est déjà fort étrange et singulièrement démenti par tes travaux d'écrivain. M'accorderas-tu, cependant, qu'il a pu se rencontrer, même dans ce siècle, par le seul influx de la Volonté divine, un mortel assez *économisé* sur les rognures des Séraphins pour nous délivrer — au moyen d'un de ces prestiges dédaignés par toi, — quelque valable pressentiment de la Gloire ? *L'homme n'est que la pensée qu'il a,* j'ai passé ma vie à le dire...

— Un peu trop, peut-être, intercala Marchenoir.

— ...Si donc Wagner a pensé le Beau substantiel, poursuivit le fanatique, sans prendre garde à l'interruption, s'il a *pensé Dieu,* il a été Dieu lui-même, autant que le puisse être une créature.

Mais... n'ai-je pas parlé, il n'y a qu'un instant, *d'admiration ?* Où donc avais-je la tête ? Entre tes deux épaules,
j'imagine. En vérité, Marchenoir, c'est toi qui me désé-
quilibres. J'aurais de l'admiration, moi! pour Wagner, en
la même sorte qu'un notaire a de l'admiration pour
Boïeldieu! Ah! ah! très joli!...

Je suis à genoux, — cria-t-il, attisé soudain jusqu'au
flamboiement, hispide comme un hérisson de blason et les
yeux inconcevablement dilatés dans sa face pâle *chevron-
née* des huit ou dix siècles de son Lignage, — tu m'entends bien, je me traîne à deux genoux et le cœur percé,
comme Amfortas, dans la sacrée poussière du Mont
Salvat, dans l'ombre salutaire de la sainte Lance de Par-
sifal, et je chante avec les angéliques enfants :

« Le pain et le vin de la dernière agape, le Seigneur les
a changés, par la force d'amour de la compassion, en le
Sang qu'il a versé, en le Corps qu'il a offert... »

Il s'était élancé au piano, non sans bousculer Crozant,
et chantait en effet, maintenant, s'accompagnant de quelques accords, d'une voix chevrotante et sépulcrale, mais
si fondue dans l'ivresse amoureuse, dans l'adoration, dans
les pleurs, que le cantique de Wagner devenait un gémissement d'une douceur surnaturelle.

Ce fut si beau que tous se dressèrent, une minute,
à l'exception de Folantin, dont un sourire mauvais découvrit les dents supérieures et qui, ayant fort bien
entendu le mot sur ses mains, susurra, croyant tenir sa
vengeance :

— Le punch s'allume, ça va devenir drôle!

Quant à Marchenoir, quelque pénétré qu'il fût de ce Bénédicité sublime, cela ne pouvait rien changer à ses précédentes et déjà anciennes récalcitrations. Il n'en était pas à sa première querelle avec L'Isle-de-France. L'espèce d'ataxie cérébrale du poète et la débandade perpétuelle, infinie, de cette imagination de fulminate était trop connue de lui pour qu'il s'en déconcertât. Il l'aimait, d'ailleurs, autant qu'un rectiligne de son espèce pouvait aimer une incarnation du déséquilibre et du chaos.

— C'est un Innocent de Bethléem, disait-il, que les assassins d'Hérode ont mal égorgé. Et une pitié sans bornes renaissait en lui, chaque fois, pour l'incomparable misère de ce vieil enfant.

La crise finie, Bohémond revint sur Marchenoir, comme la vague revient sur l'écueil.

— Lorsque ce hors-d'œuvre des festins du Paradis qui se nomme *Tannhæuser*, dit-il d'une voix profonde et lointaine, fut livré aux chiens de l'Opéra et des alentours, il y aura bientôt vingt ans, pas un outrage ne fut oublié, tu le sais peut-être, quoique plus jeune que moi... de toutes manières. Mais j'y étais et j'affirme que jamais la scurrilité de l'enfer ne se déploya davantage pour avilir une Visitation inexprimable. Comment ne serais-je pas confondu de te rencontrer, toi, Marchenoir, qui fais profession de marcher sur la racaille, parmi la troupe hyrcanienne des insulteurs! Te plairait-il d'écouter un bout d'apologue?

Il alla chercher une chaise, s'assit en face de son adversaire, les pieds strictement rapprochés, les coudes aux
flancs et les mains jointes serrées entre les genoux, dans
la posture dévotieuse d'un jardinier sans remords écoutant
une homélie. Il parut se recueillir ainsi un moment. Puis,
relevant brusquement la tête, fit claquer sa langue, se
frotta les mains, congédia, une fois de plus la mèche indo-
cile de son front et, de l'air mystérieux d'un bonze qui va
dévoiler un arcane, il improvisa :

XXXI

Il y eut aux noces de Cana, en Galilée, — les évangé-
listes ont, je crois, omis ce détail, — un petit juif, un
horrible crapaudaillon de la tribu d'Issachar, qui voya-
geait pour un notable vigneron de Sarepta, et qui
fut présent lorsque le maître d'hôtel dégusta le vin du
miracle.

Ce jeune homme, plein de génie et probablement espion,
aperçut, d'un coup d'œil unique, l'énorme danger, pour le
commerce des vins en gros, de pareilles manifestations de
la Puissance divine.

En conséquence, après un rapide, mais attentif examen
du cas, pressé aussi, je m'en doute, par quelque impulsion
diabolique, il obtint du maître d'hôtel, ravi de l'affaire,
qu'il lui cédât, contre vingt ou trente *épha* du meilleur

cru de Saron, tout ce qui pourrait rester du *Sang du Christ* au fond des cruches miraculeuses.

Tu as bien compris, Marchenoir, du SANG DU CHRIST !

Or ce « bon vin » ayant été réservé pour la fin du banquet nuptial, lorsque les convives étaient déjà suffisamment imbibés de l'ordinaire, — comme l'atteste positivement un Historien vérifié dans l'huile bouillante, soixante ans plus tard, par l'empereur Domitien, — il y a lieu de croire qu'il dut en rester une quantité raisonnable qui fut expédiée, le soir même, à Jérusalem, avec un rapport très circonstancié, pour qu'on l'analysât dans le laboratoire du Sanhédrin.

Nul n'a le droit d'ignorer que les princes des prêtres et les docteurs de la loi qui formaient le Grand Conseil étaient des scélérats d'une science talmudique à faire peur, connaissant sur le bout du doigt toutes les traditions messianiques et tous les signes où se devait reconnaître l'avènement du Fils de Dieu. Quand ils demandèrent Sa mort, ils savaient donc très bien ce qu'ils faisaient, préférant la plus ample damnation lointaine à l'inconvénient prochain d'humilier devant Lui leurs barbes pharisaïques et pédiculaires.

Faute de documents certains, il serait difficile, je ne dis pas de savoir, mais seulement d'imaginer les sacrilèges abominations ou les *amalgames* vingt fois indicibles qui se perpétrèrent, en la conjoncture, au sein du Collège pandémoniaque. Mais voici ce qu'une vie déjà longue et, d'ailleurs, jusqu'à ce jour, entièrement consacrée à l'iniquité, m'a permis d'entrevoir.

Ce vin, identique, d'après une infiniment plausible exé-
gèse, à Celui qui devait être recueilli dans la coupe mystérieuse du Saint-Graal, fut conservé par les rabbins et
transmis, de siècle en siècle, à tous les cohens ou ꜱagans
fétides qui le gardaient soucieusement au fond de leurs
juiveries, comme un électuaire infaillible et *inépuisable*
pour faire entrer le démon dans le corps des hommes
qui en boiraient une seule goutte mélangée à n'importe
quel breuvage.

Il est vraisemblable qu'on en offrit à Judas un vaste
cratère et que la populace enragée qui hurlait à la mort
du Christ, le Vendredi Saint, écuma pour avoir bu le terrible vin sophistiqué des figuratives Épousailles...

J'ose donc présumer que ce poison de la plus ténébreuse officine des enfers est toujours invariablement
versé, chaque fois qu'il est expédient d'ameuter des
hommes contre Dieu ou, si on le préfère, contre un
Homme dont la scandaleuse Présence rend manifeste,
une fois de plus, la hideur plus qu'effroyable d'un monde
qui a cessé de ressembler à son Créateur. J'ai dit.

Il s'arrêta net, immobile autant qu'un vaisseau pris
dans les glaces du pôle antarctique, les mains étendues
nerveusement à deux centimètres au-dessus de la ficelle
de son pauvre pantalon fatigué par les automnes, la
bouche close désormais, comme s'il se fût agi de retenir
un irrévélable secret, et la flamme bleue de ses yeux pâles
dardée magnétiquement sur son interlocuteur.

14

XXXII

Quelque habitué que fût l'auditoire aux incartades imaginatives du poète, celle-ci parut forte et il y eut un silence. Tous, même Folantin, regardèrent curieusement Marchenoir demeuré très impassible, se demandant ce qu'allait dire ce redoutable. Clotilde, surtout, qu'il avait tant étonnée le premier jour et qui, d'ailleurs, avait peu compris la similitude, jaillissait d'elle-même, ayant l'air de croire que quelque chose de grand allait se passer.

— Marchenoir, dit Léopold, vous êtes le seul homme capable de répondre à ce que nous venons d'entendre.

Celui qu'on nommait l'Inquisiteur alluma une cigarette et s'adressant à L'Isle-de-France :

— *Quand la musique n'est pas bénie par l'Église,* prononça-t-il avec un grand calme, *elle est comme l'eau, très mauvaise et habitée par les démons.* Si je m'adressais à des intelligences dégagées de toute matière et, par conséquent, semblables à celles des anges, ce mot suffirait pour en finir avec Wagner. Malheureusement, il faut quelque chose de plus.

D'abord, je n'ai que faire de ton poison juif, mon cher Bohémond. Personne ne m'a jamais aperçu dans aucune meute ni aucune émeute. Je suis un méprisant et un solitaire, tu le sais très bien. J'ignore et veux ignorer ce qui a pu être gazouillé, coassé ou vociféré contre ce teuton qui recommence aujourd'hui, avec ses partitions orgueilleuses, la conquête rêvée, en 1870, par le vieux Guillaume, avec un million de soldats.

C'est assez, pour moi, de savoir qu'il a inventé une religion. Prosterne-toi tant que tu voudras, au seuil du Vénusberg ou de la Walhalla, traîne-toi sur les marches du Graal qui est leur prolongement lyrique dans ce « crépuscule des Dieux ». *Omnes dii gentium dæmonia.* Arrange tout ça avec les leçons de ton catéchisme dont tu me parais n'avoir gardé qu'un souvenir trouble. Mes genoux ne te suivront pas. Ils appartiennent à la sainte Eglise catholique, apostolique, romaine, exclusivement.

« Tout ce qui est en dehors d'elle vient du Mal, émane de l'Enfer, *nécessairement, absolument,* sans autre examen ni compromis oiseux, car ce qui trouble est ennemi de la Paix divine. » C'est toi-même qui a écrit cela, dans un de tes jours lucides. L'aurais-tu oublié déjà ? Fût-on l'artiste le plus grand du monde, il n'est pas permis de toucher aux Formes saintes, et ce qui bouillonne dans le calice du Mont Salvat, j'en ai bien peur, ne serait-ce pas précisément l'élixir épouvantable dont tu nous as fait le poème ? Beethoven n'entreprit jamais de mettre à genoux les peuples et les rois et n'eut pas besoin d'autres forces que celles de son génie. Wagner, impatient de tout dompter, a prétendu faire de la Liturgie elle-même l'accessoire des combinaisons de ses prétendus chefs-d'œuvre. *C'est la différence du légitime au bâtard.* Pourquoi voudrais-tu que je me traînasse pieusement derrière ce brouillard sonore qui ne devrait paraître une colonne de nuées lumineuses qu'aux imaginatifs grossiers de la Germanie ?

Ces paroles, vivement approuvées par Gacougnol, parurent exaspérer Bohémond. On le crut même sur le point de se livrer à quelque violence de langage. Par bonheur, il se souvint d'antérieures altercations du même genre où il avait senti l'adversaire aussi infranchissable que la plus haute cime de l'Himalaya, et il put se borner à lui dire avec une sorte de bonhomie orageuse :

— Tu es, peut-être, en effet, le *seul,* comme l'a très judicieusement observé Léopold, qui jouisse d'une plénière et papale dispense d'admirer Wagner. Es-tu bien sûr, pourtant, que l'Église, *notre* sainte Église romaine, soit nécessairement aussi rigoureuse ?

— Ceci, L'Isle-de-France, est une banalité sentimentale. L'Église, ici, n'a besoin d'aucune rigueur. Le néant de ceux qui l'outragent est surabondamment notifié par sa silencieuse et indéfectible présence. Elle est comme Dieu est, simplement, uniquement, substantiellement, et les nouveautés lui sont hostiles. Or c'en est une effroyable que de prostituer sa Liturgie. Il n'existe pas de profanation plus grave et celui qui l'ose vient se placer, de son propre mouvement, sous l'anathème.

Un dernier mot. J'ai lu que Wagner aimait à plonger ses auditeurs dans les ténèbres. Il paraît que son œuvre gagne à être entendue par des gens qui ne se voient pas les uns les autres et qui ne pourraient faire trois pas sans *tomber.* Ne te semble-t-il pas qu'il y a quelque chose d'un peu troublant dans cette circonstance de congédier la lumière, au moment même où on va servir un ragoût du ciel?

— Glose puérile et sophisme odieux! rugit le convulsionnaire. Pourquoi ne pas dire tout de suite, — comme l'ont insinué d'impurs cafards de Genève ou de Saint-Sulpice, — que l'obscurité dont tu parles fut calculée pour mettre à l'aise les frôleurs ou les tripoteurs que détraque le violoncelle?

— Hé! hé! fit Marchenoir.

— ...Oui, sans doute, cette idée ne te déplaît pas. Eh! bien, je dis que c'est une honte de chicaner à un grand homme ses moyens d'action. En cette matière il est et doit être seul juge, et les commérages ou clamitations marécageuses d'une provisoire humanité ne valent pas les quelques secondes qu'on perdrait à s'en ébahir. Pour ce qui est de la Liturgie...

— Laissons cela, Bohémond, reprit Marchenoir, le coupant raide. Aussi bien ne pourrions-nous jamais nous entendre. Tu me dirais des injures dont ta noblesse te forcerait bientôt à me demander pardon et nous en serions l'un et l'autre très malheureux. A quoi bon tant de mots? Nos voies sont diverses. Tu savais, d'avance, qu'il est impossible de faire de moi un sectaire et j'ai renoncé depuis longtemps à te faire comprendre quoi que ce soit. Ton génie a dévasté ta raison; c'est un chérubin au glaive de feu qui empêche ton intelligence de réintégrer le Paradis, et tu es obstrué, de surcroît, par l'épaisse formule hégélienne... Et, d'ailleurs, pourquoi Wagner? pourquoi tel ou tel artiste, lorsque l'Art lui-même est en litige?

Le belluaire s'était levé, comme pour congédier l'importune visitation des pensées frivoles. Bohémond, resté sur sa chaise, et le poing fermé sous son menton, dans l'attitude lithographique du maire de Strasbourg écoutant Rouget de l'Isle beugler la *Marseillaise*, l'envisageait de bas en haut, de la même façon qu'un tigre, à moitié vaincu mais plein de courage, envisagerait un mammouth ressuscité du Déluge.

— L'Art moderne est un domestique révolté qui a usurpé la place de ses maîtres, catéchisa le promulgateur d'Absolu. J'ai quelquefois dénoncé, avec une amertume qui paraissait excessive, l'étonnante imbécillité de nos chrétiens, et la haine vile dont ils rémunèrent le Beau, infailliblement. Vous m'accorderez, Messieurs, qu'il est impossible d'en dire trop sur cet article. Depuis trois ou quatre siècles, les catholiques et les dissidents de n'importe quelle étable ont tout fait pour dégrader l'imagination humaine. En ce seul point, hérétiques et orthodoxes ont été continuellement unanimes.

La consigne donnée aux uns et aux autres par le Tout-Puissant d'En Bas était *d'effacer le souvenir de la chute*. Alors, sous prétexte de restituer l'homme, on fit *renaître* la Viande antique avec toutes ses conséquences. Les cathédrales croulèrent, les nudités saintes firent place à la venaison et tous les rythmes appartinrent à la Luxure. Les lignes rigides que la droiture du Moyen Age avait attribuées aux représentations extra-corporelles des Martyrs, aussitôt brisées, s'incurvèrent, suivant la loi indisponible des mondes, qu'un enfantillage sublime avait un instant domptée, et devinrent les rinceaux de l'autel de Pan. C'est là, je pense, que nous en sommes tout à fait.

Que serait-il arrivé du Christianisme si les images même les plus sacrées étaient autre chose que des accidents de sa substance ? Notre Seigneur Jésus-Christ n'a pas confié sa Barque à des magnifiques. Le monde a été conquis par des gens qui ne savaient pas distinguer leur droite de leur gauche, et il y eut des peuples gouvernés avec sagesse par des Clairvoyants qui n'avaient jamais rien vu de ce qui grouille sur la terre. Pour ne parler que de la musique, la mélodie la plus somptueuse est au-dessous du silence, lorsqu'intervient le *Custodiat animam meam* de la communion du Prêtre. L'essentiel c'est de marcher sur les eaux et de ressusciter les morts. Le reste, *qui est trop difficile*, est pour amuser les enfants et les endormir dans le crépuscule.

Toutefois, l'Église, qui connaît parfaitement l'homme, a permis et voulu les Images, dans tous les temps, à ce point qu'elle a mis sur ses autels ceux qui donnèrent leur vie pour cette ossature traditionnelle de son culte, mais sous la réserve absolue d'une vénération surnaturelle strictement référée aux originaux invisibles que ces images représentent. Ainsi prononce le Concile de Trente.

Certes, le mépris ou l'horreur des chrétiens modernes pour toutes les manifestations d'un art supérieur est intolérable et paraît même une autre sorte d'iconoclastie plus démoniaque. Au lieu de crever des toiles ou de briser des statues peintes, comme cela se pratiquait sous les Isauriens, on étouffe des âmes de lumière dans la boue sentimentale d'une piété bête, qui est la plus monstrueuse défiguration de l'innocence...

— Tiens! poussa Druide, se tournant vers Folantin, n'est-ce pas, en propres termes, ce que vous me prophétisiez, il y a quelques jours : *Attendez-vous à finir dans l'égout?* Il s'agissait de ma pauvre peinture dont vous essayâtes charitablement de me décourager. Je demande pardon pour cette interruption, mais je n'ai pu la retenir, tant les derniers mots qui viennent d'être proférés ont ravivé dans mon cœur le sentiment d'une gratitude qui ne prendra fin qu'avec moi-même — et dans le même lieu, selon toute probabilité...

Folantin se contenta de sourire, aussi équivoquement qu'il put, et Marchenoir continua :

— L'Art, cependant, je le répète, est étranger à l'essence de l'Église, inutile à sa vie propre, et ceux qui le pratiquent n'ont pas même le droit d'exister s'ils ne sont pas ses très humbles serviteurs. Elle leur doit sa protection la plus maternelle, puisqu'elle voit en eux ses plus douloureux et ses plus fragiles enfants, mais s'ils deviennent grands et beaux, tout ce qu'elle peut faire, c'est de les montrer de loin à la multitude, comme des animaux féroces dont il est dangereux de s'approcher.

Aujourd'hui cette même Église, dont je suis bien forcé de parler sans cesse, puisqu'elle est l'unique mamelle, a été lâchée par tous les peuples, sans exception. Ceux qui ne l'ont pas expressément, officiellement reniée, la jugent très âgée et se préparent, en fils pieux, à l'ensevelir de leurs propres mains. Pourvue d'un conseil de famille et d'une armée de gardes-malades, à peu près dans tous les pays qui se croient encore d'obédience papale, quel pourrait être son prestige sur la vagabonde populace des rêveurs? Il peut se rencontrer quelques rares et aristocratiques individus qui soient en même temps des artistes et des chrétiens, — ce que ne fut certes pas Wagner, — mais il ne saurait y avoir un *Art chrétien*. Certains d'entre vous, peut-être, se rappellent que cette affirmation me fut reprochée avec amertume par les mêmes penseurs, j'ose le croire, qui reprochent le bourreau à Joseph de Maistre.

S'il existait un art chrétien, on pourrait dire qu'il y a une porte ouverte sur l'Éden perdu et que, par conséquent, le Péché originel et le Christianisme tout entier ne sont que des radotages. Mais cet art n'existant pas plus que l'Irradiation divine sur notre planète, éclairée à peine, depuis six mille ans, par le dernier tison d'un soleil que les Désobéissants éteignirent, il était inévitable que les artistes ou les poètes, impatients de rallumer ce flambeau, s'éloignassent d'une vieille Mère qui n'avait à leur proposer que les catacombes de la Pénitence.

Or, quand l'Art est autrement qu'à genoux, — non, comme le prétend mon cher ami Bohémond, dans la poussière du Graal, voisin, m'a-t-on dit, d'un ancien théâtre bâti par Voltaire, mais aux pieds d'un très humble prêtre, — il faut nécessairement qu'il soit sur le dos ou sur le ventre, et c'est ce qu'on nomme l'*Art passionnel*, le seul qui puisse, maintenant, donner un semblant de palpitation à des cœurs humains pendus à l'étal de la Triperie du Démon !

XXXIII

LA vigueur de cette harangue parut avoir dégoûté Bohémond de toute entreprise nouvelle sur un adversaire intraitable dont il admirait, d'ailleurs, l'intransigeance et la « catapultuosité », — dénominatif monstrueux qu'il avait puisé dans le *gueuloir* de Flaubert, autrefois beaucoup trop connu.

— Pauvre Bohémond ! marmotta cette bonne rosse d'Apémantus, depuis qu'en un soir d'ivresse il a vendu son *reflet* à Catulle Mendès, pour quelques centimes, comme dans le conte allemand, il est devenu incapable de se retrouver lui-même, fût-ce à tâtons !

Les autres, que Marchenoir avait traînés par des chemins où ils n'avaient pas coutume d'aller, se récupérèrent et s'orientèrent comme ils purent. Gacougnol, très satisfait d'une si belle défense des idées qu'il croyait avoir, félicita bruyamment le grandiloque et fit circuler des boissons.

Clotilde, cependant, restait sur son appétit d'émotions intellectuelles. Il lui semblait que tout n'était pas fini. Quelque chose qu'elle n'aurait pu dire manquait à cette primitive, à cette neuve qui voulait son héros tout à fait sublime et, d'instinct, elle attendait un rais de foudre.

Aussi les pulsations de son âme se multiplièrent lorsque Druide, visiblement égaré depuis que Marchenoir avait arraché la langue à Bohémond, l'interpella en ces termes qui ne permettaient aucune évasion :

— De tout ce que vous nous avez dit, Marchenoir, je ne peux et ne veux retenir qu'un mot qui me précipite, je suis forcé de l'avouer, dans un gouffre de stupéfaction. *Suis-je un artiste!* avez-vous crié tout à l'heure, de l'air d'un corsaire qu'on menacerait d'enchaîner au banc d'une chiourme. Notre ami vous en a exprimé son étonnement qui n'a pas dû être médiocre. Voulez-vous me permettre une question? Si vous n'êtes pas artiste, qu'êtes-vous donc ?

— Je suis Pèlerin du Saint Tombeau! répondit Marchenoir de sa belle voix grave et claire qui fait ordinairement osciller les crêtes et les caroncules. Je suis cela et rien de plus. La vie n'a pas d'autre objet, et la *folie* des Croisades est ce qui a le plus honoré la raison humaine. Antérieurement au crétinisme scientifique, les enfants savaient que le Sépulcre du Sauveur est le Centre de l'univers, le pivot et le cœur des mondes. La terre peut tourner autant qu'on voudra autour du Soleil. J'y consens, mais à condition que cet astre, qui n'est pas informé de nos lois astronomiques, poursuive tranquillement sa révolution autour de ce point imperceptible et que les milliards de systèmes qui forment la roue de la Voie lactée continuent le mouvement. Les cieux inimaginables n'ont pas d'autre emploi que de marquer la place d'une vieille pierre où Jésus a dormi trois jours.

Né, pour ma désolation indicible, dans un fantôme de siècle où cette notion rudimentaire est totalement oubliée, pouvais-je mieux faire que de ramasser le bâton des vieux voyageurs qui crurent à l'accomplissement infaillible de la Parole de Dieu?

Il me suffit de croire avec eux que le Lieu Saint doit redevenir, au temps marqué, le Siège épiscopal et royal de cette Parole qui jugera toutes les paroles. Ainsi sera résolue l'Anxiété fameuse que les Politiciens nomment si sottement la *Question d'Orient*.

Alors, que voulez-vous que je vous dise? Si l'Art est dans mon bagage, tant pis pour moi! Il ne me reste que l'expédient de mettre au service de la Vérité *ce qui m'a été donné par le* MENSONGE. Ressource précaire et dangereuse, car le propre de l'Art, c'est de façonner des Dieux!

...Nous devrions être horriblement tristes, ajouta l'étrange prophète, comme se parlant à lui-même. *Voici que le jour descend et que vient la nuit où personne ne travaille plus.* Nous sommes très vieux et ceux qui nous suivent sont plus vieux encore. Notre décrépitude est si profonde que nous ne savons même pas que nous sommes des IDOLATRES.

Quand Jésus viendra, ceux d'entre nous qui « veilleront » encore, à la clarté d'une petite lampe, n'auront plus la force de se tourner vers Sa Face, tellement ils seront attentifs à interroger les *Signes* qui ne peuvent pas donner la Vie. Il faudra que la Lumière les frappe dans le dos et qu'ils soient jugés par derrière !...

XXXIV

CLOTILDE revint chez elle à trois heures du matin, escortée de ses amis Gacougnol, Marchenoir et Léopold, qui avaient tenu à la reconduire jusqu'à sa porte, dans ce quartier de marchands de salaisons du Pacifique et de souteneurs de la Pentapole, l'un des plus redoutables du Paris actuel.

Enivrée de cette soirée singulière, intolérable, sans doute, pour toute autre femme, où s'était affirmée, d'une manière si décisive, la prééminence de l'homme sur les animaux privés de grammaire; habituée, d'ailleurs, à ne donner aucune attention à ce qui se passait chez la Séchoir, elle ne songea pas à s'étonner de voir qu'on veillait encore et ne voulut même pas remarquer, en traversant le vestibule pour gagner sa chambre, le chuchotement soudain de plusieurs voix dans le grand salon. Elle ne devait s'en souvenir que plus tard. Mais elle eut un vague frisson et, à peine rentrée, tira son verrou.

Vaillante comme elle était, cependant, elle ne tarda pas à se remettre complètement et à se moquer d'elle-même. Courte prière, déshabillage rapide et sommeil. Voici maintenant les fantômes qui passent devant les yeux ouverts de son âme.

Vêtue avec magnificence et beaucoup plus belle que les reines, elle se voit assise dans un lieu très-bas. Elle a froid et elle a peur, mais pour le salut du monde, il ne lui serait pas possible de remuer le bout d'un doigt.

Le silence est énorme et l'obscurité, à quelques pas, est si compacte, si coagulée, si poisseuse, que le soleil s'y éteindrait.

Les pensées ou les sentiments qu'elle faisait marcher devant elle, quand elle était vive et forte, sont engloutis dans ces ténèbres.

Son puissant désir de vivre a disparu. Il lui semble que son cœur est vide, que Dieu est infiniment loin, et que son corps inerte est une petite colline triste au fond d'un immense abîme.

Sans doute que tout est détruit sur la terre. Pourtant elle n'a pas vu la Croix de Feu qui doit apparaître quand Jésus viendra dans sa gloire, pour juger vivants et morts. Elle n'a rien vu et rien entendu.

— Ai-je donc été jugée pendant mon sommeil? songe-t-elle.

Le silence, à la fin, s'émeut et se plisse, comme une eau de plomb où s'éveilleraient des bêtes inconnues. Elle entend un bruit...

Oh! mais si faible, si lointain, qu'on dirait d'un de ces pauvres trépassés qui n'ont presque pas la permission d'appeler à leur secours et que les vivants cruels n'écoutent jamais.

Le cœur de la pitoyable fille bat à gros coups contre les murailles de son sein, cloche sourde et muette dont le branle désespéré ne troublerait pas un atome...

Le bruit extérieur augmente. Un moment, on cogne, on vocifère, puis le silence retombe.

Or, il n'y a plus de ténèbres. Elles ont pris la fuite, comme un troupeau noir qu'une panique aurait dispersé.

Clotilde voit une étendue morne et pâle, « une terre déserte, sans voie et sans eau », selon les paroles du Prophète, et le bon Gacougnol lui apparaît.

Il est mort, il a un couteau planté dans le cœur et sa poitrine est inondée de sang. Il ne marche pas, il glisse ainsi qu'une masse légère poussée par le vent. Il passe tout près d'elle, la regarde de ses yeux éteints, avec une compassion douloureuse, et lui dit :

— Vous êtes nue, ma pauvre fille ! prenez mon manteau.

Elle découvre, alors, qu'elle est entièrement nue. Mais le spectre, déjà, n'a plus de manteau à lui donner, plus de visage, plus de mains, et le geste qu'il voulut faire a suffi pour le dissiper.

Marchenoir surgit à son tour. Celui-là, du moins, paraît

vivre. Mais on ne distingue pas sa figure, tant il marche courbé, et quel fardeau! — Dieu de miséricorde! — quel fardeau épouvantable sur ses épaules!

Ensuite, c'est fini. Personne ne passera plus. Une impénétrable forêt a jailli du sol, une de ces forêts du tropique où la foudre allume des incendies. En voilà un précisément qui éclate. Effrayant et magnifique spectacle!

O Jésus en agonie! n'est-ce pas Léopold qu'elle aperçoit au centre de la fournaise, avec sa haute et dédaigneuse face ravagée par d'inconcevables tourments? Il aura été surpris, le malheureux! Le voilà qui lutte contre ces cascades de feu, comme il lutterait contre une armée d'hippopotames en colère. Mais sa chevelure s'est enflammée, il se croise les bras et brûle, impassible, comme un flambeau...

La dormeuse a pu, enfin, jeter un grand cri. Réveillée instantanément, elle s'élance hors de son lit, arrache d'une main ferme ses rideaux en feu, les foule sous un tapis et ouvre la fenêtre pour chasser l'odeur suffocante.

Il fallait vraiment qu'elle fût bien troublée ou bien assommée, pour avoir oublié de souffler sa bougie avant de s'endormir. Elle met ses deux mains sur son cœur pour en comprimer les palpitations.

— Tu n'as pas assez prié Dieu ce soir, Desdémone! dit-elle, se rappelant les lectures de l'atelier. Quel horrible cauchemar!

Elle se souvient, une fois de plus, de la prédiction mystérieuse du Missionnaire : *Quand vous serez dans les flammes...* Bien souvent, le jour, elle y pensait; faudra-t-il, maintenant, qu'elle y pense le long des nuits!...

Mais pourquoi ce Léopold, qu'elle a vu à peine, quelquefois, et qui est pour elle un inconnu? Pourquoi lui est-il montré d'une manière si tragique et qui correspond si exactement à sa plus secrète préoccupation?

Le sommeil qui charge de chaînes le corps humain a le pouvoir de restituer à l'âme, pour la durée d'un éclair, la *simplicité* de vision qui est le privilège de l'*Innocence*. C'est pour cela que les impressions d'horreur ou de joie reçues dans les songes ont une énergie dont la conscience est humiliée quand la mécanique de luxure a ressaisi son empire.

La physionomie de pirate ou de condottière de Léopold avait paru à Clotilde si surnaturelle, dans le décor de son rêve, qu'elle crut que ce personnage énigmatique lui était *révélé*. Elle vit en lui un de ces héros en désuétude, criblés d'ombre et de dédains par un monde ignoble, qui ne peuvent se manifester que dans quelque soudaine et inimaginable conflagration.

Et cela devint aussitôt pour elle un autre rêve si profond que tout s'y noya. L'image, terrible pourtant, de son bienfaiteur poignardé, celle de Marchenoir écrasé sous le poids d'une vie aussi lourde que les contreforts du ciel, disparurent. Faiblement, elle s'étonna de son versatile cœur qu'elle ne pouvait retenir, qui s'en allait spontanément vers un étranger.

— Allons! je suis une sotte, s'écria-t-elle, refermant la

15

fenêtre d'où venait un air glacial, une sotte rêveuse et une ingrate!

Elle s'agenouilla devant son lit pour une prière et se rendormit dans cette posture, en sanglotant.

XXXV

Vous avez le sommeil dur, Mademoiselle, lui dit son hôtesse à l'heure du déjeuner. Voici une lettre que le porteur m'avait priée de remettre sans retard. Vous ayant entendue rentrer à trois heures, j'ai cru bien faire de frapper chez vous. Mais vous dormiez déjà si profondément que je n'ai pu vous réveiller. Quand je verrai M. Gacougnol, je le gronderai de vous garder si longtemps. Le cher homme n'est pas raisonnable. *Il devrait vous ménager.*

Clotilde, qui venait de prendre la lettre et qui avait reconnu l'écriture de sa mère, demeura immobile, saisie de ces derniers mots qu'on aurait pu croire portés sur les ailes d'un doux zéphire et dont l'intention n'était pas douteuse. Elle vit en plein la malice infernale de la drôlesse qui l'insultait et devina l'extrême satisfaction des pensionnaires, voluptueusement chatouillées de cette insolence en leurs plus intimes recoins.

Une seconde, elle fut sur le point d'éclater. Mais elle se rappela en même temps sa résolution, prise dès le premier jour, de mettre un dragon à chacune des trois portes par lesquelles ces tourmenteuses auraient pu pénétrer dans son âme. Depuis plusieurs mois qu'elle mangeait à la pension, elle ne disait rien, ne voyait rien, n'entendait rien. Elle s'était enfermée dans sa volonté comme dans une tour.

Pourquoi donc, alors, n'aurait-elle pas enduré les conjectures ou les soupçons outrageants, aussi longtemps que la haine basse dont elle se sentait enveloppée ne serait pas incompatible avec sa paix intérieure ? Elle avait, d'ailleurs, pour elle-même, aussi peu d'estime qu'une femme en peut avoir et trouvait infiniment naturel de ne pas en inspirer. Aux fréquentes questions que lui faisait Gacougnol, elle avait invariablement répondu avec assurance que rien ne manquait à son bien-être et, vraiment, elle pensait ainsi.

Cette fois, pourtant, l'injure était si flagrante qu'il lui parut difficile de la dévorer, et un peu d'héroïsme lui fut nécessaire pour se borner à répondre que Gacougnol lui avait fait l'honneur de l'admettre à une soirée d'artistes où figuraient de non moindres personnages que Folantin et Bohémond de l'Isle-de-France.

Vengeance infaillible. L'institutrice déplumée, folle de gloire et qui ne pouvait attirer chez elle que des reporters ou des poètes de concours, aurait accompli des actes de vertu pour obtenir une telle faveur.

Clotilde ne se résolut à ouvrir sa lettre que lorsqu'elle se fut retirée dans sa chambre. Elle n'espérait aucune consolation de cette lecture et la nuit affreuse qui avait

laissé son ombre sur elle ne la disposait pas aux pressentiments joyeux.

La femelle de Chapuis l'avait laissée jusqu'à ce jour, il
est vrai, tout à fait tranquille, n'ayant même pas cherché
à lui soutirer de l'argent, ce qui pouvait passer pour un
miracle. Sans la crainte de rencontrer l'horrible voyou,
Clotilde aurait déjà tenté de la revoir, car la paix charmante où s'engourdissait le souvenir des tribulations
d'autrefois l'inclinait à une sorte de pitié pour sa misérable mère. Mais, en ce moment, elle ne sentait que de
l'inquiétude et de l'effroi. Voici ce qu'écrivait la compagne
d'Isidore.

« Ma chère enfant, Ta tendre mère qui t'a portée dans
ses flancs et qui a tant souffert pour te mettre au monde,
est sur le point d'achever son pèlerinage terrestre. Ma
Clo-clo bien-aimée, je voudrais te bénir une dernière fois,
avant de retourner dans ma céleste patrie. La bénédiction
d'une mère porte bonheur. Je ne veux pas te faire de
reproches, au moment où je vais revêtir la robe blanche
pour paraître devant mon fiancé. Je sais que tout n'est
pas rose dans la vie et je ne peux pas te blâmer d'avoir
su te faire une position, mais tu n'as pas été gentille pour
tes vieux parents qui t'adorent. Quand ton M. Gacougnol
m'a jetée à la porte, j'ai eu les sangs tournés et c'est ce
qui est cause de ma mort. Zizi te ferait pitié. Le pauvre
agneau est comme une âme en peine depuis ton départ.
J'irai l'attendre dans le ciel, où il ne tardera pas à me
suivre, le chérubin! Cependant nous te pardonnons de

bien bon cœur. Viens dans nos bras, viens fermer les yeux à la sainte créature qui a tout sacrifié pour toi. Accours, mon enfant, mais n'oublie pas d'apporter un peu d'argent pour m'ensevelir, car nous n'avons plus rien. Ta pauvre mère qui aura bientôt cessé de souffrir. Rosalie. »

— *C'est un mensonge!* dit Clotilde, en posant la lettre qui était, d'ailleurs, puante et sordide, quoique burinée d'une main très ferme et même orthographiée avec luxe. Toute une enfance de larmes et toute une jeunesse d'enfer étaient dans ce mot.

Elle décida, néanmoins, d'aller à Grenelle. Mais elle ne pouvait se dispenser d'en avertir Gacougnol et courut d'abord à l'atelier.

— Bon Dieu! ma chère petite, cria le peintre en l'apercevant, comme vous voilà *déterrée!* Seriez-vous malade?

Elle lui raconta sa mauvaise nuit et l'incendie de ses rideaux, sans parler, toutefois, du cauchemar; puis, spontanément, lui donna à lire la lettre de sa mère.

— Mais, ma pauvre Clotilde, on vous tend un piège. *Votre mère n'est pas plus mourante que moi,* la digne femme. On suppose avec noblesse que je vous comble de trésors et on meurt surtout du désir de les extraire de votre porte-monnaie... Je comprends très bien, cependant, que vous teniez à éclaircir ce point. Écoutez. Je m'intéresse infiniment plus à votre situation qu'aux sottes besognes que je fais ici. Vous ne savez pas? Nous allons partir ensemble. Je vous déposerai à l'église la plus proche du « chérubin » et j'irai seul prendre des nouvelles de la

« sainte créature ». Inutile de vous dire que je ne m'attarderai pas dans ce lieu charmant. De toutes manières, vous me verrez reparaître bientôt, et si votre présence est indispensable, vous le saurez par moi d'une manière certaine.

La proposition avait quelque chose d'exorbitant. Clotilde hésita une minute, rien qu'une minute, juste ce qu'il fallait pour que sa volonté, déjà si parfaitement acquise à cet homme, s'inclinât... et cette minute décida de leur destin.

DEUXIÈME PARTIE

—

L'ÉPAVE DE LA LUMIÈRE

Libera me, Domine, de morte æterna, dum veneris judicare sæcuum per ignem.

Officium Defunctorum.

I

Vous aurez toujours des pauvres parmi vous. Depuis le gouffre de cette Parole, aucun homme n'a jamais pu dire ce que c'est que la Pauvreté.

Les Saints qui l'ont épousée d'amour et qui lui ont fait beaucoup d'enfants assurent qu'elle est infiniment aimable. Ceux qui ne veulent pas de cette compagne meurent quelquefois d'épouvante ou de désespoir sous son baiser, et la multitude passe « de l'utérus au sépulcre » sans savoir ce qu'il faut penser de ce monstre.

Quand on interroge Dieu, il répond que c'est Lui qui est le Pauvre : *Ego sum pauper*. Quand on ne l'interroge pas, il étale sa magnificence.

La Création paraît être une fleur de la Pauvreté infinie; et le chef-d'œuvre suprême de Celui qu'on nomme le

Tout-Puissant a été de se faire crucifier comme un voleur dans l'Ignominie absolue.

Les Anges se taisent et les Démons tremblants s'arrachent la langue pour ne pas parler. Les seuls idiots de ce dernier siècle ont entrepris d'élucider le mystère. En attendant que l'abîme les engloutisse, la Pauvreté se promène tranquillement avec son masque et son *crible*.

Comme elles lui conviennent, les paroles de l'Évangile selon saint Jean! « Elle était la vraie lumière qui illumine tout homme venant en ce monde. Elle était dans le monde et le monde a été fait par elle, et le monde ne l'a point connue. Elle est venue dans son domaine, et les siens ne l'ont pas reçue. »

Les *siens!* Oui, sans doute. L'humanité ne lui appartient-elle pas? Il n'y a pas de bête aussi nue que l'homme et ce devrait être un lieu commun d'affirmer que les riches sont de mauvais pauvres.

Quand le chaos de ce monde en chute aura été débrouillé, quand les étoiles chercheront leur pain et que la fange la plus décriée sera seule admise à refléter la Splendeur; quand on saura que *rien n'était à sa place* et que l'espèce raisonnable ne vivait que sur des énigmes et des apparences; il se pourrait bien que les tortures d'un malheureux divulgassent la misère d'âme d'un millionnaire qui correspondait spirituellement à ses guenilles, sur le registre mystérieux des répartitions de la Solidarité universelle.

— Moi, je me fous des pauvres! dit le mandarin.

— Très bien! mon joli garçon, dit la Pauvreté sous son

voile, viens donc chez moi. J'ai un bon feu et un bon lit...
Et elle le mène coucher dans un charnier.

Ah! vraiment, ce serait à dégoûter d'être immortel s'il
n'y avait pas de surprises, même *avant* ce qu'on est convenu d'appeler la mort, et si la pâtée des chiens de cette
duchesse, revomie par eux, ne devait pas être, un jour,
l'unique espoir de ses entrailles éternellement affamées!

— Je suis ton père Abraham, ô Lazare, mon cher enfant
mort, mon petit enfant que je berce dans mon Sein pour
la Résurrection bienheureuse. Tu le vois, ce grand Chaos
qui est entre nous et le cruel riche. C'est l'abîme, qu'on ne
peut franchir, des malentendus, des illusions, des igno-
rances invincibles. Nul ne sait son propre *nom*, nul ne
connaît sa propre *figure*. Tous les visages et tous les cœurs
sont obnubilés, comme le front du parricide, sous l'impénétrable tissu des combinaisons de la Pénitence. On ignore
pour qui on souffre et on ignore pourquoi on est dans les
délices. L'impitoyable dont tu enviais les miettes et qui
implore maintenant la goutte d'Eau du bout de ton doigt
ne pouvait apercevoir son indigence que dans l'illumination des flammes de son tourment; mais il a fallu que je te
prisse des mains des Anges pour que ta richesse, à toi, te
fût révélée dans le miroir éternel de cette face de feu. Les
délices permanentes sur lesquelles avait compté ce maudit
ne cesseront pas, en effet, et ta misère non plus n'aura
pas de fin. Seulement, l'Ordre ayant été rétabli, vous avez
changé de place. Car il y eut entre vous deux une affinité
si cachée, si parfaitement inconnue, qu'il n'y avait que

l'Esprit-Saint, visiteur des os des morts, qui eût le pouvoir de la faire éclater ainsi dans l'interminable confrontation!...

Les riches ont horreur de la Pauvreté parce qu'ils ont le pressentiment obscur du négoce piaculaire impliqué par sa présence. Elle les épouvante comme le visage morne d'un créancier qui ne connaît pas le pardon. Il leur semble, et ce n'est pas sans raison, que la misère effroyable qu'ils dissimulent au fond d'eux-mêmes pourrait bien rompre d'un coup ses liens d'or et ses enveloppes d'iniquité, et accourir tout en larmes au-devant de Celle qui fut la Compagne élue du Fils de Dieu!

En même temps, un instinct venu d'En Bas les avertit de la *contagion*. Ces exécrables devinent que la Pauvreté, c'est la Face même du Christ, la Face conspuée qui met en fuite le Prince du Monde et que, devant Elle, il n'y a pas moyen de manger le cœur des misérables au son des flûtes ou des haut-bois. Ils sentent que son voisinage est dangereux, que les lampes fument à son approche, que les flambeaux prennent des airs de cierges funèbres et que tout plaisir succombe... C'est la contagion des Tristesses divines...

Pour employer un lieu commun dont la profondeur déconcerte, les pauvres *portent malheur*, en le même sens que le Roi des pauvres a déclaré qu'il était venu « porter le glaive ». Une tribulation imminente et certainement épouvantable est acquise à l'homme de joie dont un pauvre a touché le vêtement et qu'il a regardé les yeux dans les yeux.

C'est pourquoi il y a tant de murailles dans le monde, depuis la biblique Tour qui devait cogner le ciel, — Tour si fameuse que le Seigneur « descendit » pour la voir de près, — et qu'on bâtissait sans doute afin d'écarter éternellement les Anges nus et sans domicile qui erraient déjà sur la terre.

II

CINQ ans plus tard. Clotilde est maintenant la femme de Léopold. Gacougnol est mort. Marchenoir est mort. Un petit enfant est mort. Et de quelles horribles morts!

En attendant son mari, son cher mari qu'elle se reproche d'aimer autant que Dieu, elle lit la Vie des Saints. Sa préférence est pour ceux qui ont versé leur sang, qui ont enduré d'horribles tortures. Ces histoires de Martyrs la comblent de force et de douceur, surtout lorsqu'elle a la chance de tomber sur quelques-uns de ces candides fragments de leurs *Actes sincères,* tels que la relation de sainte Perpétue ou la fameuse lettre des églises de Vienne et de Lyon, miraculeusement préservés de la sucrerie démoniaque des abréviateurs.

Alors, elle se sent appuyée à une colonne et peut regarder en arrière.

La voici justement qui ferme son livre, aveuglée de larmes et le visage tout en pleurs.

Oh! elle n'a pas changé. C'est toujours le « ciel d'automne » d'autrefois, avec un commencement de crépuscule, un ciel de pluie où le soleil meurt. Mais elle *se ressemble* davantage. A force de souffrir, elle a tellement conquis son *identité* que, parfois, dans la rue, les tout petits, qui sont nés depuis peu, lui tendent les bras, ayant l'air de la reconnaître...

Que de choses en ce court espace de cinq années!

Il y a une minute affreuse qui pèsera sur son cœur jusqu'au moment où lui seront dites les sacrées paroles de l'agonie, qui délivrent l'âme du poids des minutes et du poids des heures : *Proficiscere, anima christiana, de hoc mundo!* Sans cesse elle revoit le pauvre Gacougnol mourant, frappé sauvagement par le compagnon abominable de sa mère.

De l'église de Grenelle, où elle attendait son retour, un pressentiment l'avait tout à coup jetée dans la rue, comme si l'Ange d'Habacuc l'eût empoignée par les cheveux. Arrivée en quelques instants à la maison de l'assassin devant laquelle déjà grondait une multitude, son bienfaiteur lui était apparu, porté par deux hommes, un couteau en pleine poitrine, avec la même figure que dans son rêve. On n'avait pas encore osé arracher cette arme très profondément enfoncée.

Tout ce qui avait suivi lui semblait un autre rêve. Les quatre jours d'agonie du blessé, sa mort, son enterrement; ensuite le procès de Chapuis et de sa femme, où elle avait dû comparaître en qualité de témoin, sans pouvoir presque

articuler un seul mot, tant elle était paralysée de voir sa
mère plus vivante et plus audacieusement cafarde que
jamais. Elle se souvenait d'avoir entendu, — aussi longtemps qu'avaient duré les débats, — comme un tintement
de cloche à son oreille, cette parole de la victime : *Votre
mère n'est pas plus mourante que moi...*

Le pochard sanglant n'avaiu échappé à la guillotine que
par l'équité de quelques jurés marchands de vin qui avaient
admis la circonstance atténuante de l'alcoolisme, invoquée
par un avocat d'origine polonaise, et on l'avait envoyé se
dessoûler perpétuellement au bagne.

Quant à la papelarde, elle consommait son martyre dans
la pénombre claustrale d'une prison cellulaire, non loin
de l'altière et poétique Séchoir, trahie par des lettres
trouvées dans les guenilles de cette bandite et convaincue
d'avoir machiné contre sa pensionnaire le guet-apens où
Gacougnol avait succombé.

L'instruction avait révélé la manigance diabolique et à
peu près invraisemblable d'un *viol*, que le balancier vert-
galant se serait chargé de conditionner lui-même avec une
virtuosité incomparable.

Aucun autre calcul apparent. On voulait seulement
noyer la malheureuse fille dans le plus profond désespoir,
la tuer d'horreur, en comptant bien qu'elle n'oserait jamais
dénoncer sa mère.

Pendant trois semaines, les journaux avaient fait couler
ce fleuve d'ordures. Clotilde, broyée de chagrin, s'était
vue forcée de subir, en manière d'extra, la flétrissante

commisération des chroniqueurs qui larmoyèrent, aux rives du Nil de l'information parisienne, sur les malheurs de la « délicieuse maîtresse » de Pélopidas Gacougnol, enfin qualifié d'illustre.

Ce pauvre nom ridicule, synonyme, pour elle seule, de la Miséricorde infinie, avait été profané, à cause d'elle, par ces chiens immondes.

Mais, comme il fallait que tout fût exceptionnel dans les aventures d'une pauvresse vouée aux flammes, il y avait eu encore autre chose.

Environ deux heures avant sa mort, Gacougnol, s'éveillant d'un long évanouissement, pendant lequel on lui avait administré l'extrême-onction, s'était tout de suite informé d'elle. Léopold et Marchenoir, qui ne quittaient pas sa chambre, lui ayant répondu que le juge d'instruction l'avait fait appeler en hâte :

— Pauvre fille! avait-il dit, j'aurais aimé sa figure de sainte au dernier moment. Mais je ne veux pas la laisser sans ressources. Donnez-moi du papier, chers amis, je vais écrire un bout de testament.

Il avait, en effet, trouvé la force d'écrire pendant quelques minutes, puis laissant tout tomber, indifférent, désormais, aux choses terrestres, il s'était mis à heurter doucement à la porte pâle...

Le testament avait été reconnu INDÉCHIFFRABLE!

Un frère jusqu'alors inconnu, magistrat vertueux venu de Toulouse pour conduire le deuil, avait tout raflé, sans que les exhortations pathétiques des deux amis, qui l'instruisirent éloquemment des dernières volontés du mort, eussent eu le pouvoir de lui faire lâcher un centime.

Ce drame, dont toutes les péripéties ont été d'une amertume excessive, Clotilde le retrouve au fond de son cœur, installé comme dans un antre, chaque fois qu'elle y veut descendre. Rien n'a pu tuer ce dragon, pas même les autres douleurs. Quelquefois, c'est à croire qu'il les dévore, tant il est vivant!

De temps en temps, son bienfaiteur passe dans ses rêves, tel qu'elle l'a vu la veille du crime. C'est toujours le même regard de compassion douloureuse, mais sans paroles, et le spectre s'évanouit aussitôt.

Tout ce qu'elle peut faire, c'est de prier pour l'âme en peine, mais, jusqu'à son dernier jour, elle s'accusera d'avoir causé la mort de cet homme qui l'avait sauvée du désespoir.

Et pourquoi cela? mon Dieu! pourquoi? Parce qu'elle avait peur, tout simplement. Parce qu'elle était une lâche, une impardonnable lâche!

Elle se lève, jette son livre sur une table, regarde autour d'elle avec détresse. Elle aperçoit le grand vieux Christ en bois peint, relique du quatorzième siècle que lui a donnée son mari. C'est là seulement qu'elle sera bien. Elle met son front sur les pieds durs de cette image et dit en pleurant :

— Seigneur Jésus, ayez pitié de moi! Il est écrit dans votre Livre que vous avez eu *peur* en votre Agonie, lorsque

16

votre âme était triste jusqu'à la mort, et que vous avez eu peur jusqu'à suer le sang. Vous ne pouviez pas descendre plus bas. Il fallait que les lâches eux-mêmes fussent rachetés et vous vous êtes laissé tomber jusque-là. O Fils de Dieu, qui avez eu peur dans les ténèbres, je vous supplie de me pardonner! Je ne suis pas une rebelle. Vous m'avez pris mon enfant, mon doux petit garçon aux yeux bleus, et je vous ai offert ma désolation, et j'ai dit, comme au sacrifice de la messe, que cela était juste et raisonnable, équitable et salutaire... Vous savez que je n'ai point d'estime pour moi-même, que je me regarde vraiment comme une petite chose faible et triste. Guérissez-moi, fortifiez-moi, éloignez de moi, si c'est votre volonté, le calice de cette amertume... Cette eau, mon Sauveur, cette eau vive que vous promîtes à la Samaritaine prostituée, donnez-la-moi, pour que je sois du nombre de ceux qui vivront toujours, pour que je la boive, pour que je m'y baigne, pour que je m'y lave, pour que je sois un peu moins indigne du noble époux que vous m'avez choisi et que ma tristesse décourage !...

Léopold vient d'entrer et Clotilde s'est précipitée dans ses bras.

— Mon cher ami! mon bien-aimé! ne t'afflige pas de me voir pleurer. Ce sont des larmes de tendresse. J'ai tant de chagrin d'être pour toi une mauvaise femme! Je demandais à Dieu de me rendre meilleure... Comme tu es pâle! mon Léopold, comme tu parais abattu!

On pourrait croire, en effet, qu'elle tient dans ses bras un fantôme. Ce n'est plus le flibustier, le condottière terrible, le fascinateur à la bouche close qui faisait trembler. Tout cela est loin. Quelque chose de très puissant a dompté ce fauve. C'est la douleur, sans doute, une *certaine* douleur. Seulement il a fallu que ce breuvage, que ce philtre lui fût présenté par l'enchanteresse miséricordieuse dont il est devenu captif.

Au contraire de Clotilde, il a beaucoup vieilli, bien qu'il ait à peine quarante ans. Sa tête est devenue grise et ses yeux, épuisés par ses travaux d'enluminure, ont perdu cette fixité inquiétante qui les faisait ressembler à ceux d'un tigre. La face a gardé toute son énergie, mais s'est *démasquée* de cette raideur cruelle, tétanique, suggérant l'idée d'une âme garrottée par le désespoir.

— Rassure-toi, ma Clotilde, grâce à Dieu et à tes prières, je n'ai pas de nouveau sujet de peine, dit-il, d'une voix que ses anciens amis ne reconnaîtraient pas, tant elle est douce, et que brise, par moments, l'émoi de son cœur, lorsqu'il prononce le nom de sa femme.

Il la serre sur sa poitrine, comme un naufragé serre une épave que le brasillement de la Voie lactée rendrait lumineuse, et un peu après :

— En revenant de mes courses, j'ai été m'agenouiller à Saint-Pierre, puis j'ai visité nos tombes, et je sens que nous ne serons pas abandonnés, ajoute-t-il, regardant le pauvre gîte où ils vivent, on ne sait comment, depuis des mois. Car ils sont très malheureux.

III

Leur mariage avait été un poème bizarre et mélancolique. Dès le lendemain de la mort de son protecteur,
Clotilde était retombée dans la misère.

Un psychologue fameux, enfant de pion par droit de
naissance et d'une jeunesse éternellement désarmante, a
décidé souverainement que les douleurs des pauvres ne
sauraient entrer en comparaison avec les douleurs des
riches, dont l'âme est plus *fine* et qui, par conséquent,
souffrent beaucoup plus.

L'importance de cette appréciation de valet de chambre
est indiscutable. Il saute aux yeux que l'âme grossière d'un
homme sans le sou qui vient de perdre sa femme est
amplement réconfortée, tranchons le mot, *providentielle-
ment* secourue par la nécessité de chercher, sans perdre
une heure, un expédient pour les funérailles. Il n'est pas
moins évident qu'une mère sans finesse est vigoureusement
consolée par la certitude qu'elle ne pourra pas donner
un linceul à son enfant mort, après avoir eu l'encourage-
ment si efficace d'assister, en crevant de faim, aux
diverses phases d'une maladie que des soins coûteux
eussent enrayée.

On pourrait multiplier ces exemples à l'infini, et il est
malheureusement trop certain que les subtiles banquières
ou les dogaresses quintessenciées du haut négoce qui
s'emplissent de gigot d'agneau et s'infiltrent de précieux

vins, en lisant les analyses de Paul Bourget, n'ont pas la ressource de cet éperon. [1]

Clotilde, qui ne savait pas un mot de psychologie et qu'une longue pratique de la pauvreté parfaite aurait dû blinder contre l'affliction du cœur, — exclusivement dévolue à l'élégance, — eut, cependant, l'inconcevable guignon de souffrir autant que si elle avait possédé plusieurs meutes et plusieurs châteaux. Il y eut même, dans son cas, cette anomalie monstrueuse que les affres du dénûment, loin d'atténuer son chagrin, l'aggravèrent d'une manière atroce.

Bravement, elle entreprit de gagner sa vie. Mais la pauvre fille en était peu capable. Son nom, d'ailleurs, ne la recommandait pas. Elle était devenue une *héroïne de cour d'assises*, proie désignée au sadisme ambiant. Puis, elle avait tellement sur sa figure la plaie de sa vie, le carnage de ses entrailles, la transfixion de son sein!...

Nulle assistance possible ou acceptable du côté de ses amis. Vers le même temps, Marchenoir se débattait plus que jamais lui-même entre les griffes du Sphinx aux mamelles de bronze et au ventre creux, dont il ne put

---

1. Paul Bourget!!! O pauvres putains affamées! lamentables filles, prétendues de *joie,* qui vagabondez sur les trottoirs, à la recherche du vomissement des chiens; vous qui, du moins, ne livrez à la paillardise des gens vertueux que votre *corps* dévasté et qui, parfois, gardez encore une âme, un reste d'âme pour aimer ou pour exécrer; — que direz-vous de ce greluchon de l'impénitente Sottise, quand viendra le terrible Jour où les Hécubes de la terre en flammes devront aboyer, devant Jésus, leurs épouvantables misères? — LÉON BLOY : *Belluaires et Porchers.* (Inédit.)

jamais déchiffrer l'énigme et qui a fini par le dévorer.

Quant à Léopold, une pudeur, qu'elle n'expliquait pas, s'opposait à ce qu'elle voulût tenir de lui un secours quelconque, malgré les plus pressantes et les plus respectueuses supplications. Ce fut au point qu'elle se déroba complètement et que les deux fidèles perdirent sa trace plus d'un mois.

Mois terrible qu'elle croyait avoir été le plus douloureux de son existence! Lasse de démarches toujours vaines chez des bourgeois uniformément crapuleux qui n'avaient à lui offrir que des outrages, elle passait les journées dans les églises ou sur la tombe de l'infortuné Gacougnol.

Le front appuyé sur la table tumulaire et l'inondant de ses larmes, elle se disait, avec une profondeur sentinentale qui n'aurait pas manqué de paraître superstitieuse, qu'il était bien effrayant que le premier être qui l'avait aimée, comme un chrétien, eût été condamné à payer de sa vie cette charité et qu'un autre, sans doute, aurait le même sort.

Telle était la raison qui l'avait déterminée à fuir Léopold. Elle sentait confusément qu'il y a des créatures humaines, surtout dans le camp des pauvres, autour desquelles s'accumulent et se condensent des forces néfastes, on ignore par quel insondable décret de justice commutative, de même qu'il y a des arbres sur qui tombe invariablement la foudre. Elle était peut-être une de ces créatures, — dignes d'amour ou de haine? c'est Dieu qui le sait, — et elle devinait aisément que le dur corsaire drapé de flammes qu'elle avait vu dans son rêve n'était que trop disposé à prendre *contact*.

Un jour, enfin, le 14 juillet 1880, elle vint s'asseoir, épuisée, sur un banc du Luxembourg. Elle avait donné, la veille, ses derniers sous à un logeur de très bas étage et ne pouvait plus acheter le morceau de pain qu'elle mangeait ordinairement dans la rue. A peine vêtue, n'ayant gardé des deux ou trois toilettes offertes par l'ami défunt que le strict nécessaire; sans gîte maintenant et sans pâture, elle se voyait désormais livrée à Dieu seul, — comme une Chrétienne à un Lion.

Elle venait d'entendre à Saint-Sulpice une de ces messes basses qui s'expédièrent fébrilement, ce jour-là, dans toutes les églises paroissiales, impatientes de fermer leurs portes à triple tour.

Il était environ dix heures du matin. Le jardin était à peu près désert et le ciel d'une douceur merveilleuse.

Le soleil faisait semblant de se diluer, de s'extravaser dans un bleu mitraillé d'or que noyait à l'horizon une lactescence d'opale.

Les puissances de l'air paraissaient en complicité avec la canaille dont c'était le grand jubilé. Le solstice tempérait ses feux, pour que six cent mille goujats se soûlassent confortablement au milieu des rues transformées en cabarets; la rose des vents bouclait son pistil, ne laissant flotter qu'un léger souffle pour l'ondulation des oriflammes et des étendards; les nuages et le tonnerre étaient refoulés, pourchassés au delà des monts lointains, chez les peuples sans

liberté, pour que les bombes et les pétards de l'Anniversaire des Assassins pussent être ouïs exclusivement sur
le territoire de la République.

Cette fête, vraiment nationale, comme l'imbécillité et
l'avilissement de la France, n'a rien qui l'égale dans l'histoire de la sottise des hommes et ne sera certainement
jamais surpassée par aucun délire.

Les boucans annuels et lamentables qui ont suivi ce premier anniversaire ne peuvent en donner l'idée. Il leur manque la bénédiction d'En Bas. Elles ne sont plus activées,
actionnées par cette force *étrangère à l'homme* que Dieu,
quelquefois, déchaîne, pour un peu de temps, sur une nation,
et qui pourrait s'appeler l'Enthousiasme de l'Ignominie.

Qu'on se rappelle cette hystérie, cette frénésie sans
camisole qui dura huit jours; cette folie furieuse d'illumi-
nations, de drapeaux, jusque dans les mansardes où s'ac-
croupissait la famine; ces pères et ces mères faisant
agenouiller leurs enfants devant le buste plâtreux d'une
salope en bonnet phrygien qu'on trouvait partout; et
l'odieuse tyrannie de cette racaille que ne menaçait
aucune force répressive.

Dans les autres fêtes publiques, à la réception d'un
empereur, par exemple, et lorsque les républicains les plus
fiers s'écrasent aux roues du potentat, il est trop facile
d'observer que chacun ment effrontément, et tant qu'il
peut, aux autres et à lui-même.

Ici, on se trouva en présence de la plus effroyable candeur
universelle. En glorifiant par des apothéoses jusqu'alors

inouïes la plus malpropre des victoires, cette multitude fraîchement vaincue se persuada, en vérité, qu'elle accomplissait quelque chose de grand, et les rares protestations furent si aphones, si indistinctes, si submergées par le déluge, qu'il n'y eut, sans doute, que le grand Archange penché sur son glaive, Protecteur, quand même, de la parricide Enfant des Rois, qui les pût entendre!

Clotilde regardait ces choses, comme une bête mourante regardait un halo autour de la lune. Dans l'espèce de torpeur que lui procurait l'exténuation de son corps et de son âme, elle se prit à rêver d'une allégresse religieuse qui se serait tout à coup précipitée en torrents sur la Ville immense. Ces pavois, ces fleurs, ces feuillages, ces arcs de triomphe, ces cataractes de feu qui s'allumeraient au crépuscule, tout cela, *c'était pour Marie!!!*

Sans doute, à ce moment de l'année ecclésiastique, il n'y avait aucune solennité liturgique de premier ordre. N'importe, la France entière, ce matin, s'était réveillée toute sainte et, pour la première fois, se souvenant que, jadis, elle avait été donnée authentiquement, royalement, à la Souveraine des Cieux par quelqu'un qui en avait le pouvoir, il avait fallu qu'à l'instant même elle fît éclater et rugir son alléluia de deux cents ans!

Alors, éperdue, n'ayant sous la main que les simulacres de la Révolte, les simulacres de la Bêtise et les simulacres de l'Idolâtrie, elle les avait jetés aux pieds de la Vierge Conculcatrice, comme l'Antiquité chrétienne renversait aux pieds de Jésus les autels des Dieux.

L'Église bénirait tout cela, quand elle pourrait et comme elle pourrait. Mais la vieille Mère a le pas pesant, et l'Amour grondait si fort dans les cœurs qu'il n'y avait pas moyen de l'attendre, car ce jour, de vingt-quatre heures seulement, ne reviendrait plus jamais, ce jour sans pareil où tout un peuple mort et puant sortait du tombeau !...

Une ombre passa sur ce songe et la vagabonde releva la tête. Léopold était devant elle.

IV

Deux cris et deux êtres dans les bras l'un de l'autre. Mouvement involontaire, instinctif, que rien n'aurait fait prévoir et que rien n'eût été capable d'empêcher.

Au contraire de ce qu'on pourrait croire, ce fut l'homme qui se ressaisit le premier.

— Mademoiselle, balbutia-t-il en se dégageant, pardonnez-moi. Vous voyez que je suis devenu complètement fou.

— Moi aussi, alors, répondit Clotilde, qui laissa retomber doucement ses bras. Mais non, nous ne sommes fous ni l'un ni l'autre et nous n'avons que faire de nous excuser. Nous nous sommes embrassés comme deux amis très malheureux, voilà tout... Permettez-moi de me rasseoir, je vous prie, car je suis bien lasse... Je ne vous cherchais pas, Monsieur Léopold, c'est Dieu sans doute qui a voulu notre rencontre.

Léopold s'assit auprès d'elle. Il avait la mine passable-
ment ravagée et paraissait, en ce moment, hors de lui-même.
Il la considéra quelque temps, les lèvres tremblantes, à la
fois ravi et hagard, ayant l'air de la respirer comme un
parfum dangereux. Enfin il se décida :

— Vous ne me cherchiez pas, je ne le sais que trop...
Vous êtes malheureuse, je le vois bien, ma pauvre petite...
Mais pourquoi dites-vous que nous sommes *deux* malheu-
reux ?

— Hélas! Il m'a suffi de vous regarder. Aussitôt je me
suis sentie fondre de pitié et j'aurais voulu vous faire
entrer dans mon cœur!

Elle leva sur lui des yeux sublimes. Puis, ses paupières
battirent. Devenue trop lourde, sa tête s'inclina, tomba sur
la poitrine bouleversée de cet homme et, d'une voix tout
à fait éteinte qui ressemblait à un souffle, elle murmura :

— *Je meurs de faim, mon Léopold, donne-moi à
manger.*

L'amoureux pensa que tout l'azur et tout l'or du ciel
croulaient sur lui et autour de lui. Le sable du jardin lui
parut une jonchée de diamants aux feux tabifiques dont il
fut criblé. Une seconde, les fracas puissants de la Volupté,
de la Compassion qui déchire, de la Tendresse infinie,
tordues en un seul carreau, le foudroyèrent.

Mais ce farouche, qui avait vaincu le désert, se dressa
au milieu du foudroiement et, d'un bond, porta le fragile
corps dans une voiture vide qui passait.

— Gare Montparnasse! commanda-t-il d'un coup de

gueule si despotique, appuyé d'un regard si lourd, que le frémissant cocher, supposant une conflagration planétaire, partit au galop.

Une heure après, on déjeunait en tête à tête, loin des bruits, sous un berceau de verdure. Ainsi recommençait pour Clotilde la péripétie du début de ses relations avec Gacougnol, mais combien les circonstances étaient changées!

Il n'y avait pas à dire, elle s'était elle-même spontanément trahie, et n'en éprouvait que de la joie, une joie immense, une joie à donner la mort!

Comment le croire? Il lui avait suffi de rencontrer Léopold pour sentir qu'elle ne s'appartenait absolument plus, pour que disparussent les craintes, les pressentiments de malheur, les fantômes impitoyables qui l'avaient tant obsédée...

Un seul point, très essentiel, il est vrai, reliait les deux aventures. Dans l'une et l'autre, un homme avait eu pitié de sa détresse. Seulement, ici, dans ce lieu aimable et solitaire, elle était en présence d'un être qui l'adorait et qu'elle adorait. Pour la première fois, elle se souvint de Gacougnol sans trop souffrir. « Mon enfant, lui avait-il dit, prenez avec simplicité ce qui vous arrive d'heureux. » Ces mots lui étaient restés avec bien d'autres. Ils lui traversaient l'esprit comme de la lumière, tandis qu'elle contemplait son compagnon, et il lui semblait que la plus subtile essence des choses que Dieu a formées s'en venait vers elle pour la caresser, pour l'enivrer.

Quant à Léopold, le bonheur l'avait fait semblable à un enfant.

— Vous êtes ma fête nationale, disait-il, car il n'osait encore la tutoyer, vous êtes l'illumination de mes yeux, vous êtes mes *couleurs* de victoire pour lesquelles je voudrais mourir, et votre voix chère est une fanfare qui me ressusciterait d'entre les morts. Vous êtes ma Bastille, etc., etc.

Bénie soit la misère, ajoutait-il, la sainte misère du Christ et de ses Anges qui vous a jetée sur le chemin de ce tigre affamé de vous, qui vous a forcée de vous rendre à moi, sans que j'eusse rien fait ni voulu faire pour vous avoir à ma merci!

Clotilde répondait moins follement, mais avec une telle sollicitude d'amour, un accent de dilection si pénétrant et si pur que le pauvre pirate en tremblait.

A la fin du repas, cependant, il parut se recueillir. Des stratus de mélancolie s'amassèrent, de plus en plus sombres, sur son visage. Elle, très anxieuse, l'interrogea.

— Le moment est venu, déclara-t-il, de vous dire tout ce que *ma femme* a le droit de savoir.

La touchante et naïve créature prit une de ces mains redoutables qui avaient peut-être tué des hommes, la retourna sur la table, plongea sa figure dans cette main qu'elle remplit aussitôt de larmes, s'offrant ainsi comme un fruit mûr qu'on peut écraser et, sans changer de posture :

— Votre femme! dit-elle, ah! mon ami, j'étais si heureuse d'oublier, un instant, tout le passé! Ne savez-vous donc pas vous-même que la pauvresse n'a rien à vous donner, absolument rien ?

D'un geste lent il releva ¡cette face noyée, la baisa au front et répondit :

— La pauvresse dont tu parles me suffit, ma bien-aimée. Tu n'as point d'aveux à me faire. Le jour où nous commençâmes à nous connaître, tu exigeas noblement de notre ami qu'il me racontât ce que tu lui avais raconté toi-même, et il a obéi. Tu es ma femme, je l'ai dit une fois pour toutes. Mais avant qu'un prêtre nous ait bénis tu dois m'entendre. Si mon histoire te paraît trop abominable, tu me le diras très simplement, n'est-ce pas ? et je serai encore trop heureux de ces quelques heures divines !

Clotilde, la joue appuyée sur ses deux mains jointes, les yeux humides, et belle comme le premier jour du monde, l'écoutait déjà.

V

J E suis à peu près célèbre et *personne ne sait mon nom*. Je veux dire mon nom de famille, celui qui n'est pas *imprimé* dans l'âme et qu'on laisse à d'autres, quand on meurt. Mes amis ne le connaissent pas et Marchenoir lui-même l'ignore.

Ce nom qui *appartient à l'histoire* et qui me fait hor-reur, je serai forcé, si nous nous marions, de le livrer aux gens de la municipalité. Ils l'inscriront sur leur registre, entre celui d'un marchand de volailles et celui d'un croque-mort, et ils l'afficheront à la porte de leur mairie. Les curieux apprendront ainsi que vous êtes coiffée par moi d'une des plus anciennes couronnes comtales qu'il y ait en France. J'espère qu'on l'aura oublié au bout de huit jours. Laissons cela.

Voici mon histoire ou mon roman que je vais expédier sans phrases, car ces souvenirs me tuent.

Mon père était un homme brutal et d'un orgueil terrible. Je ne me souviens pas d'avoir reçu de lui une caresse ni une parole affectueuse, et sa mort a été pour moi une délivrance.

Quant à ma mère, dont je ne puis me rappeler les traits, on m'a dit qu'il l'avait assassinée à coups de pied dans le ventre.

J'avais une sœur illégitime, un peu plus âgée que moi, élevée, depuis sa naissance, au fond d'une province. Je ne l'ai connue que lorsque j'étais déjà tout à fait un homme. On ne m'en parlait jamais. Notre père, qui aurait pu la reconnaître, avait pris sur lui de me priver de cette affection.

J'ai donc vécu aussi seul qu'un orphelin, livré aux domestiques, d'abord, puis envoyé dans un lycée où on me laissa croupir des années. Naturellement enclin à la mélancolie, une pareille éducation n'était pas pour me dilater le cœur. Je doute qu'il y ait jamais eu un enfant plus sombre.

Parvenu à l'adolescence, je me mis à faire la noce, la plus imbécile et la plus lugubre des noces, je vous prie

de le croire, jusqu'au jour, marqué par un effroyable
destin, où je fis la connaissance d'une jeune fille que je
nommerai... voyons! Antoinette, si vous voulez.

Ne me demandez pas son portrait. Elle était très belle,
je crois. Mais il y avait en cette créature, d'ailleurs innocente, quoique rencontrée pour ma damnation, une force
perverse, une *affinité* mystérieuse et irrésistible qui me
soutira le cœur.

Dès le premier regard que nous échangeâmes, je sentis
que j'avais les fers aux pieds, les fers aux mains, et sur
les épaules un carcan de fer. Ce fut un amour noir, dévorant, impétueux comme un bouillon de lave,... et presque
aussitôt partagé.

... Elle devint ma maîtresse, vous entendez bien?
Clotilde, ma *maîtresse!* reprit le narrateur, après un
silence, la face crispée, et de l'air d'un marin qui enten-
drait rugir le Maelstrom.

Des circonstances très singulières qu'un démon, sans
doute, calcula, ne permirent pas que notre conscience fût
sollicitée une minute, par des pensées ou des considérations étrangères à notre délire, qui était vraiment une
chose inouïe, une frénésie de damnés.

Quelque invraisemblable que cela puisse paraître, nous
ne savions à peu près rien l'un de l'autre. Nous nous étions
vus, pour la première fois, dans un lieu public où j'avais
eu l'occasion de lui rendre un service insignifiant dont je
sus me prévaloir pour me présenter chez elle.

Vivant à peu près indépendante auprès d'une vieille

dame en enfance qui se disait sa tante maternelle, il nous fut loisible de nous empoisonner l'un de l'autre, et nous ne connûmes pas d'autre souci.

Un jour, néanmoins, la duègne eut l'air de se réveiller et me pria, d'un ton bizarre, de vouloir bien lui faire connaître l'objet de mes visites continuelles.

— Mais, Madame, lui dis-je, ne le savez-vous donc pas ? C'est mon intention formelle, aussi bien que mon désir le plus vif, d'épouser Mademoiselle votre nièce le plus tôt possible. Je crois savoir qu'elle partage mes sentiments et j'ai l'honneur de vous demander officiellement sa main.

La demande était tardive, ridicule et, à tous les points de vue, fort irrégulière. Cependant, je ne mentais pas.

A ces mots, elle poussa un grand cri et prit la fuite en se couvrant de signes de croix, comme si elle avait vu le diable.

Antoinette n'était pas là pour me donner une explication ou s'étonner avec moi, et je dus me retirer...

Je ne l'ai jamais revue, la pauvre Antoinette! Il y a de cela vingt ans, et je ne saurais dire aujourd'hui si elle est vivante ou morte...

Il s'arrêta une seconde fois, n'ayant plus de forces.

Clotilde fit le tour de la table et vint se mettre à côté de lui.

— Mon ami, lui dit-elle, posant la main sur son épaule, mon cher mari, toujours et quand même, n'allez pas plus loin. Je n'ai pas besoin de confidences qui vous font souffrir et je ne suis pas un prêtre pour entendre votre

17

confession. Ne vous ai-je pas dit que nous sommes *deux* malheureux ? Je vous en supplie, ne gâtons pas notre joie.

— Il me reste, continua l'homme avec autorité, à vous faire le récit de la scène terrible du lendemain.

Mon père me fit appeler. Je verrai toute ma vie l'abominable figure dont il m'accueillit. C'était un grand vieillard, couleur de tison, d'une soixantaine d'années, étonnamment vigoureux encore et fameux par des prouesses de divers genres dont quelques-unes, je crois, furent assez peu honorables.

Il avait fait la guerre, pour son plaisir, en divers pays du monde, particulièrement en Asie, et passait pour le plus féroce brigand que nous eût légué le Moyen Age.

Le trait le plus saillant de son caractère était une impatience chronique, un mécontentement perpétuel qui devenait de la rage à la plus légère contradiction. Aussi incapable de longanimité que de pardon, héros couvert de sang d'un très grand nombre de duels où il avait été horriblement et scandaleusement heureux, cette brute méchante, qu'il aurait fallu traquer avec des meutes et assommer dans un lieu maudit, étalait, en outre, des mœurs d'un sadisme épouvantable. Nous sommes, paraît-il, une race bâtarde qui a donné pas mal de monstres.

Je dois reconnaître, pourtant, qu'il est mort, en 1870, d'une manière qui a pu racheter une partie de ses crimes. Il s'est fait tuer dans les Vosges, à la tête d'une compagnie franche qu'il commandait en casse-cou, et on raconte qu'il vendit sa peau très cher.

— Monsieur, cria-t-il, dès qu'il m'aperçut, j'ai l'honneur de vous dire que vous êtes un parfait drôle.

A cette époque j'avais déjà une fort belle crête et cette injure me parut impossible à supporter. Je répliquai donc sur-le-champ :

— Est-ce pour m'adresser des compliments de ce genre que vous m'avez fait venir, mon père ?

Je crus qu'il allait me sauter à la gorge. Mais il se ravisa.

— Je devrais vous gifler à tour de bras pour cette insolence, dit-il. Je réglerai ce compte une autre fois. Pour le moment, nous avons à causer. Vous avez déclaré hier à une personne respectable qui a cru devoir m'avertir, votre intention d'épouser à bref délai, avec ou sans mon consentement, cela va sans dire, une certaine jeune fille. Est-ce vrai ?

— Parfaitement exact.

— Charmant ! Vous auriez eu le toupet d'affirmer aussi que cette jeune fille partage vos sentiments très purs ?

— Je ne sais jusqu'à quel point mes sentiments peuvent être qualifiés de purs, mais je crois être certain, en effet, qu'on ne les dédaigne pas.

— Ah ! ah ! vous en êtes certain. J'ai été pourtant aussi bête que ça, quand j'avais votre âge. Eh bien ! mon garçon, j'ai le regret de vous l'apprendre, ce morceau n'est pas pour votre bec... Voici une lettre que vous porterez vous-même, s'il vous plaît, à un de mes vieux camarades qui habite Constantinople. Je le prie de compléter votre éducation. Vous allez faire vos malles rapidement et vous partirez dans une heure.

Une montée de colère me suffoqua, d'entendre parler ainsi de ce que j'adorais. Puis, sans pouvoir deviner la véritable pensée de ce monstre, je le connaissais trop bien pour ne pas sentir que le ton de sarcasme qu'il affectait cachait quelque chose d'horrible, mais combien horrible! grand Dieu! comment aurais-je pu le prévoir? Je pris la lettre et la déchirai en plusieurs morceaux.

— Partir dans une heure! m'écriai-je, hurlant comme un sauvage. Tenez! voilà le cas que je fais de vos ordres et voilà mon respect pour votre correspondance! Oh! vous pouvez m'assassiner comme vous avez assassiné ma mère et comme vous avez assassiné tant d'autres. Ce sera plus facile que de me dompter.

— Fils de chienne! gronda-t-il, courant sur moi.

Je n'avais pas le temps de fuir et je me croyais déjà mort, lorsqu'il s'arrêta. Voici ses paroles exactement, ses paroles impies, exécrables, venues de l'Abîme :

— Cette Antoinette avec qui tu as couché, triste cochon, et que j'ai fait élever moi-même, avec tant de soin, par une vieille cafarde, pour qu'un jour elle devînt mon petit succube le plus excitant, sais-tu qui elle est? Non, n'est-ce pas? tu ne t'en doutes guère, ni elle non plus. J'étais informé, heure par heure, de ce qui se passait entre vous deux. Mais *il ne me déplaisait pas que l'inceste préparât l'inceste,* car JE SUIS SON PÈRE ET TU ES SON FRÈRE !...

Clotilde! éloignez-vous un peu, je vous prie... J'arrachai du mur une arme chargée et je tirai sur ce démon, sans l'atteindre. J'allais recommencer, lorsqu'un domestique, accouru au bruit, me saisit à bras-le-corps. En même temps, je recevais sur la tête un coup formidable et je perdis connaissance.

Cette histoire vous fait peur, Clotilde. Elle est banale, cependant. Le monde ressemble à ces cavernes d'Algérie où s'empilaient, avec leur bétail, des populations rebelles qu'on y enfumait pour que les hommes et les animaux, suffoqués et rendus fous, se massacrassent dans les ténèbres. Les drames tels que celui-ci n'y sont pas rares. On les cache mieux, voilà tout. Le parricide et l'inceste, pour ne rien dire de quelques autres abominations, y prospèrent, Dieu le sait! à la condition d'être discrets et de paraître plus beaux que la vertu.

Nous étions des effrénés, nous autres, et le monde scandalisé nous condamna, car notre querelle avait eu des auditeurs qui la colportèrent. Mais que m'importait le blâme d'une société de criminels et de criminelles dont je connaissais l'hypocrisie?

Deux jours après, je m'engageai pour servir dans les colonies et on n'entendit plus parler de moi. Plût à Dieu que j'eusse pu m'oublier moi-même!

J'ai appris que la malheureuse, dont je me suis interdit de prononcer le vrai nom, s'était sauvée dans un monastère cistercien de la plus rigide observance et qu'on l'avait admise, malgré tout, à prendre le voile. Privé à la fois d'une amante et d'une sœur, *indistinctement* effroyables, il n'y avait plus devant moi qu'une existence de torturé.

Devenu soldat, je sollicitai les postes les plus dangereux, espérant me faire tuer pour en finir vite, et me battis en déchaîné. Je ne réussis qu'à obtenir de l'avancement.

Un jour, mon cancer me faisant souffrir plus que jamais, je courus me cacher au fond d'un bois et, d'une main ferme, le canon du revolver à la tempe, je tirai comme sur une bête enragée. Vous pouvez voir ici la cicatrice qui n'a, certes, rien de glorieux... La mort ne voulut pas de moi et n'en a jamais voulu. Pourtant je vous assure qu'aucun misérable ne l'a plus avidement cherchée.

Vers le commencement de l'odieuse campagne franco-allemande, on me fit officier pour me récompenser de l'acte de démence que voici.

Une batterie très meurtrière nous écrasait. Avec une promptitude inconcevable, incompréhensible, j'attelai quatre chevaux à une voiture d'ambulance qui attendait son chargement d'estropiés. Aidé de deux hommes que j'éperonnais de ma folie, je fis avaler par force à chacun de ces animaux cabrés de terreur une énorme quantité d'alcool, puis, bondissant sur le siège et sabrant les croupes, j'arrivai en quelques minutes, comme la foudre et la tempête, sur les fourgons bavarois que je réussis à faire sauter. Il y eut une espèce de cataclysme où plus de soixante Allemands laissèrent leurs carcasses. Et moi, qui aurais dû être foudroyé le premier, réduit en charpie, je fus retrouvé, le soir, à peine contusionné, sous un magma de tripes de chevaux, de cervelles d'hommes, de débris sanglants ou calcinés.

La guerre finie et mon père mort, je réalisai sa damnée fortune et l'employai tout entière, sans en réserver un centime, à l'organisation d'une caravane expéditionnaire au cœur de l'Afrique centrale, dans une région inexplorée jusqu'alors, entreprise des plus audacieuses dont j'avais le projet depuis longtemps.

Le peu que vous en avez appris chez Gacougnol, qui se plaisait à m'interroger, a pu vous faire entrevoir tout le poème. La plupart de mes compagnons y sont restés. Une fois de plus, la mort, prise de force, violée avec rage, bafouée comme une macaque, m'a dit : Non! et s'est détournée de moi en ricanant.

Revenu sans le sou, j'ai essayé de tromper mon vautour. D'aventurier, je me suis fait artiste. Cette transposition, radicale en apparence, de mes facultés actives, semblait avoir, au contraire, exaspéré sa fureur, quand vous apparûtes, enfin, ô Clotilde! sur ma route affreuse...

J'ignore ce que votre cœur décidera, après ce que vous venez d'entendre, mais si je vous perds *maintenant,* ma situation sera cent fois plus épouvantable. Ne m'abandonnez pas! Vous seule pouvez me sauver!

Clotilde s'était rapprochée du malheureux jusqu'à le tenir presque dans ses bras. Il se laissa crouler à terre, mit sa tête sur les genoux de la simple fille, et ses yeux, qu'on aurait pu croire plus arides que les citernes consumées dont il est parlé dans le Prophète lamentateur, devinrent des fontaines. Les sanglots suivirent, de rauques et de lourds sanglots, venus des endroits profonds, qui le secouèrent comme un roulis.

La pauvresse, très doucement et sans parler, lissa du bout de ses doigts la crinière de ce lion affligé, attendit que la véhémence des pleurs se fût amortie, ensuite se pencha tout à fait vers lui, à la manière des fleurs qui n'en peuvent plus d'être sur leur tige, et, brisée elle-même de tendresse, emprisonnant des deux mains cette tête chère, lui dit à l'oreille :

— Pleure, mon bien-aimé, tant que tu pourras et tant que tu voudras. Pleure *chez* moi, pleure au fond de moi, pour ne plus jamais pleurer, sinon d'amour. Nul ne te verra, mon Léopold, je te cache et je te protège...

Tu m'as demandé ma réponse. La voici : Je suis incapable de vivre et même de mourir sans toi. Rentrons ce soir, pleins d'allégresse, dans ce Paris éblouissant. C'est pour nous qu'on l'illumine et qu'on le pavoise. Pour nous seuls, je te le dis, car il n'y a pas de joie comme notre joie et il n'y a pas de fête comme notre fête. C'est ce que je ne comprenais pas, sotte que j'étais! quand nous nous rencontrâmes, il y a quelques heures, dans le bienheureux jardin...

... Écoute-moi, maintenant, mon amour. Tu iras trouver, demain, un pauvre prêtre que je t'indiquerai. Il a le pouvoir d'arracher de ta poitrine ce vieux cœur qui te fait tant souffrir et de te donner à la place un cœur nouveau... Après cela, si tu es diligent, qui sait? nous recevrons peut-être le

sacrement de mariage avant qu'aient disparu les derniers
drapeaux et que se soient éteints les derniers lampions...

Ces deux êtres comme on n'en voit pas se marièrent, en
effet, une semaine plus tard.

VI

L A *belle Heure des Noces!* Ne serait-ce pas ici le lieu
de citer cet épithalame sombre que Marchenoir écrivait, plusieurs années avant d'être l'un des témoins de
Clotilde à son mariage, et qui dut, alors, lui revenir bien
étrangement.

« Vous vous souviendrez, ma belle, quand les convives
du festin des noces auront disparu et que vous serez seule
avec votre époux, — n'est-ce pas? vous vous souviendrez,
peut-être, de cet invité mystérieux qui n'avait pas la *robe
nuptiale* et qui fut jeté dans les Ténèbres extérieures.

« Les pleurs et le grincement des dents du misérable
étaient si forts qu'on les entendait à travers le mur et que
les portes lamées de bronze tremblaient sur leurs gonds,
comme si une rafale puissante les eût assiégées.

« Vous ne savez pas qui était cet individu et je ne le sais
pas plus que vous, en vérité. Cependant, il me sembla que
sa plainte remplissait la terre. Une minute, je vous le jure,
une certaine minute, j'ai pensé que c'était là le gémissement de tous les captifs, de tous les exclus, de tous ceux
qu'on abandonne, car tel est l'accompagnement nécessaire

de la joie d'une épousée. L'espèce humaine est si désignée pour souffrir que la permission donnée à un seul couple d'être heureux, une heure, n'est pas trop payée du cri d'agonie d'un monde.

« Mais voici que votre maître, grelottant et pâle de désir, vous prend dans ses bras. Quelque chose d'infiniment délicieux, je le suppose du moins, va s'accomplir.

« Jetez un dernier regard sur la pendule, et si c'est en votre pouvoir, priez Dieu qu'il éloigne de vous le mauvais ange des statistiques... Une minute vient de s'écouler. Cela fait environ cent morts et cent nouveau-nés de plus. Une centaine de vagissements et une centaine de derniers soupirs. Le calcul est fait depuis longtemps. Le compte est exact. C'est la balance du grouillement de l'humanité. Dans une heure, il y aura six mille cadavres sous votre lit et six mille petits enfants, tout autour de vous, pleureront par terre ou dans des berceaux.

« Or, cela n'est rien. Il y a la multitude infinie de ceux qui ne sont plus à naître et qui n'ont pas encore assez souffert pour mourir. Il y a ceux qu'on écorche vivants, qu'on coupe en morceaux, qu'on brûle à petit feu, qu'on crucifie, qu'on flagelle, qu'on écartèle, qu'on tenaille, qu'on empale, qu'on assomme ou qu'on étrangle; en Asie, en Afrique, en Amérique, en Océanie, sans parler de notre Europe délectable; dans les forêts et dans les cavernes, dans les bagnes ou les hôpitaux du monde entier.

« Au moment même où vous bêlerez de volupté, des grabataires ou des suppliciés, dont il serait puéril d'entreprendre le dénombrement, hurleront, comme en enfer, *sous la dent de vos péchés*. Vous m'entendez bien? De vos péchés! Car voici ce que vous ne savez certainement pas, aimable fantôme.

« Chaque être formé à la ressemblance du Dieu vivant a une clientèle inconnue dont il est, à la fois, le créancier, et le débiteur. Quand cet être souffre, il paie la joie d'un grand nombre, mais quand il jouit dans sa chair coupable, il faut indispensablement que les autres assument sa peine.

« Fussiez-vous idiote, ce que je refuse de croire, vous êtes, néanmoins, une créature si précieuse que c'est tout juste, peut-être, si le saignement de dix mille cœurs suffira pour vous assurer cette heure d'ivresse. Cœurs de pères, cœurs de mères, cœurs d'orphelins, cœurs d'opprimés et de pourchassés; cœurs déchirés, percés, broyés; cœurs qui tombent au désespoir comme des meules dans un gouffre; tout cela c'est pour vous seule. Votre jubilation est à ce prix.

« Sans que vous le sachiez, une armée d'esclaves travaille pour vous dans les ténèbres, à la façon de ces damnés qui fouillent le sol, au fond des puits noirs de la Belgique ou de l'Angleterre.

« Tenez! en voilà un précisément qui était sur le dos, — comme vous-même en cet instant, — non pas dans des draps de dentelles, mais dans la boue. Monsieur votre père a tant fait la noce que ce vermisseau est peut-être un de vos frères, qui sait? Il piquait au-dessus de sa tête pour détacher une de ces gemmes sombres et profitables qui font si tiède votre alcôve. Un bloc de houille est tombé sur lui, et voilà que son âme est devant Dieu! Sa pauvre âme aveugle!... Le moment serait mal choisi, j'en conviens, pour réciter un *De profundis*.

« J'aurais, sans doute, peu de chances d'être écouté, si je vous parlais du monde invisible, du vaste monde silencieux et impalpable qui est sans caresses et sans baisers.

« Celui-là intéresse, peut-être, quelques chartreux en prière ou quelques agonisants, mais il est au moins superflu de le rappeler à deux chrétiens dont la digestion est heureuse et qui se pétrissent avec ardeur.

« *Miseremini meî! miseremini meî! saltem vos, amici meî!*... Ah! ils peuvent crier, les Défunts qui souffrent, les Trépassés pour qui nul ne prie. Leur clameur immense qui secoue les Tabernacles du ciel vibre moins dans notre atmosphère que les pennules d'un moucheron ou la quenouillé d'une araignée filandière...

— « Encore une étreinte! mon bien-aimé! s'il te reste quelque vigueur. » O la belle heure! la belle nuit des noces! et comme elle fait penser à ces Épousailles de la fin des fins, lorsqu'après le congédiement des mondes et des jours, l'Agneau de Dieu, vêtu de sa Pourpre, viendra au-devant de l'Épouse inimaginable!...

« Je sais bien, vous allez me dire que la vie serait impossible si on pensait continuellement à toutes ces choses, et qu'il n'y aurait plus une minute pour le bonheur. Je ne dis pas non. Cela dépend de ce que vous appelez Bonheur.

« Le Sacrement, je ne l'ignore pas, vous concède la

permission de jouir de votre mari, et il serait téméraire de prétendre que l'acte par lequel vous allez peut-être concevoir un fils n'importe pas à la translation des globes.

« Je ne prétends rien, ô héritière de l'Éternité, sinon de vous suggérer une aperception telle quelle de l'Heure qui passe. L'Heure qui passe! Voyez-vous ce défilé de soixante Minutes frêles aux talons d'airain dont chacune écrase la terre...

« Le recueillement de votre chambre nuptiale, savez-vous de quoi il est fait? Je vais vous le dire. Il est fait de plusieurs milliards de cris lamentables si prodigieusement simultanés et à l'unisson, par chaque seconde, qu'ils se neutralisent d'une manière absolue et que cela équivaut à l'inscrutable Silence.

« En d'autres termes, c'est l'occasion, sans cesse renouvelée, pour votre Sauveur perpétuellement en croix, de proférer ce *Lamma Sabacthani* qui ramasse et concentre en lui tout gémissement, tout abandon, toute angoisse humaine et que, seul, peut ouïr, du fond de l'Impassibilité sans commencement ni fin, Notre Père qui est dans les cieux! »

VII

Les trois premières années de mariage furent heureuses, au delà de ce qui peut être dit ou chanté sur les instruments ordinaires.

Léopold et Clotilde se fondirent tellement l'un dans

l'autre qu'ils parurent n'avoir plus de personnalités distinctes.

Une Joie mélancolique, surnaturellement douce et calme, arrivait, chaque matin, pour eux seuls, d'une contrée fort inconnue. Laissant à leur porte toutes les poussières des chemins, toutes les rosées des bois ou des plaines, tous les aromes des monts lointains, elle les éveillait gravement pour le travail et le poids du jour.

L'âme de chacun d'eux frémissait alors, toute lumineuse, dans le regard de l'autre, comme on voit frémir un éphémère dans un rayon d'or. Félicité silencieuse, quasi monastique, à force de profondeur. Qu'auraient-ils pu se dire ? et à quoi bon ?

Ils ne voyaient presque personne. Marchenoir, décidément, livrait sa dernière bataille à une misère enragée de sa résistance de tant d'années et qui, après bien des mois d'une lutte épouvantable, devait l'assassiner par trahison au bord d'un torrent dont les vagues empuanties roulaient les monstres qu'il avait vaincus.

Il venait les voir quelquefois, sillonné de coups de foudre, pâle et conspué, la tête blanchie par l'écume des cataractes de la Turpitude contemporaine, mais plus impavide, plus indompté, plus invaincu, et remplissant la demeure tranquille des mugissements de sa colère.

— Pierre a de nouveau renié son Maître ! criait le prophète, au lendemain de l'expulsion des communautés religieuses. Pierre, qui « se chauffe dans le vestibule » de Dieu et qui est « assis en pleine lumière », ne veut rien

savoir de Jésus, quand la « servante » l'interroge. Il a
trop peur qu'on le soufflète, lui aussi, et qu'on lui crache
au visage!

Combien en faudra-t-il encore de ces reniements, pour
que se décide enfin à chanter le « Coq » de France? *Car
c'est la France qui est désignée par le Texte Saint*. La
France dont le Paraclet a besoin; la France où il se promène comme dans son jardin, et qui est la *Figure* la plus
expressive du Royaume des cieux; la France réservée,
quand même, et toujours aimée par-dessus les autres
nations, précisément parce qu'elle paraît être la plus
déchue, et que l'Esprit vagabond ne résiste pas aux prostituées!

Ah! si ce Pape, qui ne sait pas mieux que les vils accom-
modements de la politique, avait l'âme des Grégoire ou
des Innocent! que ce serait beau!

Voyez-vous Léon XIII jetant l'Interdit sur les quatre-
vingts diocèses de France, un Interdit absolu, *omni appel-
latione remota*, jusqu'à l'heure où tout ce grand peuple
sanglotant demanderait grâce.

... Entendez-vous, à minuit, le glas de ces cloches qui
ne tinteront plus désormais. Le Cardinal-Archevêque,
accompagné de son clergé, pénètre silencieusement dans
la Cathédrale. D'une voix lugubre, les chanoines psalmo-
dient, pour la dernière fois, le *Miserere*. Un voile noir
cache le Christ. Les Reliques des Saints ont été transpor-
tées dans les souterrains. Les flammes ont consumé les
derniers restes du Pain sacré. Alors, le légat couvert de

l'étole violette, comme au jour de la Passion du Rédempteur, prononce à voix haute, au Nom de Jésus-Christ,
l'Interdit sur la République Française...

A partir de ce moment, plus de messes, plus de Corps
ni de Sang du Fils de Dieu, plus de chants solennels, plus
de bénédictions. Les images des Martyrs et des Confesseurs ont été couchées par terre. On cessera d'instruire le
peuple, de proclamer les vérités du Salut. Des pierres
jetées du haut de la chaire, un peu avant qu'on ferme les
portes, avertissent la multitude qu'ainsi le Tout-Puissant
la repousse de sa présence. Plus de baptême, sinon à la
hâte et dans les ténèbres, sans cierges ni fleurs; plus de
mariages, à moins que l'union ne soit consacrée sur des
tombeaux; plus d'absolution, plus d'extrême-onction, plus
de sépulture!...

Je vous dis que la France ne pousserait qu'un cri! Mourante de peur, elle comprendrait qu'on lui arrache les
entrailles, elle se réveillerait de ses abominations comme
d'un cauchemar, et le cantique de pénitence du vieux Coq
des Gaules ressusciterait l'univers!...

Les deux amis versaient « l'huile et le vin » de leur
paix parfaite sur les plaies horribles de cet égorgé qui
partait en les bénissant. Clotilde l'embrassait comme un
frère, et Léopold, très peu riche, le secourait de quelque
argent.

Ah! il aurait bien voulu le retirer de cet inégal et mortel
combat dont il prévoyait le dénouement! Mais que faire?
Il sentait que les considérants ordinaires sont sans valeur

pour juger un être si exceptionnel, et il était trop en dehors de sa voie pour s'associer à son destin.

Un jour, l'une des dernières fois qu'ils se virent, Marchenoir lui dit :

— Nul ne peut me sauver. Dieu lui-même, par égard pour les quartiers pauvres de son ciel, ne doit pas permettre qu'on me sauve. Il est nécessaire que je périsse dans la sorte d'ignominie dévolue aux blasphémateurs des Dieux avares et des Dieux impurs. *J'entrerai dans le Paradis avec une couronne d'étrons !*[1]

Paroles étonnantes qui le racontaient tout entier, ce grandiloque de boue et de flammes, et que, seul au monde, sans doute, il était capable de proférer !

Une chose à remarquer, c'était que Léopold, aussitôt après son mariage, avait subi des transformations incroyables. Ses allures, ses attitudes, son visage même, s'étaient modifiés.

Il était entré dans la vie conjugale, comme un corsaire gorgé de butin dans la boutique d'un changeur. Il avait versé là tout son bagage de monnaies étrangères et disparates, les unes tachées de rouille, les autres teintes de sang, et on lui avait donné, en retour, la quantité d'or que cela représentait, un petit fleuve d'or très pur qui ne reflétait qu'une seule image.

---

1. **Léon Bloy** cite ce mot, parfaitement historique d'ailleurs, en vue de relever le courage d'un assez grand nombre de ses contemporains qui lui reprochent de ne pouvoir écrire deux lignes sans y insérer un peu de caca. Certain critique a eu le flair d'en découvrir jusque dans la *Chevalière de la Mort !*

18

Par un besoin passionné de se configurer à sa femme, sans doute aussi par l'effet de quelque débâcle intérieure dont elle avait été l'occasion, il avait adopté spontanément les pratiques pieuses de cette Vigilante du Livre Saint, à la lampe toujours allumée, et, peu à peu, était devenu un homme d'oraison.

S'en étonnera qui voudra ou qui pourra. Léopold était surtout un soldat, de l'espèce de ceux qu'on ne peut pas tuer. Il faut alors que Dieu s'en charge lui-même, et il les expédie à sa manière.

VIII

A sa manière. Assurément ce n'était pas une manière humaine, et le mot *miracle* aurait pu être employé sans extravagance.

Léopold avait été extrêmement loin de tout cela. Il est vrai que la hauteur de son caractère ne l'avait pas moins éloigné de l'antichambre ou de l'écurie du scepticisme. Il *croyait*, naturellement, spontanément, sans induction, comme tous les êtres faits pour commander. Son admiration sans réserve pour Marchenoir eût été, d'ailleurs, inexplicable autrement.

Mais les passions furieuses, qui avaient fait de lui, dès l'adolescence, leur château fort, n'avaient eu qu'à se montrer aux créneaux de sa formidable face pour mettre en fuite les velléités de recueillement ou de componction qui auraient tenté de s'approcher.

Délivré par Clotilde, en une seule fois, de tout ce qui pouvait faire obstacle à Dieu, il n'avait eu qu'à laisser toute grande ouverte la porte, si longtemps fermée, par où cette victorieuse était entrée dans son cœur. Alors, tout ce qui peut liquéfier le bronze des vieilles idoles s'était précipité derrière elle.

Il est raconté que le saint pape Deusdedit guérit un lépreux en lui donnant un baiser. Clotilde avait renouvelé le prodige, avec cette différence qu'elle-même avait été guérie en même temps que son lépreux, et que, désormais, ils n'avaient pas mieux à faire, l'un et l'autre, que de rendre grâces, à n'en plus finir, dans la pénombre d'une petite chapelle d'amour attiédie par une verrière de pourpre et d'or où la Passion du Christ était peinte.

De même qu'au Sacrement des malades, médecine du corps et de l'âme, dit le rituel, Léopold, béni par le prêtre, *juxta ritum sanctæ Matris Ecclesiæ,* avait été visité dans tous ses sens, touché comme d'une onction : sur ses yeux cruels qui n'avaient pas vu la Face de pardon ; sur ses oreilles inattentives qui n'avaient pas entendu les « gémissements de l'Esprit-Saint » ; sur ses narines de bête féroce qui n'avaient pas odoré les fragrances de la Volupté divine ; sur le « sépulcre » de sa bouche qui n'avait pas mangé le Pain vivant ; sur ses mains violentes qui n'avaient pas aidé à porter la Croix du Seigneur ; sur ses pieds impatients qui avaient marché partout, excepté vers le Saint Tombeau.

Le mot, d'ailleurs si prostitué, de *conversion,* appliqué

à lui, n'exprimait pas bien sa catastrophe. Il avait été pris
à la gorge par Quelqu'un de plus fort que lui, emporté
dans une maison de feu. On lui avait arraché l'âme et
broyé les os ; on l'avait écorché, trépané, brûlé ; on avait
fait de lui un mastic, une espèce de chose argileuse qu'un
Ouvrier, doux comme la lumière, avait repétrie. Ensuite
on l'avait jeté, la tête en avant, dans un vieux confessionnal
dont les planches avaient craqué sous son poids. Et tout
cela s'était accompli dans un même instant.

« ... Des Splendeurs inconnues, la lumière des Yeux de
Jésus, des Voix prodigieuses, des Harmonies qui n'ont pas
de nom!... » a dit Rusbrock l'Admirable.

La littérature et l'art n'avaient été pour rien dans cette
escalade. Ah! non, par exemple. Léopold n'était pas de
l'école des *Rares* qui découvrent tout à coup le catholicisme dans un vitrail ou dans un neume du plain-chant, et
qui vont, comme Folantin, se « documenter » à la Trappe
sur l'esthétique de la prière et le galbe du renoncement.
Il ne disait pas, à l'instar de cet imbécile, qu'un service
funèbre a plus de grandeur qu'une messe nuptiale, persuadé, jusqu'au plus intime de sa raison, que toutes les
formes de la Liturgie sont également saintes et redoutables. Il ne pensait pas non plus qu'une architecture spéciale fût indispensable aux élans de la dévotion et ne songeait pas, une minute, à se demander s'il était sous un
plein cintre ou sous un tiers-point, quand il s'agenouillait
devant un autel.

Il croyait même, avec Marchenoir, que l'Art n'avait pas

le plus petit mot à dire, aussitôt que Dieu se manifestait, et sa pente *naturelle* était dans le sens de l'Humilité profonde, ainsi qu'on a pu le vérifier historiquement chez la plupart des hommes d'action organisés pour le despotisme.

IX

L'A naissance, longtemps attendue, d'un fils fut un événement plus considérable que l'abolition définitive de la durée, pour ces deux buveurs d'extase. Ils se crurent mariés depuis quelques heures seulement et s'étonnèrent d'avoir ignoré l'Amour. Un gouffre nouveau s'ouvrit au fond de leur double abîme qu'ils pensaient être cousin germain des concavités du firmament.

Il faut laisser la monographie de telles ivresses aux jeunes bonshommes en condition littéraire, dont c'est l'office de divulguer impuissamment l'âme humaine à des maquereaux inattentifs. Ces deux êtres, plus grands, à coup sûr, qu'il n'est permis dans une société postérieure à tant de déluges, apparurent tout à coup privés d'haleine et pâles de sollicitude, penchés sur un petit pauvre.

Ils le nommèrent Lazare, du nom de ce Druide qu'on a déjà vu et que Léopold choisit pour parrain, de préférence à Marchenoir qui lui paraissait tout de même un arbre bien sombre pour abriter un berceau.

Clotilde, en vraie fille d'un peuple autrefois chrétien, ne voulut pas entendre parler de nourrice, intuitivement assurée que les mercenaires donnent, en même temps que leur lait, un peu de leurs âmes obscures ou contaminées aux Innocents qu'on leur abandonne, quand elles ont la bonté de ne pas les faire mourir.

Le petit Lazare, exceptionnellement vigoureux et beau, fut une fleur éclatante sur le sein de sa mère, et Léopold, qui aimait à travailler auprès d'eux, se persuada qu'un reflet infiniment doux de quelque clarté inconnue émanait de cette présence et se répandait sur sa peinture comme un duvet de lumière...

Les œuvres du grand artiste, à cette époque de sa vie, ses dernières œuvres, hélas! ont la marque de cette péripétie sentimentale où disparurent les teintes violentes, les heurts farouches des tons, les séditions brusques de la couleur qui donnaient à ses enluminures plus qu'étranges une originalité si forte.

Peu à peu, tout se fondit, s'éteignit dans une espèce d'aqua-tinte pâteuse que délimitait un raide contour. Druide, un certain soir, se détourna d'une feuille que l'infortuné plaçait devant lui, feignit un étourdissement et regarda Clotilde avec des yeux si hagards qu'elle comprit que le malheur frappait à leur porte.

Léopold devenait aveugle. Du moins, il était menacé de le devenir.

Quelque temps auparavant, forcé de travailler une nuit, il avait tout à coup cessé de voir, comme si les deux grosses lampes qui l'éclairaient s'étaient brusquement éteintes. Attribuant le phénomène à un excès de fatigue, il

s'était couché à tâtons et le matin, la clairvoyance revenue,
s'était borné à en parler avec insouciance, affectant de
croire que c'était une chose très simple qui ne valait pas
qu'on s'en mît en peine. Silencieusement, Clotilde se prépara à souffrir.

Bientôt, en effet, les troubles reparurent. Un spécialiste
consulté prononça que tout travail d'enluminure devait
être interrompu, qu'il fallait même y renoncer absolument,
sous peine de cécité.

Ce fut un très rude coup. Léopold aimait passionnément
son art, cet art, qu'il avait créé, ressuscité, qu'il avait forcé
de reparaître vivant et jeune, quand on le croyait si mort
que le souvenir même s'en effaçait. Elle était tellement à
lui, cette peinture qui remontait l'escalier des siècles et
qui ressemblait aux rêves d'un enfant profond!

Qu'allait-il faire maintenant? Depuis plusieurs années,
il ne subsistait que de son pinceau et n'avait jamais songé
une minute à « réaliser des économies ». Ah! oui, des économies! Les puissances inférieures, les salopes et implacables puissances dont se prévaut, contre les cœurs solitaires, l'identique bassesse du Nombre, ne pardonnent
pas. Elles ont des représailles sûres et mortelles. Léopold
cessant de peindre, la misère se jeta sur lui, comme les
bêtes gluantes sur un beau fruit mûr que le vent a déta-
ché de sa tige.

Il fallut, presque immédiatement, chercher quelque
autre moyen de vivre. Les démarches affreuses commen-
cèrent. Plus de recueillement, plus de paix érémitique.

C'en était fait de la tente de velours bleu pâle, dans la clairière silencieuse où l'émeraude et le corail d'une végétation de livre d'heures se profilaient, avec une tendresse mélancolique, sur l'or d'un ciel byzantin. Tout cela, c'était fini pour jamais. Il fallut se noyer l'âme dans les malpropres soucis d'argent, dans la purulence des égoïsmes sollicités, dans le cloaque des poignées de main.

Les anciennes façons de gentilhomme écumeur de cet indiscipliné qui, naguère, semblait toujours parler à ses contemporains avec des pincettes, n'avaient pu lui faire un nombre considérable d'amis. Quand on le vit par terre, ce fut la curée des sourires, des condoléances venimeuses. Sans doute, ses allures s'étaient modifiées d'une manière qui pouvait passer pour miraculeuse, depuis qu'il était heureux; mais il avait, du même coup, tellement disparu qu'on ne s'en doutait guère. D'ailleurs, il était avantagé, ainsi que la plupart des individus célèbres, d'une *légende* spéciale — espèce d'eau-forte si énergiquement *mordue* par l'Envie qu'aucune transfiguration ou métamorphose de l'original n'est capable de l'altérer.

D'un autre côté, son mariage avait scandalisé les oiseaux pourris ou les poissons recommandés par le vomito-negro, qui promulguent, à Paris, les décrets d'un monde puant dont la vieille morale, — expulsée avec horreur des plus basses boutiques de prostitution, — cherche sa vie dans les ordures.

On lui avait attribué les *restes* du malheureux Gacougnol. Quelques facéties agréables, dans le goût de la *sauce*

Léopold, avaient même agrémenté la chroniquaille de certains journaux que ne lisait pas le solitaire, — fort heureusement pour les turlupins qui tremblaient dans leurs culottes, bien qu'ils se dissimulassent avec attention sous des coquillages d'emprunt.

Le ménage connut les expédients qui font frémir et qui font pleurer, la vente successive des objets aimés dont on croyait ne pouvoir jamais se séparer, le changement de certaines habitudes qui semblent adhérer au principe même de la puissance affective, la suppression graduelle et si douloureuse de toutes les barrières de la vie intime et cachée que ne réalisent jamais les pauvres. Surtout il fallut déménager. Oh! ceci fut le plus dur.

Leur jolie ruche paisible et claire, aux environs du Luxembourg, était pour Léopold et Clotilde le lieu unique, l'endroit privilégié, la seule adresse qu'ils eussent donnée au bonheur. Ils l'avaient meublée de leurs émotions d'amour, de leurs espérances, de leurs rêves, de leurs prières. Même les souvenirs lugubres n'en avaient pas été écartés. Atténuées fil à fil par une bénédiction venue si tard, les tristesses d'autrefois s'y entrelaçaient avec les joies neuves, comme des figures de songe qu'une tapisserie aux couleurs éteintes aurait fait flotter sur les murs.

Puis, leur enfant était né là. Il y avait vécu onze mois, pendant lesquels avait recommencé la tribulation, et son image de merci était pour eux dans tous les coins.

Au moment d'abandonner cette retraite, les malheureux se crurent exilés de la paix divine. Arrachement d'autant plus cruel que le nouveau gîte où les transplanta la nécessité leur parut sinistre. L'ayant visité par un tiède soleil de fin d'automne, ils l'avaient jugé habitable, mais la pluie froide et le ciel noir du jour de l'installation le transformèrent à leurs yeux épouvantés en une sorte de taudion humide, sombre et vénéneux qui leur fit horreur.

C'était un pavillon minuscule au fond d'une impasse du Petit Montrouge. Ils l'avaient loué en haine des petits appartements, espérant échapper ainsi aux promiscuités ignobles des maisons de rapport. Trois ou quatre autres bicoques du même genre, habitées on ne savait par quels saturniens et calamiteux employés, exhibaient, à la distance de quelques mètres, leurs hypocondres façades badigeonnées d'un lait de chaux aveuglant et séparées les unes des autres par une végétation poussiéreuse de cimetière suburbain qu'empuantirait le voisinage d'une gare de marchandises ou d'une fabrique de chandelles.

Espèce de petite cité bourgeoise, à prétention de jardins, comme il s'en trouve dans les quartiers excentriques, où d'homicides propriétaires tendent le traquenard de l'horticulture à des condamnés à mort.

Ceux-ci furent accueillis, dès le seuil, par tous les frissons. Clotilde, grelottante et consternée, roula aussitôt son petit Lazare dans un amas de couvertures et de châles, ne songeant qu'à le préserver de l'humidité glaciale, *singulière*, et attendit, avec une angoisse jusqu'alors inconnue, que les déménageurs eussent fini.

Hélas ! ils ne devaient jamais finir, en ce sens que,

jusqu'au dernier instant de sa vie, la pauvre femme devait garder l'impression actuelle du désordre triste et banal de ces quelques heures.

X

Le malheur est une larve accroupie dans les lieux humides. Les deux bannis de la Joie crurent flotter dans des limbes de viscosité et de crépuscule. Le feu le plus ardent ne parvenait pas à sécher les murs, plus froids à l'intérieur qu'au dehors, comme dans les cachots ou les sépulcres, et sur lesquels pourrissait un papier horrible.

D'une petite cave haineuse que n'avait certainement jamais élue la générosité d'aucun vin, parurent monter, au commencement de la nuit, des choses noires, des fourmis de ténèbres qui se répandaient dans les fentes et le long des joints d'un géographique parquet.

L'évidence d'une saleté monstrueuse éclata. Cette maison, illusoirement lessivée de quelques seaux d'eau, quand elle attendait des visiteurs, était, en réalité, gluante, à peu près partout, d'on ne savait quels sédiments redoutables qu'il aurait fallu racler avec un labeur sans fin. La Gorgone du vomissement était accroupie dans la cuisine, que l'incendie seul eût été capable de purifier. Dès la première heure, il avait fallu installer un fourneau dans une autre pièce. Au fond du jardin, de quel jardin! persévérait un amas de détritus effrayants que le propriétaire avait promis de faire enlever et qui ne devait jamais disparaître.

Enfin, tout à coup, l'abomination. Une odeur indéfinissable, tenant le milieu entre le remugle d'un souterrain approvisionné de charognes et la touffeur alcaline d'une fosse d'aisances, vint sournoisement attaquer la muqueuse des locataires au désespoir.

Cette odeur ne sortait pas précisément des latrines, à peu près impraticables, d'ailleurs, ni d'aucun autre point déterminé. Elle rampait dans l'étroit espace et s'y déroulait à la manière d'un ruban de fumée, décrivant des cercles, des oves, des spirales, des lacets. Elle ondulait autour des meubles, montait au plafond, redescendait le long des portes, s'évadait dans l'escalier, rôdait d'une chambre à l'autre, laissant partout comme une buée de putréfaction et d'ordure.

Quelquefois elle semblait disparaître. Alors on la retrouvait au jardin, dans ce jardin des bords du Cocyte, clos d'un mur de bagne capable d'inspirer la monomanie de l'évasion à un derviche bancal devenu équarrisseur de chameaux atteints de la peste.

Ce que fut pour les naufragés l'existence des premiers jours, il n'y a que l'ange préposé à la flagellation des Ames qui pourrait le dire.

La puanteur est un fourrier qui court en avant des Larves cruelles, quand il leur est permis de remonter du fond de l'abîme, et la peur froide l'accompagne. Certaines circonstances trop affreuses pour n'être pas réelles et, d'ailleurs

promptement suivies, de quelle rafale d'horreur! ne permirent pas à Clotilde d'abord, et à son mari ensuite, de
douter qu'ils ne fussent tombés, pour la trempe surnaturelle
de leur courage, dans un de ces lieux maudits, que ne
désigne comme tel aucun cadastre fiscal, où l'Ennemi des
hommes prend son délice et se met à califourchon.

Le petit Lazare, paraissant indisposé depuis le désarroi
funèbre de l'emménagement, sa mère dormait seule, près
de lui, dans une chambre du rez-de-chaussée qu'on avait
trouvée un peu moins sinistre que les autres. Léopold,
fermait avec soin toutes les issues et gagnait une cel-
lule fétide à l'étage supérieur.

Dès la seconde nuit, Clotilde fut arrachée au sommeil
par des coups d'une violence extrême frappés à la porte
extérieure, comme si quelque malfaiteur essayait de l'enfoncer. L'enfant dormait et le père, dont elle crut entendre
de loin la respiration égale et sonore, ne semblait pas
avoir été troublé. Le vacarme avait donc été *pour elle seule.*
Glacée de terreur et n'osant bouger, elle invoqua les âmes
pieuses des morts qu'on dit puissantes pour écarter les
sombres esprits. Le lendemain, elle n'en parla pas, mais il
lui resta, de cette première visitation de l'Épouvante, une
anxiété lourde, une transe de catacombes dont elle eut
le cœur crispé.

D'analogues *avertissements* lui furent donnés les nuits
suivantes. Elle entendit une voix panique hurlant à la
mort. Des heurts mystérieux d'impatience et de colère
firent sonner les cloisons et jusqu'au bois de son lit. Affolée,

hagarde, ayant la sensation d'une griffe dans ses cheveux, mais craignant de partager ce hors-d'œuvre d'agonie avec son malheureux homme, elle fit venir un prêtre de la paroisse pour bénir la maison.

« *Pax huic domui et omnibus habitantibus in ea...* Seigneur, tu m'arroseras avec l'hysope et je serai net; tu me laveras et je serai blanchi plus que la neige... Exauce-nous, Seigneur saint, Père tout-puissant, éternel Dieu, et de tes cieux daigne envoyer ton saint ange pour qu'il garde, réchauffe dans son sein, protège, visite et défende ceux qui résident en cet habitacle. Par le Christ Notre Seigneur. »

La nuit qui vint sur cette bénédiction fut paisible, mais celle d'après, ah! Jésus très obéissant qui sortîtes de la mort et du tombeau, quelle épouvantable nuit!

Un cri inhumain, un croassement de supplicié par les démons mit la pauvre femme sur son séant, yeux dilatés, dents claquantes, membres disloqués par le tremblement et cœur poussé, comme le battant d'une cloche d'alarme, contre les parois de ce flanc qui avait porté un enfant de Dieu. Elle se jeta au berceau de son fils. L'innocent n'avait pas cessé de dormir et la clarté pâle de la veilleuse le montrait si pâle qu'elle chercha son souffle.

Elle fut alors frappée de cette circonstance qu'il dormait trop depuis une semaine, qu'il dormait presque continuel-lement et qu'il avait toujours froid aux pieds. Comprimant une crise de sanglots, elle le prit très doucement dans ses bras et le porta près du feu.

Quelle heure pouvait-il être? Elle ne le sut jamais. Il pleuvait un silence énorme, un de ces silences qui font perceptible la rumeur des petites cataractes artérielles...

L'enfant exhale une plainte faible. La mère ayant essayé vainement de le faire boire, il s'agite, paraît soudain tout égaré, jette ses bras mignons contre l'Invisible, à la manière des puissants qui meurent, et commence le râle de son agonie.

Clotilde, comblée d'effroi, mais ne comprenant pas encore que c'est la fin, met la tête du cher souffrant sur son épaule, dans une position qui l'a plus d'une fois calmé, et se promène longtemps en larmes, le suppliant de ne pas la quitter, appelant à son secours les Vierges Martyres à qui les lions ou les crocodiles mangeaient les entrailles pour l'amusement de la populace.

Elle voudrait bien la présence de son mari, mais elle n'ose élever la voix et l'escalier est si difficile dans les ténèbres, surtout avec un pareil fardeau! A la fin, le petit être tombe de son cou sur son sein, et elle comprend.

— Léopold! notre enfant meurt! crie-t-elle d'une voix terrible.

Celui-ci a dit plus tard que cette clameur l'avait atteint dans son sommeil, comme un bloc de marbre atteint le plongeur au fond d'un gouffre. Accouru tel qu'un projectile, il n'eut que le temps de recueillir le dernier frisson de cette commençante vie, le dernier regard sans lumière de ces yeux charmants dont l'azur clair se faïença, s'émailla d'une *vitre* laiteuse qui les éteignit...

En présence de la mort d'un petit enfant, l'Art et la Poésie ressemblent vraiment à de très grandes misères. Quelques rêveurs, qui paraissaient eux-mêmes aussi grands que toute la Misère du monde, firent ce qu'ils purent. Mais les gémissements des mères et, plus encore, la houle silencieuse de la poitrine des pères ont une bien autre puissance que les mots ou les couleurs, tellement la peine de l'homme appartient au monde invisible.

Ce n'est pas exactement le contact de la mort qui fait tant souffrir, puisque cette punition a été si sanctifiée par Celui qui s'est appelé la Vie. C'est toute la joie passée qui se lève et gronde comme un tigre, qui se déchaîne comme l'ouragan. C'est, en une manière plus précise, le souvenir magnifique et désolant de *la vue de Dieu*, car tous les peuples sont idolâtres, vous l'avez beaucoup dit, ô Seigneur! Vos tristes *images* ne savent adorer que ce qu'elles croient voir, depuis si longtemps qu'elles ne vous voient plus, et leurs enfants sont pour elles le Paradis de Volupté.

Or il n'y a pas d'autre douleur que celle qui est racontée dans votre Livre. *In capite Libri scriptum est de me.* On a beau chercher, on ne trouvera pas une souffrance hors du cercle de feu de la tournoyante Épée qui garde le Jardin perdu. Toute affliction du corps ou de l'âme est un mal d'exil, et la pitié déchirante, la compassion dévastatrice inclinée sur les tout petits cercueils est, sans doute, ce qui rappelle avec le plus d'énergie le Bannissement célèbre dont l'humanité sans innocence n'a jamais pu se consoler.

XI

Ils l'habillèrent de leurs mains pour le Berceau définitif que le Verbe de Dieu balance avec douceur parmi les constellations. Puis ils s'assirent en face l'un de l'autre, attendant le jour. Deux ou trois heures, ils subirent cet évanouissement secourable de la pensée et du sentiment qui est le premier état d'une douleur immense.

Un seul mot fut proféré, le mot *Bénédiction* tombé des lèvres de la mère et que Léopold comprit très bien. « Ceux-là sont ceux qui n'ont pas souillé leurs vêtements... Ils suivent l'Agneau sans tache partout où il va », dit la Liturgie. Les chrétiens ont ce réconfort de savoir qu'il y a surtout des *petits* dans le Royaume et que la voix des Innocents qui sont morts « fait sonner la terre »... Ils auraient beau souffrir désormais, chercher leurs âmes à tâtons dans les pires chemins qui soient sous le ciel, tout de même ils étaient sûrs que quelque chose d'eux resplendissait bienheureusement au delà des mondes.

Le jour parut, un jour blême qui avait, lui aussi, le regard d'un mort et il leur montra leur solitude. Personne, jusqu'à cet instant, n'était venu les voir dans leur nouveau gîte, et les rares amis demeurés fidèles étaient loin et dispersés.

Le souci le plus aigu dont puisse être poignardé un père mit Léopold sur ses pieds.

— Comment ferai-je pour enterrer mon enfant?

Une pièce de cent sous eût été introuvable dans la

maison. Il alla supplier la concierge de le remplacer auprès de sa femme et prit la fuite comme un insensé. Quelques heures après, muni d'une légère somme, à quel prix obtenue! il revenait juste assez tard pour être privé de la consolante occasion de casser les reins au médecin des morts.

Ce personnage fantastique, évoqué par son absence, était sur le point de partir. On pouvait contempler en lui un de ces ratés sinistres et sans pardon, incapables de diagnostiquer une indigestion, que délègue la compétence municipale pour légaliser le trépas des citoyens, condamnés ainsi, quelquefois, à recommencer leur agonie sous six pieds de terre. Les entrepreneurs de pompes funèbres, qui ont toujours le mot pour rire, l'avaient surnommé le bourreau du XIVe arrondissement.

Clotilde avait eu la vision soudaine d'une sorte d'avoué ou d'huissier du corbillard, à graisse jaune et à favoris couleur de rouille, sur l'ignoble mufle de qui se mouvait continuellement une verrue grisâtre assez comparable à un gros cloporte.

Le goujat, se voyant chez des pauvres, était entré en gueulant et, sans même ôter son chapeau, avait, un moment, palpé, retourné de sa profanante main le petit corps lamentable, puis, regardant la mère suffoquée de tant de crapule, avait dit en ricanant ces inconcevables mots :

— *Ah! ah! vous pleurez, maintenant que c'est fini!*

Oui vraiment, c'était un coup de chance pour la peau du chien que Léopold n'eût pas entendu cela!

Aussitôt après, il demanda, avec l'autorité d'un garde-chiourme, qu'on lui montrât les *ordonnances*, devinant, sans doute, que ces pièces n'existaient pas. Clotilde, qui avait le cœur exactement au bord des lèvres, parvint cependant à répondre qu'à la vérité l'enfant avait paru languir les derniers jours, mais que, l'ayant guéri elle-même plusieurs fois de tel ou tel malaise analogue, elle n'avait pas même songé à l'intervention dangereuse d'un médecin et qu'au surplus, la crise finale s'était produite au milieu de la nuit d'une manière si foudroyante qu'il eût été impossible d'invoquer un secours humain.

L'autre, irrité de cette réponse et qui semblait avoir pris l'air de la baraque diabolique, évacua des choses imprécises, mais d'une insolence plus ferme, et qui tendaient au certificat d'un soupçon horrible, ayant soin de mettre en valeur les mots de négligence criminelle, de grave responsabilité, etc.

— Finissons-en, Monsieur! dit la chrétienne avec force. Il n'est arrivé que ce que Dieu a voulu et je n'ai que faire de vos discours insultants. Si mon mari était là, vous ne me parleriez pas ainsi.

A ce moment Léopold rentrait. Un coup d'œil lui fut assez. Sans desserrer les lèvres ni faire un geste, il braqua sur le ruffian une si congédiante face que celui-ci roula vers la porte comme un torche-cul balayé du vent.

A la mairie, l'employé du bureau des décès déclara à Léopold que l'heure de l'enterrement ne pouvait être fixée, le rapport du médecin nécessitant une *enquête*, et qu'on enverrait un autre voyou. Il laissa même entrevoir gracieusement l'éventualité d'une AUTOPSIE!...

Le deuxième savant, imploré presque à genoux, se montra flexible et l'horreur suprême fut épargnée à ces malheureux. Mais à cela près, la mesure fut comble. Pendant deux nuits consécutives, ils purent manger et boire leur tourment et garder encore de ce viatique pour le reste de leurs jours.

Des deux écrasés, Clotilde parut la plus forte et fut obligée de secourir son compagnon. Cet artiste si ombrageux, cet aventurier affronteur de toutes les morts, ce téméraire d'entre les casse-cou, dont on n'avait jamais vu le cœur faillir, eut besoin de s'appuyer sur sa femme pour ne pas tomber.

Il se rappelait un geste, rien qu'un geste. Le soir qui avait précédé la catastrophe, au moment où il allait monter dans sa chambre, l'enfant s'était détourné de sa mère et avait tendu vers lui une de ses mains pour le caresser à son ordinaire. Mais Clotilde, qui n'était parvenue qu'à peine à faire prendre le sein au petit malade et qui craignait une distraction, avait éloigné d'un signe de tête son pauvre mari que le souvenir de ce geste puéril, de cette dernière caresse perdue, torturait maintenant d'une manière affreuse. Car l'âme humaine est un gong de douleur où le moindre choc détermine des vibrations qui grandissent, des ondulations indéfiniment épouvantables...

Funérailles d'indigents, cimetière de Bagneux, fosse commune... Ah! toutes ces choses, dans la neige!

Marchenoir seul fut présent. Druide, informé trop tard, ne put être rencontré qu'au retour. Ces quatre créatures d'exception pleurèrent ensemble dans la maison désolée et abominable.

Puis, ce qu'on ose appeler la Vie reprit tranquillement son cours.

XII

L éopold et Clotilde avaient été heureux trois ans. Trois ans ! Il fallait payer cela et ils virent bientôt que ia mort de leur enfant ne suffisait pas. Songeant que leur part de joie dans le triste monde avait bien pu représenter les délices de dix mille hommes, ils se demandèrent si n'importe quoi suffirait jamais.

Il y avait d'abord ce logis odieux, ce cabanon de pestilence et d'effroi qu'ils ne pouvaient fuir sur-le-champ, où la misère les condamnait à l'atrocité inexprimable d'un *deuil puant*.

Qu'on se représente l'horreur démoniaque de ceci. Au moment où les croque-morts allaient le coucher dans sa bière, Clotilde avait voulu baiser une dernière fois son petit Lazare que ne ressusciteraient les larmes d'aucun Dieu, et l'infâme vapeur qui l'avait tué, rôdant alors autour de ce front charmant, avait failli la suffoquer.

Pourquoi cette souffrance hideuse ? Pourquoi cette affliction de réprouvés ? ô Seigneur! On ne refusait pas de souffrir, mais souffrir précisément comme cela ! Était-ce possible ?

L'inexplicable fétidité parut devenir plus dense, plus lourde, plus tenace, plus lente. Ils la trouvèrent à la fois partout. Elle imprégnait leurs vêtements et courait avec eux dans Paris, sans que pluie ou gel pût la dissiper. Ils en vinrent à supposer un cadavre caché dans quelque épaisseur de maçonnerie, conjecture que rendait singulièrement plausible le caractère spécial des visions ou des cauchemars qui ne cessaient de harceler Clotilde, aussi bien dans sa veille que dans son sommeil. C'était à croire qu'un crime avait dû se consommer là et qu'en cherchant bien, on en trouverait des traces.

Léopold écrivit au propriétaire une lettre véhémente qui n'eut d'autre pouvoir que de faire apparaître la plus répugnante figure de basse fripouille.

C'était un marchand d'habits décrochés, un lessiveur de vieux pantalons, un mastoc frotté de pommade qui pouvait passer pour avoir été construit avec des quartiers de viande juive et des rognures volées à quelque fondoir, monstrueusement surcollés à une carcasse de souteneur parisien. Une énorme pipe de maquignon cossu et batifolard, toujours fumante à sa gueule, et toute une bijouterie contrôlée sur les boulevards extérieurs, complétaient sa physionomie.

Le drôle trouva Clotilde seule, salua d'un tout petit geste protecteur, sans se découvrir ni retirer son brûlot, frotta sur le parquet ses bottes boueuses, fit quelques pas dans les chambres, lâcha de la fumée et de la salive, eut le clin d'yeux entendu et le réticent sourire d'un geôlier malin à qui on n'en donne pas à garder, enfin coupa court aux doléances que la pauvre femme, figée de dégoût, essayait de pousser dans le vestibule de son attention, déclarant d'un ton péremptoire qu'aucun locataire jusqu'alors ne s'était plaint du tabernacle, qu'on avait eu, d'ailleurs, tout le loisir de l'examiner avant la signature de l'engagement et que, pour lui, quelle que fût sa bonne volonté, il ne voyait rien à faire.

Quelques jours après, sur la menace d'une enquête administrative, il daigna expédier son architecte, personnage avantageux et bien affilé qui trancha instantanément toutes les questions et conclut dans le sens de son envoyeur.

Une démarche à la Salubrité publique, où sa patience fut exercée par une vingtaine de culs-de-plomb à moutarde répartis dans des bureaux inaccessibles, apprit du moins à Léopold qu'il n'y avait rien à espérer de cette administration. Il fallait écrire au préfet de la Seine sur une feuille de papier timbré, exposer clairement et respectueusement le grief à ce haut seigneur, puis attendre, la paix dans l'âme, — en payant régulièrement les termes de loyer, — qu'on voulût bien donner une suite quelconque au placet, dans un nombre indéterminé de mois.

Les empoisonnés s'adressèrent au commissaire de police, sans obtenir plus de réconfort. Le délégué affirma que l'odeur de cadavre était une illusion. Peut-être, en effet n'existait-elle pas ce jour-là. Peut-être aussi le miasme infernal ondulait-il cauteleusement autour de ce visiteur, sans impressionner son appareil olfactif, ainsi qu'on l'avait observé diverses fois. Au total rien à faire, comme l'avait dit l'aimable propriétaire, absolument rien, surtout pour des pauvres. La société est extra-fine et la propriété immobilière admirablement gardée.

Une vérité incontestable, c'est que le chrétien, le vrai chrétien pauvre, est le plus désarmé de tous les êtres. N'ayant pas le droit ni la volonté de sacrifier aux idoles, que peut-il faire? Si son âme est haute et forte, les autres chrétiens, vautrés devant tous les simulacres, se détournent de lui en criant d'horreur. Les divinités infâmes le regardent avec leurs faces de bronze et les renégats humiliés par sa constance demandent qu'on le livre aux bêtes. S'il tend la main pour implorer une aumône, cette main plonge dans une fournaise...

Léopold tombé de son art ne put éviter le cloaque au milieu duquel sa chute le précipitait. On l'y enfonça le plus possible. Comme il tentait de se mettre à genoux pour mieux souffrir, d'anciens amis piétinèrent, tassèrent l'ordure au-dessus de lui, et on fit passer là des chars de triomphe où s'étalaient le maquerellage et le putanat. Ensuite on l'accusa de paresse, de *scatologie*,... d'ingratitude.

Il expérimenta cette loi, toujours invraisemblable et toujours promulguée, qu'un artiste est invariablement exécré au prorata de sa grandeur et que si, la meute féroce venant à le pourchasser, sa vigueur s'épuise, il ne trouvera pas même un garçon de charrue assez généreux pour ne pas lui jeter son coutre à travers les jambes. La Fête de l'homme, c'est de voir mourir ce qui ne paraît pas mortel.

Combien de métiers n'essaya-t-il pas, l'infortuné dans l'âme de qui vacillaient encore tous les luminaires du Moyen Age! Les Invisibles qui versent à boire aux agonisants qu'on abandonne en furent témoins.

Il sut alors, exactement, ce qu'avait pu être la célèbre tribulation de Marchenoir, dont la vie entière s'était passée à ramer sur ce banc de galériens et qui allait mourir, l'un des plus hauts écrivains du siècle, sans avoir obtenu ni sollicité de ses contemporains les plus intrépides le cordial hospitalier d'un doigt de justice.

L'enlumineur lui avait dû quelques-unes de ses meilleures inspirations. Il lui devait surtout, en grande partie, d'être devenu un chrétien profond, et parce qu'il tâchait de voir en plein la Face de Dieu, il désira d'être configuré aux souffrances de ce supplicié.

De son côté, Clotilde avait trouvé d'homicides coutures chiennement payées et on subsistait ainsi, l'un par l'autre, sans lendemain, de façon très-rigoureuse.

« Les renards ont leurs tanières », dit la Parole. Le plus bas degré de la misère est, assurément, de n'avoir pas ce qui peut s'appeler un domicile. Quand le poids du jour a été écrasant, quand l'esprit et les membres n'en peuvent plus, et qu'à force de souffrir on a entrevu l'abomination *réelle* de ce monde qui est le spectacle des

Séraphins épouvantés, — quel rafraîchissement de se retirer en un lieu quelconque où on est vraiment chez soi, vraiment seul, vraiment séparé, où on peut décoller le masque exigé par l'indifférence universelle, et fermer sa porte, et prendre sa douleur par la main, et la presser longuement sur sa poitrine, à l'abri des douces murailles qui cachent les pleurs! Cette consolation des plus pauvres était refusée aux deux misérables.

— Chère amie, dit un soir Léopold à sa femme, qui n'avait pu retenir une crise de sanglots, je crois lire dans ta pensée. Ne me dis pas non. Quelques-unes de tes paroles m'ont averti depuis longtemps. Tu te reproches d'être funeste à ceux qui t'aiment, n'est-il pas vrai ? Je ne sais si une telle crainte est permise à une chrétienne qui mange tous les jours le Corps de son Juge. En vérité, je ne le sais pas et peut-être les plus forts ne le savent-ils pas davantage. Mais je veux, un instant, la supposer légitime. Te voilà donc terrible. Ta présence attire les bourdons de la mort, le bruit de tes pas éveille le malheur, ta voix douce encourage la coalition de l'aspic et du basilic. A cause de toi, on est massacré, on devient aveugle, on meurt de chagrin, on est captif dans les lieux infects... Qu'est-ce que cela prouve, sinon que ton importance est grande et ta voie très exceptionnelle ? Pourquoi ne serais-tu pas, en vertu de quelque décret préalable à ta naissance, une excitatrice de Dieu, une pauvre petite personne qui met en émoi sa justice ou sa bonté? Il y a des êtres comme cela et l'Église en a catalogué un certain nombre sur ses Diptyques. Ils ont le pouvoir, inconnu d'eux-mêmes, de *circonscrire instantanément une destinée,* d'accumuler, dans la pression de leur main ou dans leur baiser, tout l'éventuel et tout le possible qui s'échelonnent le long du chemin de l'individu responsable, et de faire éclater d'un coup la floraison de cette ronce de douleur. Avant de te connaître, ma Clotilde, je croyais vivre, parce qu'il me semblait que mes passions étaient quelque chose. J'étais une brute, rien de plus. Tu m'as congestionné de vie supérieure et nos trente mois heureux ne tiendraient pas dans tout un siècle. Appelles-tu cela être funeste ? Aujourd'hui nous sommes invités à monter *plus haut que le bonheur.* Ne crains rien, j'ai de quoi te suivre.

Clotilde lui ferma la bouche avec ses lèvres.

— Tu as raison, sans doute, mon bien-aimé. J'ai honte d'être si peu devant toi, mais puisque tu oses prétendre que j'en ai le pouvoir, je t'emprisonne volontiers dans la vie éternelle.

XIII

Il fallut croupir six mois. Il y eut d'abord le printemps qui rajeunit et dilata la pestilence, puis l'été qui la fit bouillir et l'exalta. Une végétation pisseuse, galeuse, hypocondriaque et vindicative se déclara dans le jardin, où coururent des légions d'insectes noirs. Des fleurs, autrefois semées par des mains réfractaires à toute bénédiction

valable et qui eussent détérioré le flair d'un dogue, balan-
cèrent sur l'étroit sentier leurs cassolettes habitées par
des pucerons effrayants.

Ensuite, comme si tout cela n'était pas assez, une maison colossale, babélique, se dressa tout à coup dans le
voisinage immédiat. Une armée de maçons qui ne connaissaient pas le Saint Jour secoua le plâtre sur ce
paysage qu'il eût été si louable de désinfecter.

Pendant les deux derniers mois, quatre-vingts fenêtres en
construction, percées dans des murs impies dont le pauvre
lambeau de ciel était offusqué de plus en plus, tamisèrent
obstinément l'asphyxie et le désespoir. La chaux en
poussière envahit les meubles, les vêtements, le linge,
poudra les têtes et les mains, brûla les yeux. On en man-
gea et on en but. Vainement on essayait de se calfeutrer,
quand on se croyait assez forts pour affronter, un instant,
la fermentation impétueuse de l'intérieur. Le dentifrice
implacable se glissait par toutes les fentes, comme les
cendres fameuses qui ont étouffé Pompei, et s'épan-
dait invinciblement par les chambres closes.

La chaleur, qui fut excessive cette année-là, fit paraître
les nuits encore plus atroces que les jours. On vit alors
galoper partout des punaises *à frimas*, des punaises blan-
châtres et amidonnées qui réalisèrent le dernier degré de
la dégoûtation et de l'horreur.

Nul remède à toutes ces choses, nulle plainte à essayer,
nulle réclamation à entreprendre. C'était bien connu. Les
héros qui font bâtir sont peut-être encore plus adorables

que les demi-dieux qui ont déjà bâti, et l'indigent est une négligeable crotte entre l'une et l'autre majesté. Le Deutéronome des goujats vainqueurs, le Code civil et carnassier que Napoléon promulgua, ne daigne pas remarquer seulement son existence, et cela répond à tout.

Léopold et Clotilde prenaient la fuite aussi souvent qu'ils pouvaient. Ils allaient dans les églises qui sont, aujourd'hui, les seules cavernes où les fauves au cœur saignant se puissent réfugier encore. Ils se promenaient dans la paix sublime des cimetières, s'agenouillant, çà et là, sur les tombes en ruine des plus vieux morts, dont quelques-uns, sans aucun doute, avaient autrefois crucifié leurs frères. Puis, pour retarder autant qu'il était en eux l'exécrable instant du retour, ils s'asseyaient devant un café et regardaient passer les fantômes.

Plus rarement, lorsqu'un peu d'argent tombait sur eux, ils se ruaient à la campagne, lisant ou causant, une journée entière, dans les coins les plus écartés des bois. Mais il fallait reprendre bientôt la puanteur, la suffocation, l'insomnie, l'épouvante, le vomissement, le chagrin noir au fond d'un puits noir, et leurs âmes vêtues de patience dérivaient dans l'ombre...

Souvent seule à la maison, Clotilde songeait à son enfant sous la terre. De tout son courage, elle tâchait habituellement d'écarter l'image précise, l'image terrible, mais l'obsession était la plus forte.

C'était d'abord un point, rien qu'un point au bord du cœur, qui lui coupait brusquement la respiration. Un peu après, son aiguille s'échappait de ses doigts, sa jolie tête se renversait en arrière dans un mouvement d'agonie, ses mains se crispaient, se contracturaient au-dessus de son visage. — *Fiat voluntas tua!* gémissait-elle, et sa détresse était infinie.

Si elle faisait assez de pitié à Celui qui regarde tourner les mondes pour qu'un flot de larmes vînt la secourir et que le supplice diminuât, elle en demeurait étourdie, somnolente, hallucinée.

— Ne va pas dans ce coin noir, mon enfant mignon! — *Ne touche pas à ce grand couteau qui pourrait percer ton petit cœur!* — Prends garde aux méchants hommes qui t'emporteraient! — Viens dormir sur mes genoux, mon amour malade!

Prononçait-elle vraiment ces mots, où reparaissait la trace des anciens tourments? Elle n'eût pu le dire, mais ils frappaient son oreille comme des sons que sa bouche aurait proférés, et le souvenir de cet être mort à onze mois se confondait tellement dans son esprit, avec l'idée *lustrale* de la Pauvreté, qu'elle le revoyait auprès d'elle, âgé de *cinq* ans... On ne sait pas ce que les âmes peuvent souffrir.

Aux très vieux temps, il était recommandé, dans les affres de la torture, d'invoquer le Bon Larron, et de rester immobile, de ne pas bouger, de ne pas remuer les lèvres, quelle que fût l'angoisse. Mais cela, ô Dieu! c'est le secret de vos Martyrs, c'est la méthode sainte qui n'est pas facile aux chrétiens privés de miracles. Le partage de la multitude n'est-il pas d'expirer de soif au bord de vos fleuves!...

Enfin, on put quitter l'endroit effroyable, la cité gravéo-
lente et moisie où, d'ailleurs, venait de s'abattre, attirée
par l'odeur de mort, une congrégation de prostituées dont
le propriétaire avait été ébloui. C'était le comble, et
l'épreuve devenait impossible par son excès même.

Un recouvrement inespéré permit tout juste à ces orphelins de leur propre enfant de s'installer hors de Paris, dans
un très humble pavillon de Parc-la-Vallière et d'y respirer en paix quelques jours.

XIV

VOILA donc leur vie changée. Il n'y a plus de cauchemar, plus de peste, plus de vermine. On est sorti du
nuage de plâtre. Mais ce qui reste est bien assez pour
qu'on y succombe.

Tout à l'heure, au moment où les rattrapait ce trop véridique récit et lorsque Clotilde, attendant son cher mari,
pleurait sur les pieds du grand crucifix, l'unique objet de
quelque valeur qui leur restât, la douce créature avait
sans doute revu, dans l'irradiation torrentielle et synop-
tique de la pensée, ce qui vient d'être raconté en tant de
mots. Elle l'avait même revu, c'était bien certain, d'une
manière plus poignante, plus détaillée.

Cette amertume, cependant, aurait pu ne pas être sans
douceur, si la condition présente avait été moins dure et
le très prochain avenir moins effrayant. Au contraire,

toutes les menaces étaient sur eux. La vue de Léopold s'affaiblissait de jour en jour, et le sphinx de la subsistance quotidienne se faisait indevinable de plus en plus.

Sur le conseil d'un éditeur qui lui faisait de chiches avances, il venait d'entreprendre une divulgation littéraire de son mystérieux et tragique pèlerinage au Centre africain. Raisonnablement on pouvait espérer le succès de la tentative, mais quelle besogne pour un malheureux qui n'avait jamais écrit!

Son étonnante femme l'aidait de toutes ses forces, de toute l'intuition de son âme, écrivant sous sa dictée, l'aidant à porter, à classer les matériaux; lui faisant remarquer parfois de lumineuses corrélations qui amplifiaient les épisodes jusqu'à leur donner un sens d'humanité générale; rectifiant, avec une spontanéité incroyable, la pensée par l'expression, et révélant au narrateur la magnificence évocative de certaines images qu'il avait lui-même conçues.

Autant qu'il était possible, ce fut, en une nouvelle manière, l'enluminure continuée pour Léopold qui ne cessait de bénir et d'admirer sa compagne. Malheureusement, ce travail d'érection d'une pyramide par deux enfants n'avançait qu'avec une extrême lenteur. Trop souvent aussi il fallait tout lâcher pour se mettre à la recherche d'un morceau de pain.

Ils songèrent à consulter Marchenoir, qui ne se montrait plus depuis quelque temps. Ils venaient même de lui écrire, lorsque Druide éperdu vint leur annoncer sa mort..

Ce fut une catastrophe énorme, une désolation qui les écrasa. Et quelle pitié sur cette mort! Quelle pitié!

Seul, dénué de tout, n'ayant pas même obtenu un prêtre, ce chrétien des catacombes n'avait pu compter que sur un miracle pour être fortifié au dernier instant.

On n'avait pas été averti du danger et tout le monde arriva trop tard. Il n'y eut personne pour recueillir les dernières paroles de celui qui avait si grandement parlé toute sa vie, et que les hommes refusèrent si obstinément d'écouter!

Assassiné par la plus féroce misère, il eut son repos dans le même lieu que l'enfant de Léopold qui ne l'avait précédé que de quelques mois, et les deux sépultures très humbles furent peu éloignées l'une de l'autre. Le rude sommeil des gisants ne fut pas troublé par le bruit des pas de ceux qui convoyèrent le nouveau dormeur. Oh! non, une mouche les eût comptés, mais ils pleurèrent véritablement.

La pitié haute et surnaturelle, qui assume le remords des implacables, paraît être la transfixion la plus douloureuse. Une demi-douzaine de navrés, qui ne parlaient pas, sentit en ce jour, à une profondeur extraordinaire, que la seule excuse de vivre c'est d'attendre la « Résurrection des morts », comme il est chanté au Symbole, et que c'est une vanité terrible de s'agiter « sous le soleil ».

Où trouver une intellectualité plus dévorante, plus formidablement pondérée, plus capable de broyer et d'arrondir tous les angles de la table de Pythagore, mieux

20

faite pour vaincre ce qui paraît invincible, que le lamentable qu'on portait en terre?

La force qu'on pouvait croire plus que suffisante pour dompter les monstres de la Sottise ou les cétacés pervers s'était épuisée contre des sacs d'excréments, contre des gabions de tripes humaines!

Réduit à vivre hors du monde, il y avait vécu comme les Turcs hors de Byzance, menace permanente et effroyable pour une société en putréfaction.

Mais voilà qu'on en était enfin délivré! Quelle joie pour les vendus, pour les vendeurs, pour les capitulards de toutes les forteresses de la conscience, pour « les chiens qui remangent ce qu'ils ont vomi et les truies lavées qui se replongent aussitôt dans les immondices », pour les hongres ou les chameaux employés au déménagement d'un peuple qui fait descendre, avec précaution, ses lois et ses mœurs par l'escalier en colimaçon de l'Abîme!

On allait, sans doute, illuminer. Pourquoi donc pas? Dans tous les cas, il pouvait compter sur une *belle presse,* pour la première et dernière fois, l'écrivain hardi que le lâche silence de tous, à commencer par les plus fiers, avait étouffé! La racaille des feuilles publiques allait pouvoir s'accroupir sur lui. Rien à craindre désormais. Les sagittaires ne lancent pas de flèches du fond des tombes et les glapissements de la réclame leur sont inutiles.

Léopold, ivre de douleur, se disait que c'était tout de même prodigieux qu'il ne se fût jamais rencontré *un seul* homme parmi ceux qui décernent le potin pour dénoncer

aux crachats de la multitude cette iniquité! Pas un, c'était
à confondre!

Des trois ou quatre autour desquels flottait encore un
semblant de quelque chose, aucun, fût-ce dans l'ivresse et
pour soutenir un pari dément, n'avait crié :

— J'entends n'être pas complice d'une aussi salope conspiration. Il me chaut très peu que tel ou tel bonze ait été
rossé plus ou moins fraternellement par ce Caïn à qui nul
ne peut reprocher une vilenie de plume, et qui est, sans
contredit, l'un des grands écrivains français. Quelque prostitué que je sois, je me vomis, à la fin, de toujours entendre
chuchoter qu'un magnanime qui n'a pas vénéré nos lupa-
nars doit être frappé dans le dos par des escarpes aux
pieds de velours et des maquereaux tremblants! Je vais
donc m'offrir l'héroïque fredaine de parler pour celui dont
les paladins et les gladiateurs osent à peine murmurer le
nom. Je rugirai même, s'il est en mon pouvoir de rugir, et
il ne sera, sacrebleu! pas dit que j'ai attendu que ce vail-
lant crevât de misère pour danser ostensiblement autour
de son corps, avec les Papous et les cannibales, enfin ras-
surés!...

Druide, qui gémissait dans les mêmes griffes que Léopold, se rappela tout à coup — on ne sait comment viennent ces choses! — un poème de Victor Hugo qui l'avait
émerveillé.

Un astronome annonce une comète colossale qui ne
pourra être vue, avec d'excessives angoisses, que par une
lointaine postérité. Le prophète, montré au doigt tel qu'un

maniaque dangereux, meurt bientôt après dans l'ignominie. Pluie d'années sur sa tombe. Le pauvre homme
n'est plus qu'un petit tas d'ossements émiettés dont personne ne se souvient. Son nom, gravé dans la pierre, a
été rongé alternativement par les deux solstices. Les
honnêtes gens qu'il terrifia, et qui l'abattirent comme
une rosse, jouissent maintenant d'une paix profonde,
car ils sont eux-mêmes, pour la plupart, couchés dans le
voisinage.

Mais l'heure est venue, la minute, la seconde calculée,
il y a si longtemps, par cette poussière, et voici que l'im-
mensité s'illumine et qu'apparaît le monstre de feu, traînant dans le ciel une chevelure de plusieurs milliards de
lieues!...

Si l'homme est plus noble que l'univers, « parce qu'il
sait qu'il meurt », l'analogie sidérale évoquée par le cerveau du peintre grandiose de la populace de Byzance n'avait
ici rien d'extravagant.

Certaines œuvres de Marchenoir, lancées naguère dans
les froids espaces et que la scélératesse imbécile avait
cru fourrer en même temps que lui sous la terre, écla-
teraient certainement un jour, et pour plus d'un jour,
sur les fronts épouvantés d'un siècle nouveau, à la manière
d'une vaticination redoutable qui annoncerait la fin des
fins.

Seulement, alors, il ne serait plus en la puissance d'aucun mortel de consoler la victime, de serrer amicalement
cette main mangée, de verser l'électuaire de la bonté dans

cette famélique bouche d'or désormais absente, de donner le spectacle de la compassion fraternelle à ces tristes yeux dont l'orbite même aurait disparu.

« Ne pas rendre justice aux vivants ! écrivait Hello. On se dit : Oui, sans doute, c'est un homme supérieur. Eh ! bien, la postérité lui rendra justice.

« Et on oublie que cet homme supérieur a faim et soif pendant sa vie. Il n'aura ni faim ni soif, au moins de votre pain et de votre vin, quand il sera mort.

« Vous oubliez que c'est aujourd'hui que cet homme supérieur a besoin de vous, et que, quand il se sera envolé vers sa patrie, les choses que vous lui refusez aujourd'hui et que vous lui accorderez alors lui seront inutiles désormais, à jamais inutiles.

« Vous oubliez les tortures par lesquelles vous le faites passer, dans le seul moment où vous soyez chargé de lui !

« Et vous remettez sa récompense, vous remettez sa joie, vous remettez sa gloire, à l'époque où il ne sera plus au milieu de vous.

« Vous remettez son bonheur à l'époque où il sera à l'abri de vos coups.

« Vous remettez la justice à l'époque où vous ne pourrez plus la rendre. Vous remettez la justice à l'époque où lui-même ne pourra la recevoir de vos mains.

« Car il s'agit ici de la justice des hommes, et la justice des hommes ne l'atteindra ni pour la récompense ni pour le châtiment, à l'époque où vous la lui promettez.

« A l'époque où vous lui promettez la rémunération et la vengeance, les hommes ne pourront plus être pour le Grand Homme ni rémunérateurs ni vengeurs.

« Et vous oubliez que celui-là, avant d'être un homme de génie, est d'abord et principalement un *homme*.

« Plus il est homme de génie, plus il est homme.

« En tant qu'homme, il est sujet à la souffrance. En tant qu'homme de génie il est, mille fois plus que les autres hommes, sujet à la souffrance...

« Et le fer dont sont armés vos petits bras fait des blessures atroces dans une chair plus vivante, plus sensible que la vôtre, et vos coups redoublés sur ces blessures béantes ont des cruautés exceptionnelles, et son sang, quand il coule, ne coule pas comme le sang d'un autre.

« Il coule avec des douleurs, des amertumes, des déchirements singuliers. Il se regarde couler, il se sent couler, et ce regard et ce sentiment ont des cruautés que vous ne soupçonnez pas...

« Quand nous étudions ce crime, vis-à-vis du ciel et de la terre, nous sommes en face de l'incommensurable... »

ET EXPECTO RESURRECTIONEM MORTUORUM! murmura Druide, le visage ruisselant de larmes; oui, vraiment, il n'y a que cela.

Clotilde, se souvenant de sa première conversation avec l'ami des tigres captifs, se demandait si les bêtes féroces ne seraient pas admises à témoigner pour leur avocat défunt contre la malice affreuse des hommes.

Telles étaient les pensées des uns et des autres, au bord

de la fosse où ce fou de l'Isle-de-France, ayant voulu dire
on ne sait quoi, fut étranglé par les sanglots.

XV

PARC-LA-VALLIÈRE est une des banlieues les plus banales
de Paris. Banale et morose au delà de toute expression. L'amante fameuse de Louis XIV y posséda réellement un parc, dit-on, lequel existait encore, il y a trente
ou quarante ans, mais dont ne subsiste plus le moindre
vestige. Le domaine dépecé a été vendu par lots innombrables à une éligible postérité de la valetaille des putains
du roi, descendance balourde et avaricieuse qu'il serait
puéril d'interroger sur les Trois Personnes Divines.

Le village obèse qui a remplacé la futaie somptueuse
d'autrefois est une caque de petits propriétaires serrés et
aplatis les uns sur les autres, au point, semble-t-il, de ne
pouvoir faire aucun usage de leurs œufs ni de leur laitance.

Anciens domestiques devenus capitalistes à force de
gratter leurs maîtres, ou commerçants de faible calibre
retirés enfin du négoce, après avoir vendu à faux poids
des marchandises avariées pendant la moitié d'un siècle,
ils donnent, en général, l'exemple des cheveux blancs et
de quelques vertus accroupies recommandées par l'expérience.

Le reste des notables se recrute parmi les employés de

divers bureaux parisiens, idolâtres de la nature qu'exalte l'odeur du fumier et qui combattent les hémorrhoïdes par les étapes.

A l'exception des acacias ou des platanes rôtis de l'avenue principale, on chercherait vainement un arbre honnête dans ce pays qui fut un bois. L'un des signes les plus caractéristiques du petit bourgeois, c'est la haine des arbres. Haine furieuse et vigilante qui ne peut être surpassée que par son exécration célèbre des étoiles ou de l'imparfait du subjonctif.

Il ne tolère, en frémissant de rage, que les fruitiers, ceux qui *rapportent*, mais à la condition que ces végétaux malheureux rampent humblement le long des murs et n'offusquent pas le potager, car le petit bourgeois aime le soleil. C'est le seul astre qu'il protège.

Léopold et Clotilde étaient là, très près du cimetière de Bagneux et ils avaient quelques mètres de terre cultivable devant leur maison. Ces deux circonstances avaient déterminé leur choix. Bien que privés d'ombre et grillés la moitié du jour, ils se réjouissaient d'un peu d'air fluide et d'un semblant de tranquillité.

Oh! rien qu'un semblant et qui n'était pas pour durer, car ils ne se voyaient pas au bout de leurs peines et sentaient toujours sur eux la Main qui écrase.

Au début, l'entourage ne fut pas hostile. Sans doute, ils paraissaient être de très petites gens, ce que nul consistoire de larbins ou de boutiquiers ne tolère, mais il se pouvait, après tout, que ce ne fût qu'un artifice, une finesse de malins, et qu'au fond les nouveaux locataires eussent plus de *galette* qu'ils n'en laissaient voir. Puis, la haute allure de l'un et de l'autre qui faisait, par comparaison, rentrer aussitôt tout ce joli peuple dans le crottin, déconcertait et dépaysait les juges. Il fallait d'abord se rendre compte, n'est-ce pas? On aurait toujours le temps de les assommer. Une surveillance vétillarde cauteleusement s'organisa.

Ce fut dans ces circonstances qu'ils connurent le ménage Poulot. C'étaient les voisins d'en face, locataires, eux aussi, d'une maison dont les fenêtres bâillaient sur leur jardin et d'où le regard pouvait plonger jusque dans leurs chambres. Mammifères quelconques, supposèrent-ils, mais qui montrèrent, dès le premier jour, une sorte de bienveillance, déclarant qu'il fallait s'entr'aider, que l'union fait la force, qu'on a souvent besoin d'un plus petit que soi, etc.; que tels étaient leurs principes, et rendant effectivement de petits services que le désarroi de l'installation forçait d'accepter.

Les deux endoloris, peu capables d'observation attentive, n'eurent aucune alarme de ces prévenances qui leur paraissaient très simples et méconnurent tout d'abord la vulgarité ignoble de leurs obséquieux voisins que, bénévolement, ils imaginèrent avantagés de quelque appréciable supériorité sur les animaux. Ceux-ci manœuvrèrent de telle sorte qu'ils parvinrent à se faufiler, à se faire admettre, alors même que le besoin de ne plus les voir commençait à se faire impérieusement sentir.

Le Poulot avait un « cabinet d'affaires » et avouait, non

sans faste, une antérieure étude d'huissier, dans une ville
peu éloignée de Marseille, sans expliquer, toutefois, l'abdi-
cation prématurée qui l'avait ravi à ce ministère, car il
n'avait pas vieilli dans l'exploit et ne portait pas plus de
cinquante ans.

Le digne homme, flegmatique et empesé, avait, à peu
près, la jovialité d'un ténia dans un bocal de pharmacie.
Cependant, lorsqu'il avait bu quelques verres d'absinthe
en tête-à-tête avec sa femme, ainsi qu'on l'apprit bientôt,
ses pommettes flamboyaient en haut du visage, comme
deux falaises par une nuit de méchante mer. Alors, du
milieu de la face, dont la couleur faisait penser bizarrement au cuir d'un chameau de Tartarie, à l'époque de la
mue du poil, jaillissait une trompe judaïque dont l'extrémité, ordinairement filigranée de stries violâtres, devenait
soudain rubiconde, et ressemblait à une lampe d'autel.

Au-dessous fuyait une bouche niaise et impraticable,
encapuchonnée de ces broussailleuses moustaches que certains recors arborent, pour donner une apparence de férocité militaire à la couardise professionnelle de leur institut.

Rien à dire des yeux qu'on aurait pu comparer tout au
plus, pour leur expression, à ceux d'un phoque assouvi,
quand il vient de se remplir et que l'extase de la digestion
commence.

L'ensemble était d'un modeste pleutre accoutumé à
trembler devant sa femme et tellement acclimaté dans le
clair-obscur qu'il avait toujours l'air de projeter sur lui-
même l'ombre de lui-même.

Sa présence eût été inaperçue et indiscernable sans une voix de toutes les Bouches-du-Rhône, qui sonnait comme l'olifant sur les premières syllabes de chaque mot et se prolongeait sur les dernières, en une espèce de mugissement nasal à faire grincer les guitares. Quand le ci-devant requéreur de la force publique vociférait dans sa maison tel ou tel axiome indiscutable sur les caprices de l'atmosphère, les passants auraient pu croire qu'on parlait dans une chambre *vide*... ou du fond d'une cave, tant la vacuité du personnage était contagieuse !

Or, Monsieur Poulot n'était rien, absolument rien, auprès de Madame Poulot.

En celle-ci paraissait renaître le mastic des plus estimables trumeaux du dernier siècle. Non qu'elle fût charmante ou spirituelle, ou qu'elle gardât, avec une grâce polissonne, des moutons fleuris au bord d'un fleuve. Elle était plutôt crapaude et d'une stupidité en cul-de-poule qui donnait à supposer des ouailles moins bucoliques. Mais il y avait, dans sa figure ou dans ses postures, quelque chose qui *retroussait* incroyablement l'imagination.

La renommée lui attribuait, comme dans la métempsycose, une existence antérieure très employée, une carrière très parcourue, et il se disait, au lavoir ou chez le marchand de vin, qu'elle n'était pas mal conservée, tout de même, en dépit de ses quarante ans, pour une femme qui avait tant fait la noce.

Il n'avait fallu rien moins que la rencontre de l'huissier pour fomenter la péripétie dont s'affligèrent tant de garnos et qui fit répandre tant de pleurs amers dans les saladiers de la rue Cambronne.

Terrée, quelques semaines, avec son vainqueur, dans un antre de la rue des Canettes, non loin du poussier de l'illustre Nicolardot, ils avaient fini par se marier à Saint-Sulpice pour mettre fin à un collage ravissant, mais prohibé, dont les principes religieux de l'un et de l'autre condamnaient l'ivresse.

Ainsi purifiés de leurs scories et traînant un hypothétique sac d'écus, on les créditait d'une provisoire et impersonnelle considération à Parc-la-Vallière, où ils étaient venus, peu de temps après, sucer le miel de leur lune.

Cette considération, cependant, n'allait pas jusqu'à leur faire prendre pied dans une famille estimable. Madame Poulot, qui ne parvenait pas à se remettre d'avoir épousé quelqu'un, avait beau crier à tout instant : *Mon mari*, à propos de n'importe quoi, comme si ces trois syllabes avaient été un *sésame*, tout le monde la voyait toujours sur l'ancien trottoir, et on se souvenait d'autant mieux du sale métier de son compagnon que celui-ci tripotait actuellement, çà et là, d'obscures chicanes.

Peu favorisée de la vocation érémitique, il fallait donc, à toute force, que l'audiencière ulcérée se contentât de la société des bonnes, des cuisinières ou des concubines de croque-morts plus ou moins souillasses des alentours, qu'elle invitait généreusement à boire chez elle pour leur faire admirer son « alliance » et les éblouir des vingt-cinq mille francs que son mari lui avait « reconnus ».

Souvent l'ex-mandarine du plumart condescendait, ainsi qu'une châtelaine propice, à des confabulations dans la rue, avec les crieurs de poisson ou les vendeurs de légumes, dont le mercantilisme s'exaltait jusqu'à lui passer la main sur la croupe. C'était sa manière de notifier à tous les superbes son indépendance et sa largeur d'âme.

Cheveux au vent, dépoitraillée, paquetée d'un jupon rouge fendu par derrière en éventail, nonchalamment appuyée sur la roulotte, parfois même à califourchon sur le brancard, et les bas en spirale tombant sur des pantoufles éculées, elle s'abandonnait alors, crasseuse et fière, aux regards explorants du populo.

Ses propos, d'ailleurs, étaient sans mystère, car elle gueulait, s'il est permis de le dire, autant qu'une vache oubliée dans un train de marchandises.

Le mari, beaucoup moins altier, faisait les chambres, la cuisine, lavait la vaisselle, cirait les chaussures, repassait le linge, le reprisait même au besoin, sans préjudice de ses affaires contentieuses, qui lui laissaient heureusement assez de loisir.

Les immigrants, occupés surtout de guérir les épouvantables plaies de leurs cœurs, ignorèrent assez longtemps ce poème. Ils ne parlaient à personne et n'avaient encore rencontré que les Poulot, *dans* lesquels il aurait fallu marcher pour paraître ne pas les voir. Puis, comme tous les évadés, ils pensaient avoir laissé derrière eux le démon de leur infortune et ne s'étaient pas avisés de prévoir qu'il galoperait en avant comme un fourrier.

La première chose qu'on remarquait en Madame Poulot, c'était les moustaches. Non la brosse virile, foisonnante et victorieuse de son époux, mais un tout petit blaireau sur la commissure, un soupçon de peluche d'oursonne qui vient de naître. Il paraît qu'on s'était battu pour ça. Le pigment énergique de ce poil convenait si bien à la sauce aux câpres de sa figure, lavée seulement de la pluie des cieux et que coiffait en nid de bécasse une sombre toison ennemie du peigne!

Les yeux, de nuance imprécise et d'une mobilité inconcevable, dont le regard défiait la pudeur des hommes, avaient toujours l'air de vendre des moules dans un pavillon des halles.

La forme exacte de la bouche échappait aussi à l'observation, tellement cette embrasure de l'obscénité et de l'engueulement se travaillait, se contorsionnait et se démenait pour obtenir ces moues précieuses qui caractérisent la plus succulente moitié d'un officier ministériel.

Mal bâtie, au demeurant, carrée des épaules, privée de gorge et de taille, son buste, autrefois pétri par des mains sans art, devait avoir, sous une chemise très rarement savonnée, la plastique d'un quartier de veau roulé par terre, que des chiens, pressés de fuir, auraient abandonné en le compissant.

Par là s'expliquait sans doute l'usage fréquent des peignoirs, reliques des anciens trousseaux dont l'austérité conjugale avait mitigé la transparence. La même cause, très probablement, justifiait la vélocité habituelle de sa translation d'un lieu à un autre, quand elle allait par les rues, le front tourné résolument vers les astres, comme si elle avait espéré de cette allure une heureuse modification de sa colonne vertébrale que courbait, peut-être un peu plus qu'il n'aurait fallu, le joug pesant des nouveaux devoirs.

A cela près, elle était, à ses propres yeux, du moins, la plus excitante princesse du monde et il fallait renoncer de bonne grâce à trouver une femme qui s'estimât plus exquise. Quand elle s'accoudait à sa fenêtre et regardait dans l'espace, en se massant avec douceur le gras des bras, cependant que le mari rinçait les vases, elle semblait dire à toute la nature :

— Eh! bien, qu'est-ce que vous en pensez, vous autres? Où est-elle, la fleur mignonne, la pomme d'amour, le petit caca de Vénus? Ah! ah! vous n'en savez rien, espèces de mufles, tas de marsupiaux, graine de cornichons! Mais regardez-moi donc un peu, pour voir. C'est moi-même, que je vous dis! c'est bibiche, c'est la louloutte à son loulou, c'est la poulotte à son gros poulot! Oui, je vous écoute, mes petits cochons. Je le crois bien, qu'il vous en faudrait de ce nanan-là! Vous ne vous embêteriez pas. Mais voilà, il n'y a pas mèche. On est des femmes honnêtes, des petites saintes vierges du bon Dieu, quoi! Ça vous la coupe, je ne dis pas non. On s'en bat l'œil gauche avec une petite patte de merlan. Regardez, mais ne touchez pas, c'est la consigne.

L'heureux Poulot était-il cocu ou ne l'était-il pas? Ce point ne fut jamais éclairci. Quelque invraisemblable que cela puisse paraître, on croyait généralement qu'elle gardait pour lui seul tous ses trésors. Telle était du moins l'opinion de la tripière et du vidangeur, compétentes autorités qu'il eût été assez téméraire de démentir.

Ce qu'il y avait de sûr, c'est que les absences de l'huissier, forcé quelquefois de mobiliser son entregent, ne déterminaient en sa femme qu'une bénigne et réparable désolation. Elle chantait alors, sûre d'elle-même, quelques-unes de ces sentimentales romances dont raffolent ordinairement les cœurs effeuillés, dans les maisons closes, et que gazouillent, aux heures lourdes et inoccupées de l'après-midi, les Arianes du volet poireau, pour le rafraîchissement du promeneur valétudinaire.

Virtuose pleine de bonté, elle ouvrait sa fenêtre toute grande et faisait au pays entier l'aumône de son nostalgique ramage. « L'amour sans retour » graillonnait un peu, sans doute, et « le pâle voyageur » sentait vaguement le torchon. Par instants, il faut l'avouer, des voisins rebelles à la poésie se calfeutraient. Était-ce là une raison pour sevrer les autres? On ne musèle pas les nobles cœurs, le rogomme connaît son prix et l'oiseau bleu ne se laisse pas couper les ailes.

Mais, seule ou non, on était toujours sûr d'entendre son rire. Tout le monde l'avait entendu, tout le monde le connaissait, et ce rire passait avec raison pour une des curiosités de l'endroit.

L'accès en était si fréquent, si continuel, qu'il fallait sans doute moins que rien pour l'exciter et on n'arrivait pas à concevoir qu'une pareille cascade sonore pût sortir d'un gosier seulement humain.

Un jour, entre autres, le vétérinaire constata, l'œil braqué sur son chronomètre, que le déroulement de la poulie durait, en moyenne, cent trente secondes, phénomène qu'un physiologiste aura peine à croire.

Pour ce qui est de l'effet sur le tympan, qui pourrait le dire? Les images, ici, font défaut. Néanmoins, ce bruit extraordinaire aurait pu être comparé aux bondissements d'une toupie d'Allemagne dans un chaudron, mais avec une puissance de vibration infiniment supérieure et qu'il eût été difficile d'évaluer. On l'entendait par-dessus les toits, de plusieurs centaines de mètres, et c'était, pour quelques penseurs suburbains, l'occasion sans cesse renouvelée de se demander si ce cas exceptionnel d'hystérie relevait de la trique ou de l'exorcisme.

On vient de le dire, Léopold et Clotilde, installés à peine, ignoraient toutes ces belles choses. Comme par l'effet d'un enchantement, depuis leur arrivée, le cri de la chamelle avait été à peine entendu. Cependant les Poulot, qu'ils avaient avalés plusieurs fois déjà, leur puaient au nez, singulièrement Léopold surtout manifestait une impatience assez voisine de l'indignation la plus excitée.

— J'en ai tout à fait assez de ce joli couple! dit-il un soir. C'est intolérable d'être ainsi relancé chez soi par des gens à qui on ne doit pas un sou. En vérité, il me semble que notre dernier propriétaire était moins immonde avec sa crapule ouverte que ces voisins de malheur avec leur goujatisme dissimulé. Cette guenon ne te parlait-elle pas tout à l'heure de son *chapelet* qu'elle prétend réciter sans cesse, parce qu'elle a vu ici deux ou trois images religieuses. Je voudrais bien le voir, cet objet de sa piété. J'avoue que je ne l'imagine pas très bien sur cette devanture de farceuse. Pourquoi ne les jetterais-je pas tout simplement à la porte quand ils reviendront? Qu'en penses-tu, chère amie?

— Je pense que cette femme n'a peut-être pas menti et que tu n'as pas cessé d'être un violent, mon Léopold. Ces gens-là, j'en conviens, ne me plaisent guère. Qui sait pourtant? Les connaissons-nous?

Léopold ne répondit rien, mais il était au moins évident que le doute charitable insinué par sa femme n'entrait pas en lui. Celle-ci n'insista pas et tomba elle-même dans un silence triste, comme si elle avait vu passer de sombres images.

XVI

LE lendemain, sur un coup de sonnette des plus énergiques, Léopold, ayant ouvert la porte du jardin, vit paraître Madame Poulot complètement ivre. Impossible de s'y méprendre. Elle soufflait l'alcool et se cramponnait pour ne pas tomber. Sans rien dire, il referma impétueusement, au risque d'envoyer rouler la pocharde, et revint vers Clotilde qu'il trouva tremblante. Elle avait tout vu de loin et était très pâle.

— Tu as bien fait, dit-elle. Tu ne pouvais faire autrement.

Ne crains-tu pas, cependant, que ces gens ne cherchent à nous nuire? Ils le peuvent, sans doute. Nous sommes si pauvres, si désarmés!... Il faut croire que le chagrin m'a ôté le peu de courage que j'avais. J'ai peur de cette femme.

— Que veux-tu qu'elle fasse? Elle a dû comprendre que je renonçais à l'honneur de ses visites. Elle ne viendra plus, voilà tout. Si son âme sensible en est affligée, elle a la ressource de se soûler chez elle ou ailleurs. Je ne m'y oppose pas. Mais qu'on nous laisse tranquilles. Tu penses bien que je ne suis pas homme à souffrir qu'on nous embête.

Confiance vaine et paroles vaines que le plus imminent futur allait démentir d'une manière atroce.

Désormais, c'était la lutte bête, inégale, hors de toute proportion. Que pouvaient de généreux êtres férus de l eauté contre la haine d'une gueuse? Les plus honnêtes gens du pays, ceux-là même dont la Poulot endurait, sans trop de rage, les dédains, — parce qu'ils avaient, suivant l'expression d'un vieux maraîcher paillard, « le cul dans l'argent », et que la sorte de bon renom impliquée par cette posture correspondait rigoureusement à sa propre ignominie, — l'élite bourgeoise de Parc-la-Vallière, disons-nous, se fût indignée de sa défaite.

Cette raclure de Vestale ne représentait-elle pas, à sa manière, le *Suffrage universel*, le juste et souverain Goujatisme, l'Omnibus sur le passage à niveau, le privilège sacré du Bas-Ventre, l'indiscutable prépondérance du Borborygme?

La noblesse pressentie des nouveaux venus devait donc
infailliblement ranimer l'instinct de la solidarité dans une
racaille disséminée aux divers étages du saint-frusquin, et
la sympathie d'individus accoutumés à jeter leurs cœurs
dans les balances de leurs comptoirs, pour contre-peser
frauduleusement d'un milligramme la charogne ou la mar-
garine, pouvait-elle ne pas être acquise d'avance à une
salope rebutée par des magnanimes? Il n'y eut qu'un cri
pour condamner cet artiste à la bourse plate qui brutali-
sait les femmes. Dès lors tout fut permis à Madame Poulot.

Pour commencer, elle guetta les absences de Léopold
dont la rudesse malgracieuse la désarçonnait. Quand elle
avait acquis la certitude que la pauvre Clotilde était seule,
elle s'installait à sa fenêtre et ne perdait aucune occasion
de l'insulter. La malheureuse ne pouvait se montrer dans
son jardin ni s'aventurer dans la rue sans subir quelque
avanie.

L'huissière, très roublarde, ne se risquait pas à des
injures directes. Elle interpellait les passants, les interro-
geait, les consultait, les excitait à l'insolence par des allu-
sions ou insinuations vociférées. A défaut d'interlocuteur,
elle se parlait à elle-même, dégorgeant et réavalant son
ordure pour la revomir avec fracas, aussi longtemps que sa
victime pouvait l'entendre.

Quand celle-ci, déterminée à ne rien savoir, baissait la
tête et, se souvenant de son enfant mort, tâchait de prier
pour d'autres *morts* qui n'étaient pas encore sous la terre,
la drôlesse triomphante sonnait la fanfare de son rire de

cabanon. Pétarade scandaleuse qui faisait mugir tous les
échos et qui poursuivait Clotilde jusque dans les boutiques
lointaines où elle allait s'approvisionner, — comme le ranz
des vaches d'un vallon goîtreux colonisé par des assassins.

A son retour, attentivement épié, l'engueulade et la rigolade repartaient plus férocement encore, et c'était une
question digestive, pour les ventres du voisinage, de savoir
combien de temps une créature sans défense pourrait tenir
contre ces bourrasques d'immondices.

Quelquefois, un voyou de confiance venait tirer la sonnette et prenait la fuite. Quel délice, alors, d'assister au
désappointement de la mystifiée qu'on dérangeait, autant
que possible, par les temps de pluie, et qui rémunérait
d'une expression douloureuse de son doux visage cette
espièglerie de tapir femelle!

Léopold ignora d'abord la persécution. Sa femme gardait
tout pour elle, jugeant qu'il avait assez à souffrir déjà et
craignant quelque déchaînement de fureur, quelque dangereuse tentative de représailles qui rendrait tout à fait
impossible la situation. Mais il devina en partie et bientôt,
d'ailleurs, l'hostilité devint si aiguë qu'il fallut parler. Deux
chiennes aboyaient maintenant.

La moitié de la maison des Poulot était occupée par une
squalide et ribotante vieillarde que menaçait la paralysie
générale et qui régalait, dans sa tour de Nesle, des mitrons
cupides ou des jardiniers libidineux.

C'était une veuve assez à l'aise, croyait-on, pour se passer ainsi par le bec les morceaux à sa convenance, et qui

affichait habituellement un suprême deuil. Elle avait, à l'église, un prie-Dieu marqué à son nom et, bien qu'elle réprouvât les excès pieux incompatibles avec les douceurs dont elle consolait ses ossements, on était sûr d'y apercevoir cette paroissienne à toutes les solennités.

Madame Grand, tel était son nom, boitait, ainsi que la plupart des femmes de Parc-la-Vallière, singularité locale que les géographes et les ethnologues ont oublié de consigner.

Elle boitait à jeun, depuis le jour où, se laissant tomber de sa fenêtre, au cours d'une altercation de vomitoire, elle s'était cassé la jambe. Mais elle boitait mieux, lorsqu'elle venait de chopiner en compagnie d'un de ses élus ou seule à seule avec la Poulot. On la voyait, alors, déambuler comme un ponton entre des récifs, ayant l'air de remorquer des tronçons d'elle-même, et mâchonnant dans ses fanons des anathèmes confus. On cherchait vainement à se figurer une duègne plus horrible, une impotente plus capable d'étrangler la compassion.

Madame Poulot et Madame Grand! Certes, l'amitié de ces deux cochonnes n'avait pas été annoncée par les Sybilles. Elles s'étaient giflées déjà et il y avait lieu de présumer que leur commerce de fioles et des simagrées au miel n'était qu'un armistice. Provisoirement, le besoin de nuire à des souffrants, dont la supériorité sentie les exaspérait, fut entre elles du ciment romain. La jonction de ces deux puissances donna sur-le-champ à l'ignoble guerre une intensité diabolique.

XVII

Sur le conseil de la vieille, on courut aux informations.
Une enquête méticuleuse révéla tout le passé des
Léopold, c'est-à dire la légende cristallisée depuis long-
temps.

Quelle trouvaille que ce procès criminel qui paraissait
les avoir jetés aux bras l'un de l'autre, les faisant presque
ressembler à des complices! Les entrailles de portières
féroces où s'élaborait la conspiration tressaillirent en
leurs plus vaseuses profondeurs.

L'huissier se procura les comptes rendus, les apprécia-
tions des journaux. On interrogea des concierges, des
marchands de vins, des épiciers, des fruitiers, des charbon-
niers, des cordonniers. On eut des colloques avec le dernier
propriétaire, l'homme aux pantalons, que Léopold avait
plusieurs fois traité de manière peu respectueuse et qui
délivra un certificat de parfait opprobre à ses anciens
locataires.

Enfin on sut la ruine de l'enlumineur, on eut même des
opinions de pâturage sur son art, où il n'avait pas eu « le
talent de s'enrichir » et, sans pouvoir, hélas! pénétrer ses
moyens actuels d'existence, on les devina précaires, en
même temps qu'on les présuma suspects.

C'était là une belle moisson et il n'en fallait pas tant
pour assassiner. Mais ce qui combla d'aise la Poulot, ce
qui la fit revenir, un soir, avec le sourire d'une bienheureuse

qui aurait entrevu dans une extase le fronton du Paradis,
ce fut de recueillir quelques détails sur la mort et l'enterrement du petit Lazare.

Le reste, assurément, n'était pas à dédaigner, mais cela,
c'était la friandise, le bonbon fin, le nanan de sa vengeance !
Elle savait maintenant où frapper.

Au plus intime de ce qu'on eût témérairement appelé
son cœur, se tordait un horrible ver. La misérable en qui
se vérifiait, une fois de plus, le mot magnifique : « Les
grandes routes sont stériles », ne pouvait se consoler de
n'avoir pas d'enfant à pourrir. Inféconde comme une
culasse, elle s'en lamentait en secret, non moins qu'une
juive des temps précurseurs.

Ornée, pavoisée, avec la dernière profusion, de toutes les
sentimentalités dont s'honorent habituellement les rosières
des crocodiles, c'eût été le pinacle de sa chance, après
avoir épousé un huissier, d'avoir de lui, ou de tout autre
reproducteur, une géniture quelconque à lécher, à gaver,
à bichonner, à fanfrelucher, à fagoter en petit soldat ou
en petite cantinière, à remplir de toutes les sanies et de
toutes les purulences morales dont elle débordait, à offrir
enfin à l'envieuse convoitise de la multitude. L'exhibition
en espalier de ce provin légitime eût été, à ses propres yeux,
le définitif et irréfragable nantissement d'une qualité
d'épouse que même l'accoutumance ne parvenait pas à
rendre croyable.

Forcée de quitter ce rêve, elle s'en consolait à la manière
d'une goule, en comptant les petits cercueils des enfants

des autres, et le deuil de sa malheureuse voisine fut pour elle un fruit tombé d'un arbre du ciel. Alors s'accomplit une œuvre démoniaque.

Clotilde vit paraître à la fenêtre maudite un enfantelet de l'âge de celui qu'elle avait perdu, porté dans les bras infâmes. La Poulot lui parlait le langage d'une mère, l'incitant à bégayer les mots qui crèvent le cœur : « Allons ! dis *papa !* dis *maman !* » et ne se lassant pas de le profaner de ses baisers retentissants.

L'autre fenêtre s'ouvrit, celle de la vieille, qui se montra à son tour, plus hideuse que jamais.

— Bonjour, Madame Poulot.

— Bonjour, Madame Grand. N'est-ce pas qu'il est gentil, mon petit garçon ?

— Pour sûr. On voit que ses parents ne sont pas des artistes. Si ça ne fait pas dresser les cheveux sur la tête de penser qu'il y en a qui les font mourir, ces chérubins !

— Ah ! chère Madame, ne m'en parlez pas ! ce qu'il y en a, de la canaille dans le monde, c'est rien de le dire.

— Heureusement qu'il y a un bon Dieu ! fit observer la vieille.

— Un bon Dieu ? Ah ! ah ! ils s'en foutent pas mal ! Ils le croquent tous les matins, leur sacré bon Dieu ! Ça ne les empêche pas de faire crever leurs enfants. J'en connais qui ne sont pas loin d'ici. La femme a l'air d'une sainte nitouche et le mari est un faiseur d'embarras sans le sou qui vous regarde comme si on était du caca, sauf le respect que je vous dois. Eh! bien, croiriez-vous qu'ils ont étranglé leur petit garçon, à eux deux, en revenant de la messe, il n'y a pas déjà si longtemps?... Voyons, mon petit coco, dis *papa!* dis *maman!*

— Ah! oui, je me souviens. Est-ce que ce n'était pas au petit Montrouge? On en a parlé dans le quartier. Mais on a étouffé l'affaire. Il paraîtrait que le curé qui a le bras long s'en est mêlé. Je me suis laissé dire aussi que la petite bonne femme couchait avec la justice. Tout ça, c'est des bien sales histoires.

— Et encore si c'était tout! reprit la Poulot. Est-ce que mon mari vous a fait lire les vieux journaux qu'il a trouvés en balayant les cabinets? Vous savez bien, ce peintre qui avait été assassiné par sa maîtresse... Comment! vous ne savez pas! Mais c'était juste la même, chère Madame, avec son marlou. Ils l'avaient coupé en morceaux, ce pauvre monsieur, et ils l'avaient salé comme un cochon pour l'envoyer à Chicago, c'est comme j'ai l'honneur de vous le dire. Ils ont trouvé le moyen de faire accroire aux juges que c'était un autre qui avait fait le coup. On a condamné à leur place un ouvrier, père de cinq enfants, qui travaillait toute la sainte journée pour nourrir sa famille et qui est maintenant au bagne. Qu'est-ce que vous pensez de ça?... Tu me griffes, petit chameau! Dis avec moi: *Pa-pa-pa-pa-papa! ma-ma-ma-ma-maman!...*

Bien que tout cela fût extrêmement gueulé, Clotilde, ce jour-là, n'en entendit pas davantage. Elle ne revint d'un long évanouissement que dans les bras de son mari à qui elle raconta aussitôt, avec une horreur infinie, l'épouvantable conversation.

Léopold alla se plaindre au commissaire de police qui fit comparaître les deux femelles et lui tint ensuite ce langage :

— Monsieur, je suis forcé de vous avouer mon impuissance. Vous avez affaire à des bougresses parfaitement dessalées qui s'efforceront de vous nuire par tous les moyens imaginables, sans se mettre en contravention. Je les connais très bien. J'ai leurs dossiers ici et je vous prie de croire que ce n'est rien de propre. Si on pouvait les pincer une bonne fois, elles écoperaient ferme, c'est fort probable. Mais il faudrait pouvoir les convaincre de quelque délit prévu. Tâchez donc d'avoir des témoins et d'amener vos deux mégères à un esclandre bien caractérisé. Alors, nous pourrons marcher. Sinon, je ne vois rien à entreprendre et les chiennes se sont peu gênées pour me le faire sentir avec une insolence rare. C'est tout juste si j'ai pu prendre sur moi de ne pas les jeter dehors par le moyen des rudes poignes qui sont ici. Ah! mon cher Monsieur, vous n'êtes pas le seul à vous plaindre. Notre fonction devient, de jour en jour, plus impossible. Nous sommes loin du temps où le magistrat de police pouvait remédier, dans une certaine mesure, aux lacunes de la loi qui n'apprécie pas les crimes d'ordre moral. Les journaux surveillent toutes nos démarches, avec l'équité que vous savez, et la mise à pied nous est acquise aussitôt que nous avons l'air d'outrepasser le moins du monde nos strictes attributions. Soyez assuré, Monsieur, que je compatis à votre peine, mais je vous dis les choses telles qu'elles sont. Produisez-moi des témoins, c'est mon dernier mot.

Un témoin est un instrument qu'il faut avoir sous la main. Or ce n'est pas facile à trouver pour des solitaires et des dénués. Druide était absent de Paris et l'Isle-de-France absent de lui-même. Les deux ou trois autres sur lesquels on aurait pu compter étaient tellement dévorés, çà et là, qu'il valait mieux n'y pas songer.

Léopold se souvint alors d'un pauvre homme qu'il avait rencontré plusieurs fois à l'église et avec qui il avait eu l'occasion d'échanger quelques mots. Celui-là se nommait assez cocassement Hercule Joly, et c'était bien le personnage le moins héraclide qu'on pût voir.

Très bienveillant et très timide, mais plus chauve encore, long et flexible comme un cheveu, il s'exprimait avec des mitaines infinies, d'une voix aphone, ayant toujours l'air de se parler lui-même à l'oreille. Les yeux, d'un bleu extrêmement doux, ne manquaient pas de promptitude, mais on les devinait plus capables d'étonnement que de perspicacité. Il avait de tout petits pas rapides, de grands gestes braves, un sourire d'une niaiserie attendrissante, parfois les mouvements saccadés d'un égrotant que traverse une douleur vive, et ressemblait sous sa barbe en pointe à une vieille demoiselle derrière un balai de crin. Il était, cela va sans dire, célibataire, employé d'administration et tourangeau.

L'ancien explorateur, qui possédait le coup d'œil d'un chef, avait discerné là, du premier coup, une droiture, une fidélité et même une bonté certaines. Il le prit donc à part, dès le lendemain matin, et lui expliqua brièvement son cas.

— Je m'adresse à vous, dit-il en terminant, parce que vous me paraissez avoir des qualités de chrétien et que je ne connais ici personne. J'ajoute que l'immonde et scélérate persécution qui peut tuer ma femme, rejaillira vraisemblablement sur ceux qui m'assisteront de leur témoignage.

— Monsieur, répondit aussitôt l'interpellé, comptez sur moi. Je pense qu'il est, en effet, de mon devoir de vous aider en cette occasion, autant qu'il me sera donné de le faire, et je serais certainement peu digne de miséricorde, si je cherchais à me dérober. Pour ce qui est de la haine que ces dames pourraient me décerner, je vous assure que je n'ai aucun mérite à en braver la menace. Je vis seul et les railleries ou les injures qu'on veut bien me lancer par derrière m'ont toujours produit l'effet d'une brise favorable qui enflerait mes voiles. D'ailleurs, ajouta-t-il en riant, comme pour cacher une sorte d'émotion, souvenez-vous que je me nomme Hercule et que je dois quelque chose à la mythologie de ma signature. A ce soir donc, Monsieur, l'honneur de me présenter chez vous.

Sur cette assurance, il serra la main de Léopold et se mit à trotter dans la direction de son bureau.

XVIII

Les persécutés gagnèrent un ami, mais l'abjecte conspiration ne fut pas déconcertée. Hercule, enchaîné
tout le long du jour aux pieds de l'Omphale administrative, ne pouvait venir que le soir et n'avait aucun moyen
d'entrer sans être aperçu. Il était impossible de sonner à
la porte des Léopold ou de s'arrêter devant leur seuil
sans que Mesdames Grand et Poulot s'élançassent à leurs
fenêtres. Elles flairèrent immédiatement l'objet de ses
visites et se gardèrent, en sa présence, de toute parole
inconsidérée.

Ce fut à cette occasion que le brave homme conquit la
renommée de « mouchard » dont il parut s'amuser d'abord,
mais qui, plus tard, devait le contraindre à fuir Parc-la-
Vallière où cette calomnie avait été répandue.

Très régulièrement, il vint près d'un mois et tendit
l'oreille comme un lévrier, sans recueillir la matière d'une
concluante et valable déposition. A la fin, comprenant
l'inutilité de son zèle et craignant de devenir importun, il
cessa d'être quotidien, naïvement heureux qu'on voulût
bien désormais le recevoir quelquefois en ami. Léopold,
d'ailleurs, ne le rencontrait pas sans l'inviter d'une manière
pressante.

Tout de suite, il avait plu aux deux solitaires qui ren-
dirent grâces à Dieu d'avoir mis cet homme simple dans
leur voie douloureuse. Ils trouvèrent en lui une certaine

culture d'esprit, assez consolante pour l'endroit, et surtout, ainsi que l'avait pressenti Léopold, une bonté droite et solide que l'inqualifiable méchanceté de l'entourage faisait ressembler à du diamant.

De cette qualité, presque aussi rare aujourd'hui que le génie, découlait naturellement la discrétion la plus ingénieuse, la plus inventive. Ayant deviné sans effort la gêne excessive du pauvre ménage, il déploya, étant un pauvre lui-même, des ruses de Pied-noir pour faire accepter, sous diverses formes, des secours faibles et opportuns. Souvent la table des Léopold fut par lui cauteleusement approvisionnée.

— Monsieur Joly, disait Clotilde, vous êtes pour nous « le pélican de la solitude ».

On oublia bientôt, de part et d'autre, qu'on se connaissait depuis peu.

Cependant, la guerre salope continuait avec une violence plus intolérable. Les femelles, exaspérées de l'humiliante assignation chez le commissaire de police, épuisèrent tout ce qu'une rage prudente peut imaginer.

C'était, chaque jour, une continuation de la farce crapuleuse aux deux fenêtres, un dialogue nouveau, avec la strophe et l'antistrophe du théâtre antique, enfin et surtout les interpellations aux passants, joyeux d'être associés à une tentative d'assassinat qui ne les exposait à aucun danger.

De tout petits êtres innocents, des enfants de trois à cinq ans, raccrochés çà et là, venaient apprendre chez la

Poulot les homicides paroles supposées capables de rouvrir et d'empoisonner une plaie terrible.

Quand elle était lasse de la fenêtre, la bréhaigne gueuse apparaissait sur le toit, arrangé en manière de terrasse et grotesquement décoré de ces vases lie de vin ou cul de bouteille, multipliés par une céramique d'opprobre, pour le châtiment des hommes. Elle se promenait là, dans le costume déjà dit, quelquefois à moitié nue, vociférant aux quatre points cardinaux qu'elle était « chez elle » et que ceux qui n'étaient pas contents n'avaient qu'à fermer les yeux.

Excellente place pour gueuler, pour tintamarrer de son olifant, pour lancer sa fiente et son pus, pour arborer les attitudes ou les postures dont il fallait que bavât de concupiscence tout le quartier.

— Le cas de cette pauvre goujate me paraît grave, dit Hercule Joly, un soir qu'elle lui avait fait entendre son rire au moment où il entrait chez ses amis. C'est une démoniaque d'un genre très particulier et qui doit être catalogué dans les ouvrages spéciaux. Il est certain que l'espèce de convulsion sardonique dont elle est agitée si souvent, implique tout autre chose que le sentiment d'une joie quelconque. C'est à croire que les invisibles qui vous harcelaient dans votre ancienne demeure ont pris possession de cette huissière pour vous tourmenter ici. Le traitement de ce genre d'affections est, je crois, indiqué dans le livre de Tobie, mais il faudrait un thérapeute plus idoine que le galope-chopine qui lui sert d'époux. Je me demande si une belle volée administrée à celui-ci ne serait pas ce qu'il faudrait pour produire, par contre-coup, une heureuse crise.

— J'y ai pensé, répondit Léopold que cette opinion d'un homme doux rafraîchissait. Mais la situation est telle que je dois craindre, en cas d'insuccès, quelque revanche abominable dont je ne serais pas seul à souffrir.

Les choses en étaient venues au point que Clotilde avait dû renoncer à sortir seule. Les polissons l'injuriaient dans la rue, et de spirituels boutiquiers, sur leurs portes fines, l'accueillaient à son passage avec des chuchotements et des sourires. Un marchand de couleurs, épigrammatique et turlupin, se signalait entre tous. La pauvre femme ne pouvait passer devant sa poudre à punaises, sans qu'aussi-tôt il engageât quelque colloque facétieux avec les com-pères. Un jour que Léopold n'était qu'à trois pas, le drôle ayant eu l'imprudence de laisser paraître sa gaîté, sans avoir, au préalable, interrogé l'horizon, il en fut radicale-ment et soudain guéri. Le *rigolo* vit paraître, comme en songe, une si démontante figure de traban ou de mau-grabin, et les quelques syllabes sèches qu'il entendit lui procurèrent une souleur telle qu'il devint liquide.

Mais il aurait fallu recommencer à tous les seuils. Une malechance inouïe voulait que ces douloureux, qui n'aspi-raient qu'à la solitude, à la vie humble et cachée et qui ne demandaient rien à personne, fussent abhorrés de tout le village où ils avaient cru trouver un refuge et que la crotte même d'entre les pavés se levât contre eux.

Résolument, Clotilde alla trouver la propriétaire. L'habitation de cette châtelaine s'adossait à leur pavillon, et il suffisait d'ouvrir une claire-voie pour être chez elle. Personne, par conséquent, n'était mieux placé pour tout entendre et pour tout voir.

Les Léopold la connaissaient à peine de vue, n'ayant eu avec elle que le protocole indispensable du contrat de location. Ils avaient d'elle, tout au plus, l'impression d'un sarment de vigne vierge, irréparablement desséché.

Mademoiselle Planude était une pucelle confite qui portait avec une facilité singulière ses soixante-cinq ans de vertu. Pétulante comme un jeune dindon et pointue comme un ergot, elle avait une voix de gendarme et précipitait ses paroles avec la rapidité d'un expéditeur de fruits aigres menacé de rater le train. Un peu naine, un peu bossue, on ne voyait qu'elle à l'église, où elle avait l'air de s'engouffrer pour échapper à quelque monstre furieux et d'où elle s'élançait, d'heure en heure, pour accélérer une mercenaire qu'elle idiotifiait. Elle était de toutes les confréries, ou archiconfréries, trempait dans toutes les œuvres, participait à toutes les propagandes, fourrait des petits papiers dans toutes les mains. Mais on ne se souvenait pas de lui avoir vu lâcher un centime.

Son avarice éblouissait Parc-la-Vallière. On citait avec admiration la fermeté d'âme de cette vierge sage qui ne donnait certes pas l'huile de sa lampe aux détraquées et qui s'éclairait toute seule, en attendant le Fiancé.

Volontiers, on rappelait la haute et touchante histoire

de cette famille de locataires — les prédécesseurs des Léopold — jetée par elle dans la rue, avec une énergie, une sérénité, une constance, une inflexibilité digne des martyrs. Un mari malade et sans emploi, une femme enceinte et quatre petits, dont deux en moururent. Balayée toute cette vermine. Elle-même, en cette occasion, s'était comparée à la « Femme forte » du Livre saint. Sans doute il lui eût été facile de s'attendrir lâchement, à l'exemple de quelques autres qu'on doit, pour l'honneur des propriétaires, supposer très rares. Elle n'en serait pas devenue plus pauvre. Mais le principe eût été fricassé du coup et il y a des moments où c'est un devoir d'imposer silence à son cœur.

Mademoiselle Planude s'agenouillait à la Table sainte, avec un petit sac de titres ou d'obligations ficelé sur sa chaste peau, en compagnie des médailles et scapulaires.

Clotilde, qui croyait n'avoir affaire qu'à une dévote banale, fut arrêtée dès les premiers mots.

— Ah! Madame, si vous venez m'apporter des cancans ou des médisances, vous tombez mal! Je ne m'occupe pas de mon prochain et je ne veux rien savoir. Tout ce que je demande, c'est d'avoir de bons locataires qui paient leurs termes à la minute et qui n'occasionnent pas de scandale dans ma maison. Si cela ne vous convient pas, vous êtes libre de partir, en réglant trois mois d'avance, bien entendu. Tel fut le premier élan de cette pouliche.

— Mais, Mademoiselle, s'écria la visiteuse un peu suffoquée, je ne comprends rien à votre accueil. Je n'aime pas plus que vous les médisances et les bavardages et c'est précisément parce qu'ils me font horreur que vous me voyez ici. Il est impossible que vous n'ayez pas entendu, que vous n'entendiez pas, chaque jour, les injures horribles et les provocations continuelles dont on nous accable. J'ai pensé naturellement qu'étant notre propriétaire, vous ne nous refuseriez pas votre intervention ou, du moins, votre témoignage.

— Mon témoignage ? Ah ! c'est donc ça ! Vous avez compté sur mon témoignage ! Eh bien ! ma petite dame, vous pouvez vous fouiller, si vous avez des poches ! Faites-moi appeler devant le commissaire, moi aussi, puisque c'est votre genre, vous verrez comme ça vous réussira. Si c'est des gens d'en face que vous avez la prétention de vous plaindre, apprenez, pour votre gouverne, que ce sont des personnes honorables qui ont su gagner de l'argent et qui n'ont jamais fait tort d'un sou à personne. Qu'est-ce que vous avez à dire à ça ?... D'ailleurs, je sais ce que je sais. Votre mari, je me permets de vous le dire, est un malotru qui a à moitié assommé cette pauvre Madame Poulot et il paraît que, de votre côté, vous n'avez pas la langue trop mal pendue. Il m'est revenu que vous vous êtes permis de bien vilains mots, pour ne rien dire de cette grande andouille que vous recevez depuis quelque temps et qui a une drôle de réputation dans le pays.

Clotilde se leva et partit, mais, après avoir secoué ses chaussures contre le seuil maudit, par un mouvement tout instinctif, — comme si l'anathémale Recommandation de l'Évangile était inscrite mystérieusement au fond des cœurs, avec les dix mille autres Paroles du Seigneur « qui tue et qui vivifie ». *Quiconque ne vous recevra pas et n'écoutera pas vos discours, en partant de sa maison, secouez la poudre de vos pieds.*

— Mon ami, dit-elle en rentrant, je viens de voir le Démon!...

Elle tomba malade et faillit mourir.

La jubilation du voisinage fut immense et se déploya comme le programme d'un triomphe antique. Des clameurs barbares, des huées de cannibales furent entendues tout le long des nuits. Les mots monstrueux, les rires diaboliques percèrent les murs et vinrent poursuivre la malheureuse jusque dans le détroit noir, plein de flots furieux et plein d'écumes, de sa commençante agonie.

— On ne crève donc pas encore dans la chapelle? disait une voix qu'on aurait pu croire évadée de la fosse.

— Garçon! un pernod! hurlait l'huissière, s'adressant à son huissier. Mon gros Poulot, nous allons boire à la santé des infanticides et des va-nu-pieds.

— Je vous disais bien qu'il y a un bon Dieu! croassait à son tour la vieille Grand. Dame! vous savez, quand on a tué des petits enfants, ils viennent quelquefois vous tirer, la nuit, par les cheveux.

— Pourvu que les charognes n'aillent pas nous foutre la peste! concluait, dans un gargouillis d'entonnoir, la pocharde femelle d'un employé du cimetière.

Lorsqu'un prêtre vint, un peu avant l'aube, administrer la malade et lui porter le viatique, on s'abstint, il est vrai d'illuminer. On peut même dire que le vacarme s'atténua. Mais aussitôt après son départ, la Poulot, effroyablement soûle, se mit à chanter...

A l'exception de Joly, qui avait assisté à la cérémonie, et dont les protestations véhémentes furent accueillies par des ricanements et des sifflets, nul ne s'avisa d'élever le plus léger blâme, ne parut remarquer l'énormité sacrilège de l'attentat. Mademoiselle Planude courut prestement s'enfiler les premières messes, non sans avoir pris, en passant, des nouvelles préalables de la santé de « cette bonne madame Poulot » qui lui rota ses civilités, et le soleil tranquille de la banlieue se leva, une fois de plus, sur d'heureuses tripes qui ne demandaient qu'à s'emplir.

La convalescence fut longue, précédée et interrompue par de fréquents accès de délire. Clotilde, qui avait été aussi près que possible de la mort et que la vertu curative — si parfaitement oubliée! — du sacrement avait sauvée, raconta qu'elle avait vu passer devant elle, sous des images sensibles et du caractère le plus effrayant la malice *étrange* de ses bourreaux qu'elle représenta — sans s'expliquer davantage, — comme des êtres infiniment malheureux...

Elle évita d'en parler avec amertume et cessa complètement de souffrir de leurs outrages, qui diminuèrent, d'ailleurs, en même temps que leur pouvoir de torturer la victime, dont la guérison surnaturelle parut avoir décontenancé les tueuses.

Ce fut à ce moment que Léopold, devenu semblable à un spectre, lui raconta ce qu'il avait osé faire.

XIX

QUELLE situation que celle de cet homme durant ces semaines interminables!

Un philosophe cambodgien donnait à manger à de jeunes tigres pour que, devenus grands, ils ne le dévorassent pas. Tombé dans le dénûment, il se vit forcé de leur diviser des morceaux de sa propre chair. Quand il ne lui resta plus que les os, les nobles seigneurs de la forêt le quittèrent, l'abandonnant aux rongeurs immondes.

Léopold, quelquefois, s'était souvenu de cet apologue barbare. Il s'était dit que ses tourments anciens avaient été bien inconstants, bien ingrats, de ne pas l'engloutir tout à fait et de livrer sa triste carcasse à la vermine.

Que lui servait d'avoir eu un cœur si fort? et que pouvait-il maintenant? Le temps est loin où on pouvait donner des coups de bâton au-dessous de soi, et il n'y a pas d'isolement comparable à l'isolement des magnanimes.

Tout se déchaînait contre ceux-là. N'étant pas « comme tout le monde », quels égards, quel respect, quelle protection, quelle miséricorde devaient-ils attendre? Au contraire des perles évangéliques et de ce que le Verbe crucifié a nommé « le pain des fils », les lois répressives sont surtout au profit des chiens et des pourceaux.

Ah! s'ils avaient été riches, tous les ventres, autour d'eux, eussent adhéré à la terre! On n'aurait pas eu assez de langues pour lécher leurs pieds! Léopold, qui avait autrefois jeté un million aux déserts d'Afrique, passa vingt jours et autant de nuits près du lit de sa femme, presque sans sommeil et sans nourriture; partagé entre les soins à donner à la malade et l'épouvantable souci des expédients à imaginer pour que rien ne lui manquât; percevant, avec une précision terrible, du fond des ondes où il s'abîmait, la brigande clameur du dehors, et tenté, combien de fois! de s'élancer en exterminateur sur cette racaille.

Le dévouement de Joly sauva ces deux êtres si cruellement aimés de Dieu. L'excellent homme fit pour Léopold des démarches, des courses infinies et partagea souvent avec lui l'écrasante fatigue des veilles. Il inventa des ressources, des combinaisons lunaires, des crédits invraisemblables, parut frapper de la monnaie à son propre coin. On ne voyait plus que lui dans les bureaux du Mont-de-Piété. La Providence elle-même n'aurait pu mieux faire. Pendant un de ses accès, Clotilde vit ce front chauve parmi les enfants que Jésus voulait qu'on laissât venir à lui.

Un soir, que la très-chère avait pu s'endormir, malgré les cris habituels qu'elle finissait par ne plus entendre, Léopold, laissant la garde de la maison à l'ami fidèle, était sorti pour une démarche importante qu'il ne pouvait confier à personne.

Un peu avant d'atteindre les fortifications, bien qu'il marchât d'un pas très rapide et que son attention ne fût sollicitée par aucun objet extérieur, tout à coup il avait reçu par les yeux une commotion qui l'arrêta net. L'huissier Poulot était devant lui.

La nuit tombait et le lieu était parfaitement solitaire. Le rosser d'une manière atroce eût été, pour l'opprimé si voisin du désespoir, une joie facile, et telle avait été sa première pensée. Mais il avait eu assez d'empire sur lui-même pour se rappeler qu'il s'agissait d'un chacal de police correctionnelle et que la vengeance du misérable pourrait coûter définitivement la vie à Clotilde, en la privant tout à fait de sa présence et de ses soins pour un temps indéterminé. Étouffant donc sa colère par un effort dont il avait cru mourir, il s'était approché du bélître et, d'une voix un peu tremblante :

— Monsieur Poulot, avait-il dit, je crois inutile de vous faire observer que nous sommes très-seuls et qu'il ne tiendrait qu'à moi de vous casser les reins si c'était mon bon plaisir. Par conséquent, vous allez m'écouter silencieusement et avec respect, n'est-ce pas? Quelques mots suffiront. Je n'ai pas coutume de faire de longs discours à des gens de votre sorte. Vous savez ce qui se passe chez vous, je suppose. Vous n'ignorez pas que le péril de mort d'une personne que je ne vous ferai pas l'honneur de nommer est l'œuvre de votre ivrognesse de femme. Voici donc l'avis que je vous donne pour la première et dernière fois en vous engageant à le méditer. Si la personne dont je parle venait à succomber, vous m'entendez bien? Monsieur Poulot, j'estimerais que je n'ai plus rien à perdre en ce monde et je vous jure que vous seriez plus en danger, vous et votre femelle, que si la foudre tombait sur votre maison!...

Il l'avait quitté sur ces derniers mots, proférés avec un accent capable de les enfoncer comme des lames dans les intestins du pleutre qui, d'ailleurs, avait paru hors d'état d'exhaler le plus léger son.

Mais, bientôt après, une tristesse immense était descendue sur lui. A quoi bon cette scène? N'était-il pas au-dessous du rien, cet individu immonde qui ne pensait ou ne respirait que par le monstre de crasse et d'ignominie où il se vautrait comme dans un bourbier? En supposant qu'il entreprît de faire partager à sa crapaude la sale peur dont il était visiblement pénétré pour quelques jours, il était, hélas! trop probable que celle-ci verrait là, surtout, l'occasion d'affirmer la supériorité de son courage et se ferait une gloire nouvelle de braver un péril qui ne la menaçait pas à l'instant.

Quelque poltronne qu'elle fût, — et quoique vraisemblablement rouée de coups, maintes fois, dans les anciens jours, — ses pratiques de gueuse effrontée avaient dû lui donner, quand même, le préjugé, si tenace chez les plus salopes, d'une immunité de droit divin pour l'insolence ou la méchanceté des femmes.

Et quels ne devaient pas être l'ensorcellement, la toute-puissance de persuasion de cette Poulot sur le compagnon fétide et agenouillé dans la bouse de sa compagnonne, qui ne vivait que pour le régal d'ordures qu'elle lui servait, sans doute, chaque soir! Même en plein jour, il avait fallu subir leurs grognements, leurs bruyantes pâmoisons, leurs soupirs et les gémissements réitérés de leurs vomitives luxures. Car ils ne fermaient pas leur fenêtre et s'ébattaient chiennement derrière une jalousie. Ah! on avait entendu de drôles de choses!...

— Puis, se disait Léopold, découragé, ils sont si bêtes! si fangeusement ignares! si crétins! En dehors du trac puant que l'imminence d'une râclée peut déterminer en eux, que sont-ils capables de comprendre et comment pourraient-ils entrevoir seulement le danger de pousser à bout un individu tel que moi?

Alors, cet homme de courage, ce partisan de l'impossible, ce chef téméraire qui avait assoupli le destin, cet artiste d'or crénelé de flammes, fut profondément humilié.

Il sentit le néant de la force, l'inutilité de l'héroïsme, la désespérante vanité de tous les dons. Il se vit semblable à un de ces vigoureux insectes, buveurs de miel, enlacés dans les fils gluants d'une araignée. Ses efforts puissants crèvent en vain la toile impure. L'ennemie horrible, sûre de sa proie, bondit hors d'atteinte et ramène avec promptitude les mailles rompues de l'abominable filet sur le corselet brillant de la victime...

Dès le lendemain, ce vaincu alla régulièrement communier à la première messe, et pendant deux fois neuf jours, la bouche pleine du Sang du Christ, voici le cri qu'il poussa :

— Seigneur Jésus! je Vous demande pour Votre Gloire, pour Votre Justice, *pour Votre* Nom, de confondre ceux qui nous outragent dans notre maison, qui nous haïssent, qui nous tuent, qui aggravent si cruellement et si injustement notre pénitence.

Puisque telle paraît être la forme définitive de l'hostilité du démon qui ferma si longtemps mes lèvres, et que je n'ai rien à espérer d'aucun homme, c'est à Vous, Jésus, caché dans l'Eucharistie et caché en moi que je demande protection.

Sans phrases ni détours, je Vous demande contre ces deux femmes un châtiment rigoureux qui fasse éclater Votre Nom, c'est-à-dire un châtiment très manifeste qui rende visible leur péché. Je Vous demande enfin que ce châtiment soit prochain.

Et je crie cela vers Vous, Seigneur, du fond de mon abîme, par la bouche de Votre Père David, par les Patriarches et les Juges, par Moïse et tous Vos Prophètes, par Élie et par Hénoch, par saint Jean-Baptiste, par saint Pierre et par saint Paul, par le Sang de tous Vos Martyrs, mais surtout par les Entrailles de Votre Mère!

Faites attention, Seigneur Jésus, que *je ne Vous offre pas moins que ma vie* en échange de cette justice, que je réclame avec toute la force que Votre Passion a donnée à la prière humaine!...

Lorsque Clotilde connut cette étonnante prière, elle joignit les mains, renversa doucement la tête, montrant son visage en pleurs, et ne dit que ces simples mots :

— Les pauvres gens! les pauvres gens!

XX

ON se remit au travail. On reprit le livre interrompu pendant trois mois et qui était l'unique ressource pour l'avenir, si Dieu voulait que de tels pauvres eussent un avenir sur terre. Comme auparavant, ce labeur fut interrompu fréquemment par la misère ou par l'angoisse. Mais l'admirable Joly continuant son rôle de Providence, on put se traîner le long de cette œuvre et commencer d'en apercevoir la fin.

Depuis les *dix-huit* jours de la prière terrible, l'hostilité des voisins semblait frappée de paralysie, et Léopold attendait en paix, avec une effrayante confiance, la catastrophe.

A la suite d'on ne sut quel incendie de torchon, les deux cochonnes se brouillèrent et la vieille Grand déménagea. Quelque temps après, on la trouva morte dans sa chambre, au bout du village, les entrailles rongées par son chien, un horrible molosse vairon qui ressemblait à sa maîtresse et qui avait un museau de brochet.

— C'est le tour de l'autre, maintenant, dit tranquillement Léopold au facteur de la poste qui lui racontait la nouvelle.

Ce mot entendu par la Poulot qui n'était jamais bien loin, fut pour elle comme le signal de toutes les disgrâces de la fortune. L'huissier, compromis dans quelque fiasco, se vit forcé de vendre le mobilier de son *salon*. Même les reliques les plus chères, l'armoire à glace et le canapé de Madame, qu'elle montrait avec tant d'orgueil, ainsi qu'un vétéran sa panoplie, disparurent, et le gracieux couple alla cacher dans Paris son humiliation.

Pendant une semaine, on désinfecta leur clapier.

La persécution était finie, plus que finie, car il se fit autour de Léopold une sorte de crainte vile et superstitieuse.

L'accusateur, cependant, attendait encore. Il *savait* qu'il y aurait autre chose, qu'il devait y avoir autre chose, et que ce n'était pas pour cela seulement qu'il avait mis en gage le Corps du Christ.

XXI

MALHEUR à l'homme qui a des pensées divines et qui se souvient de la Gloire dans le tabernacle des pourceaux! dit, un soir, Druide, revenu d'un pays lointain et qui résumait ainsi toute une intérieure lamentation, à propos de Marchenoir et de ses hôtes qui venaient de lui raconter leurs aventures.

— Assurément, dit Léopold, après notre cher Caïn, tel est le cas de L'Isle-de-France dont nous n'entendons plus parler depuis longtemps. Qu'est-il devenu?

Un flot de peines et de colères passa sur le livre ouvert du visage de ce bon Lazare.

— Ce qu'il est devenu! Ah! mes amis, on est heureux

de croire à une justice qui n'est pas des hommes! Je dis cela pour chacun de nous. Mais ce pauvre Bohémond! en vérité, c'est par trop épouvantable! Comment! vous ne savez donc rien! Ah! c'est vrai, pardon. J'oubliais déjà que vous sortez à peine du gouffre. Eh bien! voici : il meurt doucement dans les bras de Folantin...

Folantin! ce peintre de plomb, ce grisailleur foireux, ce plagiaire du néant, ce bourgeois envieux et ricaneur qui pense peut-être que l'Himalaya est une idée basse, vous ne savez pas ce qu'il a fait? C'est bien simple. Il s'est rendu adjudicataire des derniers jours du poète, le client unique de son agonie. Nul ne peut le voir sans son ordre ou sa permission. J'entends, nul de ceux qui seraient capables de l'avertir... Je sais bien que ce que je vous dis là est difficile à croire. Mais ce n'est, hélas! que trop vrai, et vous voyez en moi l'une des victimes les plus stupéfiantes et les plus stupéfiées de ce système d'exclusion de tous ceux qui ont véritablement aimé L'Isle-de-France. Depuis deux jours que je suis à Paris, j'ai bien fait une dizaine de tentatives à l'hôpital des frères Saint-Jean-de-Dieu, son dernier domicile, vraisemblablement, jusqu'à l'heure où on le portera au cimetière. Obstacles invincibles, portes infranchissables! C'est tout juste si mes cris d'indignation ne m'ont pas fait jeter dans la rue.

— Mais, mon cher Lazare, interrompit Léopold, êtes-vous dans votre bon sens? On ne confisque pas ainsi les personnes. La séquestration illégale! dans un lieu public!!! Voyons, mon ami, un peu de lumière.

— Patience! vous allez voir clair, à moins cependant que les larmes ne vous aveuglent. L'Isle-de-France est un séquestré volontaire, un séquestré par persuasion. Oh! cela remonte à plusieurs mois. La dernière fois que nous le vîmes ensemble, un peu avant mon départ, vous vous en souvenez, il se sentait déjà gravement atteint. Ce dut être environ le temps où le Folantin se manifesta. Ses tableaux ont beau être exécrables, sa conquête de L'Isle-de-France est un chef-d'œuvre, décidément.

Vous savez si notre ami le méprisait, l'abhorrait. Certains mots de lui sur ce vitrier sont à faire peur. On n'imaginera jamais deux êtres aussi contraires, aussi parfaitement antipathiques l'un à l'autre. Mais que voulez-vous? Bohémond, quoi qu'on ait pu dire, est surtout un sentimental. N'ayant pas, comme Marchenoir ou comme vous, Léopold, une règle rigide, un credo que n'ont pu faire plier les siècles, faussé par l'hégélianisme et saccagé par les curiosités les plus dangereuses, parfois incroyablement privé d'équilibre, on l'a toujours vu sans résistance contre tout individu assez habile pour se prévaloir hypocritement d'un service réel ou d'un acte de bonté feinte.

— L'esquisse est ferme, dit Léopold. Il m'a semblé pourtant qu'il y avait en lui un railleur d'une rare vigilance qu'il ne devait pas être aisé de surprendre.

— D'accord, mais je crois que, vers la fin, cette faculté s'est émoussée. Quel que soit son mal, il meurt surtout de lassitude. Il était vraiment trop peu fait pour les négoces de ce monde, et la misère, contre laquelle il fut toujours désarmé, l'avait aux trois quarts détruit. Rappelez-vous ses inconcevables absences, l'impossibilité de fixer son attention quand il parlait à ses fantômes, la seule réalité pour lui. Je n'ai connu que Marchenoir qui pût, quelquefois, dompter, un instant, sa chimère, et encore!

Puis, faites-y bien attention, Folantin est un dénicheur de merles très subtil qui sut arriver au bon moment. Il s'empara d'abord d'un pauvre garçon très dévoué à L'Isle-de-France et qui le voyait sans cesse. Celui-là, criminel sans le savoir, mit une si niaise persévérance à lui vanter les qualités d'âme du peinturier, tout en faisant le meilleur marché possible de ses ridicules ou de ses infirmités d'esprit, que Bohémond finit par craindre de s'être trompé sur le personnage et consentit à le bienvenir. Folantin, qui n'est pas avare, sut déployer un tact infini pour lui faire accepter des services d'argent, dont il savait que le besoin était fort pressant, n'attendant pas que le malheureux rêveur avouât ou trahît son embarras, dépassant même le désir secret de ce pauvre, avec une bonhomie, une rondeur parfaites. Le moyen était infaillible et réussit au delà de toute espérance.

Bref, abusant de la double détresse, physique et intellectuelle, de sa victime dont il paraissait être le bienfaiteur, il parvint — à l'instar d'une maîtresse basse et jalouse, — à éloigner tous les amis anciens, quoi qu'ils pussent faire, et réussit, Dieu sait par quelles pratiques de mensonges et de perfidies! à lui en inspirer l'horreur. C'est par la volonté formelle de Bohémond que je n'ai pu arriver jusqu'à lui.

23

Or, cela n'est rien ou presque rien. Écoutez la suite.

Vous pensez bien, n'est-ce pas ? que je n'ai pas dû accepter facilement la consigne. Pour tout dire, j'ai tenté de pénétrer de force. C'est alors qu'on a fait donner la garde. A mon épouvante inexprimable, j'ai vu se dresser une abominable souillasse qui m'a déclaré n'être pas une moindre personne que la comtesse de L'Isle-de-France, épouse légitime et *in extremis* du moribond, dont elle rinça dix ans le pot de chambre et qui, naguère, dans un soir d'ivresse ou de folie, lui avait fait un enfant.

N'ayant déjà presque plus de forces et parfaitement isolé de tous ceux qui eussent pu penser à sa place, il avait fini par céder aux obsessions *pieuses* de Folantin qui ne lui laissa pas entrevoir d'autre moyen de légitimer ce fils, qu'il lui eût été si facile de *reconnaître* sans prostituer son Nom à la mère. J'ai pu comprendre que l'aumônier de l'hôpital, religieux d'une bonne foi indiscutable, mais qui fut, en cette occasion, admirablement roulé, se chargea lui-même d'emporter les résistances dernières. J'ai donc pris la fuite et me voici, noyé de chagrin, suffoqué par le dégoût.

Un silence lourd suivit ce récit.

A la fin, Clotilde murmura, comme se parlant à elle-même :

— Rien n'arrive en ce monde que Dieu ne le veuille ou ne le permette, pour sa Gloire. Nous sommes donc forcés de penser que cette chose laide est en vue de quelque résultat inconnu et certainement adorable. Qui sait si le passage terrible de la mort ne sera pas rendu facile à ce pauvre homme par cette immolation préalable de ce qui était le principe de sa vie terrestre? Mais les menteurs se trompent eux-mêmes. Je ne serais pas étonnée que M. Folantin crût avoir fait une action louable...

Hercule Joly, présent et silencieux jusque-là, intervint alors.

— Monsieur Druide, je suis parfaitement étranger au monde des artistes et j'ignore tout de leurs passions ou de leurs mœurs. Voulez-vous me permettre une question? Quel a pu être le mobile de ce monsieur Folantin, et quel a pu être son intérêt à désoler ainsi l'agonie de M. de L'Isle-de-France? Il est inconcevable qu'il ait voulu jouer gratuitement le rôle d'un de ces démons dont c'est l'emploi de désespérer les mourants.

Brusquement, Léopold se leva.

— C'est moi, dit-il, qui vais vous répondre, à la Marchenoir, si je le peux. Vous êtes un chrétien, monsieur Joly et, je le crois, un homme de prière. Je n'ai donc pas à vous apprendre la définition sublime du catéchisme : « *L'Envie est une tristesse du bien d'autrui et une joie du mal qui lui arrive* ». Nos psychologues peuvent déposer leurs analyses le long de ce mur, ils n'entameront pas le granit et le bronze d'une pareille démarcation.

Il y a quelques années, je me présentai un jour chez Folantin, qui n'était pas encore le personnage radieux qu'il est devenu. A mon arrivée, il achevait la lecture d'un journal qu'il jeta sur la table, comme s'il se débarrassait d'une couleuvre, avec cet air d'ennui suprême et ce sourire à donner des engelures que vous lui connaissez, mon cher Lazare. Voici, en propres termes, ce qu'il crut devoir me dire : — Quand une de ces feuilles me tombe sous la main, je vais tout de suite à l'article nécrologique et *si je n'y trouve pas le nom de quelqu'un de mes amis, j'avoue que je suis très désappointé.*

Depuis, je n'ai pu le voir ni entendre prononcer son nom sans me rappeler ce mot, bien plus *spirituel* qu'il ne le croyait lui-même, car son âme en fut éclairée pour moi dans ses profondeurs immortelles, et je la vis en plein, son âme affreuse, telle qu'elle sera, sous des « cieux nouveaux », dans dix mille siècles!

Il est fort possible, comme vient de le dire ma femme, qu'il ait cru faire, dans le cas de Bohémond, une chose héroïque. Il s'est donné certainement beaucoup de mal, et son désintéressement absolu n'est pas douteux. Le vrai envieux est le plus désintéressé, quelquefois même le plus prodigue des hommes. Il n'y a pas de divinité aussi exigeante que l'Idole blême.

L'Isle-de-France est, sans doute, celui de tous les contemporains qui a dû le plus lui crever le cœur. Les disparates signalées, il y a quelques instants, par Druide, étaient, entre eux, infinies. Le très haut poète qui va mourir, qui meurt peut-être à cette minute, paraissait avoir reçu tous les dons, la beauté, le génie, la noblesse, l'absolu courage, la sympathie expansive et toute-puissante. Ses facultés imaginatives et lyriques en activité permanente,

et qui faisaient penser à ces feux errants du Livre Saint,
mais surtout la promptitude archangélique de ses épi-
grammes, qui ne s'en souvient? On peut à peine se figurer combien toutes ces choses déchirèrent un homme
profondément disgracié, que les circonstances mettaient
très souvent en face de son lumineux repoussoir.

Il s'est vengé hideusement, ainsi qu'il lui convenait de
le faire, et je crois, en effet, qu'il a dû déployer une habileté, une persévérance de démon. Le résultat en valait la
peine. Songez donc! Amener ce cygne noir que fut Bohémond, ce dernier représentant d'une race fière, d'une
lignée quasi-royale, à donner — fût-ce dans le crépuscule
de l'agonie, — à une tireuse de cartes de lavoir, son Nom
magnifique! Le contraindre à finir comme un libertin
gâteux subjugué par sa cuisinière! Quelle revanche!

... Vous verrez, mon bon Lazare, que nous ne pourrons
même pas assister à son enterrement. Sans vous, je n'aurais même pas su que le pauvre garçon était mourant. En
supposant qu'on daignât nous aviser officiellement de la
cérémonie funèbre, ce qui est au moins improbable, il
nous faudrait, n'est-ce pas? défiler à la façon des Sar-
mates vaincus, dans le cortège du triomphateur, marcher
dans les larmes de la douairière, entendre, en crevant de
honte et de rage, les discours humides où il sera parlé de
« l'ami de la dernière heure ». Non, vraiment, j'aimerais
mieux, dussé-je me condamner à la famine, payer
d'humbles messes, pendant tout un mois, dans notre
église solitaire!...

XXII

A ce moment on sonna, et Léopold cessa de parler pour aller ouvrir. Mais, s'approchant de la porte du jardin, il entendit les pas d'un individu qui prenait la fuite. En même temps, à l'extrémité de la rue, éclata le rire monstrueux de la Poulot.

Était-elle donc venue tout exprès? C'était peu probable et, au fond, il n'importait guère qu'elle fût venue pour cela ou pour autre chose. Mais ce rire néfaste, ce hennissement de rosse apocalyptique, dont on commençait à perdre l'habitude et qui fit s'ouvrir toutes grandes plusieurs fenêtres, s'enroula bizarrement aux pilastres de la nuit, dans l'air sonore.

Il eut des soubresauts, des rebondissements, des à-coups, des reculs de grelin dans la rainure, de soudaines reprises, des élans, des bonds furieux; puis il s'alanguit et déferla, quelque temps encore, dans un mode si funèbre que des chiens hurlèrent.

Cela — sous un ciel splendide, sous des étages d'étoiles, sous le poids effrayant de tous les silences de l'espace, — à la minute même où on était plein de cette pensée qu'un des êtres les plus nobles qu'il y eût au monde allait mourir, impressionna singulièrement les quatre auditeurs du pavillon diffamé.

— J'ai bien souvent entendu ce rire, dit Clotilde, et il m'a toujours fait horreur. Mais, ce soir, il a quelque chose que je ne sais définir... C'est pour moi comme si la malheureuse n'était plus parmi les êtres à la ressemblance de Dieu, et qu'en châtiment de quelque crime, — dont elle cherchait à s'étourdir en nous insultant, — elle se trouvât maintenant un peu au-dessous de ces animaux à qui elle fait peur. Ne vous semble-t-il pas, Messieurs, que son rire est l'expression la plus affreuse du désespoir?

— Il me semble surtout l'expression de la démence qui n'a, certes, rien de comique ni de rassurant, fit observer bonnement Hercule Joly.

— Je crains, reprit Clotilde, de vous paraître moi-même une insensée. Mais je ne puis m'empêcher de vous dire ce que j'éprouve en ce moment... Il est bien certain que l'espace et le temps n'existent pas pour les âmes, et que nous sommes dans une ignorance infinie de ce qui s'accomplit autour de nous, invisiblement. Dans le délire de ma maladie, j'ai vu des êtres épouvantables qui riaient ainsi de me voir souffrir, qui me désignaient cruellement d'autres malades sans nombre, des moribonds, des agonisants lamentables, jusqu'au bout de la terre, et il m'était dit qu'il y avait entre tous ces malheureux et moi une correspondance, une relation mystérieuse. Eh bien! je songe à celui de nos amis qui lutte cette nuit contre la mort, et je me demande si ce que nous venons d'entendre n'est pas un *avertissement*... Oui, mes amis, je me demande avec terreur si ce ricanement horrible n'est pas un glas, s'il n'existait pas, de M. de L'Isle-de-France à cette créature d'en bas, un fil spirituel analogue au lien de chair dont on a voulu garrotter ses dernières heures, et si chacun d'eux, — à cette même seconde, — ne tombe pas dans le gouffre qu'il a choisi!...

La voix de la femme de Léopold était *changée*, et les derniers mots furent dits comme si elle avait été jetée hors d'elle-même.

Druide, livré à une commotion extraordinaire, se souvint alors d'avoir entendu autrefois le bon Gacougnol affirmer qu'elle avait réellement quelque chose d'une prophétesse.

Les langues devinrent silencieuses et les cœurs pesèrent autant que le monde. La nuit, d'ailleurs, était avancée. On se sépara, et Clotilde, offrant à la fois ses deux belles mains à ses deux hôtes, leur dit, avec une douceur étrange, cette phrase étrange qui semblait continuer son rêve :

— La vie, chers amis, c'est la main ouverte, et la mort, c'est la main fermée...

Ensuite elle pria longtemps, avec une grande charité, pour les vivants et pour les défunts, et, dans son sommeil, elle vit un pain qu'elle partageait aux misérables. Ce pain, au lieu de jeter de l'ombre, jetait de la *lumière*...

Le lendemain, on apprit que L'Isle-de-France était mort pendant la nuit, et que la Poulot, complètement folle, avait été enfermée à Sainte-Anne, section des agitées, pour n'en plus sortir que les deux pieds en avant et le cou tordu...

Léopold se prépara tranquillement à paraître devant Dieu.

XXIII

C'EST demain le terme d'octobre. On le paiera, sans
doute, comme on a payé les autres. Avec quel
argent? C'est Dieu qui le sait. Tout ce que les créatures
peuvent savoir, c'est que, depuis la fondation de Rome
dont les Douze Tables féroces livraient le mauvais payeur
à son créancier pour le vendre ou le mettre en pièces, il
ne s'est assurément jamais rencontré une chienne plus
implacable que la propriétaire des Léopold.

La voici, justement, assise devant son prie-Dieu, un peu
en avant de Clotilde et de Léopold venus pour entendre
la grand'messe. Elle a déjà, certainement, répandu des
actions de grâces très abondantes et remercié le Seigneur
de n'être pas une publicaine.

Enfin, ce qu'il y a de sûr et de consolant, c'est qu'elle
ne peut pas mordre tout de suite. « A chaque jour suffit
son tintouin », est-il dit dans le Discours sur la montagne.

Un prêtre vient de monter en chaire. Ce n'est pas le
curé, personnage vertueux, sans indiscrétion ni fureur,
qui, interrogé un jour par Léopold sur les sentiments religieux de sa paroisse, lui fit cette réponse : — Oh! Monsieur, il n'y a ici que de très petites fortunes!!! et qui ne
vint pas une seule fois consoler ses brebis nouvelles,
quand elles étaient dans les affres de leur supplice.

Non ce n'est pas lui. C'est un vicaire humble et timide

par qui·fut administrée Clotilde. Celle-ci le regarde avec
une grande douceur et se prépare à l'écouter. Qui sait si
ce « serviteur inutile » ne va pas lui donner précisément
le secours dont elle a besoin?

Quelle occasion, d'ailleurs, de parler à des pauvres, à
des gens qui souffrent! Ce dimanche est le XXIᵉ après la
Pentecôte. On vient de lire l'Évangile des deux Débiteurs.

« Le royaume des cieux est comparé à un Roy, lequel
voulut faire compte avec ses serviteurs.

« Et quand il eut commencé à faire compte, on luy en
présenta un qui luy devoit dix mille talents.

« Et d'autant qu'iceluy n'avoit de quoy payer, son Seigneur commanda que luy, et sa femme, et ses enfants, et
tout ce qu'il avoit, fust vendu et que la debte fust payée.

« Parquoy ce serviteur, se jettant en terre, le supplioit,
disant : Seigneur, aye patience envers moy, et je payeray
tout.

« Adonc le Seigneur de ce serviteur, esmeu de compassion, le lascha, et luy quitta la debte.

« Mais quand ce serviteur fut party, il trouva un de ses
compagnons en service, qui lui devoit cent deniers :
lequel il saisit, et l'estrangloit, disant : Paye-moy ce que
tu dois.

« Et son compagnon en service, se jettant à ses pieds,
le prioit, disant ᠄ Aye patience envers moy et je te payeray tout.

« Mais il n'en voulut rien faire, ains s'en alla et le mit en prison jusques à tant qu'il eust payé la debte.

« Voyans ses autres compagnons ce qui avoit esté fait, furent fort marris : dont s'en vindrent, et narrèrent à leur Seigneur tout ce qui avoit esté fait.

« Lors son Seigneur l'appela, et lui dit : Meschant serviteur, je t'ay quitté toute ceste debte, pour tant que tu m'en as prié :

« Ne te falloit-il pas aussi avoir pitié de ton compagnon en service, ainsi que j'avoye eu pitié de toy ?

« Adonc son Seigneur courroucé le bailla aux sergens, jusqu'à ce qu'il luy eust payé tout ce qui luy estoit deu. »

Quel texte à paraphraser, la veille du jour où on étrangle les pauvres diables ! Tous les amnistiés, tous les libérés, tous les propriétaires du pays sont là, et il ne serait peut-être pas absolument impossible d'atteindre la conscience de quelques-uns. Mais le vicaire, qui est lui-même un pauvre diable et qui a la consigne générale de ménager les ventres pleins, tourne court sur « l'étranglement » et interprète la Parabole, si nette pourtant, si peu évasive, par le précepte infiniment élastique de pardonner les injures, noyant ainsi, dans la confiture sacerdotale de Saint-Sulpice, l'indiscrète et désobligeante leçon du Fils de Dieu.

Alors un nuage tombe sur Clotilde, qui s'endort. Maintenant, c'est un autre prêtre qui parle :

— Voilà l'Évangile, mes frères, et voici vos cœurs. Du moins j'ose présumer que vous les avez apportés. Je veux être persuadé que vous ne les avez pas oubliés au fond de vos caisses ou de vos comptoirs, et que je ne parle pas seulement à des corps. Qu'il me soit donc permis de leur demander, à vos cœurs, s'ils ont compris quelque chose à la parabole qui vient d'être lue.

Absolument rien, n'est-ce pas? Je m'en doutais. Il est probable que la plupart d'entre vous avaient assez à faire de compter l'argent qu'ils recevront ou qu'ils pourront recevoir demain de leurs locataires, et qui leur sera très probablement versé avec d'intérieures malédictions.

Au moment où il est dit que le serviteur exonéré par son maître prend à la gorge le malheureux qui lui doit à lui-même une faible somme, les mains de quelques-uns ou de quelques-unes ont dû *se crisper* instinctivement, à leur insu, ici même, devant le tabernacle du Père des pauvres. Et quand il l'envoie en prison, sans vouloir entendre sa prière, oh! alors, sans doute, vous avez été unanimes à vous écrier dans vos entrailles que c'était bien fait et qu'il est vraiment fâcheux qu'une pareille prison n'existe plus.

Voilà, je pense, tout le fruit de cet enseignement dominical que vos anges seuls ont écouté, avec tremblement. Vos Anges, hélas! vos Anges graves et invisibles, qui sont avec vous dans cette maison et qui, demain, seront encore avec vous, quand vos débiteurs vous apporteront le pain de leurs enfants ou vous supplieront en vain de prendre patience. Les pauvres gens, eux aussi, seront escortés de leurs Gardiens, et d'ineffables colloques auront lieu, tandis que vous accablerez de votre mécontentement, ou de votre satisfaction plus cruelle, ces infortunés.

Le reste de la parabole n'est pas fait pour vous, n'est-ce pas? L'éventualité d'un Seigneur qui vous jugulerait à son tour est une invention des prêtres. Vous ne devez rien à personne, votre comptabilité est en règle, votre fortune, petite ou grande, a été gagnée le plus honorablement du monde, c'est bien entendu, et toutes les lois sont armées pour vous, même la Loi divine.

Vous n'avez pas d'idoles chez vous, c'est-à-dire vous ne brûlez pas d'encens devant des images de bois ou de pierre, en les adorant. Vous ne blasphémez pas. Le Nom du Seigneur est si loin de vos pensées qu'il ne vous viendrait même pas à l'esprit de le « prendre en vain ». Le dimanche, vous comblez Dieu de votre présence dans son Église. C'est plus convenable qu'autre chose, c'est d'un bon exemple pour les domestiques et cela ne fait, au demeurant, ni chaud ni froid. Vous honorez vos pères et mères, en ce sens que vous ne leur lancez pas, du matin au soir, des paquets d'ordure au visage. Vous ne tuez ni par le fer ni par le poison. Cela déplairait aux hommes et pourrait effaroucher votre clientèle. Enfin, vous ne vous livrez pas à de trop scandaleuses débauches, vous ne faites pas des mensonges gros comme des montagnes, vous ne volez pas sur les grandes routes où on peut si facilement attraper un mauvais coup, et vous ne pillez pas non plus les caisses publiques toujours admirablement gardées. Voilà pour les commandements de Dieu.

Il est à peu près inutile de rappeler ceux de l'Église. Quand on est « dans le commerce », comme vous dites, on a autre chose à faire que de consulter le calendrier ecclésiastique, et il est universellement reconnu que « Dieu n'en demande pas tant ». C'est une de vos maximes les plus chères. Donc, vous êtes irréprochables, vos âmes sont nettes et vous n'avez rien à craindre...

... Dieu, mes frères, est terrible quand il lui plaît de l'être. Il y a ici des personnes qui se croient des âmes d'élite, qui s'approchent souvent des sacrements, et qui font peser sur leurs frères un fardeau plus lourd que la mort. La question est de savoir si elles seront précipitées aux pieds de leur Juge, avant d'être sorties de leur épouvantable sommeil...

Les impies se croient héroïques de résister à un Tout-Puissant. Ces superbes, dont quelques-uns ne sont pas inaccessibles à la pitié, pleureraient de honte, s'ils pouvaient voir la faiblesse, la misère, la désolation infinies de Celui qu'ils bravent et qu'ils outragent. Car Dieu, qui s'est fait pauvre en se faisant homme, est, en un sens, toujours crucifié, toujours abandonné, toujours expirant dans les tortures. Mais que penser de ceux-ci qui ne connurent jamais la pitié, qui sont incapables de verser des larmes, et qui ne se croient pas impies ? Et que penser enfin de ceux-là qui rêvent la vie éternelle, en bras de chemise et en pantoufles, au coin du feu de l'enfer ?

... Je vous ai parlé des locataires pauvres dont cette paroisse est suffisamment approvisionnée, et qui tremblent déjà, en songeant à ce que vous pouvez leur faire souffrir demain. Ai-je parlé à une seule âme vraiment chrétienne ? Je n'ose le croire.

Ah ! que ne puis-je crier en vous ! sonner l'alarme au fond de vos cœurs charnels ! vous donner l'inquiétude salutaire, la sainte peur de trouver votre Rédempteur parmi vos victimes ? *Ego sum Jesus quem tu persequeris !* est-il dit à saint Paul fumant de rage contre les chrétiens, qui étaient alors comme les locataires de la Cité du Démon et qu'on pourchassait de gîte en gîte, l'épée ou la torche dans les reins, jusqu'à ce qu'ils payassent de tout leur sang le logis permanent des cieux. *Je suis Jésus que tu persécutes !*

On sait que ce Maître s'est souvent caché au milieu des indigents, et quand nous faisons souffrir un homme plein de misère, nous ne savons pas quel est celui des membres du Sauveur que nous déchirons. Nous avons appris du même saint Paul qu'il y a toujours quelque chose qui manque aux souffrances de Jésus-Christ, et que ce quelque chose doit être accompli dans les membres vivants de son Corps.

— Quelle heure est-il ? Père, disent à Dieu ses pauvres enfants, tout le long des siècles, car nous veillons « sans savoir le jour ni l'heure ». Quand finira-t-on de souffrir ? Quelle heure est-il à l'horloge de votre interminable Passion ? Quelle heure est-il ?...

— C'est l'heure de payer ton terme, ou d'aller crever dans la rue, parmi les enfants des chiens! répond le Propriétaire...

Ah! Seigneur! je suis un très mauvais prêtre. Vous m'avez confié ce troupeau dormant et je ne sais pas le réveiller. Il est si abominable, si puant, si totalement affreux pendant son sommeil!

Et voici que je m'endors à mon tour, à force de le voir dormir! Je m'endors en lui parlant, je m'endors en priant pour lui, je m'endors au lit des agonisants et sur le cercueil des morts! Je m'endors, Seigneur, en consacrant le Pain et le Vin du Sacrifice redoutable! Je m'endors au Baptême, je m'endors à la Pénitence, je m'endors à l'Extrême-Onction, je m'endors au sacrement de Mariage! Quand j'unis, pour votre éternité, deux de vos images engourdies par le sommeil, je suis moi-même si appesanti que je les bénis comme du fond d'un songe et que c'est à peine si je ne roule pas au pied de votre autel!...

Clotilde *se réveilla* au moment où l'humble prêtre descendait de la chaire. Leurs regards se rencontrèrent et parce qu'elle avait le visage baigné de larmes, il dut croire que c'était son prône qui les avait fait couler. Il avait raison, sans doute, car cette voyante était tombée à un si profond sommeil qu'elle pouvait bien avoir entendu les *vraies* paroles qu'il n'avait osé prononcer que dans son cœur.

XXIV

Léopold et Clotilde sont au cimetière de Bagneux.
C'est toujours pour eux un apaisement de s'y promener. Ils parlent aux morts et les morts leur parlent à
leur manière. Leur fils Lazare et leur ami Marchenoir sont
là, et les deux tombes sont cultivées par eux avec amour.

Quelquefois ils vont s'agenouiller dans un autre cimetière où sont enterrés Gacougnol et L'Isle-de-France. Mais
c'est un long voyage souvent impossible, et le grand dor-
toir de Bagneux, qui n'est qu'à dix minutes de leur maison,
leur plaît surtout parce qu'il est celui des plus pauvres.

Les lits à perpétuité y sont rares et les hôtes, chaque
cinq ans démaillotés de leurs planches, sont jetés pêle-
mêle dans un ossuaire anonyme. D'autres indigents les
talonnent, pressés à leur tour de s'abriter sous la terre.

Les deux visiteurs espèrent bien qu'avant ce délai, avant
l'échéance de cet autre *terme* de loyer, il leur sera possible de donner une dernière demeure plus stable à ceux
qu'ils ont tant aimés. Eux-mêmes, il est vrai, peuvent mourir d'ici-là. Que la Volonté de Dieu soit faite. Il restera
toujours la Résurrection des morts qu'aucun règlement
ne saurait prévoir ni empêcher.

L'endroit, d'ailleurs, est aimable. L'administration parisienne, qui a condamné l'usage antique de la Croix monumentale, au moment même où elle en multipliait dérisoi-
rement le *signe* dans le quadrillage systématique de ses

cimetières suburbains, a du moins consenti à planter le long des avenues un assez grand nombre d'arbres. Au commencement, cette plaine géométrique et sans verdure désespérait. Maintenant que les arbres, plus vigoureux, ont pu plonger leurs racines dans le cœur des morts, il tombe d'eux, avec leur ombre mélancolique, une douceur grave.

Combien de fois par semaine, dès l'ouverture des portes, Léopold ne vient-il pas, allant de l'une à l'autre des deux sépultures, arrachant les herbes sauvages, les cailloux, redressant ou guidant les jeunes tiges dont il écarte les insectes, joyeux de trouver une rose nouvelle, une capucine, un volubilis fraîchement éclos, les arrosant d'une main très lente, et oubliant l'univers, s'attardant des heures, surtout auprès de la petite tombe blanche de son enfant auquel il parle avec tendresse, auquel il chante à demi-voix le *Magnificat* ou l'*Ave maris stella*, comme autrefois, quand il le berçait sur ses genoux pour l'endormir! Et c'est une chose qui remue l'âme des passants de voir ce chanteur à la face tragique et pleine de pleurs, prosterné sur ce berceau. Clotilde vient le rejoindre et le trouve dans cette posture.

— Oh! mon ami, lui dit-elle, que nous sommes heureux d'être des chrétiens! de savoir que la mort existe si peu, qu'elle est, en réalité, *une chose qu'on prend pour une autre*, et que la vie de ce grand monde est une si parfaite illusion!

A la naissance de Jésus, les Anges ont annoncé à tous

les hommes de bonne volonté la paix *in terra*, « sur terre
ou *en* terre ». Tu m'as enseigné toi-même ce double sens..
Regarde ces tombes chrétiennes. Sur presque toutes, il
y a ces mots : *Requiescat in pace*. Ne penses-tu pas que
c'est ainsi que nous pouvons entendre la Parole sainte ?
Le repos, mon bien-aimé, le Repos, n'est-ce pas le nom
de la Vie divine ?

Que sont les gestes des hommes en comparaison de
cette vie puissante que l'Esprit-Saint tient en réserve *sous*
la terre parmi les diamants et la vermine, pour le moment
inconnu où seront réveillées toutes les poussières ?

— Ce moment, répond Léopold, est l'espoir unique. Job
l'appelait, il y a quarante-six siècles, les Martyrs l'ont
appelé, dans leurs tourments et la mort est douce à ceux
qui l'attendent.

Tous deux vont, çà et là, au milieu des tombes. Beaucoup sont incultes, abandonnées tout à fait, arides comme
la cendre. Ce sont celles des très pauvres qui n'ont pas
laissé un ami chez les vivants et dont nul ne se souvient.
On les a fourrés là, un certain jour, parce qu'il fallait les
mettre quelque part. Un fils ou un frère, quelquefois un
aïeul a fait la dépense d'une croix, puis les trois ou quatre
convoyeurs ont été boire et se sont quittés sur de pochardes
sentences. Et tout a été fini. Le trou comblé, le fossoyeur
a planté la croix à coups de pioche et a été boire à son
tour. Aucun entourage n'a jamais été ni ne sera jamais
posé par personne pour marquer la place où dort ce pauvre
qui est peut-être à la droite de Jésus-Christ... Sous le

poids des pluies, la terre s'est affaissée et les pierres sont sorties en si grand nombre que même les chardons ne peuvent y croître. Bientôt la croix tombe, pourrit sur le sol, le nom du misérable s'efface et n'existe plus que sur un registre de néant.

Léopold et Clotilde ont grande pitié de ces oubliés, mais ce qui les navre de charité, c'est la foule des petites tombes. Il faut visiter les vastes nécropoles de la banlieue de Paris pour savoir ce qu'on tue d'enfants dans les abattoirs de la misère. On y voit des lignes presque entières de ces couchettes blanches, surmontées d'absurdes couronnes en perles de verre et de médaillons de bazar où s'affirment des sentimentalités exécrables.

Il y en a pourtant de naïves. De loin en loin, dans une sorte de niche fixée à la croix, sont exposés, avec la photographie du petit mort, les humbles jouets qui l'amusèrent quelques jours. Souvent Léopold a vu s'agenouiller, devant l'une d'elles, une vieille femme désolée. Elle était si vieille qu'elle ne pouvait plus pleurer. Mais sa plainte était si douloureuse que les étrangers qui l'entendaient pleuraient pour elle.

— La pauvre vieille n'est pas là, dit-il. J'aurais voulu la revoir. Il me semble que j'aurais eu le courage de lui parler, aujourd'hui... Peut-être qu'elle est elle-même couchée maintenant, tout près d'ici. La dernière fois, elle paraissait se traîner à peine.

— Heureux ceux qui souffrent et qui pleurent! mon cher ami, lui répond sa femme dont le beau visage s'éclaire. N'entends-tu pas, quelquefois, chanter les morts? Je parlais tout à l'heure des Anges de Noël, de cette multitude céleste qui chantait : « Gloire à Dieu dans les cieux et paix aux hommes *dans* la terre. » Ce chant sublime n'a pas cessé, parce que rien de l'Évangile ne peut cesser. Seulement, depuis que Jésus a été mis dans son Tombeau, j'imagine que le cantique des Anges est continué sous la terre, par la multitude pacifiée des morts. J'ai cru l'entendre bien des fois, dans le silence des créatures qui ont l'air de vivre, et c'est une musique d'une suavité inexprimable. Oh! je distingue parfaitement les voix profondes des vieillards, les voix humbles des hommes et des femmes, et les voix claires des petits enfants. C'est un concert de joie victorieuse par-dessus la rumeur lointaine et désespérée des esprits déchus.

... Parmi toutes ces voix, il en est une qui me paraît celle d'un homme excessivement âgé, d'un centenaire accablé de siècles, et cette voix me donne comme la sensation d'un tranquille rayon de lumière qui viendrait vers moi du fond d'un monde oublié.

Ta songeuse de femme t'a déjà dit cela, mon Léopold, sans trop comprendre elle-même ce qu'elle disait. Mais je suis sûre de l'avoir vu, dans mes rêves, ce vieillard tout cassé, tout émietté par plusieurs mille ans de sépulcre, et bien qu'il ne me parlât pas, j'ai deviné que c'était un homme de mon sang qui avait dû être grand parmi les autres hommes, dans quelque contrée sans nom, antérieurement à toutes les histoires, et qu'il était chargé mystérieusement, de préférence à tout autre, de veiller sur moi...

Et la voix de notre Lazare, que de fois ne l'ai-je pas reconnue!

... Quand je souffrais trop, quand je sentais mon cœur glisser dans le gouffre, il me disait à l'oreille, distinctement : — Pourquoi t'affliges-tu? Je suis près de toi, et je suis, en même temps, près de Jésus, car les âmes n'ont point de lieu. Je suis dans la Lumière, dans la Beauté, dans l'Amour, dans l'Allégresse qui est sans limites. Je suis avec les très purs, avec les très doux, avec les très pauvres, avec ceux dont le monde n'était pas digne, et quand tu as pleuré trop longtemps à cause de moi, mère chérie, tu ne vois donc pas que c'est Dieu lui-même, Dieu le Père qui te prend dans ses bras et qui met ta tête sur son sein pour t'endormir !...

Léopold, ivre d'émotion, s'est laissé tomber sur un banc et contemple son inspirée à travers un voile de pleurs.

— Tu as raison, murmure-t-il, nous sommes heureux d'une manière divine, plus heureux, assurément, qu'autrefois, quand nous ne savions pas mieux que la manière humaine, et c'est dans ce vallon de douleurs que nous sentons vraiment notre joie!

Marchenoir me parlait souvent des morts, et il m'en parlait à peu près comme toi, avec sa puissance terrible. Sais-tu ce qu'il me disait un jour? Oh! que tu vas trouver cela beau! Il me disait que le Paradis perdu c'est le cimetière

et que l'unique moyen de le récupérer, c'est de mourir.
Il avait là-dessus un poème qui n'a pu être retrouvé
dans ses papiers et qui n'a jamais été publié. Il me l'a lu
deux ou trois fois, mais, n'ayant alors qu'à moitié compris, je n'en ai gardé qu'un souvenir incomplet. Cependant, voici le début qui s'est fixé dans ma mémoire, avec
une netteté singulière. Il s'agit d'un pèlerin, comme il y
en eut quelques-uns au Moyen âge, qui cherche par toute
la terre « le Jardin de Volupté ». Écoute :

« On n'avait jamais vu et on ne reverra jamais un Pèlerin aussi formidable.

« Depuis son enfance, il cherchait le Paradis terrestre,
l'Éden perdu, ce Jardin de Volupté, — par qui la Femme
est symbolisée si profondément, — où le Seigneur Dieu
colloqua Son Type, quand Il l'eut formé de la boue.

« Ce Pèlerin avait été rencontré, sur toutes les routes
connues et sur toutes les routes inconnues, par les hommes
ou par les serpents, qui s'étaient écartés de lui, car les
psaumes lui sortaient par tous les pores et il était fait
comme un prodige.

« Toute sa personne ressemblait à un vieux cantique
d'impatience et avait dû être conçue, naguère, en d'irré-
vélables soupirs.

« Le soleil le mécontentait. Intérieurement ébloui de
son espoir, les cataractes lumineuses du Cancer ou du
Capricorne lui paraissaient venir d'une triste lampe en
agonie oubliée dans des catacombes pleines de captifs.

« Seul d'entre tous les hommes, il se souvenait de la fournaise de magnificences d'où leur espèce fut exilée, pour que commençassent les Douleurs et que commençassent les Temps.

« Ne fallait-il pas qu'il se trouvât quelque part, ce brasier de Béatitude que le Déluge ne put éteindre, puisque le Chérubin était toujours là pour débrider la cavalerie des Torrents ?

« Il suffisait assurément de bien chercher, car le temps n'a pas la permission de détruire ce qui ne lui appartient pas.

« Et le Pèlerin cheminait dans les extases, en songeant que ce Jardin avait été le domaine de ceux qui ne devaient pas mourir, et que les Neuf cent trente ans du Père des pères *n'ayant pu raisonnablement commencer qu'à l'instant même où il devenait un mortel,* la durée de son séjour dans le Paradis était absolument inexprimable en chiffres humains, — osât-on supposer des millions d'années de ravissement, selon les manières de compter qui sont en usage parmi les enfants des morts !... »

Ici, ma mémoire se brouille, du moins pour ce qui est des mots et des images. Mais j'ai retenu le plan.

Ce Pèlerin cherche ainsi toute sa vie, continuellement déçu et continuellement ravi d'espoir, brûlant de foi et brûlant d'amour.

Sa Foi est si grande que les montagnes se dérangent

pour le laisser passer, et son Amour est si fort que, pendant la nuit, on le prendrait pour cette colonne de feu qui marchait en avant du Peuple Hébreu.

Il ne connaît pas la fatigue et ne craint aucune sorte de dénûment. Depuis plus de cent ans qu'il cherche, il n'a pas eu une heure de tristesse. Au contraire, plus il devient vieux et plus il se réjouit, car il sait qu'il ne peut mourir sans avoir trouvé ce qu'il cherche.

Mais voici que le moment approche, sans doute. Il a tellement fouillé le globe qu'il n'y a plus un seul coin, fût-ce le plus infâme ou le plus horrible, que son Espérance n'ait visité. Il a parcouru le fond des fleuves et cheminé dans le lit des mers.

Jugeant alors qu'il est arrivé, il s'arrête pour la première fois, et meurt d'amour dans un cimetière de lépreux, au milieu duquel est l'Arbre de Vie et où se promène, comme nous, au milieu des tombes, l'Esprit du Seigneur.

XXV

DEINDE sponsæ videbatur, quod quasi locus quidam terribilis et tenebrosus aperiebatur, in quo apparuit fornax ardens intus. Et ignis ille nihil aliud habebat ad comburendum nisi dæmones, et viventes animas.

« Supra vero fornacem istum apparuit anima illa, cujus judicium jam in superioribus auditum est. Pedes vero animæ affixi fuerunt fornaci, et anima stabat erecta quasi persona una. Non autem stabat in altissimo loco, nec in infimo, sed quasi in latere fornacis. Cujus forma erat terribilis, et mirabilis.

« Ignis vero fornacis videbatur se trahere sursum infra pedes animæ, sicut quando aqua trahit se sursum per fistulas, et violenter comprimendo se ascendebat super caput, in tantum, quod pori stabant sicut venæ currentes, cum ardenti igne.

« Aures autem videbantur quasi sufflatoria fusorum, quæ cerebrum totum cum continuo flatu commovebant.

« Oculi vero eversi apparebant et immersi, et videbantur ad occiput intus esse affixi.

« Os quoque erat apertum et lingua extracta per aperturas narium, et dependebat ad labia.

« Dentes autem erant quasi clavi ferrei affixi per palatium.

« Bracchia vero ita longa erant, quod tendebant ad pedes.

« Manus quoque ambæ videbantur habere et comprimere quamdam pinguedinem cum ardenti pice.

« Cutis vero quæ apparebat supra animam videbatur habere formam pellis supra corpus, et erat quasi lintea vestis circumfusa spermate. Quæ quidem vestis sic erat frigida, quod omnis qui videbat eam contremuit.

« Et de illa procedebat sicut sanies de ulcere corrupto sanguine, et fœtor ita malus, quod nulli pessimo fœtori in mundo posset assimilari.

« Visa itaque ista tribulatione, audiebatur vox de illa

anima, quæ dixit quinque vicibus : Væ ! clamans cum lacry-
mis totis viribus suis... »

Revelationum cœlestium Sanctæ Brigittæ,
Liber quartus, cap. VII.

L'Esprit du Seigneur ne Se promène pas seulement dans
les cimetières. Ceux qui Le connaissent peuvent Le rencontrer partout, fût-ce en enfer, et Il dit Lui-même que
« le feu marche devant Sa Face ».

XXVI

25 mai 1887. — Clotilde est seule à la maison. Son mari
l'a quittée depuis plusieurs heures. Le livre qu'ils ont fait
ensemble est achevé enfin. Il est même imprimé et va être
mis en vente. Succès probable et fin probable de la misère.

Léopold rentrera très tard. Il lui fallait dîner chez son
éditeur et voir encore d'autres gens dans la soirée. Qu'il
vienne quand il pourra et quand il voudra, le bien-aimé.
Il trouvera sa femme heureuse et sans inquiétude.

Tertiaire de saint François, elle vient de lire l'Office de
Marie aux dernières lueurs du jour, et maintenant, elle
pense à Dieu, en écoutant « la douce nuit qui marche ».

Une paix sublime est en elle. Son esprit agile, délivré,
semble-t-il, du poids de son corps, parcourt en une seconde,
sans effroi ni peine, les trente-huit ans de sa vie. Les souvenirs affreux, torturants, elle les accueille avec bonté,

comme les Martyrs accueillaient leurs tourmenteurs, et son calme puissant leur ôte le pouvoir de la déchirer.

Elle se serre amoureusement, se met tout contre le ciel, et se regarde elle-même *de loin*, à la manière de ceux qui sont en train de mourir.

— Qu'ai-je fait pour vous, mon Dieu? C'est à peine si je vous ai supporté jusqu'à ce jour. Je savais pourtant que vous êtes paternel, surtout quand vous flagellez, et qu'il est plus important de vous remercier de vos punitions que de vos largesses. Je savais aussi que vous avez dit que celui qui ne renonce pas à tout ce qu'il a ne peut être votre disciple. Le peu que je savais était assez pour me perdre en vous, si je l'avais bien voulu... Souverain Jésus! Éternel Christ! Sauveur infiniment adorable! faites de moi une sainte. Faites de nous des saints. Ne permettez pas que ceux qui vous aiment s'égarent... *Les routes sont graves, et les chemins pleurent parce qu'ils ne mènent pas où ils devraient mener!...*

Neuf heures sonnent à l'horloge de l'église. Clotilde compte machinalement et le dernier coup lui semble frappé sur son cœur. Silence complet dans le voisinage : La nuit est devenue tout à fait noire et il tombe une odorante pluie tiède.

— Neuf heures! dit-elle à voix basse, dans un grand frisson. Pourquoi suis-je troublée? Que se passe-t-il donc en cet instant?

Elle fait un grand signe de croix qui la rassure, allume une lampe, ferme soigneusement les portes et les fenêtres,

suivant la recommandation plusieurs fois répétée de Léopold qui lui a dit n'être pas sûr de pouvoir rentrer avant
minuit.

Jamais elle n'a tant désiré qu'il fût là. Cependant elle
n'est pas anxieuse. Elle est même bien loin d'être triste.
Mais elle a comme un pressentiment que l'heure qui vient
de sonner est une heure formidable.

Comprenant qu'elle ne pourrait pas dormir, elle se
replonge dans la prière.

D'abord elle appelle, avec de grands cris intérieurs, la
protection divine et la protection de tous les Saints sur
son absent. Tout ce qu'il y a en elle de sentiments et de
pensées, toutes les choses précieuses de son palais saccagé,
toutes les gemmes, tous les émaux, toutes les mosaïques,
toutes les saintes images, toutes les armures conquises, et
jusqu'au voile de ses anciens repentirs, — plus inestimable
sans doute que le célèbre Rideau du sanctuaire de Sainte-
Sophie dont le tissu d'or et d'argent était évalué à dix
mille mines, — tout cela est précipité dans le gouffre
d'une obsécration infinie.

Puis, changement soudain. Elle reçoit, dans un éclair, la
certitude qu'elle est exaucée *admirablement*. Ruisselante
de larmes, son action de grâces remonte des profondeurs.

— « Je n'ai demandé qu'une chose, murmure-t-elle, c'est
d'habiter la Maison de Dieu, tous les jours de ma vie, et de
voir la Volupté du Seigneur ! »

Ignore-t-elle que ces paroles sont d'un psaume des
morts ? ou plutôt devine-t-elle qu'il est nécessaire que ce

soit ainsi? Toujours est-il qu'alors l'incendie se déclare, — l'incendie des Holocaustes spirituels.

Bien des fois, depuis son enfance, et même dans les heures les plus troublées, bien des fois elle a senti le voisinage de Celui qui brûle, mais jamais elle n'a été si atteinte.

Cela commence par des étincelles volantes et rapides qui la font pâlir. Ensuite les grandes flammes s'élancent... Déjà il n'est plus temps de fuir, si elle en avait seulement la volonté. Impossible de s'échapper, soit à droite, soit à gauche, soit par en haut, soit par en bas. Le courage de vingt lions serait inutile, aussi bien que la force ailée des plus puissants aigles. Il faut qu'elle brûle, il faut qu'elle soit consumée. Elle se voit dans une cathédrale de feu. C'est la maison qu'elle a demandée, c'est la volupté que Dieu lui donne...

Longtemps les flammes grondent et roulent autour d'elle, dévorant ce qui l'environne, avec des ondulements et des bonds de grands reptiles. Quelquefois, elles se dressent, rugissantes, sous une arche et déferlent à ses pieds, se bornant à darder leurs langues en fureur sur son visage, sur ses yeux, sur son sein qui fond comme la cire...

Où sont les hommes? et que peuvent-ils? Sache, pauvre Clotilde, que cette fournaise n'est qu'un léger souffle de la respiration de ton Dieu... « Peut-être l'Esprit-Saint vous a-t-il marquée de son signe », a dit autrefois le Missionnaire.

Les inapaisables flammes, devenues assez intenses pour liquéfier les plus durs métaux, tombent enfin sur elle, d'un coup, avec le fracas d'un œcuménique tremblement des cieux...

« Les fils des hommes, Seigneur, seront enivrés de l'abondance de ta maison et tu les soûleras du torrent de ta volupté. »

. . . .

Le lendemain matin, Paris et la France apprenaient avec terreur l'incendie effroyable de l'Opéra-Comique où fumaient encore trois ou quatre cents cadavres.

Les premières étincelles avaient voltigé, à *neuf heures cinq*, sur l'abjecte musique de M. Ambroise Thomas, et l'asphyxie ou la crémation des bourgeois immondes venus pour l'entendre commençait, sous « l'odorante pluie tiède ».

Cette douce nuit de mai fut l'entremetteuse ou la courtisane des supplices, des lâchetés, des héroïsmes indicibles. Comme toujours, en pareil cas, les âmes ignorées jaillirent.

Dans la bousculade sans nom, dans la cohue de ce déménagement de l'enfer, on vit des désespérés s'ouvrir un passage à coups de couteau, et on vit aussi quelques hommes s'exposer à la plus affreuse de toutes les morts pour sauver des notaires de province, des avocates adultères, de nouveaux époux fraîchement bénis par un cocufiable adjoint, des vierges de négociant garanties sur la facture, ou de véridiques prostituées.

Enfin quelques journaux racontèrent la panique histoire d'un *inconnu*, accouru avec cinquante mille curieux, qui s'était précipité, on ne savait combien de fois, dans le volcan, ramenant surtout des femmes et des enfants,

arrachant à la Justice éternelle un nombre incroyable d'imbéciles, semblable à un bon pirate ou à un démon pour
qui ç'eut été un rafraîchissement de se baigner au milieu
des flammes, et qui avait fini par y rester, comme dans
« la maison de son Dieu ».

Quelqu'un prétendit l'avoir aperçu, la dernière fois, au
centre d'un tourbillon, brûlant immobile et *les bras
croisés...*

Ainsi fut accomplie, en une manière que même la sub-
tilité des Anges n'aurait pu prévoir, l'étonnante prédiction
du vieux Missionnaire.

XXVII

CLOTILDE a aujourd'hui quarante-huit ans, et ne paraît
pas avoir moins d'un siècle. Mais elle est plus belle
qu'autrefois, et ressemble à une colonne de prières, la dernière colonne d'un temple ruiné par les cataclysmes.

Ses cheveux sont devenus entièrement blancs. Ses yeux,
brûlés par les larmes qui ont raviné son visage, sont
presque éteints. Cependant elle n'a rien perdu de sa force.

On ne la voit presque jamais assise. Toujours en chemin d'une église à l'autre, ou d'un cimetière à un cimetière, elle ne s'arrête que pour se mettre à genoux et on
dirait qu'elle ne connaît pas d'autre posture.

Coiffée seulement de la capuce d'un grand manteau
noir qui va jusqu'à terre, et ses invisibles pieds nus dans

des sandales, soutenue depuis dix ans par une énergie beaucoup plus qu'humaine, il n'y a ni froid ni tempête qui soit capable de lui faire peur. Son domicile est celui de la pluie qui tombe.

Elle ne demande pas l'aumône. Elle se borne à prendre avec un sourire très doux ce qu'on lui offre et le donne en secret à des malheureux.

Quand elle rencontre un enfant, elle s'agenouille devant lui, comme faisait le grand Cardinal de Bérulle, et trace avec la petite main pure un signe de croix sur son front.

Les chrétiens confortables et bien vêtus qu'incommode le Surnaturel et qui ont dit à la Sagesse : « Tu es ma sœur », la jugent dérangée d'esprit, mais on est respectueux pour elle dans le menu peuple et quelques pauvresses d'église la croient une sainte.

Silencieuse comme les espaces du ciel, elle a l'air, quand elle parle, de revenir d'un monde bienheureux situé dans un univers inconnu. Cela se sent à sa voix lointaine que l'âge a rendue plus grave sans en altérer la suavité, et cela se sent mieux encore à ses paroles mêmes.

— *Tout ce qui arrive est adorable*, dit-elle ordinairement, de l'air extatique d'une créature mille fois comblée qui ne trouverait que cette formule pour tous les mouvements de son cœur ou de sa pensée, fût-ce à l'occasion d'une peste universelle, fût-ce au moment d'être dévorée par des animaux féroces.

Bien qu'on sache qu'elle est une vagabonde, les gens de

police, étonnés eux-mêmes de son ascendant, n'ont jamais cherché à l'inquiéter.

Après la mort de Léopold dont le corps ne put être retrouvé parmi les anonymes et épouvantables décombres, Clotilde avait tenu à se conformer à celui des Préceptes évangéliques dont l'observation rigoureuse est jugée plus intolérable que le supplice même du feu. Elle avait vendu tout ce qu'elle possédait, en avait donné le prix aux plus pauvres et, du jour au lendemain, était devenue une mendiante.

Ce que durent être les premières années de cette existence nouvelle, Dieu le sait! On a raconté d'elle des merveilles qui ressemblent à celles des Saints, mais ce qui paraît tout à fait probable, c'est que la grâce lui fut accordée de n'avoir jamais besoin de *repos*.

— Vous devez être bien malheureuse, ma pauvre femme, lui disait un prêtre qui l'avait vue tout en larmes devant le Saint Sacrement exposé, et qui, par chance, était un vrai prêtre.

— Je suis parfaitement heureuse, répondit-elle. On n'entre pas dans le Paradis demain, ni après-demain, ni dans dix ans, on y entre *aujourd'hui*, quand on est pauvre et crucifié.

— Hodie *mecum eris in paradiso,* murmura le prêtre, qui s'en alla bouleversé d'amour.

A force de souffrir, cette chrétienne vivante et forte a deviné qu'il n'y a, surtout pour la femme, qu'un moyen d'être en contact avec Dieu et que ce moyen, tout à fait unique, c'est la Pauvreté. Non pas cette pauvreté facile, intéressante et *complice*, qui fait l'aumône à l'hypocrisie du monde, mais la pauvreté difficile, révoltante et scandaleuse, qu'il faut secourir sans aucun espoir de gloire et qui n'a rien à donner en échange.

Elle a même compris, et cela n'est pas très loin du sublime, que la Femme n'*existe* vraiment qu'à la condition d'être sans pain, sans gîte, sans amis, sans époux et sans enfants, et que c'est comme cela seulement qu'elle peut forcer à descendre son Sauveur.

Depuis la mort de son mari, la pauvresse de bonne volonté est devenue encore plus la femme de cet homme extraordinaire qui donna sa vie pour la Justice. Parfaitement douce et parfaitement implacable.

Affiliée à toutes les misères, elle a pu voir en plein l'homicide horreur de la prétendue charité publique, et sa continuelle prière est une torche secouée contre les puissants...

Lazare Druide est le seul témoin de son passé qui la voie encore quelquefois. C'est l'unique lien qu'elle n'ait pas rompu. Le peintre d'*Andronic* est trop haut pour avoir pu être visité de la fortune dont la pratique séculaire est de faire tourner sa roue dans les ordures. C'est ce qui permet à Clotilde d'aller chez lui, sans exposer à la boue d'un luxe mondain ses guenilles de vagabonde et de « pèlerine du Saint Tombeau ».

De loin en loin, elle vient jeter dans l'âme du profond artiste un peu de sa paix, de sa grandeur mystérieuse, puis elle retourne à sa solitude immense, au milieu des rues pleines de peuple.

— *Il n'y a qu'une tristesse*, lui a-t-elle dit, la dernière fois, *c'est de* N'ÊTRE PAS DES SAINTS...

TABLE

TABLE

CE LIVRE, LE CENT DOUZIÈME DE
LA COLLECTION DES « MAITRES DU
LIVRE », A ÉTÉ ÉTABLI PAR AD.
VAN BEVER. TIRÉ A MILLE NEUF CENT SOIXANTE
EXEMPLAIRES, SOIT : 55 EX. SUR GRAND VERGÉ DE
RIVES (DONT 7 HORS COMMERCE), NUMÉROTÉS DE
1 A 48 ET DE 49 A 55 ; 55 EX. SUR VÉLIN BLEU
(DONT 5 HORS COMMERCE), NUMÉROTÉS DE 56 A
105 ET DE 106 A 110 ; ET 1850 EX. SUR PAPIER DES
MANUFACTURES DE RIVES (DONT 100 HORS COM-
MERCE), NUMÉROTÉS DE 111 A 1860 ET DE 1861 A 1960.
LE PRÉSENT OUVRAGE A ÉTÉ ACHEVÉ D'IMPRIMER
PAR R. H. COULOUMA, A ARGENTEUIL, H. BARTHÉ-
LEMY, DIRECTEUR, LE VINGT-NEUF FÉVRIER MCMXXIV.
LES ORNEMENTS TYPOGRAPHIQUES ONT
ÉTÉ DESSINÉS ET GRAVÉS SUR BOIS
PAR P. DE PIDOLL ET P.-E. VIBERT.

www.ingramcontent.com/pod-product-compliance
Lightning Source LLC
Chambersburg PA
CBHW050305030726
47505CB00003B/579